Die Dienerin des Rosenturms

VALERIE LORD

Die Dienerin des Rosenturms

ROMAN

Weltbild

Besuchen Sie uns im Internet:
www.weltbild.de

Genehmigte Lizenzausgabe
für Verlagsgruppe Weltbild GmbH,
Steinerne Furt, 86167 Augsburg

Umschlaggestaltung: Atelier Seidel, Teising
Umschlagmotiv: Franco Accornero/
Pino Daeni via Agentur Schlück, Garbsen
Gesamtherstellung: Clausen & Bosse GmbH,
Birkstraße 10, 25917 Leck
Printed in Germany
ISBN 3-8289-7886-X

2009 2008 2007 2006
Die letzte Jahreszahl gibt die aktuelle Lizenzausgabe an.

Prolog

Hastings, Juni 1100

»Du könntest mich verkaufen.«

»Der Herr bewahre mich vor deinen närrischen Einfällen, Arlana von Cashel. Hältst du mich für einen nordischen Barbaren?«

Die Stimme des rotbärtigen Hünen klang wie Donnergrollen, aber die junge Frau ließ sich nicht einschüchtern. Weder die vierschrötige Gestalt ihres Begleiters, noch sein Zorn jagten ihr Angst ein. Sie schenkte ihm ein schwaches Lächeln und wies mit einer weit ausholenden Armbewegung auf das Menschengewimmel, des Hafens von Hastings. Das Königreich England, beherrscht vom zweiten Sohn des großen Eroberers, Wilhelm Rufus, zog Reisende, Händler, Söldner, Abenteurer und Menschen aus aller Herren Länder an, wie das Licht einer Fackel die Nachtfalter. Niemand von ihnen achtete auf das ungleiche Paar, dessen mitgenommenen Gewändern man die Strapazen eines langen Weges ansah.

»Wie sonst willst du hier in kürzester Zeit das Geld auftreiben, das du für deine Heimreise benötigst, Padraig? Möchtest du dich etwa als Lastenträger verdingen?«

Der Vorschlag traf auf wenig Gegenliebe.

»Es muss andere Möglichkeiten geben.«

»Aber keine schnellen, mein Freund. Lass uns den Tatsachen ins Auge sehen. Wir besitzen lediglich ein paar Kupfermünzen, die Kleider, die wir am Leib tragen, und deine Waffen. Letztere kannst du nicht verkaufen, ohne das Andenken an deinen Vater zu schänden. Wie willst du also deine Rückkehr nach Irland bewerkstelligen? Und zurück musst du. Die Deinen warten auf dich in Cashel. Thorsson wird ihnen kein duldsamer Herr sein, das weißt du. Sie brauchen deinen Schutz und ich bin jetzt in Sicherheit.«

»Dennoch werde ich nicht meine Ehre mit Füßen treten, indem ich meine Herrin als Leibeigene verkaufe. Wofür hältst du mich?«

»Für einen klugen Mann, der sich in das Unausweichliche fügt. Ich brauche ein Dach über dem Kopf, einen Hausstand, der mich in seinen Reihen aufnimmt. Ohne solche Zugehörigkeit bin ich in diesem Königreich rechtlos. Eine Landstreicherin, die außerhalb jeder Gemeinschaft steht und womöglich sogar Verdacht erregt. Du wärst nicht der erste Kriegsherr, der Kapital aus seinen Gefangenen schlägt, indem er sie als Sklaven verkauft.«

»Aber du bist keine Unfreie. Du bist eine ...«

»Nicht mehr!« Fiel sie ihm schnell ins Wort, ehe noch jemand etwas aufschnappte, was besser gar nicht gesagt wurde. »Hier ist nicht Irland. Ich muss und ich will ein neues Leben beginnen und wenn ich es tun kann, indem ich einen Teil meiner Schuld bei dir begleiche, dann ist das ausgleichende Gerechtigkeit.«

»Vergiss es.« Padraig strich über seinen struppigen Bart, der bei näherem Hinsehen mit Grau durchsetzt, die untere Hälfte seines Gesichtes bedeckte. In den hellblauen Augen darüber war die Gutmütigkeit der Entrüstung gewichen. »Du würdest Zeit deines Lebens in Abhängigkeit bleiben, eine Dienstmagd ohne eigene Rechte. Du könntest nie nach Irland zurückkehren.«

»Besser in Abhängigkeit als tot«, erwiderte Arlana

knapp. »Irland ist für mich Vergangenheit. Außerdem hat es mir noch nie etwas ausgemacht zu arbeiten, du weißt es. Cashel war keine besonders reiche Grafschaft. Ich hab' nicht anders gelebt als deine Töchter. An die solltest du denken, wenn du jetzt eine Entscheidung triffst, die dich noch länger von zu Hause fern halten würde.«

Arlana von Cashel setzte die ganze Macht ihrer ungewöhnlichen Stimme ein, um zu überzeugen. Sie war dunkel und melodiös, wie geschaffen dafür zu singen, zu erzählen, zu beruhigen, aber auch zu verführen. Padraig hatte erlebt, wie sie vom hellen Zwitschern des Kindes zum Timbre der Frau wechselte, während aus dem langbeinigen, stürmischen Fohlen die schöne Erbin von Cashel erwuchs. Er wusste, dass unter dem schlichten Kopftuch eine Mähne in fabelhaft tiefem Rot leuchtete, die auf faszinierende Weise mit den türkisfarbenen Augen Arlanas kontrastierte.

Der Mann in ihm verstand, dass Thorsson, der neue Anführer der Nordmänner, die sich in Irland niedergelassen hatten, sie und keine andere zur Frau wollte. Die Brutalität indes, mit der Thorsson Cashel und seine Bewohner dem Erdboden gleichgemacht hatte, weil sie sich ihm verweigerte, konnte er nicht billigen. Es war ihm gelungen, das Mädchen zu retten, aber in Irland hatte es keinen sicheren Platz mehr für sie gegeben.

»Dein Vater würde mir den Hals umdrehen, wenn ich dir gehorche«, wehrte er sich gegen ihre Mischung aus Argumenten und Betörung.

»Mein Vater ist tot.« Ein Schatten flog über Arlanas blasses Antlitz. Erste Risse zeigten sich in ihrer übermenschlichen Selbstbeherrschung. »Aber du kannst gewiss sein, er sähe mich ebenfalls lieber tot, als in Thorssons Händen. Der Schurke mag Cashel an sich gebracht haben, mich bekommt er nicht. Soll er sich mit den verbrannten Mauern und der Asche von Cashel vermählen.«

»Du meinst jedes deiner Worte ernst.«

»Der Hass auf Thorsson gibt mir die Kraft, ein neues Leben zu beginnen. Diese Hände werden es schaffen!« Sie hielt ihrem Begleiter die Hände mit gespreizten Fingern entgegen. »Ich weiß mich mit den Umständen zu arrangieren, Padraig. Hör auf dich zu sorgen. Lass uns lieber den Dienstbotenmarkt suchen.«

Padraig zerrte erneut an seinem Bart, als könne er nur so das Dilemma entwirren, das ihm die junge Frau bescherte. Die kühle Logik, mit der sie ihre Lage einschätzte, beunruhigte ihn. Nach allem war ihr zugestoßen war, hätte sie verzweifelt sein müssen, außer sich, völlig aufgelöst. Stattdessen ging sie eisern beherrscht daran, sich ein neues Dasein zu schaffen, das sich von ihrem bisherigen unterscheiden würde, wie der Tag von der Nacht. Sie würde das nicht durchhalten. Früher oder später musste sie zusammenbrechen. Sie war schließlich nur ein schwaches Weib.

»Und wenn sich die Dinge in Cashel nun ändern?«, brummte er zweifelnd.

»Daran glaubst du selbst nicht.« Arlana lachte bitter. »Thorsson hat die Männer meines Vaters entweder niedergemacht oder unter seine Gewalt gezwungen. Er herrscht jetzt unangefochten in Cashel, denn die Zeiten der irischen Hochkönige, die für Ordnung auf unserer Insel gesorgt haben, sind längst vorbei. Vergiss Arlana von Cashel. Es gibt sie nicht mehr.«

»Aber ...«

Ein Aufschrei in unmittelbarer Nähe unterbrach Padraig. Eine kostbar gekleidete, ältere Frau schwankte am Arm ihres weißhaarigen Begleiters. Er hatte den Ruf ausgestoßen und obwohl es ihm gelang, die Ohnmächtige vor dem Sturz in den Straßenstaub zu bewahren, wirkte er erkennbar entsetzt und hilflos.

Arlana reagierte, ohne nachzudenken. Sie sprang von dem leeren Wasserfass, das ihr als Sitzplatz gedient hatte und eilte an die Seite des Seigneurs. Sie ergriff die Hand der Bewusstlosen. Sie spürte das Rasen ihres Pulses, sah den feinen Schweißfilm auf der blassen Stirn und das Flattern der Lider.

»Tragt Eure Begleiterin schnell in den Schatten, Seigneur«, riet sie dem verwirrten Mann in jenem normannischen Französisch, das die Edelleute sprachen und das sie aufgrund ihrer Herkunft beherrschte. Sie deutete auf die Reihe der Herbergen und Fischerhäuser auf der anderen Seite des Hafenkais. »Schatten wird ihr gut tun, denn ich nehme an, die Sonne ist zu heiß und zu grell für sie.«

Von der Eindringlichkeit ihrer Stimme überzeugt, gehorchte er, ohne zu zögern. Obwohl auch er bestimmt das sechzigste Lebensjahr überschritten hatte, trug er die Ohnmächtige behutsam in den Schutz eines Bogenganges zwischen zwei Schänken, wo Bänke und Tische auf Gäste warteten. Seine Autorität brachte den Wirt zum Schweigen, ehe der Dickwanst gegen die Zweckentfremdung seiner Plätze Einspruch erheben konnte. Halb gegen seinen mächtigen Brustkorb gelehnt und von seinen Armen gestützt kam die Dame wenige Augenblicke später zu sich.

»Was ist geschehen?«, fragte sie bestürzt.

»Bewegt Euch nicht zu hastig, Herrin«, riet Arlana und bewunderte das tiefe Blau ihres fragenden Blickes. »Ihr solltet nicht in dieser Mittagshitze unterwegs sein. Die Sonne hat auch ihre Tücken.«

»Du bist ohnmächtig geworden, mein Herz.«

Der Seigneur ergriff die schmale weiße Hand, die unruhig den feinen glänzenden Stoff eines dunkelroten Surkots verknitterte. Arlana hatte noch nie so edles Gewebe gesehen. Sie nahm an, dass allein der Preis dieses Kleides mehr betrug, als jeder Kapitän von Padraig für die Reise nach Irland verlangen würde. Dieses Paar verströmte aus jeder Pore Adel und Reichtum und es rührte sie die sichtbare Zuneigung und Sorge, mit der sich der alte Edelmann um seine Gemahlin kümmerte. Die beiden hatten ohne Zweifel ein langes Leben in gegenseitiger Achtung und Liebe hinter sich.

»Siehst du jetzt ein, dass es keinen Sinn hat, jedes einlaufende Schiff mit eigenen Augen prüfen zu wollen?«, hörte sie ihn die Frau beschwören. »Du zerstörst dich selbst mit deiner Sorge.«

»Es tut mir Leid, mein Lieber. Aber ich fühle ganz deutlich, dass er in Gefahr ist, dass er verwundet wurde und dass man ihm helfen muss. Wenn ich doch nur wüsste, was ich tun kann, um ihn zu erreichen?«

Arlana und Padraig tauschten einen beunruhigten Blick. Sie konnten sich keinen Reim auf die wirre Rede der Dame machen. Der Bärtige reichte ihr schweigend einen beschlagenen Tonkrug, den er, im Vertrauen darauf, dass der Seigneur ihn bezahlen würde, aus der Herberge geholt hatte.

»Trinkt, Herrin«, riet Arlana, nachdem sie prüfend daran gerochen hatte. »Es ist frisches Ale und bestimmt sauberer als ein Trunk aus dem Wasserfass. Ihr werdet bald niemandem mehr helfen können, wenn Ihr nicht besser auf Euch selbst achtet.«

»Da hast du es«, polterte der Mann gereizt. »Das Mädchen weiß besser als du, was Not tut. Wirst du wenigstens auf weiblichen Rat hören, wenn du schon den meinen in den Wind schlägst?«

Arlana durchschaute, dass ihn nur die Sorge um seine Dame zu so harschen Worten trieb. Sie schenkte ihm ein beruhigendes Lächeln.

»Wenn sich Eure Lady ein wenig schont, wird sie sich schnell erholen. Sie sollte ruhen. Habt Ihr es weit zu Eurem Zuhause?«

»Fürs Erste muss es die Herberge bei den Netztürmen tun«, seufzte er. »Unsere Pferde sind dort untergestellt. Ist es zu viel verlangt, wenn ich dich bitte, meiner Gemahlin noch einige Zeit zur Seite zu stehen? Es soll dein Schaden nicht sein, Mädchen. Ich bin der Lord von Hawkstone und dieses närrische Geschöpf, das darauf bestanden hat, in dieser Hitze seine Gesundheit in Gefahr zu bringen, ist meine Gemahlin, Lady Liliana.«

Arlana erkannte ihre Chance im Bruchteil eines Wimpernschlages. Ihr flinker Verstand spielte ihm Nu die Möglichkeiten durch und diktierte ihr freundliches Angebot. »Ich steh' Euch gern zu Diensten, wenn mein Herr es erlaubt. Man nennt mich Arlana.«

Sie warf Padraig einen beschwörenden Blick zu. Begriff er, was sie bereits ahnte? Die ohnmächtige Dame musste ihnen der Himmel geschickt haben.

»Dein Herr?«

Der Lord musterte den rotbärtigen Iren prüfend. Bisher hatte er sich erkennbar keine Gedanken darüber gemacht, wie das zierliche Mädchen und der hünenhafte Krieger zusammengehörten.

Da Padraig eben darüber nachsann, was Arlana im Sinn hatte, war seine Stirn in grimmige Falten gelegt. Sein Schützling wusste, dass diese Miene nicht ihrer Person, sondern ihrem Plan galt, aber den weißhaarigen Lord von Hawkstone irritierte sie. Arlana sah ihm an, dass er eine Vermutung nach der anderen prüfte und wieder verwarf. Ehe er zu falschen Schlüssen kam, griff sie ein.

»Er versteht Euch nicht sehr gut, Seigneur. Er spricht nur Irisch und ein paar Brocken Sächsisch. Ich bin ihm zu

Dank verpflichtet, weil er mich gerettet hat, als die Wikinger unser Dorf überfielen. Sie haben alles niedergemacht und mir meine Heimat geraubt. Ich konnte dort nicht mehr bleiben und er hat mich auf mein Bitten nach Britannien gebracht.«

»Das ist entsetzlich. Wir haben schon davon gehört, dass die Nordmänner eure Insel heimsuchen, aber was treibt euch dazu, euer Glück ausgerechnet hier zu versuchen?«

»Ich habe ihn dazu überredet.« Arlana mischte Wahrheit und Erfindung mit dem Geschick einer geborenen Märchenerzählerin. »In Britannien herrscht Frieden. Ich will keine Überfälle und Kriege mehr erleben müssen. Alles was ich will, ist ein Platz, wo ich von meiner Hände Arbeit in Frieden leben kann.«

Arlana sah beschwörend in die hellen Augen des Lords. Im Schatten leuchteten sie erstaunlich jugendlich und grün, zwischen den tief eingegrabenen Falten seines markanten Gesichtes. Dies war kein Mann, den man ohne Strafe belog. Ihr Herz schlug hart und ängstlich. Würde es zählen, dass sie nicht aus böser Absicht die Wahrheit verdrehte, sondern weil sie Padraig Gutes tun und sich selbst retten wollte?

»Ich befürchte, dass dir auch in Britannien kein ewiger Frieden beschieden sein wird«, erwiderte der Lord bedächtig. »Solange die Söhne des großen Eroberers einander die Krone neiden, lauert auch hier stets die Gefahr des nächsten Krieges. Dennoch nehme ich an, du wirst eine Anstellung finden. Geschickt und tatkräftig wie du bist.«

Arlana knirschte heimlich mit den Zähnen. Vermutlich konnte man eher einen Felsbrocken manipulieren als diesen Mann. Hoffnungslos ließ sie ihre Augen zur Lady wandern und entdeckte, dass sie von ihr so intensiv beobachtet wurde, dass sie sich unwillkürlich den Staub vom

Rock strich. Ein hoffnungsloses Unterfangen, denn diese Kleider trug sie seit Wochen.

»Du duftest nach Rosen, Arlana«, brach die Lady in diesem Augenblick das Schweigen.

»Da müsst Ihr Euch täuschen«, erwiderte sie befangen. Sie wollte nicht darüber nachdenken, welche Düfte sie in Wirklichkeit verbreitete.

Lady Liliana lächelte, als wisse sie es besser. Sie griff nach Arlanas Hand und die spürte die kühle Berührung, ohne zu ahnen, dass die Herrin von Hawkstone ihre ungewöhnlich feinen Sinne nun voll auf sie konzentrierte. Es hätte ihr auch widerstrebt, den unendlichen Kummer, die tiefe Verzweiflung und die Furcht, die sie erfüllten, einem anderen Menschen mitzuteilen. Sie war allein und sie hatte gelernt, dass sie mit ihren Ängsten ohne jede Hilfe fertig werden musste.

»Du bist nicht länger allein«, hörte Arlana die Stimme der Lady, ohne dass sie sagen konnte, ob sie tatsächlich gesprochen oder ob sie sich das nur eingebildet hatte. »Komm mit uns. Der Rosenturm erwartet dich.«

Arlana runzelte die Stirn, als ihre Hand wieder freigegeben wurde. Sie fühlte sich auf eigenartige Weise erschüttert. So als habe sie den Schwächeanfall erlitten und nicht die Lady. Dabei wirkte die Dame aus der Nähe betrachtet noch älter und zerbrechlicher, als auf den ersten Blick.

»Kümmerst du dich darum, dass Arlanas Herr angemessen belohnt wird?«, wandte sich Lady Liliana jetzt an ihren Gemahl. »Wir sind ihm zu großem Dank verpflichtet.«

Der Lord widersprach mit keiner Silbe. Aus den Augenwinkeln sah Arlana, dass ein Lederbeutel mit Münzen den Besitzer wechselte. Padraig wog ihn fassungslos in seinen Pranken und öffnete den Mund zum Protest.

»Nimm«, duldete der Lord keinen Widerspruch. »Meine Gemahlin findet Gefallen an Arlana. Ich will ihrer Menschenkenntnis vertrauen, so wie ich es von jeher gewohnt bin.«

»Aber ...«

Arlana bemühte sich, Padraigs Bedenken zu zerstreuen. Sie wählte ihre irische Antwort jedoch sorgsam. Möglicherweise verstand der Lord das eine oder andere Wort und sie durfte sich nicht verraten.

»Es ist gut so, Padraig. Du musst dir keine Sorgen um mich machen. Ich wünsche dir und den Deinen Gottes Segen auf deinen weiteren Wegen.«

»Gott behüte dich, Arlana, Tochter des Seamus.«

Sie zwang sich zu einem tapferen Lächeln, als der Name ihres ermordeten Vaters fiel. Mit Padraig löste sich das letzte Band, das sie mit ihrer Heimat verband. Sie hätte ihn gern noch einmal umarmt, aber das hätte eine Vertrautheit mit dem ehemaligen Hauptmann der Burgwache Cashel verraten, die sie nicht riskieren durfte. Sie konnte ihm nur nachblicken, wie er mit schweren Schritten davonging. Seine Gestalt verschwamm vor ihren Augen.

»Du hast richtig gewählt«, sagte die Lady und riss sie aus ihrem Kummer. »Komm mit nach Hause.«

Arlana biss sich in die Unterlippe, während Lady Liliana die Stütze ihres Armes annahm, um sich zu erheben. Es war mehr eine Geste der Verbundenheit als der Schwäche. Sie fühlte sich in eine Aura aus mütterlichem Trost und ungewohnter, weiblicher Wärme gehüllt.

Seit sie sich am Grab ihres Vaters von ihrer Heimat und ihrem Stand getrennt hatte, hatte sie nichts mehr so tief und nachhaltig berührt. Eine Fülle der vielfältigsten Gefühle erschütterte ihre Seele und am Ende setzte sich das Stärkste davon durch. Jenes, das ihr sagte, dass sie an dem Platz angelangt war, den ihr das Schicksal, vom Beginn aller Zeiten zugemessen hatte.

1

Hawkstone, 1. Mai 1101

Der Lärm des Brunnenfestes verlor sich in der hereinbrechenden Dämmerung. Arlana tauchte in die friedliche Stille der Mainacht, die nur vom leise dahinplätschernden Fluss gebrochen wurde. Sie wollte allein sein mit ihren Gedanken. Im vergangenen Jahr hatte sie die Reinigung des Brunnens von Cashel überwacht, das Binden der Girlanden und die Reinigung aller Gefäße und Kellen, die mit dem kostbaren Wasser des Herrensitzes in Berührung kamen. Sie hatte mit den Mädchen und Frauen die Kerzen gezogen und die Maikuchen gebacken. Symbole des Frühlings, die in Blut und Tränen zertreten worden waren.

Dasselbe Fest auf einer anderen Insel zu erleben, nur dass sie dieses Mal eine der Mägde und nicht die Herrin war, hatte ihr weniger ausgemacht, als der unbeschwerte Lärm der folgenden, fröhlichen Feier. Ihre Erinnerungen ließen nicht zu, dass sie mit den anderen lachte und tanzte. Im Pfeifen der Flöten und dem übermütigen Schlagen der Trommeln hörte sie die schrillen Schreie der Sterbenden und das Sirren der tödlichen Pfeile. Das Brunnenfest von Cashel hatte im vergangenen Jahr in Tod und Verderben geendet und wie es schien, würde sie die schrecklichen Bilder nie vergessen können.

Arlana schlug die Hände vor das Gesicht, aber sie konnte die Geräusche und Bilder nicht ausschließen. All die Monate hatte sie Kummer und Albträume klaglos ertragen, an diesem Abend jedoch wurde die Last zu schwer. Tränenblind wankte sie auf den Fluss zu, der hier eine versteckte Bucht mit weichem Sand und hängenden Weidenzweigen bildete. Das Wasser nässte schon ihre Säume, doch ehe sie den nächsten Schritt tun konnte, riss sie eine grobe Hand zurück. Sie stieß einen erstickten Aufschrei aus, verlor das Gleichgewicht und taumelte gegen eine unerwartet harte Wand.

»Närrin! Was tust du? Willst du etwa dein Leben wegwerfen?«

Die barsche Stimme im Verein mit dem harten Griff versetzte Arlana erst recht in Panik. Das trügerische Gefühl von Sicherheit, das in Hawkstone ihr seelisches Gleichgewicht garantiert hatte, verschwand im Nichts. Er wurde durch jähen Zorn ersetzt.

»Lass mich!«, keuchte sie erstickt und versuchte im Zwielicht zu erkennen, wer sie da wie einen Getreidesack schüttelte. »Gib mich frei, du Idiot! Such dir dein Mailiebchen unter den anderen Mädchen.«

Sie hielt ihn für einen der Knechte des Hufschmieds oder des Müllers, denn mehr als den Eindruck breiter Schultern und außergewöhnlicher Kraft nahm sie nicht wahr – ein Kerl, mit Händen wie Eisenklammern.

Freudloses, spöttisches Gelächter antwortete ihr und sie wurde so unvermittelt wieder freigegeben, dass sie das Gleichgewicht verlor. Mit einem spitzen Aufschrei stürzte sie rückwärts ins Wasser des Flusses. Dieses Mal erstickte ihr Aufschrei in einem Gurgeln, weil sie bei dem unglücklichen Sturz mit dem Kopf unter Wasser geriet. Zappelnd, hustend, keuchend und tropfnass kam sie augenblicklich wieder hoch und stellte fest, dass sie von neuem im Griff des Rüpels zappelte.

Sie hatte ihr Kopftuch verloren. Nasse Haarsträhnen

hingen ihr ins Gesicht und auf die Schultern. Aus den Säumen ihrer Kleider tropfte das Flusswasser, während sie gewaltsam ans Ufer geschleppt und erst freigegeben wurde, als sie sich unter den herabhängenden Zweigen der Weiden auf trockenem Boden befanden. Sie bebte in einer gefährlichen Mischung aus Schock, Wut und körperlichem Unbehagen.

»Heilige Bridget, ein Tölpel wie du hat mir für den heutigen Abend gerade noch gefehlt«, schimpfte sie grimmig und kämpfte mit Haaren und klatschnassen Röcken. »Bleib mir bloß vom Leib. Würdest du endlich das Ding auf deinem Hals zum Denken verwenden und nicht den nutzlosen Fortsatz zwischen deinen Beinen? Hat die Welt je so einen Einfaltspinsel wie dich gesehen? Glaubst du im Ernst, ich wollte in meinen besten Kleidern in der ersten Mainacht baden gehen? Hast du den Verstand verloren?«

Zusammen mit ihrem Kopftuch hatte Arlana auch ihre sonst so sorgsam gewahrte Beherrschung verloren. In Cashel hatte man die wenigen, aber eindrucksvollen Temperamentsausbrüche der Tochter des Herrn gefürchtet, aber seit ihrer Flucht hatte sie sich diesen Luxus nie wieder geleistet. Eine Magd hatte zu gehorchen und zu schweigen. Allein, jetzt sah sie nur noch rot und die Rage verlieh ihrer Sprache einen unverkennbaren Akzent.

»Eine irische Furie«, entlarvte der Mann den melodiösen Akzent der irischen Insel auf Anhieb. »Was treibt eine Irin an den Cuckmere?«

»Was geht's dich an?«, fauchte sie noch erbitterter. »Du bist eben nicht der erste Schwachkopf, der mir das Leben schwer macht. Sie sind in Heeresstärke angetreten, um mich aus meiner Heimat zu vertreiben.«

»Bist du sicher, dass sie nicht vor dir und deiner messerscharfen Zunge geflüchtet sind? Vielleicht hättest du dich bloß umsehen sollen, ehe du Hals über Kopf davongerannt bist.«

Arlanas Wut verschwand so schnell, wie sie aufgeflammt war. Die trockene Bemerkung entlockte ihr sogar ein flüchtiges Lächeln. Sie versuchte vergeblich ihre Röcke auszuwringen und gab es letztendlich mit einem Laut der Resignation auf. Mit der Ruhe kam auch ihre Fähigkeit zu denken zurück.

»Wer bist du? Ein lustiger Vogel, der den Mädchen in der Dämmerung nachsteigt? Ich hab' dir vorhin schon gesagt, dass ich das falsche Objekt für solche Spiele bin. Zudem gehört dieses Stück des Flussufers zum Herrenhaus und nicht zum Dorf. Was hast du hier zu suchen?«

»Ja, genau das frage ich mich auch ...«

Inzwischen konnte sie nicht einmal mehr die dunklen Umrisse des Fremden erkennen. Sie musste sich an seine Stimme halten, um mehr über ihn zu erfahren. Sie kam ihr rau vor, so als würde sie nicht oft gebraucht. Die Stimme eines Mannes, der es aufgegeben hatte, sich Gehör verschaffen zu wollen.

Und dann war da noch dieser Duft. Etwas Fremdländisches strömte von ihm aus. Ein Aroma von Sandelholz und Hitze, von Gewürzen und Leder, das sie an ferne Länder denken ließ und sie auf seltsame Weise mit einer Wärme erfüllte, die sie in diesem Augenblick aus tiefster Seele begrüßte.

»Wer bist du?«, fragte sie und wich vorsichtig vor ihm zurück.

»Du brauchst keine Furcht vor mir zu haben«, machte er sich seinen eigenen Reim auf ihren Rückzug. »Ich will nichts von dir. Ich wollte nur am Ufer des Flusses sitzen und der Nacht lauschen. Hast du gewusst, dass die Nacht überall anders klingt?«

»Diese hier klingt nach meinem Zähneklappern«, erwiderte Arlana unwirscher als beabsichtigt.

Die merkwürdige Unterhaltung im Dunkel, während ihr die nassen Kleider am Leib klebten, beunruhigte sie jäh. Etwas in ihr wollte der Stimme lauschen, aber Vorsicht, Vernunft und Erfahrung mahnten zum Abstand.

»Dir ist kalt«, stellte er das Offensichtliche fest. »Warte, ich habe noch Zunder in der Tasche. Das Schwemmholz dort hinten ist trocken genug für ein kleines Feuer. Die Wärme wird uns beiden gut tun. Ich hatte vergessen, wie kalt der Frühling in Britannien ist.«

Ehe sie ihm Einhalt gebieten konnte, flackerten die ersten Flämmchen über dünne Weidenzweige und fraßen sich in trockenem Gras und kräftigeren Ästen fest. Der Fremde hockte vor den Flammen und der rote Schimmer zeigte ihr ein herrisches Profil mit hoher Stirn, eleganter Nase und ausgeprägtem Kinn. Eine wilde Mähne hell gesträhnter Locken fiel ihm weit in den Nacken. Sie milderte den überheblichen ersten Eindruck ebenso, wie das kaum angedeutete Lächeln in seinen Mundwinkeln.

Arlana betrachtete ihn fasziniert. Dies war weder ein Dorfbursche, noch ein wandernder Kriegsknecht oder ein Krämer. Etwas in diesem Schattenriss ausgeprägter, männlicher Schönheit weckte eine Erinnerung in ihr. Doch eben, als sie sie zu fassen glaubte, wandte er ihr das volle Gesicht zu. Eine kaum verheilte, wulstig rote Narbe lief von der rechten Schläfe zum Mundwinkel. Sie setzte der Vollkommenheit des Profils, die rohe Wirklichkeit der Entstellung gegenüber. Sie machte den Mund zynisch, die Nase scharf und das Kinn grimmig. Jetzt sah er wie ein Mann aus, mit dem man nicht spaßen sollte.

»Wie ist das geschehen?«, platzte Arlana in ihrem ersten Entsetzen heraus.

Er zuckte in den Schatten zurück. Es war offensichtlich, dass er selbst einen Augenblick lang die schreckliche Wunde vergessen hatte.

»Ein Sarazenendolch den ich zu spät gesehen habe«, hörte sie ihn gleichmütig antworten. »Du brauchst keine Angst zu haben, es ist nicht ansteckend.«

»Redet keinen Unsinn«, fauchte sie entrüstet und ihr war selbst nicht bewusst, dass sie das selbstverständliche Du durch die Anrede eines Edelmannes ersetzte. »Ich habe vorhin mein Gleichgewicht verloren und nicht meinen Verstand. Ich hoffe, Ihr habt es dem Schurken heimgezahlt, der Euch dies angetan hat.«

»Ich kann dir bedauerlicherweise nicht sagen, was aus ihm geworden ist. Ich war zu beschäftigt, wenigstens mein Augenlicht zu retten. Das Gemetzel hat auf beiden Seiten seine Opfer gefordert.«

Welch eigenartiges Gespräch.

Arlana sank vor dem kleinen Feuer in die Knie und hielt die Handflächen der Wärme entgegen. Sie sollte ins Herrenhaus gehen und ihre nassen Kleider wechseln. Zudem war es leichtsinnig mit einem Wildfremden zu sprechen und doch – etwas an ihm faszinierte sie auf eine nie zuvor gefühlte Weise. Der Dolch hatte das Ebenmaß seiner Züge zerstört, aber seine Anziehungskraft machte Äußerlichkeiten unwichtig.

»Warum habt Ihr Euch auf Händel mit den Sarazenen eingelassen?«, wollte sie neugierig wissen.

»Weil ich dachte ...« Er brach ab und machte eine wegwerfende Geste mit der Hand. »Es ist nicht wichtig, was ich gedacht und getan habe. Komm näher ans Feuer. Ich will nicht schuld daran sein, dass du krank wirst. Die Nächte sind kühl am Fluss. Erzähl mir lieber von dir. Deine Sprache verrät dich, du bist nicht von hier. Was hat dich an den Cuckmere verschlagen? Bist du ins Dorf verheiratet worden?«

»Aber nein!«

Arlana war so entrüstet, dass ihr nicht aufging, wie viel sie damit verriet. Die ganze Empörung einer Frau, die weder einen Bauern, noch einen ehrbaren Handwerker als Gemahl in Betracht zog, hatte aus ihren Worten geklungen und Schweigen zwischen ihnen verursacht, ein Schweigen, das nur vom Geräusch des Flusses und dem leisen Knistern des Feuers untermalt wurde. Das rötliche Glühen schuf eine Insel aus Licht und Wärme, auf der sie sich beide zusammendrängten. Arlana ertappte sich bei dem unsinnigen Wunsch, die Zeit anhalten zu wollen.

Sie beobachtete den Fremden unter halb gesenkten Lidern. Es dauerte seine Zeit, bis sie sich an die erschreckende Narbe gewöhnt hatte und die anderen Einzelheiten betrachten konnte. Die blonden Bartstoppeln, den Schimmer weißer Schneidezähne, der verriet, dass er eine Jugend ohne Hunger verbracht haben musste. Die Reglosigkeit seiner Gestalt täuschte nicht darüber hinweg, dass seine Wachsamkeit auch die Dunkelheit außerhalb des Lichtscheines prüfte. Er erinnerte sie an einen Luchs, der im Schatten auf seine Beute wartete. Ein gefährlicher Jäger, ohne Zweifel, wenn auch jünger, als sie zuerst angenommen hatte.

Er sah in die Flammen, als fände er dort Bilder, die ihr verborgen blieben. Seine Kleider sahen strapaziert und lang getragen aus, aber er machte dennoch nicht den Eindruck von Armut. Die Lederscheide an seinem Gürtel enthielt einen Silberdolch mit ziseliertem Griff und die hohen Stiefel, nass von seinem Rettungsversuch, verrieten den Krieger und Reiter. Arlana vermutete, dass irgendwo im Uferwald ein Streitross und seine größeren Waffen verborgen sein mussten.

Weshalb trieb er sich am Flussufer herum, statt im Herrenhaus um Quartier und Gastfreundschaft zu bitten, wie es sich für einen Ritter geziemte? Er war zweifellos von Stand, wobei auf Hawkstone einfache Reisende ebenso großzügig empfangen wurden, wie Besucher von Rang. Warum verbarg er sich vor dem Lord und der Lady am Fluss? Führte er Böses im Schilde?

Je mehr Fragen Arlana durch den Kopf schossen, umso schwerer fiel es ihr, sie nicht zu stellen. Sie bekämpfte ihre Unruhe, indem sie die nervösen Finger wieder mit ihren Haaren beschäftigte. Die Wärme des Feuers ließ nach und nach tiefrote Reflexe in der trocknenden Mähne aufglänzen. Das nasse Gewand klebte an ihrer schlanken Gestalt, die genau an den richtigen Stellen erfreuliche Rundungen besaß, die die Aufmerksamkeit des Mannes auf der anderen Seite des Feuers weckten. Als er den Blick hinaufwandern ließ, wurde er von fragenden, türkisfarbenen Augen gefesselt. Im blassen, vollkommenen Oval von Arlanas Gesicht, glommen sie wie fremdartige Juwelen. Ein Mann konnte in diesen Blick tauchen wie in die endlosen Tiefen einer kühlen Quelle, die Schmerz und Verzweiflung linderte.

»Wer bist du?«

Arlana zuckte zusammen. Sie wusste nicht, wie viel Zeit über diesem Blickwechsel vergangen war. Eine flüchtige Röte stieg in ihre Wangen und ihr Herz raste, als sei sie den ganzen Weg vom Herrenhaus zum Flussufer im Sturmschritt gerannt. Sie setzte an, aber ihre Stimme, sonst so geschmeidig und unverwechselbar, klang heiser.

»Arlana.«

»Es tut mir Leid, wenn ich dich erschreckt habe, Arlana. Das lag nicht in meiner Absicht. Du hast Recht, ich bin ein Tölpel. Man sollte meinen, ich hätte gelernt, mich aus anderer Leute Leben herauszuhalten, aber anscheinend ist das ein Irrtum. Ich bin dumm genug, meine Fehler zu wiederholen.«

»Wer hat Euch verletzt?«

Arlana rechnete nicht mit einer Antwort auf eine so indiskrete Frage. Dennoch erhielt sie sie.

»Außer dem Sarazenenkrieger? Das Leben würde ich sagen. Ich habe mich für stark und großartig gehalten, für tapfer und unbesiegbar, für edel und unfehlbar. So viel Arroganz ist unweigerlich zum Scheitern verurteilt. Also krieche ich nach Hause zurück. Ein trauriger Held, der seine Ideale am Wegrand verloren hat.«

Er klang so bitter, dass Arlana vom Mitleid überwältigt näher an ihn rückte und eine Hand auf seinen Arm legte. Sie fühlte die Härte der Muskeln unter dem Stoff, aber auch wie sie sich unter ihrer Berührung verkrampften.

»Ihr tut Euch selbst Unrecht«, sagte sie mit einer Überzeugung, von der sie nicht wusste, woher sie kam. »Vielleicht habt Ihr nur Probleme damit Niederlagen zu akzeptieren. Auch Helden können nicht jede Schlacht gewinnen. Und es kostet beileibe mehr Mut einen Fehlschlag zu ertragen, als einen Sieg zu feiern.«

»Du weißt nicht, wovon du redest, Arlana. Wie kannst du's auch, in der Sicherheit dieses Lehens, das von einer starken Hand beschützt wird? Der Lord von Hawkstone ist allmächtig und allgegenwärtig, egal welcher König regiert und welcher Krieg geführt wird. Erst wenn du seinen Herrschaftsbereich verlässt, lernst du das Leben wirklich kennen.«

Arlana runzelte die Stirn.

»Dass der Lord für die Menschen sorgt, die zu ihm gehören, ist seine Pflicht als Lehnsherr.«

Der Fremde griff nach ihrer Hand, die noch immer auf

seinem Arm lag und sah auf die schmalen Finger. Gedankenverloren drehte er sie um und strich mit seinem Daumen über die Innenfläche. Arlana durchlief ein Schauer, halb Fieber, halb Bangen. Die Berührung erweckte Empfindungen in ihrem Leib, die sie verwirrten und eine nie gefühlte Hitze durch ihre Adern rinnen ließ. Alle ihre Sinne signalisierten Gefahr. Dennoch wäre sie in diesem Augenblick lieber gestorben, als sich aus diesem Griff zu befreien.

»Wir reden über Dinge, die du nicht verstehen kannst, Arlana mit den roten Locken«, murmelte er heiser. »Lass uns lieber über dich sprechen. Gibt es einen Burschen, mit dem du über das Maifeuer gesprungen bist?«

Sie schüttelte stumm den Kopf. Ihre Haare, die sich beim Trocknen tatsächlich zu einer Flut von Locken gekräuselt hatten, flogen auf.

»Sind die Burschen am Cuckmere blind?«

»ICH bin nicht blind«, wehrte sich Arlana gegen die Verzauberung, der sie zu unterliegen drohte.

Es verwirrte sie, wie geschickt er von den Dingen ablenkte, die sie gerne von ihm gewusst hätte. Sie war ihm nicht gewachsen und das versetzte sie in eine seltsame Mischung aus blinder Panik und bebender Erwartung. Sie hatte noch nie einen Mann getroffen, der in ihr dieses Gefühl von Schwäche und Sehnsucht hervorrief.

»Auf wen wartest du Arlana?«

»Vielleicht auf Euch ...«

Sie konnte es nicht fassen, dass sie das gesagt hatte. Sie erstarrte zu Eis und glühte zur selben Zeit an der Stelle, wo sich ihre Hände berührten. Vielleicht hatte sie sich bei ihrem Sturz in den Fluss den Kopf angeschlagen?

»Ich wünschte mir, dem wäre so«, hörte sie ihn herausfordernd antworten. »Es würde mir gefallen, wenn du auf mich gewartet hättest. Wenn du mich mit einem Begrüßungskuss empfangen würdest, der meine Seele vom Elend der Vergangenheit befreit.«

Ehe Arlana begriff, was er von ihr wollte, umspannten seine Hände ihre Schultern und sein Mund berührte ihre Lippen. Sie zuckte zurück, aber er ließ nicht zu, dass sie sich ihm entzog. Sein sanfter, überredender Kuss wurde intensiver, hungriger und sickerte wie eine fremdartige Droge in ihr Bewusstsein. Sie empfand so viele Dinge auf einmal, dass sie machtlos hinnehmen musste, was geschah.

Als er sie unendlich viel später freigab, berührte sie wie in Trance ihren Mund, der unter diesem Kuss zu vibrieren schien. Er fühlte sich fremd an, gespannt, bebend. Ungewohnt. Mit einem Aufschrei kam Arlana auf die Beine und stürzte ebenso blindlings durch die Nacht davon, wie sie zuvor ans Flussufer geeilt war. Sie wusste nicht genau, ob sie vor sich selbst oder vor dem Fremden floh.

»Warte! So warte doch, Arlana!«, hörte sie ihn rufen, aber es spornte sie nur dazu an, noch schneller davonzulaufen. Dabei wusste sie im tiefsten Grunde ihres Herzens, dass es bereits zu spät dafür war.

2

Hawkstone, 3. Mai 1101

»Das Senföl, Arlana, nicht den Minzessig. Wo bist du mit deinen Gedanken, Kind?«

Arlana fuhr zusammen und tauschte hastig die Gefäße aus. Sie senkte den Blick, denn sie fürchtete sich vor dem, was Lady Liliana möglicherweise in ihren Augen las. Die zweite schlaflose Nacht in Folge zerrte an ihrer Konzentrationsfähigkeit. Sie war in der Kräuterkammer mehr Last als Hilfe.

Das Erlebnis am nächtlichen Flussufer verfolgte sie im Wachen und Träumen. Ständig sah sie das Bild des Fremden vor sich und schwankte zwischen dem Wunsch, ihn wiederzusehen und der Befriedigung darüber, dass sie Stärke genug besessen hatte, vor ihm zu fliehen. Wenn sie dazwischen halbwegs zur Besinnung kam, schien ihr das eine wie das andere falsch zu sein. Sie wusste, weder was sie denken, noch was sie fühlen sollte.

»Wenn du dieses Rezept jemals selbst ansetzt, musst du äußerst sorgsam vorgehen, Arlana«, belehrte die Lady sie währenddessen. »Es ist äußerst giftig und darf nie in falsche Hände geraten. Äußerlich angewendet ist es jedoch eine Wohltat bei Gelenkschmerzen und schweren Verspannungen der Muskeln. Es betäubt den Schmerz, der damit einhergeht, besonders schnell.«

Arlana nickte und zerkleinerte gewissenhaft die Eisenhutwurzeln im Mörser, die in die Tinktur gehörten. Sie versuchte, sich auf die Lehrstunde zu konzentrieren. Die vielfältigen Aromen der getrockneten Kräuter und Gewürze, die in der Luft lagen, erschwerten es ihr jedoch ebenso wie ihre abschweifenden Gedanken. Sie erinnerten sie an den Sandelholzduft, den der Fremde verströmt hatte und ihr entkam ein leiser Seufzer, der bis an die scharfen Ohren der Lady drang.

»Was ist mir dir? Du bist nicht bei der Sache, ich bemerke es seit geraumer Zeit. Was bedrückt dich? Hast du wieder diese Albträume, die dich ...«

Die Herrin von Hawkstone unterbrach sich mitten in der Frage und lauschte nach draußen. In die Fülle der Alltagsgeräusche des Herrensitzes, die durch die halb offene Tür in die Kräuterkammer drangen, mischte sich ungewohnte Aufregung. Man hörte Stimmen, hastige Schritte und schließlich erklang die Glocke im hölzernen Wachturm neben der großen Zugbrücke. Dieses Tor war der einzige, offizielle Eingang durch die Palisadenmauer auf dem Erdwall, die das weitläufige Anwesen in eine Festung verwandelte. Der Lord hatte den Wachturm seit kurzem auch wieder mit Doppelposten besetzt, denn die Ereignisse um den tragischen Tod von König Rufus' mahnten zur Vorsicht.

»Besucher«, sagte die Lady und runzelte die Stirn. »Hoffentlich nicht wieder einer dieser königlichen Boten, die meinen Gemahl in den Zwist zwischen Herzog Robert und unserem neuen König Heinrich hineinziehen wollen. Diese Bruderkämpfe unter den streitsüchtigen Söhnen des Eroberers sind wirklich eine Plage für unser Land. Lass uns nachsehen, wer gekommen ist, Arlana.«

Sie tauchte die Hände in die Wasserschüssel, die ihr Arlana hinhielt, und trocknete sie mit einem Tuch ab. Arlana tat es ihr nach, aber bis sie den Hof erreichte, ging ihre Herrin bereits auf die Gruppe der Neuankömmlinge zu, die sich hoch zu Ross dem großen Haupthaus näherte. Es wies die Züge einer prächtigen, römischen Villa auf und Arlana konnte es nicht ansehen, ohne die eleganten Marmorsäulen und die eindrucksvollen, ebenerdigen Gebäude zu bewundern. In Cashel hatte es nichts gegeben, was sich damit vergleichen ließ. Auch in diesem Augenblick ließ sie sich von dem Bild ablenken. Erst ein Ruf Lady Lilianas erinnerte sie daran, dass ihr Platz an der Seite der Herrin war.

Sie beeilte sich, dem Befehl zu folgen, aber ihre sonst so aufmerksame Herrin war jäh wie verwandelt. Sie stand unbeweglich, im Schritt erstarrt. Arlana folgte neugierig dem Blick ihrer weit aufgerissenen Augen. Er galt seltsamerweise weniger den Gästen, als dem Pferd an der Spitze des Trupps. Einem Destrier, dessen staubiges Fell verriet, dass er eine weite Reise hinter sich haben musste, der aber dennoch mit kompaktem Muskelaufbau und bemerkenswerter Größe imponierte. Auf seiner braunen Stirn leuchtete eine helle Blesse in Form eines Sternes.

»Sirius!«, rief die Lady und Arlana konnte hören, wie tief bewegt sie war. »Dem Himmel sei Dank! Du bist zurück!«

Auch der Mann im Sattel des Streitrosses hatte den Ausruf vernommen. Er wandte den Kopf und Arlana erstarrte, noch ehe ihr Verstand begriffen hatte, was die Augen sahen.

Der fremde Ritter. Der Mann mit der schrecklichen Narbe. Der Unbekannte, der sie am Flussufer geküsst hatte. Das Phantom, das ihr den Schlaf und die Ruhe raubte. Was wollte er in Hawkstone?

»Bryan«, setzte Lady Liliana jubelnd hinzu, als habe sie Arlanas Frage gehört. »Du bist zurück! Endlich! Steig ab und lass dich umarmen, mein Sohn!«

Bryan de Cambremer. Arlana begriff schlagartig. Das also war der Erbe von Cambremer. Dass er dem Aufruf zum Kreuzzug, weniger aus Glaubensgründen, denn aus Abenteuerlust gefolgt war, hatten ihr die Mägde erzählt. Nahezu jede Frau auf Hawkstone schwärmte von ihm und Arlana stellte ihn sich mittlerweile als eine Mischung aus Erzengel und Ritter Galahad vor. Seit fast sechs Jahren warteten seine Eltern und alle anderen auf seine Rückkehr: Lady Liliana war vor Sorge um ihren einzigen Sohn fast vergangen.

Arlana fiel es schwer, den Mann vom Fluss und den Erben von Cambremer zusammenzufügen. Der düstere Krieger passte nicht zu den Geschichten, die von seiner Jugend, seinem Charme und seiner Fähigkeit die Menschen für sich einzunehmen, erzählten.

Ihm hatte sie es genau genommen auch zu verdanken, dass Lady Liliana sie vor einem Jahr im Hafen von Hastings in ihre Dienste genommen hatte. Die Gerüchte und Berichte, die über die Eroberung Jerusalems bis nach Britannien gedrungen waren, hatten die Lady tief beunruhigt. Sie hatte wochenlang um sein Leben gefürchtet und immer wieder versucht, die Neuigkeiten aus erster Hand zu erfahren, die mit den Schiffen aus der Normandie und aus dem Heiligen Land kamen. Sie hatte umsonst auf ihren Sohn gewartet und sich mit einer Irin begnügen müssen, die sie zur Freude des Lords von ihren Sorgen ablenkte.

Arlana war unter der mütterlichen Führung Lady Lilianas in Hawkstone heimisch geworden, aber in diesem Moment lief ihr ein Schauer über den Rücken. Das aufsteigende Gefühl in der Falle zu sitzen, raubte ihr den Atem.

Sie zwang sich gewaltsam in die Wirklichkeit. Sie hatte keinen Grund in Panik zu geraten. Niemals in ihrem Leben war es ihr so gut gegangen, wie an der Seite der Lady. Sie wurde auf Hawkstone nicht wie eine Magd oder Leibeigene behandelt, sondern wie eine Ziehtochter. Da sie ihre Mutter in so jungen Jahren verloren hatte, dass sie nicht einmal mehr eine klare Erinnerung an sie besaß, nahm Lady Liliana einen Platz in ihrem Herzen ein, der ein Leben lang darauf gewartet hatte, gefüllt zu werden.

Dennoch sagte ihr der eigene, unfehlbare Sinn für Gerechtigkeit, dass sie nicht ihr Kind, sondern eine Magd und Leibeigene war. Der Lord hatte Padraig für sie bezahlt und es war ihre Pflicht, dafür zu sorgen, dass er dies nie bereuen würde. Sie straffte die Schultern und stützte die Lady mit einem sanften Griff. Zu Beginn ihres sechsten Lebensjahrzehnts besaß sie eine scharfe Zunge, einen klugen Verstand, eisernen Willen und ein gütiges Herz, aber auch eine körperliche Hinfälligkeit, die es nötig machte, darauf zu achten, dass sie sich nicht zu viel zumutete. Arlana hatte sich umgehend dieser Aufgabe angenommen und sie tat es auch jetzt.

Das also war der verlorene Sohn. Die Aufregung aller anderen ermöglichte es ihr, ihn ungestört zu beobachten. Er kam ihr erschreckend teilnahmslos inmitten aller Wiedersehensfreude vor. Wieso tauchte er erst heute auf? Das Brunnenfest lag zwei Tage zurück. Hatte er zwei Tage darüber nachdenken müssen, ob er seine Eltern noch länger auf die befreiende Botschaft von seiner Heimkehr warten lassen sollte?

Sie erinnerte sich daran, dass sie am Fluss spontan den Eindruck gewonnen hatte, er sei dem Lord von Hawkstone nicht gerade wohl gesonnen. Was stand zwischen Vater und Sohn? Raynal de Cambremer war ein allseits geachteter Seigneur, ein ruhmreicher Ritter und Edelmann, der an der Seite des Eroberers ein Königreich aufgebaut hatte. Er betete seine Frau an und tat alles zum Wohle seiner Kinder und der Menschen, die zu ihm gehörten. Was hinderte seinen Erben daran, einen solchen Mann zu achten und zu lieben?

Unwillkürlich sah sie sich nach dem Lord von Hawkstone um, während die Herrin sich aus ihrem Halt befreite. Lady Liliana lief auf den Ritter zu, der etwas schwerfällig aus dem Sattel geglitten war und ihre Umarmung nun mit steinerner Miene über sich ergehen ließ.

»Du lebst!« Unter ihren prüfenden, suchenden Fingern löste sich seine starre Miene mehr und mehr. Die Narbe glühte auf seiner blassen Haut. »Bryan. Ich wusste, dass du wieder nach Hause kommen würdest, aber die Zeit des Wartens war schwer zu ertragen.«

Arlana sah, wie er die Augen schloss. Um was zu verbergen? Seine Rührung? Seine Gleichgültigkeit? Seine Niederlagen? Bei Tageslicht konnte sie ihn noch weniger durchschauen, als bei Feuerschein. Sie wusste nicht, ob sie sich über dieses unverhoffte Wiedersehen freuen oder ob sie es bedauern sollte. Sie hatte ihn nicht vergessen können.

Aber hatte sie nicht ausreichend eigene Probleme? Was ließ sie wünschen, auch noch die Tiefen seiner Albträume auszuloten? Seine Küsse? Seine Ausstrahlung? Sie konnte nicht leugnen, dass er sie anzog, wie das Licht einer Kerze den Nachtfalter.

»Wo ist mein Gemahl?« Lady Liliana sah sich um, die Hand fest um den Oberarm ihres Sohnes geklammert. »Hat niemand daran gedacht, ihm Bescheid zu sagen?«

»Er ist bei den Fohlen auf der Flussweide«, rief einer der Stallburschen. »Der Stallmeister hat Rob geschickt, ihn zu holen.«

Das Durcheinander der Stimmen, Rufe und Begrüßungen umbrandete den Neuankömmling und seine strahlende Mutter. Arlana sah, wie die Herrin immer wieder über den Mantel ihres Sohnes strich, als müsse sie sich vergewissern, dass er tatsächlich vor ihr stand. Freude glättete ihre alterslosen Züge und ließ eine Ahnung davon aufschimmern, welche Schönheit sie in Arlanas Alter besessen haben mochte. Sie war noch immer eine edle, beeindruckende Erscheinung, aber der Kummer hatte Spuren in ihr Antlitz gezeichnet und die Haare zum Weiß des Alters gebleicht.

»Ich kann es kaum fassen«, hörte Arlana sie sagen. »Seit der Nachricht vom Fall Jerusalems, haben wir vergeblich auf ein Lebenszeichen von dir gewartet. Wir waren in größter Sorge um dich. Ich wusste, dass du schwer verletzt worden bist und dass dein Leben in Gefahr war.«

Kein Schatten des Vorwurfs trübte ihre Stimme und Arlana bewunderte sie dafür. Die Bestimmtheit, mit der sie annahm, dass ihren Sohn keine Schuld an dieser langen Zeit des Bangens und Wartens traf, konnte vermutlich nur eine liebende Mutter aufbringen. Auch die Beherrschung, mit der sie beim Anblick seines zerstörten Gesichtes die Fassung behielt und sich allein darüber freute, ihn wieder bei sich zu haben, bewies mütterliche Selbstlosigkeit und Herzenswärme.

»Verzeih.«

Arlana stand als Einzige so nahe, dass sie die Bitte vernahm. Sie zweifelte misstrauisch an der Aufrichtigkeit dieser knappen Entschuldigung. Sie wollte ihn zwar nicht der Lüge bezichtigen, aber wenn es ihm wirklich ernst damit war, seiner Mutter Kummer zu ersparen, weshalb dieses unnötige Hinauszögern seiner Ankunft? War es seine Schuld oder die seiner Begleitung?

Jetzt erst nahm sie den kleinen Trupp näher ins Visier, der immer noch darauf wartete, ebenfalls begrüßt zu werden. Zwei Frauen auf Maultieren, in dicke Umhänge gehüllt, als wäre es noch Winter. Eine Hand voll bewaffneter Männer und eine seltsam gewandete Gestalt, die zwei Pferde am Leitzügel mit sich führte. Sie wusste nicht, was ungewöhnlicher wirkte, der Mann oder die Pferde.

Neben dem mächtigen Streitross mit der Sternblesse wirkten die beiden Hengste zierlich, fast zerbrechlich. Dennoch waren sie von fabelhafter Eleganz, erkennbar edlem Blut und rassiger Kraft. Sie trugen keine Sättel, was Arlana zu der Annahme brachte, dass sie für die Zucht bestimmt sein mussten. Der bizarre Pferdeknecht, der sie unter Kontrolle hielt, war kaum größer als ein Kind. Von weiten hellen Gewändern und Mänteln umwallt, ein mehrfach gewundenes und gefaltetes Tuch um den Kopf geschlungen, zog er mit seiner tiefbraunen Haut neugierige Blicke auf sich. Arlana entdeckte in seinen dunklen Augen jedoch denselben ruhigen Stolz, wie den in den Augen der Rösser. Er mochte fremdartig aussehen, aber er war sich sowohl seines Wertes wie seiner Fähigkeiten bewusst.

»Seid so freundlich und stellt mich vor, Seigneur«, drang in diesem Augenblick eine liebliche Stimme über all die Rufe, das Getuschel und das Gemurmel der Männer und Frauen des Gutes hinweg. »Ich kann es kaum erwarten Eure Familie und Eure Heimat kennen zu lernen.«

Arlana suchte mit den anderen nach der Sprecherin. Es war die Frau auf dem ersten, silbergrauen Maultier. In dem Rahmen, den die Kapuze ihres kostbar gewirkten Umhanges bildete, schimmerte ein ovales Mädchenantlitz, vollkommen wie eine meisterlich geschnitzte Gemme. Große hellblaue Augen, ein Rosenknospenmund und eine zierliche Nase verbanden sich zu einem Ideal der Schönheit.

Arlanas Herz setzte einen Schlag aus, als Bryan de Cambremer sich von seiner Mutter löste und die junge Frau vom Maultier hob. Ein heißer Stich der Eifersucht durchzuckte sie, während er die andere ohne viel Federlesens auf die Beine stellte.

»Gestattet, dass ich Euch meine Gemahlin vorstelle, Frau Mutter.«

Arlana rang angestrengt nach Luft. Ihr Herz setzte aus. Das Bild vor ihren Augen verschwamm, als hätte sich zwischen ihr und der Wirklichkeit ein Schleier herabgesenkt.

Was hast du gedacht? Dass nur Männer küssen dürfen, die nicht anderweitig gebunden sind? Dumme Gans!

Im allgemeinen Aufschrecken und dem »Ohhh ...« das der Lady wie allen anderen Menschen über die Lippen kam, blieb ihr eigener Schwächeanfall unbemerkt. Die wütende Stimme in ihrem Inneren mobilisierte ihren Stolz.

»Dies ist Lady Benigna von Eloro, die Mutter unserer Tochter Riccarda de Cambremer«, stellte Bryan de Cambremer förmlich vor und unter Arlanas entsetzten Blicken trat er zum zweiten Maultier und half hier ebenso der Frau zu Boden. Erst jetzt konnte sie erkennen, dass ihr Umhang einen geflochtenen Korb schützte, in dem auf einem Nest aus Decken und Kissen ein Kind lag. Es zappelte höchst ungeduldig beim Anblick des Ritters, für den es erkennbare Zuneigung empfand und er trug es mitsamt seinem Korb zu seiner Mutter. Die junge Amme, die ihm besorgt folgte, war kaum älter als seine Gemahlin, aber von bräunlicher Hautfarbe und kräftiger Statur.

Arlana musste ihre ganze Beherrschung aufbieten, um sich nicht zu verraten. Der Kuss, der sie so aufgewühlt hatte, war ein Nichts für ihn gewesen, eine Tändelei zum Maifest. Der Erbe besaß Frau und Kind. Es hatte gar keinen Sinn, sich zu fragen, ob er sie nun erkannte oder nicht.

Und doch hat er dich am Fluss geküsst, als würde er deine Seele berühren!, wiederholte eine fassungslose Stimme in ihr mehrmals.

Sie presste die Lippen aufeinander und versuchte die törichten Gefühle und Gedanken gewaltsam zu unterdrücken. Sie hatte es zur Meisterschaft darin gebracht, Unliebsames zu vergessen. Sie wollte auch den Maiabend vergessen. Aber ausgerechnet dieses Mal versagten ihre Kräfte. Ihre Finger verkrampften sich in den Falten ihres Übergewandes und sie fühlte sich außerstande, dem Erben auch nur den Rücken zuzuwenden.

Spürte er ihren Blick?

Seine Augen glitten kurz über die Männer und Frauen von Hawkstone, verharrten länger auf dem festungsähnlichen Rosenturm und fanden in einem weiten Bogen zu ihr.

Sie versuchte sich in Erinnerung zu rufen, was er sah. Eine junge Frau in den sauberen, aber einfachen Kleidern einer Hausmagd. Auf den Wiesen am Cuckmere gebleichtes Leinen und dunkler Wollstoff, wie man ihn auf den Webstühlen von Hawkstone in solchen Mengen herstellte, dass er in der ganzen Gegend verkauft und geschätzt wurde. Das steife weiße Gebende hatte sie so straff um die Schläfen gezogen, dass nicht die kleinste Strähne ihrer Haare herausschaute. Der strenge Kopfputz betonte die Blässe ihrer Haut, die vereinzelten Sommersprossen, die die Frühlingssonne auf dem Nasenrücken und den Wangen geweckt hatte.

Lady Liliana war der Blick nicht entgangen, obwohl sie ganz in den Anblick ihres Enkelkindes vertieft schien. Ein schmerzlicher Ausdruck huschte über ihr Gesicht. Ehe Arlana ihn genauer prüfen konnte, hatten sich ihre Züge wieder geglättet. Unverzüglich begann die Lady, Ordnung in das Chaos dieser Ankunft und ihrer aufregenden Begleitumstände zu bringen.

»Ihr seht mich so überrascht, dass ich meine Höflichkeit darüber vergesse«, wandte sie sich in leicht angestrengter

Freundlichkeit an die wunderhübsche Edeldame und strich zur selben Zeit dem kleinen Mädchen im Korb über die dunklen Locken. »Verzeiht meine Formlosigkeit. Ich kann kaum fassen, dass ich meinen Sohn wieder zurückhabe und nun bringt er uns gar noch eine Gemahlin und ein Kind, von dem wir nichts gewusst haben. Ihr müsst mich für schrecklich taktlos halten. Ich will versuchen, es wieder gutzumachen.«

Arlana biss sich in die Unterlippe, bis sie Blut schmeckte. Sie klammerte sich an den schwachen Trost, dass Lady Liliana die Fremde nicht auf der Stelle als neue Tochter in die Arme schloss. Verblüffung allein reichte als Grund dafür nicht aus. Sie missbilligte diese Ehe offensichtlich auf Anhieb. Arlana kannte sie gut genug, um dieses erste und stärkste Gefühl hinter all ihrer Wohlerzogenheit zu entdecken.

»Kommt ins Haus. Ihr müsst erschöpft von der Reise sein und ein Willkommenstrunk wird Euch gut tun. Arlana willst du in die Küche vorausgehen und alles Nötige in Auftrag geben? Ihr anderen geht wieder an die Arbeit. Wir haben ein Fest vorzubereiten. Es gibt so viel auf einmal zu feiern. Bryans Heimkehr. Ein Enkelkind und eine neue Tochter. Ich weiß gar nicht, wo mir der Kopf steht.«

Arlana eilte unter das von Säulen getragene Vordach der Villa und weiter in die große Küche des Herrenhauses. Sie war dankbar, dass ihr der Befehl die Gelegenheit gab, sich zu fassen. Es musste ihr egal sein, ob der Ritter sie erkannt hatte oder nicht. Sollte sich doch Lady Benigna von Eloro um die Wunden seiner Seele und seines Antlitzes kümmern. Sie war seine Gemahlin!

Aber wer kümmerte sich um ihre Wunden? Um den unerwarteten, brennenden Schmerz, der ihr Herz mit eisernen Klammern zusammendrückte?

*

»Du kannst dir nicht vorstellen, wie erschreckend er sich verändert hat.«

Mariel sah sich in dem großen Gemach um, das die Herrin für Lady Benigna und ihren Gemahl bestimmt hatte. Es besaß eine zweiflügelige Tür, die auf den überdachten Gang hinausführte, der den großen Innenhof der alten Villa umgab. Sorgsam gestutzte Buchsbüsche begrenzten dort die sich kreuzenden Wege aus hellen Marmorplatten. Kräuter und Blumen blühten in leuchtenden Frühlingsfarben in sorgsam gepflegten Beeten und auf dem breiten Sims des plätschernden Marmorbrunnens putzte eine Amsel ihr lackschwarzes Gefieder.

Arlana schenkte dem Idyll keinen Blick. Im Rhythmus ihres dumpfen Herzschlages kontrollierte sie, wie es ihre Aufgabe war, Mariels Arbeit. Sie strich mit fahriger Hand über das feine Leinen des Bettes und rückte die prallen Kissen zurecht, die mit feinstem Gänseflaum gefüllt waren. Die Vorstellung, dass Bryan de Cambremer und seine Gemahlin sich in diesem Alkoven in den Armen halten würden, setzte ihr mehr zu, als sie sich eingestehen wollte.

Da die andere Magd keine Antwort von ihr erhielt, plapperte sie mitteilsam weiter: »Er war ein so liebenswürdiger Jüngling. Für jedes Mädchen hatte er ein Lächeln übrig und seine Scherze brachten den finstersten Griesgram zum Lachen.«

»In fünf Jahren verändert sich jeder Mensch. Vergiss nicht, er hat Krieg gegen die Heiden geführt.«

Arlana unterbrach die Lobeshymnen knapp, aber Mariels Mitteilungsdrang war nur schwer zu drosseln.

»Aber sie haben gesiegt! Sie haben das Grab Christi

erobert. Ehrlich gesagt, wie ein Sieger sieht der junge Herr nicht aus.«

Dem konnte Arlana kaum widersprechen.

»Das hängt sicher mit der schlimmen Narbe zusammen«, fuhr Mariel geschwätzig fort. »Die arme Lady Liliana. Es muss schrecklich für sie sein, ihn so entstellt zu sehen. Sie war schon außer sich, als er in die Normandie ging, um sich den Kreuzrittern anzuschließen. Sie hat den Lord angefleht, ihm nachzureisen und ihn nach Hause zu holen.«

»Und warum hat er es nicht getan?«

Bislang hatte Arlana es vermieden, am häuslichen Klatsch teilzunehmen, aber heute drängte es sie danach, dazu alles zu erfahren. Wenn sie genau wusste, was Bryan de Cambremer bewegte, konnte sie vielleicht die gefährliche Verzauberung abstreifen, die er über ihre sonst so ausgeprägte Vernunft geworfen hatte.

Mariel strich sich mit den Handflächen über die Hüften und zupfte eine hellblonde Haarsträhne in die Stirn. Die unbewussten Gesten zeigten Arlana mehr als alles andere, welche Faszination der Erbe von Hawkstone trotz allem noch auf die Frauen in seiner Umgebung ausübte. Mariel kümmerte sich normalerweise nur um ihr Aussehen, wenn sie wusste, dass sie dem obersten Pferdeknecht begegnen würde.

»Hatten die beiden Streit?« Arlana verachtete sich für die drängende Nachfrage, aber sie kam wie von selbst über ihre Lippen.

»Kann man es Streit nennen, dass er sich gegen die Bevormundung seines Vaters aufgelehnt hat?« Mariel zog eine Grimasse. »Es ist bei den Menschen nicht anders, als bei den Wölfen. Es kann immer nur einen Anführer geben und irgendwann muss jeder alte Wolf einem jungen Rudelführer Platz machen.«

Arlana nickte begreifend. Sie schätzte den imposanten Lord von Hawkstone sehr, aber sie verstand, dass seine beeindruckende Persönlichkeit eine schwere Belastung für den eigenen Sohn darstellte.

»Aber vielleicht wird jetzt alles gut«, plauderte Mariel weiter. »Es wird dem Lord zwar nicht passen, dass er sich seine Braut selbst ausgesucht hat, aber immerhin ist sie eine sehr schöne Edeldame und das kleine Mädchen beweist, dass sie fruchtbar ist und ihm sicher viele Enkelsöhne schenken wird.«

Arlana unterdrückte einen Seufzer. Im Gegensatz zu der Magd hatte sie, soweit es die Edeldame betraf, ihre Zweifel. Sie wusste inzwischen genügend über den normannischen Adel, egal, ob in Frankreich oder Sizilien, um zu vermuten, dass die Dame von Eloro einer völlig unbekannten und demzufolge unbedeutenden Familie angehören musste. Vermutlich bestand ihre einzige Mitgift aus ihrer Schönheit. Ob das dem Lord genügte?

»Ich hätte gedacht, dass seine Lordschaft für seinen einzigen Sohn eine Braut aus der Normandie oder aus Britannien im Auge hat«, sagte sie leise.

»Sicher kommt sie aus Sizilien, wie die zweite Frau von Herzog Robert, Sibilla von Conversano«, vermutete Mariel und tat frische Kerzen in die Leuchter auf dem Kaminsims und auf dem breiten Holztisch. »Wenn alle Frauen in Sizilien so schön sind, kann ich begreifen, warum unsere Ritter vom Heiratsfieber befallen sind.«

Robert, der älteste Sohn des Eroberers, der vor mehr als fünf Jahren sein Herzogtum an seinen Bruder König Wilhelm Rufus verpfändet hatte, um das Heer auszurüsten, mit dem er ins Heilige Land zog, war ebenfalls mit einer Gemahlin in seine Heimat zurückgekehrt. Seine erste Frau hatte sich ins Kloster von Fécamp zurückgezogen, als er ins Heilige Land aufbrach und sie war dort bereits nach kurzer Zeit verstorben. Die neue Herzogin Sibilla stammte aus der normannischen Herrscherfamilie Siziliens. Niemand konnte in Abrede stellen, dass sie für Robert sowohl eine blendende Partie, wie eine Stärkung seiner politischen Macht darstellte. Wäre Benigna von Eloro eine ihrer Hofdamen gewesen, Bryan hätte es garantiert erwähnt, um ihr einen guten Empfang zu sichern.

Arlana unterdrückte einen Seufzer und gab sich einen Ruck. »Bist du fertig? Sie müssen jeden Moment kommen …«

Schritte auf dem Gang bestätigten ihre Vermutung. Lady Liliana trat ein, gefolgt von der jungen Gemahlin ihres Sohnes.

Mariel versank in eine respektvolle Reverenz und erst ihre Bewegung sagte Arlana, dass ein solcher Knicks auch von ihr erwartet wurde. Hastig beugte sie das Knie.

Sie war es nicht gewohnt, den Kopf so tief zu neigen. Lady Liliana hatte sich längst alle überflüssigen Respektsäußerungen verbeten. Ihnen beiden genügte ein Gruß, ein Lächeln, in besonderen Fällen auch eine innige Umarmung, die von ihrer wachsenden, gegenseitigen Zuneigung sprach.

Lady Benigna sah sich mit prüfenden Blicken um, ohne die beiden Mägde zur Kenntnis zu nehmen. Arlana ballte die Fäuste in den Falten ihres Gewandes. Durften sie jetzt aufstehen oder legte die neue Lady Wert darauf, dass sie ihr zu Füßen lagen?

»Wenn Ihr noch Wünsche habt, zögert nicht, sie auszusprechen«, sagte Lady Liliana. »Ihr seid jetzt unter diesem Dach zu Hause. Mariel wird Euch zu Diensten sein. Arlana, deinen Arm bitte.«

Arlana erhob sich schnell und studierte unter halb

gesenkten Wimpern das Antlitz Benignas von Eloro aus unmittelbarer Nähe. Sie versuchte unparteiisch zu sein. Zweifelsohne war sie auf eine anrührende Weise schön, der sich niemand entziehen konnte. Sie war wie eine Blume, der man sich unwillkürlich zuneigte, um ihren Duft zu kosten oder die Zartheit ihrer Blütenblätter zu prüfen. Im Silberblau ihrer großen Augen, stand die unausgesprochene Bitte ihr freundlich zu begegnen. Eine Mischung aus Schutzbedürftigkeit und furchtsamer Scheu, die vermutlich jeden Mann in ihren Bann schlug.

»Danke«, hauchte sie jetzt so betont bescheiden, dass Arlana sich schon gemein vorkam weil sie nur nach einem Fehler an ihr suchte. »Ich will Euch keine Mühe machen, Frau Mutter. Ich weiß, dass meine Ankunft und meine Person für Euch eine Überraschung sind. Ich hätte es vorgezogen am Hofe der Herzogin in Rouen zu bleiben, damit mein Gemahl die Möglichkeit gehabt hätte, Euch diese Neuigkeit schonender zu übermitteln. Aber er bestand darauf, dass wir alle ihn begleiten. Ich habe gehorcht, wie es sich geziemt.«

Ohne eine einzige, ausdrückliche Klage, vermittelte sie den Eindruck, dass sie mehr für Bryan tat als er für sie. Arlana sah, wie Lady Liliana die Brauen hob.

»Ich hätte es meinem Sohn nie verziehen, wenn er uns Euch und Eure Tochter noch länger vorenthalten hätte«, erwiderte sie nachdrücklich. »Seid Ihr denn sicher, dass Ihr Riccarda in der ersten Zeit nicht bei Euch im Gemach haben wollt? Die Reise und all das Neue müssen das Kind verwirren und die Gegenwart seiner Mutter würde ihm helfen und es im Notfall trösten.«

»Das Kind hängt schrecklich an seiner Amme.« Lady Benigna schlug die Augen nieder. »Ich bringe es nicht übers Herz, die beiden zu trennen. Riccarda weint, sobald die Amme aus ihren Augen verschwindet. Das kann ich meinem Gemahl nicht zumuten. Er ist, wie Ihr ja gesehen habt, nicht bei bester Gesundheit und benötigt seine Ruhe.«

Lady Liliana nickte zustimmend, aber Arlana fragte sich im Stillen, ob die entstellende Narbe Lady Benignas Gemahl tatsächlich so sehr schwächte. Am Fluss hatte sie nichts davon gemerkt, dass er Ruhe und Pflege benötigte. Im Gegenteil, die Erinnerung an die Kraft seiner Muskeln trieb ihr das Blut schneller durch die Adern.

Du bist eifersüchtig! entdeckte sie problemlos den Grund für ihre kritischen Fragen. Du siehst sie an und kommst dir plump und unbedeutend vor. Du weißt, dass du gegen so viel Schönheit keine Chance hast. Du suchst ständig nach ihren Fehlern.

»Er wird wieder gesund werden«, versprach die Herrin von Hawkstone inzwischen. »Auch Ihr werdet Euch in Hawkstone eingewöhnen und eure neue Heimat lieben lernen.«

»Ich bin mir sicher«, antwortete Lady Benigna. »Wenn ich mich erst einmal an die Kälte und den ständigen Wind gewöhnt habe, werde ich die südlichen Meere nicht mehr vermissen. Meint Ihr, es ist möglich, ein Feuer zu entfachen?«

Sie nahm so sehnsüchtig den Kamin ins Visier, dass Arlana einen verdutzten Blick auf die offene Flügeltür warf, die den Blick auf den Innenhof freigab. Die ersten Maitage waren angenehm warm und im ganzen Haus verzichtete man seit Tagen darauf, die Kamine zu heizen.

Mariel griff blitzschnell nach der Gelegenheit, sich der neuen Herrin angenehm zu machen.

»Ich hole Glut aus der Küche, das geht schneller.«

Sie eilte diensteifrig davon, während Arlana den Frühling aussperrte und die Kerzen entzündete, weil sie auch die Helligkeit mit dem Schließen der Tür nach draußen verbannt hatte. Das kurze Schweigen im Raum schien der jungen Lady unangenehm. Sie raffte den Umhang noch enger um sich.

»Ich bringe alles durcheinander, nicht wahr? Wie schade, dass ich meine Dienerinnen in Jerusalem lassen musste. Mein Gemahl hatte sicher Recht, dass es keinen Sinn gehabt hätte, sie in ein Land zu bringen, dessen Sprache sie nicht einmal sprechen, aber ich sehne mich doch manchmal nach einem vertrauten Gesicht und all diesen wundervollen Dingen, die man im Morgenland für die Pflege von Haut und Haaren tun kann. Reisen zerstört die Schönheit.«

»Was für ein Unsinn!« Lady Liliana schüttelte den Kopf über ihre Klagen und lachte ein wenig gereizt. »Ihr seid die Perfektion in Person, meine Liebe. Kein Wunder, dass mein Sohn bei Eurem Anblick den Kopf verloren hat. Ich bin sicher, dass sich unter den Frauen von Hawkstone auch eine Kammermagd finden lassen wird, die Euren Ansprüchen genügt.«

»Überlasst mir doch gleich diese da. Sie scheint zu wissen, was sie tut und sie sieht sauber und anstellig aus.«

Das artige Geplauder drang zwar an Arlanas Ohren, aber sie war so in ihre Gedanken vertieft, dass erst Lady Lilianas merklich strenge Antwort, ihr zu Bewusstsein brachte, dass sie mit »diese da« gemeint gewesen war.

»Arlana ist keine Magd des Hauses. Sie steht mir nah wie eine meiner Töchter. Sie zählt nicht zu den Dienstboten, wenngleich sie mir in allen Angelegenheiten des Hauses zur Hand geht und die Durchführung meiner Anweisungen beaufsichtigt. Mariel, die um die Glut gelaufen ist, wird sie gern ersetzen. Seid gewiss, dass auch sie gehorsam und geschickt ist. Jeder in Hawkstone wird sein Möglichstes tun, damit Ihr Euch hier bald heimisch fühlt.«

»Ich kann gar nicht sagen, wie sehr ich Euch danke. Ich würde nie wagen, Euch Eurer persönlichen Dienerin zu berauben«, entschuldigte sich Lady Benigna auf der Stelle geradezu schuldbewusst. Ob sie dabei das Wort Dienerin absichtlich oder nur aus Gedankenlosigkeit gebrauchte, war schwer zu sagen. Ihr Lächeln war auf jeden Fall so überzeugend, dass ihr sogar Arlana schweren Herzens glauben musste.

Glücklicherweise erschien in diesem Augenblick Mariel mit der Glutpfanne. Das Gespräch brach ab. Als das Feuer wie gewünscht im Kamin loderte und die neu ernannte Kammermagd den ersten Mantel unter Aufsicht ihrer Herrin in die richtigen Knicke legte, folgte Arlana erleichtert Lady Liliana nach draußen. Sie schloss die Tür des Gemachs so gründlich hinter sich, als könne sie damit auch ihre eigenen hässlichen Gedanken aussperren.

Wie sollte sie es ertragen, Benigna von Eloro täglich zu sehen und zu wissen, dass sie dem Mann angetraut war, der sie am Fluss in den Armen gehalten hatte? Der sie mit seinen Küssen, wie mit einem Siegel gezeichnet hatte?

3

Hawkstone, 3. Mai 1101

War er wirklich zu Hause oder würde er im nächsten Augenblick erwachen, die glühende Sonne zwischen den Schulterblättern, den Mund voller Sand und von der Sehnsucht nach Wasser und Schatten gepeinigt? Er spürte eine Berührung am Bein und sah nach unten. Ein majestätischer, schwarzer Kater rieb sich an ihm und schnurrte wohlig.

»Hawk!«

Bryan de Cambremer beugte sich ungelenk und hob das riesige Tier auf seinen Arm. Zuletzt hatte er es am Tage seines Abschieds von Hawkstone gesehen. Damals ein quirliges Fellbündel, das nicht fassen konnte, dass eine Satteltasche ein Aufenthaltsort für ein Katzenjunges sein sollte.

»Du bist also erwachsen geworden«, stellte er murmelnd fest und vergrub das Gesicht in dem dichten schwarzen Fell. Hawks Schnurren wurde zu lautstarkem Knattern und Bryan verspürte den höchst ungewohnten Drang, zu grinsen. In der Wüste gab es keine wohlgenährten Hauskater. Er träumte also nicht.

Aufatmend sah er sich um, unbewusst bereits auf der Suche nach einer ganz bestimmten Vision.

Arlana. Ein keltischer Name, der in diesem Landstrich eher selten vorkam. Dass in Hawkstone gleich zwei Mägde dieses Namens leben sollten, war unwahrscheinlich. Und doch, die sittsame, blasse Person im schlichten Gewand und dem strengen Kopfputz konnte unmöglich die erstaunliche Irin sein, die er am Fluss geküsst hatte.

Was ihn dazu bewegt hatte, sie zu küssen, wusste er selbst nicht genau. Begehren war im Spiel gewesen, aber auch eine so tiefe Sehnsucht, wie er sie noch nie verspürt hatte. Sie war ihm so lebendig vorgekommen, so warm und leidenschaftlich, so zutiefst weiblich und wundervoll eigenwillig. Eine Frau wie eine frische Sommerbrise. Ihr Kuss hatte den Geschmack von Wiesenkräutern und frischen Erdbeeren, Aromen, die in den vergangenen Jahren nur in seiner Erinnerung gelebt hatten. So wie der Rosenturm von Hawkstone.

Bryan von Cambremer verengte die Augen und betrachtete durch den Spalt seiner Lider die mächtigen Mauern, die das Lehen von Hawkstone weithin sichtbar überragten. Das Bollwerk aus verwitterten Steinen, einst als letzte Zuflucht bei Überfällen der Nordmänner erbaut, weil die römische Villa mit ihren offenen Säulengängen nur schwer zu verteidigen war, ragte gleich einem grauen Monolithen in den Himmel. Gegen das Licht konnte er nicht einmal die zarten Blatttriebe der ersten Rosen erkennen, deren braune Ranken an den steilen Wänden des Turmes hinaufkletterten. In wenigen Wochen würde er unter der Fülle der Blüten, die seine Mauern bedeckten, geradezu verschwinden.

Seltsamerweise hatte er den Turm immer kahl und trutzig vor seinem inneren Auge gesehen, wenn er im Heiligen Land an das Wahrzeichen von Hawkstone dachte. Abweisend und streng wie es die Worte seines Vaters gewesen waren, wenn er es gewagt hatte, ihm zu widersprechen. Für ihn war er auch nach der Ritterweihe ein unmündiger Junge geblieben, dem er Befehle erteilte und dessen Meinung er als unreif abtat. Er hatte gehofft, seine Anerkennung mit

Heldentaten zu erringen. Und nun? Was würde er sagen, wenn er die Wahrheit erfuhr?

Ein bitteres Lächeln legte sich um seinen Mund, als er die Wirklichkeit mit den Illusionen des jungen Ritters verglich, der vor sechs Jahren aufgebrochen war. Er kam als Mann zurück, den die Schrecken der Schlachten ebenso gezeichnet hatten, wie die Erkenntnis der eigenen Dummheit. Hawk, der Kater, spürte seinen Sinneswandel und stemmte sich gegen die breite Schulter. Bryan ließ ihn frei.

»Gehab dich wohl, mein Freund. Mir scheint, man begegnet mir auf Hawkstone allenthalben mit Vorsicht und Misstrauen.«

Brüsk machte er kehrt und wandte sich den Ställen zu. Der warme Dunst nach Tieren, Stroh, Sattelleder und Pferdeäpfeln empfing ihn. Das Gemäuer mit den niedrigen Ziegelgewölben datierte wie das meiste auf dem Gut aus römischer Zeit. Es bildete einen wahren Palast für die Pferde von Hawkstone, deren Zucht und Verkauf ihren guten Teil zum Reichtum des Lehens beitrug.

Auch die beiden Araberhengste waren jetzt hier zu Hause und er fand Faruk dabei einem von ihnen den Staub der Reise von den Flanken zu striegeln, als er in die abgetrennte Box trat. Der hagere Sarazene sah kurz auf, setzte jedoch keinen Strich mit seiner Arbeit aus.

Bryan sah ihm schweigend zu und fand in den gleichmäßigen Bewegungen der braunen Arme eine vage Beruhigung. Es gab Dinge, die stets gleich blieben, egal, was geschah. In den endlosen Stunden, die er unter Faruks Obhut verbracht hatte, waren sie einander näher gekommen, Freunde geworden. Aber Faruks bedingungslose Ergebenheit in sein Schicksal, in alles was Allah für ihn verfügte, bildete einen scharfen Gegensatz zu seiner eigenen, leidenschaftlichen Auflehnung gegen alles Vorbestimmte.

Auch jetzt ahnte der Sarazene was seinem normannischen Freund zusetzte.

»Du musst aufhören dir den Kopf über Dinge zu zerbrechen, die du nicht mehr ändern kannst«, sagte Faruk, als er seine Arbeit beendet hatte in seiner Sprache, die Bryan inzwischen auch beherrschte. »Alles wird kommen, wie es im Buch des Schicksals geschrieben steht.«

»Verschone mich mit deiner morgenländischen Gelassenheit.« Bryan weigerte sich in Arabisch zu antworten. »Es war dein Entschluss mich zu begleiten, also gewöhne dich daran, die Sprache dieses Königreiches zu gebrauchen. Es ist jetzt auch dein Zuhause.«

»Ich konnte weder meine edlen, vierbeinigen Freunde, noch den christlichen Hund im Stich lassen, den mir Allah so unverhofft vor die Füße geworfen hatte«, erwiderte Faruk gelassen auf Arabisch. »Immerhin sind die Ställe ihrer wert und du bist endlich bereit, dich den Dingen zu stellen, vor denen du schon einmal weggelaufen bist.«

»Es freut mich, dass wenigstens du etwas Gutes in all dem entdecken kannst«, erwiderte Bryan sarkastisch.

Er fuhr sich mit den Händen durch seine schulterlange Mähne. Seit der Schlacht um Jerusalem hatte er keinen Helm mehr getragen und es deswegen auch nicht für nötig gehalten, sein Haar auf die erforderliche Länge zu kürzen. Seine Mutter würde vermutlich darauf bestehen, dass er ein zivilisiertes Aussehen annahm. Als ob das etwas daran änderte, dass die Kinder vor ihm erschraken und die Frauen zurückwichen. Sogar seine eigene Gemahlin ertrug es kaum, ihm offen ins Gesicht zu sehen.

Hastig schob er die Gedanken fort und konzentrierte sich auf den zweiten Hengst, der ihn an der Schulter stupste und nach Aufmerksamkeit verlangte. Nachdenklich kraulte er das schöne Tier zwischen den Ohren.

»Ich hoffe, dass sich mein Vater wenigstens über diese beiden freuen kann, wenn er schon von seinem Sohn enttäuscht sein muss.«

»Du unterliegst einem Irrtum, Bryan. Ich wüsste nicht, warum ich von dir enttäuscht sein sollte.«

Die sonore Stimme des Lords von Hawkstone näherte sich vom Tor, dann stand er vor den beiden Männern und den zwei Hengsten.

Er nickte Faruk zu. Er respektierte jeden Mann, der sein Handwerk verstand, und er erkannte auf den ersten Blick, dass die beiden fabelhaften Rösser Faruks Kinder waren. Erst danach blieben seine Blicke auf dem Sohn haften, der ihn als trotziger Jüngling verlassen hatte und als gezeichneter Krieger zurückgekehrt war.

»Seigneur.«

Bryan neigte das Haupt und die wilden Haare verbargen fürs Erste die Entstellung seines Gesichts. Sie verbargen ihm auch den Schmerz auf den Zügen seines Vaters. Den Umstand, dass er die Arme hob und sie enttäuscht wieder sinken ließ, weil sein Sohn den Willkommensgruß offensichtlich nicht wollte, den er ihm anbot. Ein stockender Atemzug weitete die Brust des grauhaarigen Lords, ehe er die Augen unter den buschigen Brauen verengte und sich hinter seiner Selbstbeherrschung verschanzte.

»Ich danke dem Himmel, dass du den Weg nach Hawkstone zurückgefunden hast, mein Sohn«, sagte er aus tiefstem Herzen, aber nüchternen Tons.

»Der Himmel hat wenig damit zu tun«, erwiderte Bryan nicht weniger trocken. »Unsere Aufgabe ist erfüllt und es hat mich nicht danach gedrängt, ein Wächter des Heiligen Grabes zu werden.«

»Mir ist es ebenfalls lieber, dass du dich für Weib und Kind entschlossen hast.«

»Auch wenn meine Gemahlin nur aus einer unbedeutenden Familie stammt?«

»Du hast sie gewählt, also werden auch wir sie lieben.«

Bryan sah schnell auf und begegnete dem Blick seines Vaters mit jener ausdruckslosen Miene, die er der Welt im Allgemeinen entgegenbrachte. Er hatte gelernt, dass es gefährlich war, seine Gefühle preiszugeben.

»Sie gehören zu mir«, umging er die direkte Antwort. »Ich habe geschworen, für sie zu sorgen. Ich bin mir bewusst, dass Ihr andere Pläne für mich hattet.«

»Wenn dies der Fall gewesen sein sollte, so haben sie sich mit deiner Rückkehr erledigt.«

Der Lord passte sich dem sachlichen Ton seines Sohnes an. Nur er wusste, dass er die Hände auf dem Rücken verschränkt hatte, um die eigene Beherrschung zu sichern. Er war sich der Fehler bewusst, die er in der Vergangenheit gemacht hatte. Er wollte sie nicht noch einmal begehen. Sie mussten einen neuen Weg finden, als Gleichberechtigte miteinander umzugehen.

Bryan fühlte wie Faruks Blicke zwischen ihm und seinem Vater hin- und herwanderten. Die beiden älteren Männer würden sich einig sein, in ihrer Verurteilung seiner Taten. Er wusste selbst, dass er Benigna aus falschen Gründen und zur falschen Zeit zur Frau genommen hatte und er wollte nicht darüber sprechen. Er wechselte das Thema.

»Ich habe nicht nur Frau und Kind nach Hawkstone gebracht, sondern auch diese Hengste. Wenn es gelingt, sie mit unseren Stuten zu kreuzen, könntet Ihr die schnellsten Reitpferde des ganzen Königreiches züchten. Auf diesen Rössern ist ein Bote doppelt so schnell, und ein Bogenschütze doppelt so wendig wie bisher. Man wird sie ebenso schätzten wie die Streitrösser, die Ihr aufzieht und trainiert.«

Der Lord registrierte sehr wohl, dass Bryan die Frage nach seiner Gemahlin auf geschickte Weise umging, aber er ließ es ihm durchgehen. Er hatte sechs Jahre gewartet, er würde auch noch die Geduld für ein paar weitere Tage und Wochen aufbringen. Sein Sohn war ihm fremd geworden und die Härte in seinem Gesicht mahnte, wie die Narbe, zur Vorsicht.

»Ich fürchte in der nächsten Zeit sind mehr Streitrösser gefragt«, entgegnete er deswegen zurückhaltend. »Seit sich Heinrich nach Rufus' Tod des Staatsschatzes und der Krone bemächtigt hat, fürchtet alle Welt den nächsten Krieg. Du kennst den Herzog mittlerweile am besten. Was hat Robert Kurzhose zu der Tatsache gesagt, dass ihn ein weiterer Bruder um die Krone gebracht hat, die er für die seine hält?«

»Er schäumt. Und da ihm Herzogin Sibilla mittlerweile den ersehnten Erben geschenkt hat, ist er noch wütender darauf bedacht, endlich die Krone zu erobern, die er schon Rufus geneidet hat.«

Die Söhne des Eroberers lagen im Streit, seit sie in Kinderkitteln mit Holzschwertern aufeinander losgegangen waren. Im August des vergangenen Jahres war König Wilhelm Rufus auf der Jagd im New Forest von einem Pfeil getötet worden. Sein Mörder, ein gewisser William Styrrel, war auf der Stelle aufgeknüpft worden, aber auch sein Tod hatte die Gerüchte über seine möglichen Auftraggeber nicht zum Verstummen gebracht. Die atemberaubende Geschwindigkeit, mit der Heinrich I. Beauclerc, der jüngste von Wilhelms Söhnen, innerhalb weniger Tage nach diesem Tod die Macht an sich gerissen hatte, sprach in den Augen argwöhnischer Untertanen dafür, dass er bei dem Attentat seine Finger im Spiel gehabt haben musste.

Es kümmerte ihn weder, dass die beiden älteren Brüder

Robert und Wilhelm Rufus, im Falle ihres frühzeitigen Todes, einander gegenseitig zum Erben eingesetzt hatten, noch dass sein Vater ihn für den Kirchendienst bestimmt hatte. Da er im Gegensatz zu seinen Brüdern das Sächsisch der englischen Bauern und einfachen Leute sprach, hatte er auch den größten Teil der englischen Barone auf seiner Seite. Die normannischen Familien sammelten sich unter Roberts Führung und einmal mehr spaltete die Politik auch Familien.

Auch Raynal de Cambremer zählte zu den Edelmännern, deren Interessen auf beiden Seiten des Kanals lagen. Große Teile seiner Familie lebten in der Normandie. Seine Gemahlin war eine sächsische Fürstentochter und er selbst hatte in der siegreichen Schlacht von Hastings an der Seite des Eroberers gestanden. Er war beiden Seiten verbunden und verstand ihre Wünsche und Argumente.

»Wie konnte das nur geschehen?«, riss ihn Bryan aus seinem Nachsinnen.

»Der Mord an Rufus?« Der Lord hob in einer beredten Geste die Schultern. »Niemand weiß Genaues. Wenn Heinrich tatsächlich nichts damit zu tun gehabt haben sollte, dann hat er doch bemerkenswert schnell und rücksichtslos seine Chancen genutzt.«

»Die meisten scheinen vergessen zu haben, dass er allen kirchlichen Plänen seines Vaters zum Trotz mit achtzehn Jahren zum Ritter geschlagen wurde. Außerdem war er schon immer der hellste Kopf von seinen Geschwistern.«

Bryan hatte seine Zeit als Knappe ebenso bei Hofe verbracht, wie die ersten Jahre als Ritter. Er kannte die königlichen Brüder und es überraschte ihn weniger als seinen Vater, dass Heinrich nach Rufus Tod die Schlüsselgewalt über die königliche Burg in Winchester an sich gerissen hatte. Die drei Tage später erfolgte Krönung in

Westminster war danach nur noch eine Formsache gewesen.

»Und Styrrel? Hat man nachgeforscht, was seine Motive gewesen sein könnten?«

»Die Schnelligkeit, mit der man ihn gehängt hat, spricht dafür, dass einiges im Verborgenen geblieben ist, aber niemand weiß Genaueres.«

»Ich hätte an seiner Seite bleiben sollen ...«

»An Rufus Seite?«

Der Lord von Hawkstone gab einen undefinierbaren Laut von sich. Er erinnerte sich daran, dass Bryan vor vielen Jahren schon einmal einen Mordanschlag auf Rufus verhindert hatte. Sein Freund, Richard de Tréviers, hatte die Tat geplant und Bryan hatte sie aufgedeckt, ehe sie vollbracht werden konnte. Die Folgen dieses Dramas waren für alle Beteiligten tragisch und weit reichend gewesen. Sie hatten seiner jüngsten Tochter einen normannischen Ehemann verschafft, aber Bryan und Richard dazu veranlasst, sich dem großen Kreuzzug anzuschließen, um ihre Verfehlungen zu büßen. Richard wollte dem König künftig aus dem Weg gehen, Bryan den vermeintlichen Verrat einer Freundschaft sühnen.

»Du warst nicht sein einziger Ritter und du hattest gute Gründe, das Kreuz auf deinen Umhang zu tragen«, erinnerte er seinen grübelnden Sohn. »Auch du hättest das Unglück wohl nicht verhindern können. Rufus hat seine Willkür übertrieben. Er hat die Kirche ausgeplündert, seine Kronvasallen durch die Erhöhung der Erbgelder in die Knie gezwungen und zuletzt sogar Gold dafür verlangt, wenn er einen Ehekonsens erteilen sollte. Die Zahl seiner Feinde war am Ende größer als die seiner Freunde. Übrigens Freunde. Ist Richard de Tréviers mit dir nach Hause gekommen?«

»Richard ist tot.« Bryans Stimme klang noch heiserer, als sie es ohnehin schon war. »Ich habe meinen Schwur gebrochen. Ich sollte ihn schützen.«

»Unsinn!« Der Lord ließ seine guten Vorsätze fahren und packte seinen Sohn heftig an den Schultern. »Wofür hältst du dich? Für Gott? Das ist Sünde. Richard war erwachsen und selbst für seine Handlungen verantwortlich. Wenn er im Kampf um das Heilige Grab gefallen ist, so ist ihm die ewige Seligkeit sicher. Du hast keinen Grund dich schuldig zu fühlen. Weshalb solltest du die Schuld eines Heiden auf dich nehmen? Meine Güte, du quälst dich, als hättest du ihn mit eigener Hand getötet. Das hast du doch nicht – oder?«

Er hatte die Absurdität des Verdachts betonen wollen, aber Bryan verstand ihn völlig falsch. Seine ohnehin harten Züge wurden vollends zu Stein.

»Habt Ihr Zweifel? Natürlich habt Ihr Zweifel. Ihr hattet noch nie großes Vertrauen in mich, nicht wahr? Soll ich Euch etwas sagen? Ihr hattet völlig Recht damit, Herr Vater!«

Bryan riss sich aus dem Griff, machte auf dem Absatz kehrt und stürmte aus dem Stall. Der Lord sah ihm mit fassungsloser Miene nach, ehe er sich an den Sarazenen wandte, der alles gehört hatte.

»Könnt Ihr mir verraten, was meinem Sohn auf der Seele brennt? Wieso verachtet er sich selbst? Hängt es mit dieser Narbe zusammen, die er trägt wie eine Strafe? Sie würde viel von ihrem Schrecken verlieren, wenn er meiner Gemahlin erlauben würde, sein Gesicht zu behandeln.«

»Gebt ihm Zeit, Herr.« Der dunkelhäutige Mann mit dem weißen Turban sprach langsam in der fremden, normannischen Zunge. »Er hat eine Last auf sich geladen, die ihn erdrückt, aber er muss selbst einen Weg finden, sie abzulegen.«

»Woher wisst Ihr das? Was verbindet Euch mit Bryan? Wieso habt Ihr Eure Heimat verlassen, um ihm zu folgen? Einem Christenhund? So nennen Eure Landsleute doch die Kreuzritter, wenn ich es richtig vernommen habe.«

»Glaubt Ihr nicht, dass Euer Sohn der Freundschaft eines ehrlichen Mannes wert ist?«

Grüne Augen fixierten dunkle Pupillen.

»Ich fürchte, das Problem ist weniger, was ICH glaube, sondern das was ER glaubt. Ich habe noch nie die Fähigkeit besessen, in diesen sturen Schädel zu schauen.«

Faruk gab einen Laut zwischen Lachen und Knurren von sich. »In meinem Land sagt man: Dein Sohn ist mit fünf Jahren dein Gebieter, mit zehn Jahren dein Sklave, mit fünfzehn Jahren dein Ebenbild und danach entweder dein Freund oder dein Feind.«

»Wollt Ihr mir mit diesem Spruch Hoffnung machen oder mich warnen?«

»Das müsst Ihr selbst herausfinden, Herr.«

Der Lord scheiterte an der Gelassenheit des Sarazenen. Er ersparte sich die Antwort. Er machte auf dem Absatz kehrt. Nicht einmal die wahrlich prachtvollen Pferde konnten ihn aufhalten.

4

Hawkstone, 3. Mai 1101

Arlana schloss die Augen und hielt ihr Gesicht in den Wind. Er kam aus dem Osten, vom Meer. Er fuhr in ihre offenen Haare und ließ sie gleich einer roten Fahne im Wind wehen. Nur hier oben auf dem Rosenturm wagte sie es, das straffe Gebende abzulegen, ihre Flechten zu lösen und die Nadeln herauszunehmen. Thorsson war in ihr Haar vernarrt gewesen. Sie hatte sich geschworen, kein zweites Mal Anlass für Unglück und Tod zu geben. Hätte er sie nicht mit offenem Haar, hoch zu Pferd am Strand von Cashel erblickt, vielleicht würden dann ihr Vater und all die anderen Menschen noch leben.

»Du bist also doch das Mädchen vom Fluss. Am Ende war ich mir nicht mehr sicher. Ohne dein Haar und in diesen formlosen Kleidern bist du kaum zu erkennen.«

Arlana fuhr mit einem erstickten Laut herum. Aus dem flachen Aufbau, der die steinerne Wendeltreppe verbarg, die auf den Rosenturm führte, trat der Erbe von Hawkstone. Auch ihm wehte der stürmische Wind die Haare wirr um den Kopf und blähte sein Wams. Sie wich erschrocken an die gestaffelten Zinnen zurück. Von allen Menschen des Gutes wollte sie ihm am allerwenigsten begegnen.

Für einen Herzschlag erwog sie den Gedanken, einfach davonzulaufen. Allein wie sollte das gehen? Er stand genau in der Tür und blockierte den einzigen Weg hinunter.

Sie griff eilig nach ihren Haaren, um sie in den gewohnten Zopf zu bändigen, der unter die Kopfbedeckung passte. Der Wind riss ihr immer wieder einzelne Strähnen aus den Flechten, bis sie es wutentbrannt aufgab. Sie warf den Kopf in den Nacken und hielt seinem Blick stand. Dass ihr Herz wie verrückt hämmerte und sich in ihrem Nacken Schweiß sammelte, konnte er glücklicherweise nicht sehen.

Er trat näher, umfasste ihre Hände und hielt sie mitsamt den geballten Fäusten fest. Sie starrte hilflos in seine grünen Augen. Jetzt wusste sie, weshalb sie dieser Blick schon vor Tagen so berührt hatte. Mit diesem Blick musste Raynal de Cambremer, sein Vater, um die Sachsenprinzessin Liliana geworben haben. Aber der normannische Ritter von damals hatte das Recht gehabt zu werben, er war im Gegensatz zu seinem Sohn frei gewesen.

»Lasst mich los.«

»Wieso verbirgst du dein Haar unter diesen hässlichen Tüchern?«

»Es gehört sich so. Nur unverheiratete Edeldamen dürfen ihr Haar offen tragen. Ich bin eine Magd.«

»Du siehst nicht aus wie eine Magd.« Er fing eine der wehenden Strähnen ein und rieb den glänzenden Strang zwischen den Fingern. »Dein Haar schimmert wie das dunkle Rot blühender Rosen. Als ich gegangen bin, warst du noch nicht unter den Frauen meiner Mutter. Sie ist einsam, weil alle meine Schwestern fort sind, nicht wahr? Woher kommst du? Was hat dich von der irischen Insel zu uns verschlagen?«

Die verwirrende Mischung aus Komplimenten und Fragen brachte Arlana völlig durcheinander. Er sollte nicht hier sein. Er gehörte an die Seite seiner Gemahlin und seiner Tochter. Arlana klammerte sich an diesen Gedanken, um der Intensität seines Blickes zu entkommen. Sie wollte nicht glauben, dass er zu jenen Edelmännern gehörte, die sich keinen Deut um die Gefühle ihrer Ehefrauen kümmerten und die ungeniert ihr Vergnügen suchten, wo es sich ihnen bot. Nicht er. Nicht der Sohn Lady Lilianas.

»Am Fluss warst du gesprächiger, Arlana.«

»Es gibt nichts zu sagen«, stammelte sie und sah sich nach einem Fluchtweg um, wohl wissend, dass es keinen gab. »Ich ... ich... Eure Mutter wartet auf mich.«

»Bleib noch ein wenig.«

»Wozu?«

»Warum bist du auf diesen Turm gestiegen? Die meisten Menschen in Hawkstone, mit Ausnahme meiner Mutter und meiner Schwestern, meiden ihn geradezu abergläubisch. Wusstest du, dass man meine Mutter die Lady des Rosenturmes nennt?«

Arlana nickte stumm. Man konnte nicht an diesem Ort leben ohne die Legenden, Vermutungen und Gerüchte zu hören, die sich darum rankten, dass Lady Liliana über vermeintlich magische Kräfte verfügte. Bis zum letzten Milchmädchen glaubten sie, dass die Lady in Vollmondnächten hier oben geheimnisvolle Rituale verrichtete. Arlana wusste es besser. Sie hatte sie oft genug begleitet. Sie hatte eine ruhelose Mutter erlebt, die sich um ihre Kinder sorgte und deswegen nicht schlafen konnte. Weder ihr eigenes Kräuterwissen, noch die sorgende Liebe des Lords konnten sie in solchen Nächten davon abhalten auf dem Rosenturm zu wachen. Ob sich das jetzt ändern würde, nachdem sie ihren Sohn endlich in Sicherheit wusste?

»Was verbindet dich mit meiner Mutter? Wie bist du in ihre Dienste gekommen, Arlana? Das ist ein keltischer Name nicht wahr?«

Sie suchte Zuflucht in der brutalen Wahrheit.

»Sie hat mich von meinem Herrn gekauft. Ich habe einen Kontrakt als Leibeigene zu erfüllen.«

Ihr Ton ließ keinen Zweifel zu. Auf seiner Stirn entstanden zwei steile Falten Die Antwort gefiel ihm nicht.

»Meine Mutter würde nie einen Menschen kaufen«, erwiderte Bryan de Cambremer. »Es gibt keine Leibeigenen auf Hawkstone. Wer hier lebt und arbeitet, tut es aus eigenem Antrieb und er wird dafür entlohnt. Warum belügst du mich?«

»Weil ich die einzige Ausnahme bin. Ihr könnt sie fragen, wenn Ihr mir nicht glaubt. Der Herr hat meinen Preis mit eigener Hand bezahlt.«

»Dann muss es besondere Gründe dafür gegeben haben. Meine Mutter ist dir zugetan.«

Arlana schlug die Augen nieder, um sich nicht zu verraten.

Die Zuneigung Lady Lilianas war ein Geschenk, das sie jeden Tag schätzte und das sie aus ganzem Herzen erwiderte. Dennoch wurde diese Liebe von dem neuen, stärkeren Empfinden zur Seite gedrängt, das der intensive Blick des Ritters in ihr weckte. Einem verbotenen Gefühl voller Leidenschaft.

Sie trat hastig einen Schritt zurück und brachte Abstand zwischen sich und Bryan de Cambremer.

»Sie ist mir eine freundliche Herrin, aber sie sieht es trotzdem nicht gerne, dass ich meine Zeit vertändle. Lasst mich gehen«, bat sie mit zitternder Stimme.

»Wovor hast du Angst?«

»Vor mir selbst.«

Arlana biss sich auf die Zunge. Das hatte sie nicht verraten wollen. Was musste er von ihr denken, wenn sie so wirre Dinge äußerte?

»Dann fühlst du das Gleiche wie ich.«

»Ich weiß nicht, wovon Ihr redet.«

Eine Lüge. Arlana bat den Himmel stumm um Verzeihung. Aber war die Lüge in einer solchen Zwickmühle nicht unumgänglich? Im Haupthaus lebten Lady Benigna und seine Tochter. Es ging nicht an, dass sie sich danach sehnte, in den Armen dieses Mannes zu liegen und zu erfahren, ob seine Küsse sie noch einmal so berühren konnten, wie vor wenigen Tagen am Fluss.

»Du weißt sehr wohl, wovon ich rede, Arlana mit den roten Sturmhaaren. Hier oben sind nur wir beide. Lass uns ehrlich sein, das können wir uns schenken, ohne andere damit zu verletzen. Du weißt nicht, wie sehr ich den Tag verflucht habe, an dem ich mich in das sinnlose Abenteuer dieses Kreuzzuges stürzte.«

»Sinnlos? Ihr habt das Grab Jesu Christi aus der Hand der Heiden befreit. Wie könnt Ihr eine solche Heldentat als sinnlos abtun?«

»Wenn du wüsstest, um welchen Preis von Ehre und Menschlichkeit dieses Grab erobert wurde, Arlana. In Jerusalem haben sich die Christen schlimmer als die Heiden benommen. Kannst du mir sagen, wer uns das Recht gibt, Menschen abzuschlachten, nur weil sie an einen anderen Gott glauben? Es ist noch gar nicht so lange her, da wurden auch hier und in deiner Heimat andere Götter verehrt, ohne dass der Himmel auf die Erde gefallen ist. Vielleicht sind am Ende alle diese Götter nur ein einziger, gnädiger Gott? Dann wären Ströme von Blut umsonst geflossen und Berge von abgehackten Gliedern ohne Grund in den Straßen von Jerusalem aufgetürmt worden.«

Arlana wusste nicht zu sagen, was sie mehr erschreckte. Seine Verzweiflung oder der ketzerische Inhalt seiner Worte. Er stellte alles infrage, woran sie glaubte.

»Ihr werdet Eure Zweifel überwinden«, antwortete sie gegen besseres Wissen.

»Wie könnte ich? Es ist die Wahrheit. Wenn ich die Augen schließe, sehe ich die Sterbenden und höre ihre Schreie. Ich habe Dinge getan, gesehen und gehört, die ein Mensch nicht erleben sollte. Nicht einmal im Namen des Glaubens.«

Arlana vergaß, dass sie ihn fliehen wollte. Er litt und sie wusste nur ein Mittel ihm zu helfen. Wenn sie sein Leid teilte, wurde es vielleicht leichter für ihn. Sie trat wieder näher, schloss die Arme um seine Taille und barg ihr Gesicht an seiner Schulter. Sie fühlte, dass seine Stirn auf ihren Scheitel sank. Der Trost ihres Mitgefühls, war alles, was sie ihm bieten konnte, aber ihm gab sie von ganzem Herzen, denn sie wusste, was es hieß, von Dämonen verfolgt zu werden. Sie kannte die Hölle der Schuldzuweisungen an sich selbst zu gut.

»Vergesst diese Bilder«, flehte sie und legte ihre ganze Überzeugungskraft in ihre eindrucksvolle, dunkle Stimme. »Lasst die armen Seelen in Frieden ruhen. Keine Reue der Welt macht sie wieder lebendig. Gott ist gnädig, er hat sie zu sich genommen. Dankt ihm, dass er Euch gesund wieder nach Hause geführt hat. Eure Gemahlin und Eure Tochter werden Euch helfen neuen Lebensmut zu finden.«

Bei ihren letzten Worten fuhr er zusammen, als hätte sie ihn geschlagen. Er hob den Kopf und löste die innige Verbindung.

»Jetzt weißt DU nicht, was du sagst, Arlana«, zürnte er. »Ich habe Benigna unter falschen Voraussetzungen den Schutz meines Namens geboten. Ich habe gehandelt, wie es meine Ehre als Ritter erforderte und ohne an mein Herz zu denken. Ich ahnte damals nicht, dass ich überhaupt noch ein Herz oder ein Leben habe. Ich fürchtete, ich würde ohnehin nie wieder nach Hawkstone zurückkehren.«

»War dies der Grund, weshalb Ihr noch Tage gezögert habt, endgültig nach Hause zu kommen?«

Ihre Augen trafen sich.

»Du siehst zu viel und begreifst zu viel, Arlana. Ich hätte es wissen müssen. Meine Mutter umgibt sich nicht mit dummen Frauen.«

Sie reagierte mit einer gereizten Handbewegung auf die Anerkennung. Sie wollte keine Schmeicheleien, sondern Antworten, Wahrheiten.

»Wenn Eure Gründe für diese Heirat ehrenwert waren, so werden das auch Eure Eltern anerkennen. Sie sind glücklich, dass Ihr wieder da seid, alles andere wird sich finden. Auch das Vergessen.«

»Dann bereitet es dir keinen Kummer, dass ich für immer an eine andere Frau gebunden bin?«

Die Provokation trieb Arlana die Röte in die Stirn. Was sollte sie darauf erwidern? Dass sie noch nicht einmal den Mut dazu gefunden hatte, ihre eigenen Gefühle genauer zu erforschen? Dass sie mit aller Macht zu ignorieren versuchte, dass sie sich auf einer abschüssigen Bahn befand und schon längst keinen Halt mehr fand? Sie rettete sich in die nüchterne Realität.

»Ich bin eine Magd, eine Leibeigene. Treibgut eines Krieges, der an einer anderen Küste verloren wurde. Kein Edelmann auf dieser Insel nimmt eine wie mich zur Frau, sogar wenn er ungebunden ist und verzweifelt nach einer Gefährtin sucht. Das sind Träume ...«

»Dann lass uns zusammen träumen, Arlana«, raunte er heiser und neigte sich über sie.

Dieses Mal ahnte sie, dass er sie küssen wollte. Obwohl ihre Vernunft dringend riet, dem Kuss auszuweichen, tat sie es nicht. Sie reckte sich auf die Zehenspitzen, schloss die Arme um seinen Nacken und hob ihm die Lippen entgegen. Seine Verzweiflung begegnete ihrer Zärtlichkeit, seine Härte ihrer Nachgiebigkeit. Sie spürte die aufgesprungenen Lippen, atmete das Aroma seines Atems und verlor sich in der ausweglosen Erkenntnis, dass sie Bryan de Cambremer liebte. Ausschließlich und für immer.

Sie taumelte, als er sie freigab. Ihre Blicke trafen sich, aber beide wichen sie vor dem zurück, was sie in den Augen des anderen lasen. Keiner wagte eine weitere Bewegung. Es kam Arlana vor, als schwebe sie auf der Plattform des alten Turmes auf eigenartige Weise außerhalb ihres eigenen Lebens. Bisher hatte sie nicht begreifen können, was Thorsson, den Wikinger, dazu gezwungen hatte, sie gegen jede Vernunft und jede Ehre zu begehren. In diesem Moment stieg jedoch eine Ahnung in ihr auf, was verzweifelte Liebe bewirken konnte.

Bryan de Cambremer blieb ohne ein Wort. Unvermittelt machte er kehrt und eilte die Stufen hinunter.

Seine Schritte hallten auf den Steinen und Arlana umschlang ihren Oberkörper mit den Armen, als könne sie damit festhalten, was sie doch nicht festhalten durfte.

Heilige Bridget, was soll ich tun?

Sie konnte sich keine Antwort geben, keinen Trost finden. Sie war allein. Sie musste eine Medizin finden, diese Krankheit zu heilen. Es musste einen anderen Weg geben, als den, eine verbotene Liebe einfach zu ertragen.

5

Hawkstone, 15. Mai 1101

Arlana sah über die Schulter und suchte mit leicht verengten Augen den Hof vor der großen Villa ab. Alles war wie immer. Aus dem dampfenden Schornstein des Backhauses stiegen Wärme und der verlockende Duft nach frischen Broten. Am Stalltor schäkerte eine Milchmagd mit einem der Pferdeknechte und ein ganzes Rudel Kinder jagte die Gänse, die sie hüten sollten, und die offensichtlich nach einem Zusammenstoß mit einem der Jagdhunde des Lords, in wilder Flucht zum Teich hinter den Weberschuppen eilten. Ihr Gekreisch und Gequake mischte sich mit dem Ruf eines Eichelhähers, der sein Weibchen auf dem Wehrgang umwarb.

Der Himmel spannte sich in lichtem Blau über die Dächer, die ersten Schwalben schossen wie kleine dunkle Pfeile hindurch und die Sonne wärmte, als wäre es längst Sommer. Der Tag hätte nicht schöner sein können. Und doch quälte Arlana schon den ganzen Vormittag ein seltsames Unbehagen. Dabei gab es nichts, das den normalen Alltag des Lehens zu stören schien.

Die Wachen taten ihre Pflicht und seit der aufregenden Ankunft des Erben und seines Gefolges hatten keine Fremden die Zugbrücke passiert. Es gab keinen vernünftigen Grund für ihre Unruhe. Sie würde sich noch vollends zur Närrin machen, wenn sie noch länger hier herumstand und ...

»Arlana! Arlana, komm schnell. Frau Agnes schickt nach dir!«

Eine der Hausmägde hatte sie entdeckt und riss sie aus ihren nutzlosen Grübeleien. Geradezu erleichtert wandte sie sich dem Problem zu, dass das Mädchen in solche Aufregung versetzte.

»Was ist geschehen?«

»Ich weiß es nicht, sie wartet in der Küche auf dich.«

Frau Agnes war eine resolute Angelsächsin in den besten Jahren. Einige der Schreihälse, die den Gänsen nachjagten, waren die ihren. Sie herrschte in Hawkstone über die Spinnstube, die Webstühle und die Näherinnen. In Anbetracht der Menge von Tuch die hergestellt und verarbeitet wurde, war dies eine wichtige Stellung, die ihr fast ebenso viel Respekt sicherte wie ihrem Gemahl, der als Sergeant die Kriegsknechte von Hawkstone befehligte. Sie war ihrer Herrin treu ergeben und Arlana ahnte, dass es daran lag, dass sie ihr bisher so zurückhaltend begegnet war. Sie misstraute der Fremden noch immer, die Lady Liliana so überraschend in Hastings aufgelesen hatte. Es war das erste Mal, dass sie von ihr ausdrücklich um Hilfe gebeten wurde.

In der Küche fand sie nicht nur Frau Agnes, sondern auch die Amme von Sir Bryans Tochter. Die schweigsame, braunhäutige Fremde hatte sich bisher vom Gesinde fern gehalten, aber nun war sie zusammen mit Agnes um eine junge Frau bemüht, die heftig schluchzend auf der Bank kauerte und Ströme von Tränen vergoss.

»Mariel!«

Arlana trat näher und sah, dass das Mädchen seinen rechten Arm mit der anderen Hand hielt. Knapp über dem Ellbogen war das Gewand zerrissen und eine schmale, aber hässliche, rote Brandwunde erklärte ihren Schmerz.

»Was ist geschehen, um Gottes willen?«

»Kannst du ihr helfen?«, fragte Frau Agnes knapp. »Die

Amme hat sie heulend in die Küche geschleppt und ich konnte eben noch verhindern, dass sie die falschen Leute damit belästigte, für sie zu sorgen.«

»Natürlich, aber warum seid Ihr nicht gleich zu Lady Liliana gegangen, sie ...«

»Später«, fiel ihr Frau Agnes ins Wort. »Lindere erst die Schmerzen des Mädchens, dann können wir reden.«

Arlana nickte und machte sich augenblicklich ans Werk. Frau Agnes sorgte dafür, dass sie ohne Verzögerung erhielt, was sie dafür benötigte. Als sie den Balsam aus zerstampften Wacholderbeeren, ungesalzenem Schweineschmalz und Ei auf der Wunde verteilte und vorsichtig mit Leinenbinden sicherte, ließ Mariels Tränenfluss endlich nach. Sie schniefte und war bereit zu sprechen.

»Wie ist das passiert?«, fragte Arlana und verschloss den Balsam im Tiegel sorgsam mit einer Lage frischen Leinens, ehe sie ein weiteres Tuch über die Kanten zog und von außen festband.

»Ich ...«, begann Mariel zögernd, aber sie kam nicht dazu, das zweite Wort zu sagen.

»Sie ist in den Kamin gestürzt. Aus Unachtsamkeit und Dummheit.«

Alle Augen wandten sich der Amme zu. Die meisten hatten sie noch nie sprechen gehört und waren erstaunt, dass sie das Normannische, wenn auch mit hörbarem Akzent, beherrschte. Arlana runzelte die Stirn und versuchte sich einen Reim auf diese merkwürdige Angelegenheit zu machen. Es sah Mariel so gar nicht ähnlich, eine solche Erklärung einer anderen zu überlassen oder hatte sie sich mit der fremden Amme schon angefreundet?

»Es stimmt«, bestätigte Mariel jetzt mit erstickter Stimme und zupfte nervös an ihren Röcken herum ohne jemanden Bestimmten anzusehen. »Es tut mir Leid. Ich wollte nicht ... Ich muss zu Lady Benigna zurück.«

»Nicht mit dieser Wunde«, bestimmte Arlana energisch.

Es war schon seit geraumer Zeit ihre Aufgabe, die Mägde einzuteilen und die anfallenden Streitigkeiten unter dem Gesinde zu schlichten. Es ergaben sich immer Probleme, wenn so viele verschiedene Menschen ein Gemeinwesen bildeten. Lady Liliana hatte bald herausgefunden, dass sie nicht nur ein natürliches Empfinden für Gerechtigkeit, sondern die nötige Menschenkenntnis und das Durchsetzungsvermögen für ein so schwieriges Amt besaß.

»Aber die Herrin braucht ihre Kammermagd«, mischte sich die Amme brüsk in das Gespräch. »Ich kann nicht für sie sorgen. Ich hab genügend mit dem Kind zu tun.«

Arlana tauschte einen Blick mit Frau Agnes und fand bei ihr das gleiche Erstaunen, das auch sie erfüllte. Woher nahm diese Person das Recht, sie alle zu maßregeln und an ihre Pflichten zu erinnern? Das Vernünftigste wäre es, sie zurechtzuweisen und den Fall Lady Liliana vorzutragen. Aus zwei Gründen kam das für Arlana jedoch nicht infrage. Zum einen hätte sie damit eingestanden, dass sie an ihrer Aufgabe scheiterte, Frieden unter dem Hauspersonal zu halten. Zum anderen hatte sich der Vorfall bei Lady Benigna ereignet und es war bestimmt ratsam ihn erst zu klären, ehe man ihn an die große Glocke hängte und die Herrin damit belästigte.

Jeder wusste, ohne dass ein Wort darüber verloren wurde, dass die Lady des Rosenturmes der Gemahlin Bryans mit Argwohn begegnete, obwohl Lady Benigna mit ihrer Liebenswürdigkeit und ihrer Schönheit vom jüngsten Kaminputzer bis zum Lord von Hawkstone alle für sich eingenommen hatte.

Sollte Mariels Unfall irgendetwas mit Lady Benigna zu

tun haben, so wollte Arlana die Umstände doppelt genau prüfen. Sie glaubte, es Bryan schuldig zu sein, dass seiner Gemahlin Gerechtigkeit widerfuhr.

»Wer Mariel bei deiner Herrin ersetzt werde ich mit der Lady persönlich besprechen. Sag ihr Bescheid, dass ich sie umgehend aufsuchen werde. Danke für deine Hilfe, aber jetzt kannst du wieder deiner eigenen Arbeit nachgehen. Zuvor würde ich freilich gerne wissen, wie du heißt. Es ist nicht üblich bei uns, dass man seinen Namen verschweigt.«

Die Amme stutzte und Arlana entdeckte, dass sie in Wirklichkeit viel jünger und unsicherer war, als sie vorgab. Sicher noch keine zwanzig. Sie hatte Angst, aber sie verbarg es blitzschnell.

»Man nennt mich Denisa«, sagte sie hastig und eilte aus der großen Küche, nicht ohne Mariel noch einen bedeutsamen Blick zuzuwerfen.

Agnes hatte es ebenso bemerkt wie Arlana. Sobald wieder Normalität eingekehrt war, trafen sie sich beide unter dem hinteren Säulengang, der zum Brunnen und zu den Vorratsschuppen führte. Keine hatte die andere darum gebeten, aber dass sie beide vom gleichen Gedanken beseelt waren, ließ Frau Agnes wie einen Blasebalg schnauben.

»Also hast du es auch bemerkt?«

»Dass Denisa Mariel eingeschüchtert hat?« Arlana hob die Schultern. »Das war kaum zu übersehen. Wenn ich nur wüsste, was genau geschehen ist.«

Frau Agnes sah sich um, ehe sie die Stimme dämpfte. »Es gibt eine Menge Klatsch über die junge Lady und ihre Dienerin unter den einfachen Mägden. Zu ihnen sind die beiden nicht sehr freundlich. Einer Bademagd hat Lady Benigna angeblich eine Flasche Rosenöl nachgeworfen, weil sie ihr zu kaltes Wasser nachgegossen hat. Anschließend hat sie dem Mädchen die Schuld in die Schuhe geschoben und behauptet, sie habe das Öl aus Ungeschicklichkeit fallen lassen.«

Arlana hatte von dem Verlust des Rosenöls vernommen, aber die Einzelheiten erfuhr sie erst jetzt.

»Ihr denkt, sie gehört zu jenen Frauenzimmern, die Hochgestellten und Gleichrangigen schöntun und ihre Launen am Gesinde auslassen?«

»Alles deutet darauf hin.«

»Und die treue Amme ist bemüht, ihre Fehler zu vertuschen«, fügte Arlana hinzu. »Ja, das könnte passen. Mariel ist abergläubisch und es war bestimmt leicht, sie einzuschüchtern. Die Amme ist ihr gefolgt, damit sie nichts Falsches sagt. Mit Recht. Ich möchte wetten, dass diese Wunde nicht von einem Sturz in den Kamin stammt.«

»Sondern?«

»Ich habe zu Hause einmal gesehen, wie ein betrunkener Knecht seine Ehefrau mit einem glühenden Schürhaken traktiert hat. Mariels Arm sah ganz ähnlich aus.«

»Gütige Mutter Gottes.« Agnes bekreuzigte sich hastig. »Eine Lady, die ihre Kammermagd mit dem Schürhaken straft, was wird unsere Herrin sagen?«

»Behaltet es für Euch«, bat Arlana eindringlich.

»Und was willst du nun tun?«

Arlana blieb bei ihrer ersten Entscheidung. »Ich muss mit der Dame sprechen und ihr klar machen, dass es nicht üblich ist in diesem Hause, die Mägde zu schikanieren. Ich kann nur hoffen, dass es mir gelingt, sie zur Vernunft zu bringen, ohne dass Lady Liliana davon erfährt. Es würde ihren Kummer nur verstärken. Wollt Ihr mir dabei helfen, die hässlichen Gerüchte zu ersticken?«

Frau Agnes nickte. Ehe sie ging, tätschelte sie Arlana mütterlich die Wange.

»Du bist ein gutes Mädchen, Irin«

Arlana starrte ihr mit offenem Mund nach. Mit einem Lob der Angelsächsin hatte sie zuletzt gerechnet. Die Herrin der Webstühle und Stoffballen hatte ihr bisher zwar keine Steine in den Weg gelegt, aber als wohlmeinende Gefährten präsentierte sie sich zum ersten Mal. Es tat gut, in dieser Situation nicht allein zu sein.

Beflügelt machte sie sich unverzüglich auf den Weg. Angestrengt um Objektivität bemüht, räumte sie Lady Benigna dabei ein, dass es gewiss nicht einfach für sie war, sich in einem neuen Land an eine neue Familie und neue Gebräuche zu gewöhnen. Sie hatte davon gehört, dass man im Morgenland Bedienstete wie Sklaven hielt und nicht davor zurückschreckte, sie hart zu bestrafen, wenn sie bei einer Aufgabe versagten. Vielleicht genügte es ja, der Lady auf diplomatische Weise näher zu bringen, dass in Hawkstone nicht im Heiligen Land lag und dass hier andere Sitten herrschten.

Vorsichtig machte sie sich an der Zimmertür des großen Gemachs bemerkbar und wurde liebenswürdig zum Eintreten aufgefordert.

»Ihr kommt ohne die geschätzte Mutter meines Gemahls?«, wunderte sich Lady Benigna erstaunt. »Geht es ihr nicht gut? Was kann ich für Euch tun?«

»Schenkt mir Eure Aufmerksamkeit, für eine Notwendigkeit des Haushaltes, Mylady«, erwiderte Arlana und neigte Knie und Nacken zur Reverenz. Lady Benigna hatte als Gemahlin des Erben ein Recht auf diese Höflichkeit.

Die Lady thronte auf einem Stuhl mit kostbar geschnitzter Lehne, die Füße in den Seidenpantoffeln auf einem dicken Kissen. Neben ihr stand auf einer Bank der leere, geflochtene Kinderkorb ihrer Tochter. Ein Sammelsurium aus Decken und Tüchern quoll über seine Ränder. Eine besonders hübsch bestickte Decke lag im Schoß der Dame und sie führte eben die Nadel mit einem leuchtenden Seidenfaden durch den Stoff. Arlana sah zum ersten Mal, dass sie sich um irgendetwas kümmerte, was mit ihrer Tochter zu tun hatte. Zufall oder absichtlich vorbereitete Demonstration?

Sie rief sich für ihr Misstrauen zur Ordnung. Hatte sie sich nicht Objektivität geschworen? Aus den Augenwinkeln warf sie einen schnellen Blick in die Runde. Im ersten Moment konnte sie kaum fassen, wie sehr sich das elegante Gemach inzwischen verwandelt hatte. Es machte den Anschein, als ließe seine Bewohnerin alles, was sie in die Hand nahm, einfach fallen, sobald sie es nicht mehr benötigte. Ihre Truhen standen offen an der Wand. Den Boden davor bedeckte Schicht um Schicht feinster Schleierstoffe, schimmernder Borten, bestickter Pantoffeln und Bänder in allen Farben des Regenbogens.

»Ach ja, die Angelegenheiten des Haushaltes«, wiederholte Lady Benigna jetzt seufzend und wedelte mit makellosen, weißen Fingern. »Wie Ihr wisst, habe auch ich meine Probleme damit. Meine Kammermagd hat mich schmählich im Stich gelassen.«

So kann man das auch ausdrückten, schoss es Arlana durch den Kopf. Sie fragte sich, ob Lady Benigna ihre Beschwerde tatsächlich ernst meinte. Sie musste doch gesehen haben, wie hässlich Mariels Wunde war. Wo blieb ihr Mitgefühl? Ihr schlechtes Gewissen?

»Was ist geschehen, Mylady?« versuchte sie Licht ins Dunkel zu bringen. »Eure Kammermagd hat sich eine schlimme Verbrennung zugezogen. Ich habe sie so gut es ging versorgt.«

»Denisa sagte, sie würde alles in Ordnung bringen. Hat sie das Mädchen zu Euch gebracht? Das ist gut. Auf Denisa kann ich mich immer verlassen.«

»Es wird viele Tage dauern bis für Mariel alles wieder in Ordnung kommt«, widersprach Arlana heftig. »Sie leidet große Schmerzen.«

Sie sah bedeutungsvoll zum Kamin, in dem das übliche Feuer brannte. Der Funkenschirm war zur Seite gerückt und auf einem eisernen Rost lag ein glühender Eisenstab, den man in der Küche unter anderem dazu verwendete auf schnelle Weise, Gewürzwein zu erhitzen. Sie hatte keinen Zweifel daran, dass dies die Waffe gewesen sein musste, die Mariel verletzt hatte.

Lady Benigna folgte ihrem Blick und legte ihre Näharbeit zur Seite. Ein Schluchzen weitete ihre Brust und sie begann lautlos zu weinen. Unmengen von Tränen flossen über ihre Wangen und standen in den himmelblauen Augen. Ihre zarten Lippen bebten und sie rang die Hände. Ein Schuldeingeständnis, aber so reuevoll und tief bekümmert, dass es allen weiteren Vorwürfen sofort den Wind aus den Segeln nahm.

»Ich bin an allem schuld«, wisperte sie kaum hörbar. »Ich weiß es, ich hätte nicht so ungeduldig mit ihr sein dürfen. Sie ist ungeschickt und sie tut nie, was man ihr sagt. Aber es war allein meine Schuld. Ich habe die Geduld verloren, das darf nicht geschehen.«

Arlana fand sich in der unerwarteten Lage, die Lady beruhigen und trösten zu müssen. Was konnte sie ihr sagen, um den Ereignissen gerecht zu werden?

Um Zeit zum Überlegen zu gewinnen, machte sie sich stumm daran, das schlimmste Durcheinander im Gemach zu beseitigen. Es hatte den Anschein, als habe seine Bewohnerin alle ihre Schätze herausgerissen, betrachtet und verworfen. Ihre Vorliebe für bunte Schleierstoffe war unverkennbar. Arlana hatte noch nie so zarte Gewebe berührt und so edle Gewänder gesehen.

Ihre eigenen, wenigen Festkleider, die in Cashel zurückgeblieben waren, hatten aus feinem Wollstoff bestanden. Sie waren mit Borten aufgeputzt gewesen, die sie mit eigener Hand bestickt hatte. Die Seidenbänder, die sie an Festtagen in ihre Haare wand, hatten alle miteinander in eine kleine Holzschatulle gepasst, deren goldene Beschläge im Laufe der Zeit immer dünner geworden waren.

Es war ein seltsames Gefühl die Schätze der Frau zu ordnen, die den Mann geheiratet hatte, den sie so verzweifelt liebte. Er schien ihr jeden noch so törichten Wunsch erfüllt zu haben. Je mehr davon sie in die Truhen zurücktat, umso klarer sah sie freilich, was die Dame vermutlich aus der Fassung gebracht hatte.

Ihre Garderobe passte ebenso wenig nach Hawkstone wie sie selbst. Die flatternden Gewänder waren für den Müßiggang in einem heißen Land bestimmt. Die Schleier, Gürtel, Schals und Jäckchen, die seltsamen Hosen aus Schleierstoff und die weiten Hemden waren ebenso kostbar wie exotisch. Durchsichtig, verführerisch und völlig ungeeignet für britannische Frühlingstage.

Dass der Anblick der nutzlosen Kleidungsstücke die Lady gereizt haben musste, konnte Arlana, mit ihrem Sinn für Gerechtigkeit, sogar verstehen. Mit Ausnahme des kostbaren Pelzumhanges und weniger, eher praktischer als modischer Reisekleider, war sie gezwungen die Kleider zu tragen, die ihr Lady Liliana aus ihren eigenen Truhen zur Verfügung gestellt hatte. Sie waren aus kostbaren Stoffen, aber in ihrer dunklen Pracht besser für die königliche Erscheinung der Lady des Rosenturmes geeignet. Die zarten Farben ließen Lady Benigna fahl und krank erscheinen.

Arlana zögerte, dann gab sie ihrem eifersüchtigen Herzen einen Stoß. Sie wusste um das stimmungsaufhellende

Geheimnis neuer Gewänder und es war vielleicht eine Möglichkeit, die Lady abzulenken und aufzumuntern.

»Wenn Ihr es wünscht, My Lady, kann ich Frau Agnes zu Euch schicken. Sie steht den Weberinnen und Näherinnen von Hawkstone vor und verwaltet die Stoffvorräte. Es ist bestimmt im Sinne Eures Gemahls, wenn Ihr Eure Garderobe dem hiesigen Wetter anpasst.«

Die tief betrübte Lady sah auf. Tränen glitzerten herzzerreißend an den Spitzen ihrer blassen Wimpern. Sie war sogar weinend noch schön.

»Ihr macht Euch lustig über mich. Wie soll eine sächsische Bäuerin Ahnung von den Feinheiten höfischer Kleider haben? Bei Gott, ich wünschte, ich hätte länger in Rouen bleiben können. Dort wissen die Näherinnen, was die Damen der neuen Herzogin wünschen.«

»Das weiß auch Frau Agnes, schließlich arbeitet sie für unsere Herrin und Ihre Damen. Wollt Ihr Euch nicht dieser Gesellschaft anschließen?«

Benigna tupfte sich sorgsam die Tränen mit einem Schleiertuch ab und gab einen weiteren Laut der Ungläubigkeit von sich.

»Was soll ich in dieser Ansammlung übrig gebliebener Witwen und alter Jungfern? Borten sticken und beten?«

Obwohl sie nicht ganz falsch mit ihrer Schilderung des Damenflors von Hawkstone lag, sah sich Arlana gezwungen, ihn zu verteidigen.

»Es handelt sich um ehrenwerte Damen edelster Herkunft. Sie würden viel dazu beitragen, dass Ihr Euch mit den Gebräuchen dieses Landes schneller anfreundet. Ihr wisst, dass es die Pflicht einer Lehnsherrin ist, sich um die Witwen und die minderjährigen Töchter zu kümmern, wenn ihr Gemahl und Ernährer in den Diensten des Lords umkommt. Durch den ständigen Konflikt zwischen England und der Normandie werden immer wieder Familien zerstört.«

»Das tut mir von Herzen Leid«, sagte Lady Benigna mit so aufrichtiger Stimme, dass Arlana ihr einfach glauben musste. »Aber ich bleibe lieber für mich.«

»Dann wagt wenigstens einen Versuch mit Frau Agnes«, riet sie beharrlich und sagte sich, dass sie es für den häuslichen Frieden tat und für Lady Liliana.

»Also gut. Schickt diese Agnes her. Niemand soll mir nachsagen, dass ich ungefällig bin.«

Arlana atmete tief durch und legte den Stapel ordentlich gefalteter Schleier mit eiserner Beherrschung in eine Truhe, ehe sie sich wieder aufrichtete. Lady Benigna besaß wahrhaft ein erstaunliches Talent, alle Tatsachen zu ihren eigenen Gunsten zu drehen.

»Ich werde ihr sofort Bescheid geben, Mylady.«

Sie floh geradezu aus dem Raum. Irgendetwas an der Unterredung mit dieser Frau beunruhigte sie auf seltsame Weise. Sie war nicht so verlaufen, wie sie es erwartet hatte.

»Was wollte sie von dir?«

Eine Hand schoss um den nächsten Türstock und zog sie in eine kleine Kammer. Hier wurden während des Sommers die Glutbecken für die Kohlestücke verwahrt, die in der kalten Jahreszeit des Abends in die Zimmer gestellt wurden, die über keine Kamine verfügten.

»Heilige Bridget, habt Ihr mich erschreckt«, hauchte Arlana. Sie starrte im Halbdunkel auf die bereits vertrauten Umrisse Bryan de Cambremers.

»Warum hat sie nach dir gerufen?«

»Sprecht Ihr von Eurer Gemahlin? Sie hat nicht nach mir geschickt. Ich bin aus eigenem Entschluss zu ihr gegangen.« Arlana versuchte ihr hämmerndes Herz ebenso zu beruhigen, wie ihren hastigen Atem. »Es gab Probleme mit ihrer Kammerzofe. Es ist meine Aufgabe, derlei häuslichen Ärger zu schlichten.«

Weshalb sie ihm verschwieg, dass Mariel in den Diensten der Lady verletzt worden war, wusste sie nicht zu sagen. Vielleicht lag es an der Wirkung, die seine unmittelbare Gegenwart auf sie ausübte. Sie konnte nicht mehr vernünftig denken. Sie musste sogar die Hände vor der Taille festhalten, damit sie sich ihre Arme nicht aus eigenem Antrieb nach ihm ausstreckten. Alles drängte sie danach ihn zu berühren, ihn zu fühlen.

»Geh ihr aus dem Weg«, befahl der Ritter in einem Ton, den sie noch nie von ihm gehört hatte. »Ich befehle es dir, hast du das verstanden?«

Arlana hoffte vergeblich auf eine vernünftige Erklärung. Er nahm offensichtlich an, dass es genügte, ihr einen Befehl zu erteilen.

Dieses Mal gelang es ihr nicht mehr, ihr Temperament zu zügeln. Zu ihrem Ärger gesellte sich die Enttäuschung darüber, dass er sie nur in diese Kammer gezogen hatte, um ihr zu sagen, was sie zu tun und zu lassen hatte. So unsinnig es auch war, sie hatte auf Besseres gehofft.

»Ihr habt mir keine Befehle zu erteilen«, fauchte sie gedämpft, aber wütend. »Ihr seid nicht mein Herr.«

»Irische Furie.«

Schon einmal hatte er das zu ihr gesagt. Bei ihrem nächtlichen Zusammentreffen am Fluss, als er angenommen hatte, sie wolle ihr Leben im Cuckmere beenden. Arlanas heißer Zorn verflog unter der Erinnerung so schnell, wie er aufgelodert war. Sie konnte ihm nicht böse sein, dafür liebte sie ihn zu sehr.

»Ich könnte es nicht ertragen, wenn sie ihre Launen an dir auslässt und du ihre Befehle befolgen musst«, sagte Bryan de Cambremer zornig. Er zog sie trotz aller Gegenwehr in eine heftige Umarmung. »Erlaube mir wenigstens dich zu beschützen, wenn ich dich schon nicht lieben darf.«

»Schscht!« Arlana legte ihm zwei Finger auf die Lippen und rang um Beherrschung, weil die Berührung Saiten in ihr anrührte, deren Klang sie nicht hören wollte. »Ich habe gelernt, auf mich selbst aufzupassen. Kümmert Euch nicht um mich. Lasst mich. Was soll Euer Vater von Euch denken, wenn er sieht, dass Ihr nicht Eure Gemahlin, sondern eine andere Frau in den Armen haltet?«

»Es wird ihn nicht verwundern. Er hält ohnehin nichts von mir.«

»Ihr tut ihm unrecht!« Arlana wusste nicht, was sie mehr entsetzte. Seine Bitterkeit oder seine Selbstverachtung. »Ihr legt jedes seiner Worte falsch aus. Er ist Euer Vater, seht Ihr nicht wie sehr er Euch liebt?«

»Er liebt den Erben, den er gerne aus mir gemacht hätte. Leider bin ich aus minderwertigem Ton gebrannt. Es hat keinen Sinn mich zu formen.«

Arlana suchte nach den richtigen Worten. »Ihr müsst aufhören, Euch selbst zu hassen, nur dann könnt Ihr sehen, wie sehr Ihr geschätzt werdet.«

»Der Lord schätzt seine Familie und er schätzt Hawkstone«, stellte Bryan richtig. »Er hätte zu gerne einen Erben, der würdig genug ist, beides weiterzuführen und zu erhalten. Wenn du anderes behauptest, dann kennst du ihn nicht gut genug.«

»Vielleicht kennt Ihr ihn nicht gut genug«, wagte Arlana dennoch zu widersprechen. »Ihr unterstellt ihm Eure eigenen Gedanken. Ihr hadert mit Euch und deswegen nehmt Ihr an, dass Euch niemand lieben kann. Ihr täuscht Euch, sowohl im Bezug auf Euren Vater wie auf alle anderen Menschen in Hawkstone.«

Sie sprach hastig, um ihn von jeder neuerlichen Gegenrede abzuhalten. Er war so verblüfft, dass es ihr tatsächlich gelang, sich aus seinem Griff loszureißen. Dass sie selbst diese rasche Trennung noch mehr bedauerte wie er, blieb ihr Geheimnis.

Sie stürzte aus der Kammer als wären alle Gespenster des Hauses hinter ihr her. Sie kam erst wieder zur Besinnung, als sie in dem breiten Gang, der den Küchentrakt mit der Villa verband, in Meister Jean hineinrannte. Der normannische Koch von Hawkstone, der ebenso großen Wert auf seinen Titel legte, wie auf die Tatsache, dass er sich auf die Zubereitung der raffiniertesten Delikatessen des ganzen Königreiches verstand, fing sie mit seiner gut gepolsterten Gestalt weich auf.

Breit grinsend nutzte er die günstige Gelegenheit, sie dabei ausgiebig zu betätscheln. Es war neben dem Kochen seine Lieblingsbeschäftigung und Arlana konnte ein Lied über die Beschwerden der Mägde singen, die sich über Jeans Frechheiten erregten. Seine unbestreitbaren Fähigkeiten sicherten ihm jedoch das Wohlwollen des Lords, und so konnte Arlana nichts anderes tun, als sorgfältig ausgewählte junge Frauen in der Küche zu beschäftigen. Kräftige Bauernmädchen, die sich zu wehren wussten, sich wie sie, nichts von ihm gefallen ließen.

»Behaltet gefälligst die Hände bei Euch, Meister Jean«, mahnte sie streng und rückte ihrem Kopfputz von neuem zurecht. »Ich bin weder einer Eurer Kohlköpfe, noch ein Küchenmädchen.«

»Ist das der Dank dafür, dass ich Euch ständig Eure Lieblingsspeisen koche, Demoiselle?«

Jean setzte den treuherzigen Blick eines Hofhundes auf, der um seine Befreiung von der Kette bittet. Man konnte ihm nie lange böse sein. Arlana lachte auf und schüttelte den Kopf über so viel Unverfrorenheit.

»Lasst mich durch, Meister Jean, ich bin in Eile. Ich habe keine Zeit für Eure frechen Witze.«

»Alle Welt ist in Eile, seit diese Gesandtschaft eingetroffen ist«, murrte Jean und trat zur Seite. »Und in dieser Eile soll es auch noch ein Festmahl sein, das heute Abend auf den Tisch kommt. Als ob unsereins zaubern könnte und keine Zeit für Vorbereitungen brauchte.«

»Welche Gesandtschaft?« Arlana verharrte mitten im Schritt. »Davon weiß ich gar nichts. Wisst Ihr, wer sie geschickt hat?«

»Die Standarten waren die des jungen Königs. Aber wenn Ihr mich fragt, welche Nachrichten gekommen sind, dann muss ich Euch enttäuschen. Die Besucher sind im Arbeitskabinett des Lords verschwunden und die Herrin hat ihre Befehle für das Abendessen aufgelistet, wie ein Wasserspeier das Nass bei Wolkenbruch ausschüttet.«

Arlana lächelte über den Vergleich.

»Dann lasst Euch nicht länger aufhalten, Meister Jean. Wir wollen doch alle, dass Ihr mit einem wahren Festmahl Ehre einlegt und den gemeinen sächsischen Fraß mit der vorzüglichen normannischen Küche bloßstellt.«

Der häusliche Wettstreit zwischen der sächsischen Köchin, die für das Gesinde, sorgte und dem Normannen, der die höfischen Schaugerichte für große Bankette schuf, gehörte zu Hawkstone wie das morgendliche Krähen der Hähne auf dem Mist.

Jean gab Arlana gezwungenermaßen endlich den Weg frei und sie war dankbar, dass sie seine gemurmelte Antwort im Gassenjargon von Rouen nicht verstand. Vermutlich hätte sie ihn sonst zur Rechenschaft ziehen müssen.

Der kurze Zusammenstoß hatte ihre Nerven jedoch ein wenig beruhigt. Sie lauschte auf die Geräusche des Hauses, während der Koch davonwatschelte. Sie hatte ein Gespür dafür entwickelt, was normal war und was nicht. Sie merkte schnell, dass Aufregung das gewohnte Gleichmaß abgelöst hatte.

In der nahen Küche stieg der Lärm streitender Stimmen und klappernder Töpfe über jedes normale Maß. Dies war nicht die Zeit für nutzlose Überlegungen. Arlana dehnte die verspannten Schultern und setzte ihren Weg fort. Sie musste Frau Agnes davon überzeugen, dass sie in Lady Benignas Dienste trat und dann dafür sorgen, dass in der großen Halle die Festtafel gedeckt wurde. Ein Glück, dass bei all dem keine Zeit blieb, darüber nachzudenken, weshalb ihr Herz so schwer und kummervoll in der Brust lag.

6

Hawkstone, 15. Mai 1101

»Seine allergnädigste Majestät, König Heinrich von England, lädt zum großen Sommerturnier in seine Stadt Winchester. Er wünscht, dass jeder Ritter von Rang in die Schranken reitet und gedenkt die Sieger mit wertvollen Preisen zu belohnen. Auch sind prächtige Feste für die Damen und Herren des Adels geplant.«

Die Ankündigung des Lords von Hawkstone verursachte Schweigen an der Abendtafel. Worte erstarben, Köpfe hoben sich. Am Ende lagen aller Augen auf dem silberhaarigen Herrn des Hauses, der an der Stirnseite thronte wie ein Fürst. Er trug jene reglose Miene zur Schau, die Arlana und viele andere auf Hawkstone als Warnzeichen kennen gelernt hatten. Die Einladung missfiel ihm, weil sie ihn dazu zwang, öffentlich Stellung zu beziehen.

Der königliche Gesandte, der zu seiner Rechten den Ehrenplatz zwischen ihm und Lady Liliana einnahm, schmückte die karge Ankündigung eilig weiter aus. Er hatte mit Beifall gerechnet, nicht mit bedrohlicher Stille.

»Seine Majestät legt besonderen Wert darauf, dass bei diesem Turnier auch jene Ritter ihr Geschick beweisen, die sich beim Kampf um die Heilige Stadt Jerusalem ausgezeichnet haben.« Sein bedeutungsvoller Blick wandte sich der Lady zu, neben deren anderer Seite Bryan das Essen kaum anrührte. »Die Männer, die das größte Heiligtum der

Christenheit aus Heidenhand befreit haben, sind eine wahre Zierde unseres Ritterstandes.«

So unvermittelt angesprochen hob Bryan den Kopf und begegnete dem Blick des Barons von Upminster mit einer exakten Kopie der Ausdruckslosigkeit seines Vaters.

Arlana saß unterhalb des hohen Tisches in Lady Lilianas Ruf- und Reichweite. Auch sie hatte ihr schlichtes Arbeitskleid mit einem Festgewand vertauscht und das helle Tannengrün ihres Surkots fiel über ein narzissenfarbenes Unterkleid aus Halbseide, das in feine Falten gelegt mit einer bestickten Borte um den Hals geschlossen wurde. Die geflochtenen roten Zöpfe verschwanden unter einem sittsamen weißen Schleier, den ein grünes Band um ihre Stirn hielt. Bisher hatte sie weder die bewundernden Blicke des Gesandten, noch die düstere Musterung Bryans zur Kenntnis genommen. Es kam ihr nicht in den Sinn, dass man ihr einen Blick schenken konnte, wenn doch Lady Benigna an der Tafel saß.

Jetzt jedoch entdeckte sie ein gefährliches Glitzern in Bryans Augen. Er wandte ihr die vernarbte Seite seines Antlitzes zu, die bisher von seinem fallenden Haar verdeckt gewesen war, da er grübelnd, mit geneigtem Kopf, jede Unterhaltung verweigert hatte.

Sie selbst hatte sich längst an die rötliche Wunde gewöhnt, aber Mitleid und Erschrecken in den Gesichtern der anderen, bewiesen ihr, dass sie damit ziemlich alleine stand.

»Der Geschmack an überflüssigen Kämpfen ist mir vergangen«, antwortete er dem Grafen ohne Umschweife.

Seine harsche Ablehnung rief betroffene Stille hervor.

»Ihr beliebt zu scherzen«, entgegnete der Baron und lachte bemüht. »Es handelt sich um eine Einladung des Königs.«

»Man könnte auch sagen, eine Aufforderung«, verbesserte der Lord von Hawkstone trocken.

»Man wird mich nicht vermissen«, erwiderte sein Sohn ebenso mit der gleichen Nüchternheit. »Es gibt sicher genügend ehrgeizige junge Ritter, die sich um die Ehre bewerben, vor seiner Majestät in die Schranken zu treten.«

»Aber Euer Ruf als geschickter Schwertkämpfer reicht noch in die Zeiten vor dem Kreuzzug zurück«, erinnerte sich Upminster. »Ihr trugt stets die Farben des Königs.«

Bryan de Cambremer bedachte ihn mit einem düsteren Blick.

»König Rufus ist tot.«

»Er würde dennoch nicht wollen, dass Ihr seinen Nachfolger brüskiert. Er schätzte seinen jüngeren Bruder und lobte ihn stets als klugen Kopf. Es ist in seinem Sinn, dass unser König Heinrich heißt.«

Der Baron schloss mit einem vielsagenden Blick auf die Stirnseite der Halle, wo die Standarte des Königs neben jener von Hawkstone wehte. Bryan verstand die Warnung. Er wusste selbst, dass er mit seiner vehementen Ablehnung über das Ziel hinausgeschossen war. Er musste sich mit seinem Vater besprechen, was das Beste für Hawkstone war.

»Ich werde Eure Worte bedenken, ehe ich meine endgültige Entscheidung treffe«, sagte er knapp.

»Tut das«, nickte der Baron zufrieden und hob seinen Becher. »Lasst uns auf das Wohl König Heinrichs und seiner jungen Gemahlin trinken. Möge ihnen der Himmel viele Söhne schenken.«

Die Gäste taten ihm Bescheid. »Auf das Wohl Eurer wunderschönen Frauen, Cambremer!«

Der Gesandte fand immer wieder neue Trinksprüche und der Lord und sein Sohn mussten ihm wohl oder übel folgen, wenn sie nicht unhöflich erscheinen wollten. Auch Lady Benigna nippte an ihrem ziselierten Silberbecher und begegnete dem bewundernden Blick des Gesandten unter halb gesenkten Lidern mit einem Lächeln, von dem Arlana nicht sagen konnte, ob es herausfordernd oder sinnlich war. Der Baron von Upminster, sichtlich bezaubert von der Lady, säuselte Komplimente. Er konnte seine Augen kaum aus ihrem blassen Dekolletee lösen und die Röte auf seiner Stirn kam sicher nicht allein vom Wein.

Frau Agnes hatte ihre Arbeit fast zu gut gemacht. Das veilchenfarbene Untergewand, das die Lady unter einem gerafften, cremefarbenen Surkot trug, musste aus Lady Lilianas alten Truhen stammen, sonst hätte es nie in dieser kurzen Zeit fertig gestellt werden können. Eilig gekürzte Säume, neue Borten und eine feine Reihe schimmernder Flussperlen rund um den viereckigen Ausschnitt, betonten die makellose Schönheit seiner Trägerin. Von den aufgesteckten blassblonden Flechten rieselte ein Schleier kaum dichter als feiner Flussnebel. Sie sah kühl und wunderschön aus.

Arlana seufzte und wagte, den Blick zu Bryan de Cambremer wandern zu lassen. Selbst im Trubel des Festbanketts, dessen Gespräche nun mit größerer Lautstärke als zuvor wieder eingesetzt hatten, kam es ihr vor, als würde sie von unsichtbaren Kräften zu ihm gezogen. Sicher lag es auch daran, dass sie ihn zum ersten Mal in den Gewändern eines wohlhabenden Edelmannes sah.

Statt des gewohnten, ein wenig schäbigen Lederwamses und der geschnürten Beinkleider trug er nun eine elegante Tunika aus dunkelblauem Samt, gleichfarbige, enge Hosen und flache Schuhe. Die fein gefasste Kante eines weißen Hemdes blitzte an Hals und Ärmelausschnitten und ein Gürtel mit einer fremdartig geschlungenen, goldenen

Schnalle lag um seine Hüften. Er war barhäuptig, aber sein Haar glänzte frisch gewaschen in allen Farben von altem Gold bis zu hellstem Messing. Ein schwerer Siegelring an seiner Rechten blitzte im Licht der Fackeln und Kerzen, wenn er den Becher oder das Essmesser bewegte. Ihrer Meinung nach, war er der einzige Mann an der Tafel, der es mit dem imponierenden Senior von Hawkstone aufnehmen konnte. Daran konnte auch die entstellende Narbe nichts ändern.

Lady Liliana hatte sich inzwischen dem Gesandten zugewandt und versuchte die Schroffheit ihres Sohnes, in Vergessenheit geraten zu lassen. Ihr Anblick bekümmerte Arlana. Sie fand sie zu schmal, zu blass und zu müde. Sie sah ihr die Sorgen um Bryan an.

»Erzählt uns von unserer neuen Königin, Baron. In Hawkstone leben wir so zurückgezogen, dass nur sehr wenige Neuigkeiten bis zu uns gedrungen sind. Sicher liegt es auch daran, dass unser Sohn erst seit kurzer Zeit wieder zu Hause ist und wir alle nur in Sorge um ihn waren.«

»Das kann ich verstehen.« Der Baron gab sich betont leutselig und beugte sich zu Bryan hinüber, ohne Lady Lilianas Bitte zu folgen. »Wie ich Euch darum beneide, dass Ihr die Eroberung Jerusalems miterleben durftet. Welch ein erhebender Augenblick muss es doch gewesen sein, als die Fahnen der Christenheit am Grabe unseres Heilands aufgerichtet wurden. Wollt Ihr uns nicht davon erzählen?«

Die Bitte fand spontanen Widerhall im ganzen Saal. Keiner hatte bislang gewagt, Bryan um eine Schilderung seiner Erlebnisse zu bitten, aber alle waren neugierig darauf. Die Gespräche verstummten. Alle Blicke hefteten sich erwartungsvoll auf den jungen Ritter mit der schrecklichen Narbe. Auch der des Lords von Hawkstone.

Ihn allein sah Bryan an, als er knapp erwiderte: »Ich muss Euch enttäuschen, Baron. Es ist nicht erhebend Heiden abzuschlachten. Es sind Menschen wie wir. Sie bluten, empfinden Schmerz und sie schreien, wenn sie in die Enge getrieben werden und sterben.«

Lady Liliana presste entsetzt die Hand vor den Mund und rang um Fassung. Ihr Sohn sprach leidenschaftslos und nicht sehr laut, aber man verstand ihn bis in den hintersten Winkel der großen Halle, weil alle gebannt den Atem anhielten und sich nicht zu rühren wagten. Sogar die Jagdhunde des Herrn hörten auf an den Knochen zu nagen, die man ihnen unter dem Tisch zugeworfen hatte.

»Ich weiß, Ihr erwartet die Schilderung eines Abenteuers. Ich kann Euch jedoch nur von Hunger und Durst berichten. Von Seuchen, sengender Sonne und Wolken von Staub, die zur schlimmsten und gefährlichsten Waffe der Heiden wurden. Wisst Ihr, wie es sich anfühlt, wenn die eigene Rüstung so heiß wird, dass man darunter verschmachtet? Wenn die Kameraden neben Euch aus dem Sattel stürzen, nicht, weil sie von Pfeilen oder Lanzen getroffen wurden, sondern weil ihnen in der Hitze das Herz stehen geblieben ist? Wenn alle Brunnen zugeschüttet sind und das Brackwasser der letzten Quelle so unaussprechlich schmeckt, dass Ihr das Verdursten vorzieht?«

»Gütiger Himmel.« Der Baron Upminster nahm einen kräftigen Schluck aus seinem Becher und versuchte sein Unbehagen unter Kontrolle zu bringen. »Mir scheint, Ihr habt schlimme Zeiten hinter Euch. Vielleicht ist es besser, nicht an so viel Leid zu rühren.«

»Heldengeschichten erzählen Euch nur die fahrenden Sänger. Ich war ein Krieger, kein Sänger.« Bryan de Cambremer lächelte bitter.

»Umso besser«, erwiderte der Baron diplomatisch.

»König Heinrich braucht Ritter. Mit fahrenden Sängern kann er weder die Normannen noch die aufsässigen Kaledonier im Schach halten.«

»Immerhin war es ein kluger Schachzug unseres neuen Herrschers, die Tochter von König Malcolms von Schottland zur Frau zu nehmen«, warf der Lord ein und Arlana ahnte, dass er das Gespräch absichtlich in andere Bahnen lenkte. »In ihren Adern fließt das Blut der alten sächsischen Könige.«

»Wisst Ihr eigentlich, ob es der persönliche Entschluss der Königin war, dass sie ihren Namen von Edith in Matilda geändert hat?«, mischte sich nun auch Lady Liliana wieder ein. »Oder hat Heinrich sie dazu überredet? Ich erinnere mich, dass er sehr überzeugend sein konnte, wenn er sich etwas in den Kopf gesetzt hatte. Er ist derjenige von Wilhelms Söhnen, der der ersten Matilda, der Gemahlin des Eroberers, am meisten zugetan war.«

Arlana lauschte, ohne sich für die Einzelheiten zu interessieren. Sie war noch ganz im Banne des schrecklichen Szenarios, das Bryan de Cambremer entworfen hatte. Sie konnte sich vorstellen, dass es ihrer Herrin ähnlich erging, denn ihre Stimme klang angestrengt und ihre Hände bebten, als sie zum Becher griff. Lady Benigna hingegen lächelte dem Baron huldvoll zu und schenkte ihrem Gemahl keinen einzigen, mitfühlenden Blick.

Sie musste doch am ehesten wissen, wie schrecklich die Kämpfe im Morgenland gewesen waren. Wo blieb ihre Anteilnahme? Das Verständnis für ihren Gemahl, der keinen Gefallen am Töten gefunden hatte?

Hör auf zu grübeln! tadelte sie sich selbst und griff hastig nach ihrem Becher.

Dame Madlon, die neben ihr saß, machte im selben Augenblick die gleiche Bewegung, sodass sie zusammenstießen und Arlanas Becher umkippte. Die stämmige Matrone zählte zu den Frauen, die Lady Benigna so verächtlich abgetan hatte und ihr Gemahl war einer der Burghauptleute von Cambremer. An diesem Abend tat er Dienst auf den Wällen, denn in Anbetracht des hohen Besuches hatte der Lord die üblichen Vorsichtsmaßnahmen zusätzlich verstärkt.

»So passt doch auf«, tadelte sie Arlana empört und wischte ein paar Weinspritzer von ihrem Gewand. »Ihr solltet Euch ein Beispiel an der jungen Lady nehmen, Mädchen. Eine ehrbare Frau bewegt sich gemessen und beherrscht, nicht wie ein Wirbelwind.«

»Eine ehrbare Frau macht auch einem anderen Mann keine schönen Augen.« Arlana ärgerte sich über den Vergleich und platzte mit dem Nächstbesten heraus, das ihr auf die Zunge kam. Lady Benigna wollte sie nun wirklich nicht nacheifern.

Frau Madlon warf sich augenblicklich zur Verteidigerin der jungen Lady auf. »Ihr könnt Euch kein Urteil über höfische Manieren anmaßen, Mädchen. Auf Eurer Insel leben ja sogar die Edelleute noch in zugigen Ställen. Ihr könnt von Glück sagen, dass Euch unsere Lady erlaubt, bei Tisch zu sitzen. Wäre dies mein Haus, Ihr hättet Euren Platz beim Gesinde in der Küche.«

Arlana hatte sich längst daran gewöhnt, Sticheleien dieser Art zu überhören. Die Damen der Lady konnten ihr nicht verzeihen, dass sie so unverhofft aufgetaucht war und ihnen einen Teil der Zeit und der Zuneigung ihrer Herrin stahl. Heute freilich fehlte ihr die Energie für solche Gelassenheit. Sie war zu aufgewühlt und zu betroffen, um artig zu sein.

»Schlagt ihr doch vor, mich in die Küche zu verbannen«, erwiderte sie mit zusammengebissenen Zähnen. »Wenn Ihr so sehr davon überzeugt seid, dass ich nicht in Eure Reihen passe, dann solltet Ihr etwas dagegen unternehmen.«

Dame Madlon würdigte sie keiner Antwort. Soeben wurde das große Servierbrett mit den gefüllten Wachteln hereingetragen. Der Anblick ließ sie alles andere vergessen.

Auch Arlana überwand ihren jähren Zorn. Sie wusste, dass sie über das Ziel hinausgeschossen war. Was war nur los mit ihr? Warum suchte sie Streit mit einer Frau, die ihr gleichgültig war? Warum konnte sie das Festmahl nicht einfach genießen? Was machte sie so zappelig und gereizt?

Sie entschuldigte sich bei Lady Liliana und verließ die Tafel, sobald der nächste Gang aufgetragen wurde. Sie verspürte kein Verlangen nach weiteren Köstlichkeiten und süßen Desserts. Vielleicht legte sich ihre Ruhelosigkeit unter dem freien Himmel.

Sobald sie aus dem Schutz der Säulengänge trat, hielt sie sich im Dunkeln und mied den Schein der Fackeln, die in der Nacht die Wege zu den Quartieren des Gesindes und der Burgbesatzung wiesen. Sie kannte sich gut genug aus, um auch in völliger Finsternis den Weg zwischen den Ställen und Vorratsspeichern zum Gemüsegarten zu finden, wo es unter einem uralten Apfelbaum eine schmale Steinbank gab. Ein Platz wie geschaffen dafür, über die eigenen Unzulänglichkeiten nachzugrübeln.

Sie verschmolz mit der Finsternis, als sie sich auf dem alten Marmor niederließ. Sie zog die Beine eng an den Leib, schlang die Arme darum und legte die Stirn auf die Knie. Sie war schrecklich müde und gleichzeitig völlig überdreht. Es drängte sie die eigene Haut abzustreifen und etwas völlig Närrisches zu tun, um sich von all diesen Fragen zu befreien. Die Frage war nur, was?

Sie konnte nicht sagen, wie lange sie reglos im Dunkel gekauert hatte, als plötzlich Geräusche an ihr Ohr drangen, die nicht zum Konzert der Nacht gehörten. Gedämpfte Stimmen, näher kommende Schritte, die erkennbar vorsichtig gesetzt wurden. Arlana hielt den Atem an. Zog die Verschwiegenheit des Gemüsegartens etwa ein Liebespaar an? Immerhin lebten innerhalb des großen Palisadenzaunes, der das Lehen umgab, mehr als hundert Leute. Was sollte sie tun? Wie konnte sie sich ungesehen davon machen?

In diesem Moment erkannte sie die Stimmen.

»Seit wann bestehst du auf heimlichen Promenaden mit mir, Benigna?«

»Das Haus hat Ohren, das wisst Ihr so gut wie ich. Eure Frau Mutter wittert, dass wir etwas vor ihr verbergen. Ich nehme nicht an, dass es in Eurem Sinne ist, ihrer Neugier Nahrung zu geben. Früher oder später wird sie ohnehin herausfinden, dass Ihr Eure Nächte nicht in meinem Bett verbringt. Was gedenkt Ihr in diesem Fall zu tun?«

»Wenn Ihr schweigt, sehe ich keinen Grund, warum sie es erfahren sollte. Oder langweilt Ihr Euch bereits ohne männliche Aufmerksamkeit?«

»Gott bewahre, ich habe kein Verlangen danach, einem Holzklotz zu Diensten zu sein.«

Die sonst so liebliche, sanfte Stimme enthielt deutliche Härte. Arlanas Herz setzte einen Schlag aus. Am liebsten wäre sie unter die Bank geschlüpft, aber dazu war es schon zu spät. Sie konnte nur hoffen, dass die Nacht sie verbarg, wenn sie sich nicht rührte. Kies knirschte unter den Schuhen des Paares, als es nun viel zu nahe stehen blieb.

»Dann sag mir, was du von mir willst.«

»Haltet Eure Mutter und ihren eifrigen, rothaarigen Schatten von mir fern. Ich will nicht die gehorsame Tochter spielen.«

»Du warst mit meinen Bedingungen einverstanden.«

»Das war in Jerusalem. Nun sind wir in Britannien.«

Bryan knirschte hörbar mit den Zähnen.

»Und das bedeutet?«

»Ich will das Leben, das mir Richard versprochen hat. Ihr habt vor Gott und den Menschen geschworen, dass es mir an nichts fehlen soll. Darunter verstehe ich beileibe nicht das Leben zwischen Pferdekoppeln und Bauernmägden. Auch nicht, dass ich die alten Gewänder Eurer Mutter auftrage. Bringt mich an den Hof des Königs. Lasst mich den Rang einnehmen, der mir gebührt.«

»Was dir gebührt? Dir gebührt der Rang einer H...«

»Wagt es nicht, dieses Wort in meiner Gegenwart auszusprechen, Bryan de Cambremer. Ihr habt keine Ahnung, was mich zu dem gemacht hat, was ich bin. Ihr seid ein Mann...«

Das letzte Wort klang so verächtlich, dass Arlana ein eisiger Schauer über den Rücken lief. Hasste Benigna nur ihren Gemahl so ausschließlich oder alle Männer?

»Deswegen hast du mich zum einfältigen Werkzeug deiner Pläne machen können«, erwiderte Bryan und Arlana bekam einen flüchtigen Eindruck davon, weshalb er sich selbst so verachtete.

»Gott steh mir bei, gleich kommen mir die Tränen«, spottete Benigna heiter. »Eustache mag ein Schurke gewesen sein, aber er war wenigstens ein Mann und keine Memme. Wenn Ihr klug seid, stellt Ihr Euch nicht in meinen Weg. Nehmt die Einladung des Königs an und lasst uns bei Hofe leben.«

Bryan lachte heiser, aber es klang nicht fröhlich.

»Sogar wenn ich dazu bereit wäre, mir fehlten die Mittel dafür. Ich habe mich im Morgenland nicht an den Schätzen anderer bereichert.«

»Aber Euer Vater ist reich. Ihr seid sein Erbe. Fordert, was Euch zusteht.«

»Solange er der Lord von Hawkstone ist, steht mir gar nichts zu.«

»Zwingt mich nicht, mein Schweigeversprechen zu brechen, Bryan de Cambremer. Es wird Euren Vater umbringen, wenn er hört, dass sein Sohn den Herzog der Normandie, um die Beute einer ganzen Schlacht betrogen hat. Eure Mutter sorgt sich schon seit geraumer Zeit um den Zustand seines Herzens. Anscheinend schlägt es nicht mehr so regelmäßig, wie es sollte.«

Die Gesundheit des Lords war ein sorgfältig gehütetes Geheimnis und nur Lady Liliana und wenige Auserwählte wussten davon. Sogar ihn selbst hielt die Lady im Unklaren darüber. Es würde ihm nicht helfen, hatte sie Arlana erklärt. Er würde sich Sorgen machen und am Ende mehr an sie, als an sich denken. Er musste ruhig leben und überflüssige Aufregungen sollten von ihm fern gehalten werden.

»Woher willst du das wissen?«

»Denisa kennt die Zutaten der Medizin, die ihm deine Mutter regelmäßig in den Gewürzwein tut. Sie ist ein kluges Mädchen.«

Bryan schlug mit der Hand gegen den stummen Apfelbaum, das kleine Ästchen und Rindenstücke auf der anderen Seite über Arlana rieselten. Sie spürte seine Sorge wie seinen Zorn.

»Der Himmel weiß, was Richard an Euch gefunden hat«, sagte er dann so verächtlich, dass die Lauscherin im Dunkeln ein neuerliches Frösteln überlief.

»Ihr könnt gewiss sein, dass ich seinen Tod noch mehr bedaure als Ihr«, erwiderte Benigna so tonlos, dass Arlana ihre Anspannung wahrnehmen konnte. »Schließlich seid Ihr nicht der Va ...«

»Der Teufel soll dich holen ...«, fiel ihr Bryan rüde ins Wort.

»Das tut er zweifelsohne irgendwann. Aber bis dahin werde ich mein Leben nach meinen Vorstellungen führen. Und nun reicht mir Euren Arm. Wir wollen doch nicht, dass Eure Mutter sich darüber wundert, dass Ihr von diesem romantischen Spaziergang alleine ins Haus zurückkehrt.«

Arlana starrte dem Paar nach und versuchte vergeblich sich einen Reim auf das seltsame Gespräch zu machen. Sie richtete sich mit tauben Gliedern auf und stellte die Füße wieder auf die Erde. Das zurückfließende Blut kribbelte wie ein Heer von Ameisen und gleichzeitig beschlich sie das dumpfe Gefühl, dass sie nicht an das Geheimnis rühren sollte, das Bryan und Benigna verband.

Aber gleichzeitig wusste sie, dass sie es tun würde. Dass sie es tun musste. Vielleicht hatte sie ja sogar eine Möglichkeit, Bryan zu helfen?

7

Hawkstone, 25. Mai 1101

Der Tag des heiligen Urban hatte einen unverhofften Kälteeinbruch über das Land gebracht. Eisregen trommelte auf die Dächer von Hawkstone, drückte den Rauch in die Kamine zurück und bedrohte das Leben der jungen Lämmer und Fohlen auf den Wiesen am Fluss. Der Lord war mit seinen Männern und Knechten unterwegs, das Schlimmste zu verhindern. Sein Sohn hatte sich ihm ohne Zögern angeschlossen. In Dingen die Hawkstone betrafen, verstanden sie einander blind.

Die Frauen suchten sich Arbeiten im Haus und niemand tat freiwillig einen Schritt nach draußen. Sogar die Jagdhunde, die Katzen und die Kinder des Gesindes suchten die Nähe des großen Kamins in der Halle. Riesige Scheite hielten dort ein Feuer in Gang, das zumindest in seiner unmittelbaren Umgebung Wärme verbreitete. Das fröhliche Kreischen der Kleinen, das Bellen der Hunde und die mütterlichen Ermahnungen sorgten für einen ständig gleich bleibenden Lärmteppich, der es Arlana ermöglichte, ihren Gedanken nachzuhängen, während sie mit feinen Stichen kleine Leinenbeutel nähte, die Lady Liliana für ihre getrockneten Kräuter verwendete. Ihre Finger taten die Arbeit ganz von alleine, während sie aus den Augenwinkeln ein kleines Kind beobachtete, das völlig in sich versunken mit einer jungen Katze spielte.

Der kleine Hemdenmatz war bestimmt noch keine zwei

Jahre alt, nur mit einem lockeren Kittelchen bekleidet, das vor Schmutzflecken starrte und danach aussah, als wäre er damit durch die ganze Halle gekrabbelt. Tiefschwarze Locken kringelten sich um ein blasses Gesichtchen, auf dem ein seliges Lächeln lag, weil die Katze seine tapsigen Zärtlichkeiten so großzügig erduldete. Den Zügen nach musste es ein Mädchen sein.

Zu wem gehörte die kleine Dame? Sie saß sehr nah am Feuer und ohne die hütende Aufsicht einer Mutter sollte sie dort nicht alleine bleiben. Arlana ließ ihr Nähzeug sinken und sah sich um. Niemand schenkte der Kleinen besondere Aufmerksamkeit. Sie studierte das runde Antlitz des Kindes und versuchte eine Ähnlichkeit zu finden, die sie auf die richtige Spur seiner Mutter führen konnte. Aber weder die tiefschwarzen Augen, noch der weiche Schwung des kleinen Mundes kamen ihr bekannt vor.

Der Katze wurde das Spiel schlagartig zu viel. Sie erhob sich, entzog sich den Händen des Kindes und reagierte mit einem schnellen Tatzenhieb, als das Mädchen nachfassen wollte. Sein Aufschrei ging im allgemeinen Lärm unter, aber Arlana sprang hoch und konnte es eben noch am Kittel packen, damit es nicht über den Kaminabsatz stolperte und mit den Händen voraus in der Glut landete.

Das zappelnde, erschrocken kreischende Kind in den Armen, sank sie mit bebenden Knien wieder auf die Bank. Kopfschüttelnd sah sie in das zornrote Gesicht und bändigte die geballten Fäuste, während ihre Ohren unter dem schrillen, unverständlichen Protest schmerzten.

»Du bist mir ein schöner Spaßvogel, Demoiselle. Könntest du bitte aufhören, mich anzuschreien? Ich habe deine Katze nicht vertrieben. Außerdem habe ich dir gerade fast das Leben gerettet. Wie wäre es mit einem Lächeln als Dankeschön für mich? Komm schon, streng dich an.«

Da Arlana bewusst den Wohlklang ihrer Stimme einsetzte, um das Kind zu beruhigen, klappte der plärrende Mund unverzüglich zu. Die Augen suchten, zwei Kohlenstückchen gleich, noch tränenfeucht, aber staunend ihren Blick. Bezaubert von dem kleinen Kobold lächelte Arlana und küsste den Winzling auf die Stirn.

»Also Herzchen, kannst du schon ein paar Worte sprechen? Weißt du deinen Namen?«

Einmal stumm, blieb das Kind auch stumm. Es sah aus, als könne es ihre Worte nicht verstehen, aber es fühlte offensichtlich, dass sie gut gemeint waren. Es schenkte ihr ein Strahlelächeln, das je vier kleine weiße Perlenzähne im Ober- und Unterkiefer zeigte.

Arlana runzelte beunruhigt die Stirn und rieb, einer plötzlichen Eingebung folgend, den weichen Stoff des Kinderkittelchens zwischen den Fingern. Kein gewöhnliches Leinengewebe, sondern hauchdünne cremeweiße Fäden, die zu einem ebenso dichten, wie glatten Textil verwebt worden waren. Die Nähte waren mit Seidengarn bestickt und ließen nur einen Schluss zu.

»Riccarda«, stammelte Arlana fassungslos und wurde mit einem fröhlichen Quietschen dafür belohnt. Das Kind reagierte auf seinen Namen.

Bryans Tochter! Das kleine Mädchen schlang zutraulich einen Arm um ihren Hals und steckte den Daumen der anderen Hand in den Mund. Fröhlich nuckelnd richtete es sich auf ihrem Schoß ein.

Noch immer fassungslos schaute Arlana sich Hilfe suchend um. Niemand außer ihr hatte den gefährlichen Zwischenfall am Kamin bemerkt. Lady Lilianas Damen schwatzten am anderen Ende des großen Tisches bei einem Krug mit Würzwein und einer Schale voller Naschwerk. Ein paar Mägde saßen mit Flickarbeiten und Handspindeln in ihrer Nähe, andere kauerten rund um den Priester von Hawkstone, der über einen reichen Schatz von Heiligenlegenden und frommen Geschichten verfügte, die er bei solchen Gelegenheiten gerne ausschmückte und erzählte.

Lady Liliana hatte sich in ihr privates Gemach zurückgezogen. Auch Lady Benigna fehlte in der Halle. Seit die königliche Gesandtschaft weitergeritten war, bekam man sie kaum zu Gesicht. Aber wenigstens Riccardas Amme müsste doch inzwischen gemerkt haben, dass ihr Schützling abhanden gekommen war? Wo blieb sie nur?

Es sah ganz danach aus, als bliebe es ihr überlassen das Kind zu seiner Amme zurückzubringen. Ihr Instinkt riet dazu, keine Zeit zu versäumen. Aber das Gefühl des vertrauensvollen, fast knochenlosen Kinderkörpers, der sich an sie schmiegte, war so angenehm, dass sie keine Lust verspürte aufzustehen. Sie genoss die friedvolle Zweisamkeit.

»Da hast du uns ja was Schönes eingebrockt, Kleines«, murmelte sie und küsste die seidig weichen Locken des Mädchens. »Wie ist es dir nur gelungen, deiner strengen Amme zu entwischen?«

Die Tatsache, dass sie Bryans Tochter hielt, rief den heftigen Wunsch in ihr wach, sie zu beschützen und zu umsorgen. Aber auch die heiße Sehnsucht, ein anderes Kind in den Armen zu halten. Eines, das sie, und nicht Lady Benigna ihm geboren hatte. Ihre Fantasie konnte es sehen. Es würde blond und rosig sein, mit Augen, die zwischen Türkis und Grün schimmerten. Ein kummervolles Seufzen weitete ihre Brust, ehe sie ihre sinnlosen Träume gereizt in den hintersten Winkel ihres Bewusstseins verbannte.

Lady Benignas Tochter ließ es ohnehin nicht zu, dass

man sie auch nur für einen kurzen Augenblick vergaß. Sie hatte das eigenwillige Temperament ihrer Mutter geerbt. Inzwischen zappelte sie so sehr, dass Arlana sie nur noch mit Mühe hielt. Vielleicht beruhigte sie sich, wenn sie getragen wurde. Arlana stand mit ihr auf und ging zur Stirnseite des Saales. Vielleicht gefielen ihr ja die bunten Farben der Standarten, die dort die Wände schmückten.

Sie war dermaßen mit dem Kind beschäftigt, dass sie nicht auf den schrillen Schrei achtete, der sich über den üblichen Lärm legte. Erst als sie einzelne Worte verstand, wandte sie sich verblüfft um.

»Wohin verschleppst du mein Kind? Bleib stehen! Was hast du mit meinem Goldschatz vor? Heilige Mutter Gottes, sie will das Kind entführen! Haltet sie auf!«

Völlig außer sich, stürzte die Amme quer durch die Halle auf Arlana zu und riss ihr Riccarda gewaltsam wieder aus den Armen. Die rüde Behandlung, der Lärm und die Aufregung erschreckten die Kleine von neuem. Sie kreischte schrill, während Denisa zeterte, Arlana zu erklären und die anderen Frauen zu helfen versuchten. Im Verein mit den Stimmen der übrigen Kinder und dem Gebell der erschreckten Hunde, verwandelte sich die eben noch so friedliche Halle innerhalb weniger Herzschläge in ein häusliches Schlachtfeld.

»Ruhe!«

Die eindrucksvolle Stimme des Lords von Hawkstone, der höchst selten so laut wurde, ließ den Lärm schlagartig wieder verstummen. Die Hände in die Hüften gestemmt und die weißen Brauen zornig gesträubt, stand er mit roter Stirn unter dem Bogen des Einganges und schaute sich um.

»Was zum Donner ist hier eigentlich los?«

Die Art wie alle anderen unverzüglich vor Arlana, dem Kind und der fremdländischen Amme zurückwichen, sprach für sich. Wenn es Ärger gab, wollte niemand etwas damit zu schaffen haben. Die beiden Frauen waren ebenso wie das Kind plötzlich wieder Fremde unter dem Dach, das sie beherbergte.

»Sie hat mein Kleines aus seiner Kammer gestohlen«, warf die Amme Arlana verdrossen vor. »Ich hab es zum Schlafen hingelegt und als ich kam, es zu wecken, war es verschwunden. Sie hat es entführt!«

»Was ist das nur für ein Unsinn!« In ihrem Zorn vergaß Arlana jede Zurückhaltung und erhob ihrerseits die Stimme. »Ich weiß nicht, was du getrieben hast, während du das Kind hüten solltest. Aber die kleine Demoiselle war plötzlich in der Halle. Wenn ich sie nicht zufällig gesehen und gehalten hätte, wäre sie sogar ins Kaminfeuer gestürzt. Du bist diejenige, die ihre Pflicht versäumt hat.«

»Lügnerin.«

Die Feindseligkeit der Amme verblüffte Arlana. Sie hatte ihr geholfen, die Gründe für Mariels Verwundung zu vertuschen und sie hatte Riccarda davor bewahrt, sich weh zu tun. Sie müsste ihr dankbar sein. Stattdessen loderte unverkennbarer Hass in ihren Augen.

»Ich habe es nicht nötig zu lügen, ich sage die Wahrheit«, erwiderte sie stolz. »Frag doch das Kind. Es scheint alt genug zu sprechen und zu sagen, was es getan hat. Es sucht die Gesellschaft anderer Kinder.«

»Was weißt du schon von Riccarda«, zischte die Amme. »Bleib ihr fern.«

Arlana war sich der neugierigen Ohren, die den Streit verfolgten nur zu bewusst, sie wollte dem Klatsch nicht noch mehr Nahrung geben. Sie hob stolz das Kinn und wandte sich zum Gehen.

Riccarda war nicht damit einverstanden. Sie erhob unverzüglich wieder ihre Stimme.

»Gib mir den kleinen Fratz.« Der Lord streckte die Arme nach seiner Enkeltochter aus. »Wir hatten ohnehin noch keine Gelegenheit einander so richtig kennen zu lernen.«

»Nein!«

Denisa wich mitsamt dem kleinen Mädchen vor ihm zurück. Sie presste es an sich, als gelte es, Riccarda vor größter Gefahr zu schützen.

»Ich darf nicht«, murmelte sie so leise, dass man sie kaum verstand. »Meine Herrin wird ohnehin zürnen, wenn sie erfährt, dass das Kind in der Halle gewesen ist. Sie will nicht, dass es mit Bauerntölpeln spielt.«

Arlana schüttelte den Kopf über soviel Arroganz und der Lord schnaufte zornig. Denisa eilte, auf das weinende Kind einredend, unverzüglich aus dem Saal. Alle sahen ihr nach, aber niemand verstand, was eigentlich geschehen war.

»Vielleicht ist sie ja nur aus lauter Sorge so wirr im Kopf.« Arlana bot dem Lord eine harmlose Erklärung an, damit er sich nicht noch mehr aufregte. »Vielleicht sollte man ihr eine tüchtige junge Magd zur Seite stellen. Eine, die schnell genug ist den kleinen Irrwisch einzufangen, wenn er wieder das Bedürfnis nach Abenteuern verspürt.«

»Tu, was du für nötig hältst«, nickte der Lord und ließ erst jetzt die Arme wieder sinken, die er vergeblich nach seinem Enkelkind ausgestreckt hatte. »Es dauert offensichtlich seine Zeit, bis sich mein Sohn und seine Familie in den Alltag von Hawkstone einfügen.«

Arlana atmete erleichtert auf. Sie bemerkte erst jetzt, wie sehr sie gefürchtet hatte, der Lord würde der verrückten Amme mehr Glauben schenken als ihr. Sie sah auf und begegnete seinen scharfen Augen. Er war ein Seigneur im besten Sinne des Wortes, er sorgte sich um alle, die unter seinem Dach lebten. Sie ahnte, dass ihm das merkwürdige Verhalten der Kinderfrau zu denken gab.

»Riccarda ist ein liebes, bezauberndes Kind«, versuchte sie ihn zu beruhigen. »Ich habe sie kurz im Arm gehalten. Sie ist kräftig und bei bester Gesundheit. Sie wird mit Sicherheit verwöhnt und angebetet. Ihr müsst Euch keine Sorgen um sie machen.«

»Zum Donnerwetter.« Der Lord schwankte zwischen Lachen und Gereiztheit. »Fängst du jetzt auch noch damit an, meine Gedanken zu lesen? Wie lästig. Es genügt, wenn meine Gemahlin das bei jeder Gelegenheit tut. Sei so freundlich und kümmere dich um deine Arbeit und nicht um den Inhalt meines alten Kopfes.«

Er stürmte aus der Halle, ehe sie ihn fragen konnte, ob die Jungtiere auf den Weiden inzwischen in Sicherheit waren. Ob sie ihn tatsächlich verärgert hatte? Wenn ja, täte es ihr Leid. Sie hatte den Lord in ihr Herz geschlossen und von Lady Liliana gelernt, hinter die Fassade seiner Persönlichkeit zu blicken. Er war bei weitem nicht so streng, wie er sich manchmal gab.

Seit sein Sohn nach Hause gekommen war, hatte sie das Gefühl ihm noch näher zu sein. Vielleicht lag es auch daran, dass sie so viele Ähnlichkeiten zwischen Vater und Sohn entdeckte. Sie hätte zu gerne mit Lady Liliana darüber gesprochen, aber eine solche Anmaßung verbot sich von selbst. Sie hatte kein Recht sich für ihn zu interessieren.

Sie stieß einen Seufzer aus und merkte erst jetzt, dass sie einmal mehr im Mittelpunkt von Neugier und Getuschel stand. Die Damen der Lady hatten die Köpfe ebenso zusammengesteckt wie das Gesinde.

Mit einem Male wurde ihr alles zu viel. Sie wirbelte mit fliegenden Röcken herum und stürmte aus der Halle, ohne sich um ihr Nähzeug zu kümmern oder ein Wort der Erklärung abzugeben. Sogar Eisregen und Sturm kamen ihr verlockender vor, als die ständigen Nadelstiche weiblicher Neugier. Nicht zum ersten Male sehnte sie sich nach einem schnellen Pferd. Nach einem befreienden stürmischen Ritt, der den Kopf klärte. Was der Lord wohl sagen würde, wenn sie ihn um eines seiner kostbaren Pferde bat? Er würde sicherlich an ihrem Verstand zweifeln.

Dennoch trugen sie die Beine wie von selbst hinaus in den Regen und über den Hof hinüber zu den Ställen. Wenigstens die Gegenwart der Tiere konnte sie in den weitläufigen Ställen genießen, ohne neugierige Fragen herauszufordern. Was wohl aus Sina, ihrer kleinen Apfelschimmelstute geworden war? Sie erinnerte sich an jeden ihrer silbergrauen Flecken, als wäre sie erst gestern sechzehn geworden und nicht vor zwei Jahren. Sina war ihr schönstes Geburtstagsgeschenk gewesen. Nun gehörte sie Thorsson. Ob er gut zu ihr war?

*

»Al-Afdal hätte dieser schlimmen Hexe die Kehle durchschneiden sollen, solange er noch die Gelegenheit dazu hatte«, sagte Faruk kalt.

Bryan de Cambremer fuhr sich mit allen zehn Fingern durch die triefend nassen Haare. Vor wenigen Augenblicken hatte er das letzte Fohlen in den Stall geführt und er sehnte sich danach, seine klammen Kleider auszuziehen und im Luxus der römischen Bäder von Hawkstone zu versinken. Aber dazu hätte er die angenehme Wärme des Stalles verlassen, und noch einmal in den Eisregen tauchen müssen. Er konnte sich nicht dazu aufraffen.

Sobald er Faruk den Rücken kehrte, würde er sich auch

den Fragen seines Vaters stellen müssen, der seit Tagen auf höchst spitzfindige Weise versuchte, ihn zu einem Gespräch unter vier Augen zu bewegen. Er ahnte, was er ihn fragen wollte, aber was er ihm antworten sollte, war ihm nach wie vor ein Rätsel. War es ratsam die Wünsche seiner Gemahlin zu erfüllen und nach Winchester zu gehen?

»Wer weiß, ob Al-Afdal überhaupt von ihrer Existenz wusste, mein Freund. Unter den Rittern gab es Gerüchte, dass er an die fünfzig Frauen und zahllose Dienerinnen zu seinem persönlichen Vergnügen nach Askalon gebracht hat. Vielleicht war sie nur eine unbedeutende Dienerin?«

»Eine unbedeutende Dienerin, die genau wusste, wo sie die Schätze ihres Herrn zu suchen hatte? Al-Afdal war ein Dummkopf«, urteilte Faruk vernichtend. »Die Tatsache, dass er die Möglichkeiten einer Streitmacht von fünfzigtausend Kriegern verschenkt hat und sich von den Kreuzfahrern unvorbereitet überrumpeln ließ, spricht für sich. Ein Feldherr, der es zulässt, dass sein Lager in die Hände des Feindes fällt, wird kaum besondere Klugheit bei der Auswahl seiner Frauen beweisen. Im Gegenteil ...«

Seite an Seite saßen der Araber und der christliche Ritter auf der schmalen Holzbank an der Stallwand und betrachteten die beiden prächtigen Hengste, die in unerschütterlicher Ruhe diese Musterung über sich ergehen ließen.

»Warum lässt du dir dein Handeln von dieser Frau diktieren?«, wandte sich Faruk nach einer langen Zeit des Schweigens wieder an Bryan.

»Habe ich eine andere Wahl? Ich habe einen Schwur getan und die Tatsache, dass sie meinen Namen trägt, bindet mich zusätzlich. Vor Gott und den Menschen ist sie meine Gemahlin, egal wie diese Heirat zustande gekommen ist. Da ich auf meine Rechte als ihr Gatte verzichte, wird sie jedoch keine Gelegenheit erhalten, ihre gierigen Hände auch noch nach Hawkstone auszustrecken. Einer meiner zahllosen Neffen wird irgendwann der neue Lord werden. Vielleicht ist dieses Turnier des Königs am Ende doch nicht so übel, wie es anfangs den Anschein hatte. Eine innere Stimme sagt mir, dass ich nach Winchester gehen sollte.«

»Was hast du vor?«

»Ich gestatte Benigna ihren ersehnten Auftritt bei Hofe, das hält sie ruhig. Wenn man ihr gibt, was sie will, kann sie durchaus angenehm sein.«

»Und was planst du für dich selbst?«

»Mein Schicksal liegt in den Händen des Allmächtigen. Bei einem Turnier kann viel passieren. Du ahnst nicht, wie unsinnig diese Waffengänge sind, bei denen sich jeder Narr als Held aufspielt. Meist gibt es mehr Tote und Verwundete als Sieger. Meiner Gemahlin würde es bestimmt gefallen, die Rolle einer untröstlichen Witwe zu spielen und die Galane des Hofes zu ihrer Zerstreuung um sich zu versammeln.«

Die Gelassenheit des Arabers geriet zum ersten Mal ins Wanken. Er packte Bryans Arm und zwang ihn, seinem Blick zu begegnen.

»Ich habe dich nicht von der Schwelle des Todes gerissen, damit du dein Leben leichtfertig aufs Spiel setzt, mein Freund. Ganz davon abgesehen, dass dein Vater nicht zulassen wird, dass du dich in Gefahr begibst.«

»Er wird nicht wünschen, dass man mich als Feigling brandmarkt. Das ist fast so schlimm wie der Makel eines Diebes und Betrügers.«

Ihre Blicke begegneten sich und am Ende war es Faruk, der kapitulierte.

»Wir werden sehen. Allah ist milder als hundert Väter

und Mütter. Er wird nicht zulassen, dass du dich für andere opferst.«

»Ich wünschte, ich hätte deinen festen Glauben in die Gerechtigkeit Gottes.«

Bryan erhob sich und an dem kurzen Zögern, ehe er sich aufrichtete, sah Faruk, dass ihn die alte Wunde schmerzte, von der die anderen nichts wussten. Die Narbe im Gesicht lenkte alle Aufmerksamkeit auf sich, aber sie war das kleinere Übel. Dennoch schwieg er. Er hatte gelernt, dass es keinen Sinn hatte, den ehernen Sinn des Kreuzritters mit Worten zu beeinflussen. Er war seinem aufrechten Vater ähnlicher, als er es wahrhaben wollte.

»Allah, der Herr der Welten führe dich nicht den Weg des Zorns, sondern den geraden Weg, der nicht in die Irre geht«, sagte er leise.

Bryan verzichtete auf eine Erwiderung. Er wandte ihm den Rücken zu, verließ die abgetrennten Boxen unter den Ziegelgewölben und schritt bedachtsam den Hauptweg des großen Stalles entlang. Die kaum erkennbare Bewegung zwischen den Zuchtstuten wäre ihm entgangen, wenn Arlana nicht im selben Augenblick vor ihm zurückgewichen und gegen die hölzerne Trennwand gestoßen wäre.

Sie hatte das Gespräch der Männer in der fremden, kehligen Sprache gehört, aber nicht verstanden. Dennoch hatte ihr der Ton verraten, dass es eine bedeutungsvolle Unterhaltung gewesen sein musste. Eine, die man nur ungern mit anderen teilte. Der düstere Ausdruck des geliebten Gesichtes im Dämmerlicht des Stalles, schien ihre Vermutung zu bestätigen. Verlegenheit färbte ihre Wangen hellrot.

»Arlana? Was hast du bei den Pferden zu suchen?«

»Ruhe von all dem Gerede!«, erwiderte sie wahrheitsgemäß.

»Eine Frau, die die Ruhe sucht? Du machst dich lustig über mich.«

»Ihr würdet nicht spotten, wenn Ihr Stunden in einer großen Halle verbracht hättet, die von Geschwätz und Menschen beinahe überquillt«, entgegnete sie eine Spur zu aufsässig.

Bryan entdeckte, dass sie die Mähne einer Schimmelstute gepackt hatte, als wäre sie eine Freundin, bei der sie Trost und Beistand suchte. Das Pferd stand völlig reglos, obwohl er wusste, dass es sich um eines der nervösesten Tiere des Stalles handelte. Die Neigung zu Pferden, die er von seinem Vater geerbt hatte, war unverändert geblieben, sodass er in kürzester Zeit wieder über alle im Stall genau Bescheid wusste.

»Sei vorsichtig, die Stute ist unberechenbar. Sie misstraut jedem Fremden.«

»Daran tut sie gut.«

Die trockene Antwort entlockte ihm ein kurzes Lachen.

»Das sollte eine Warnung für dich sein. Wenn sie zubeißt, wird sie dir wehtun.«

Sie fand die Möglichkeit offensichtlich so absurd, dass sie den Rat schlicht ignorierte. Sie blickte die Stute, die ihren Blick unverwandt erwiderte, an und Bryan kam es vor, als hielten sie stumme Zwiesprache miteinander.

»Pferde sind so unterschiedlich wie die Menschen«, fügte er mahnend hinzu. »Nicht allen kann man trauen.«

»Ihr tut ihnen unrecht«, widersprach Arlana. »Es sind edle Geschöpfe, treu und ehrlich. Wenn sie tückisch reagieren, ist es die Schuld der Menschen, die mit Zwang und Gewalt ihren Willen zu brechen versuchen.«

Bryan runzelte die Stirn. Eine solche Antwort sprach nicht nur von Furchtlosigkeit, sondern auch von großer Liebe zu Pferden. Ein nobles Gefühl, das eigentlich allein dem Adel vorbehalten war. Nur er konnte sich den Luxus leisten, Pferde nicht nur zu halten, sondern auch noch Gefühle für sie zu hegen.

»Ich wünschte, ich könnte sie reiten.«

Er hörte deutlich die Sehnsucht in Arlanas Stimme und für einen Herzschlag tauchte ein Bild vor seinen Augen auf. Arlana auf dem weißen Pferd, das Gesicht dem Wind zugewandt, mit wehenden Haaren, wie er sie auf dem Rosenturm gesehen hatte. Sein Herzschlag beschleunigte sich und das Blut strömte schneller und heißer durch seine Adern. Dann jedoch gewann die Vernunft einmal mehr die Oberhand. Er hatte gelernt, seinen Träumen keinen freien Lauf zu lassen.

»Sogar wenn du so gut reiten könntest wie meine Schwestern, hättest du Probleme mit dieser da.« Bryan trat näher und strich der Stute über die Flanke. »Sie ist ein höchst eigenwilliges Geschöpf. Ich hatte gehofft, sie in den nächsten Wochen mit einem der Araberhengste decken zu können. Sie würde prächtige Fohlen bekommen.«

»Ihr sprecht, als sei das nun nicht mehr möglich.« Arlanas Aufmerksamkeit wechselte von der Stute zum Ritter. »Was hat Eure Pläne geändert?«

»Das Turnier. Wir werden in Kürze nach Winchester reisen. Ich werde es Faruk überlassen müssen, welche Stuten er auswählt.«

»Aber ich dachte, Ihr wollt nicht ...«

Arlana brach ab, sie musste ihm nicht wiederholen, was er beim Bankett für die königliche Gesandtschaft gesagt hatte. Was konnte seinen Sinn gewandelt haben? Benigna? Nach dem seltsamen Gespräch, das sie im Garten belauscht hatte, lag der Gedanke nahe. Sie presste die Lippen zusammen, um sich nicht zu verraten.

Bryan sah die Bewegung der Lippen, die Andeutung

einer angestrengten Falte zwischen den Brauen. Womit hatte er sie verärgert? Es wäre eher an ihm gewesen, gereizt zu sein. Es missfiel ihm, dass sie ihre Schönheit und ihr Feuer schon wieder unter der blassen Maske einer gehorsamen Magd versteckte. Noch nie hatte er eine Frau gesehen, die weniger unterwürfig und weniger ergeben wirkte. Ohne dass es ihm bewusst wurde, ballten sich seine Hände zu Fäusten. Er hasste Verschwendung. Noch mehr die Verschwendung menschlicher Gaben. Sah seine Mutter nicht, dass diese junge Frau etwas ganz Besonderes war?

»Warum habt Ihr Euch anders besonnen?«, flüsterte sie bang.

»Du meinst wegen des Turniers?«

Sie nickte stumm und er hatte den Eindruck, dass sie schwieg, weil sie sonst zu viel gesagt hätte.

»Kann es sein, dass du um mich fürchtest?«

»Das ist dumm und anmaßend von mir, nicht wahr? Ich sollte meine Arbeit tun und mich nicht um Eure Pläne kümmern.«

Bryan wusste nicht, was ihn mehr rührte. Ihre Sorge oder ihr tapferer Versuch über sich selbst zu spotten. Er suchte ihren Blick und endlich hob sie die Lider. Im Dämmerschein des Stalles schimmerten ihre Augen blaugrün und eine heftig pochende Ader an der Schläfe verriet ihre Anspannung.

»Ich wünschte, ich müsste dir keinen Kummer machen«, sagte er behutsam. »Wie konnte es nur geschehen, dass wir einander so nahe gekommen sind, dass wir uns verletzen können?«

»Warum fürchtet Ihr diese Nähe?«

»Sie kommt zu spät. Sie kann die Dinge nicht ändern, die bereits geschehen sind.«

Bryan trat zurück. Er brauchte Abstand zwischen sich und Arlana. Sie hatte es nicht verdient, dass er sie in den Sumpf seines verpfuschten Lebens hineinzog. Sie war rein und klar und ehrlich, sie verdiente Besseres.

»Bewahr dein Herz für einen Mann, der sich nicht in ausweglose Schwierigkeiten verstrickt hat.«

»Ihr verlangt Unmögliches.«

Arlana missachtete seinen Rückzug. Sie trat so nahe vor ihn, dass er den leichten Rosenduft in ihren Haaren roch. Kühn strich sie mit sanften Fingerspitzen über die schreckliche Narbe in seinem Gesicht. Die leichte Berührung ließ seinen Herzschlag stocken. Das Blut rauschte in seinen Ohren und eine Mischung aus Verlangen, Qual und Sehnsucht raubte ihm die Luft. Noch nie hatte er eine Frau so sehr begehrt, wie dieses Mädchen. Weder die Schönheiten bei Hofe, noch die exotischen Kurtisanen der fernen Länder, die er durchreist hatte, konnten ihr das Wasser reichen. Nur sie brachte ihn mit einer einfachen Geste zum Zittern.

»Du wirst mich vergessen.«

»Woher wollt Ihr das wissen?«

»Du MUSST vergessen«, wiederholte er betont und griff nach ihren Händen. Er drückte sie kurz, aber so heftig, dass ihr ein leiser Wehlaut entfuhr.

»Geh!«

Mit diesem einen Wort stieß er sie von sich und verschränkte seine Arme vor der Brust.

»Ihr schickt mich fort?«

Arlana schwankte zwischen Aufbegehren und Gehorsam.

»Irgendwann, in ferner Zukunft, wirst du mir dafür dankbar sein.«

»Dankbar dafür, dass Ihr mich zurückweist?« Ihre Stimme brach vor Empörung. »Was bin ich eigentlich für Euch?

Spielzeug? Minderwertiger Tand? Oder nur eine dumme Gans, die Ihr loswerden wollt?«

Sie entschied sich für Aufbegehren, aber Bryan ließ sie einfach stehen.

Mit dem deprimierenden Gefühl ein Esel zu sein, hörte er sie hinter sich aufschluchzen. Warum nahm er sich nicht, was sie ihm zweifellos geschenkt hätte? Wärme. Vergessen. Leidenschaft.

8

Hawkstone, 28. Mai 1101

Arlana fand keinen Schlaf. Es war Abend für Abend das Gleiche. Sie legte sich erschöpft und müde in ihr Bett, aber kaum berührte ihr Kopf die Kissen, wurde sie mit jedem Atemzug unruhiger und wacher. Auch heute warf sie mit einem unterdrückten Laut die Decken zurück und stieg wieder aus dem Alkoven. Sie griff sich ein Umschlagtuch und trat zum Fenster, während sie die wärmende Wolle über das dünne Hemd legte, in dem sie schlief.

Mit beiden Händen stieß sie die vorgelegten Läden auf und sog gierig die feuchte Nachtluft in ihre Lungen. Es roch nach frisch gepflügter Erde, nach dem Dunst der Ställe und dem Flieder, der hinter den Wollschuppen in voller Blüte stand. Eine schmale Mondsichel gab gerade genügend Licht, um die Umrisse der vertrauten Gebäude zu erahnen. Sie starrte zum Pferdestall hinüber, während das Blut in ihren Ohren rauschte und ihr Herzschlag sich beschleunigte.

Wäre es nach ihr gegangen, sich hätte sich Bryan de Cambremer in diesem Pferdestall hingegeben. Sie musste ihm tatsächlich dankbar sein, dass er sie vor einer solchen Dummheit bewahrt hatte. Was war nur mit ihrem Verstand geschehen? Ihr Vater hatte stets ihre Klugheit und ihre Zurückhaltung gerühmt. Beides war ihr in Hawkstone abhanden gekommen.

Das Einzige, was sie mit Bestimmtheit wusste, war, dass

es nur diesen einen Mann für sie gab. Den Mann, der einer anderen Frau gehörte.

Einer Frau, die ihn nicht liebt.

Nein! Sie presste die Handflächen auf die Ohren, um der ebenso lästigen, wie verführerischen Stimme zu entkommen. Das Unrecht einer anderen Frau gab ihr nicht das Recht, ebenfalls das Falsche zu tun.

Die Stundenkerze auf dem kleinen Tisch neben dem Alkoven zischte. Ein Insekt hatte sich zu nahe an die Flamme gewagt. Für kurze Zeit wurde der Lavendelduft, mit dem Lady Liliana die Kerzen parfümierte, vom Geruch verbrannter Flügel überdeckt. Der Tod des unscheinbaren, braunen Falters kam Arlana wie eine Warnung vor.

Wer sich zu nah ans Feuer begibt, kommt darin um!

Und wenn? Was hast du schon zu verlieren, Arlana von Cashel? Das Einzige, was du ihm schenken kannst, gehört ihm doch längst: Dein Herz. Willst du ihn nach Winchester reiten lassen, ohne ein einziges Mal in seinen Armen gelegen zu haben? Für wen hebst du dich auf? Du wirst es bis an dein Lebensende bereuen, wenn er nicht mehr zurückkommt.

Er will mich nicht.

Er handelt wie ein Ehrenmann. Hast du anderes von ihm erwartet? Du musst zu ihm gehen. Du weißt, wo du ihn finden kannst.

Nein!

Arlana schlug die Läden so heftig zu, dass der Knall vermutlich im ganzen Haus zu hören war. Sie zuckte schuldbewusst zusammen und ließ die Blicke durch den Raum schweifen. Die Wände waren vor dem Brunnenfest frisch gekalkt worden und reflektierten das Licht der Kerze. Vor dem Alkoven lag eine breite, geflochtene Binsenmatte, damit sie nicht auf die Steine treten musste, wenn sie sich mit bloßen Füßen erhob. Eine kleine Bank, ein quadratischer Tisch und eine Truhe für ihre Besitztümer vervollständigten die Einrichtung. Die Stundenkerze, neben einem Tonkrug voll blühender Fliederzweige auf dem Tisch, beleuchtete ein ansprechendes und sauberes Zuhause. In Cashel hatte sie als einzige Tochter des Burgherrn schlichter gelebt und die Kammer mit ihrer Tante Moira geteilt, die sie nach dem Tod ihrer Mutter aufgezogen hatte. Auch Moira war von Thorssons Wikingern erschlagen worden.

Himmel, musste sie jetzt ausgerechnet an Cashel denken? Hatte sie nur die Wahl, von ihren Erinnerungen oder von ihrer Liebe verfolgt zu werden?

Arlana kam es vor, als lege sich eine Schlinge um ihren Hals. Die Wände engten sie ein, ließen ihr keine Luft zum Atmen. Blinde Angst vor dem Erstickungstod trieb sie aus ihrer Kammer. Sie musste sofort den Himmel über sich sehen!

Sie nahm den Weg durch das weitläufige, stille Anwesen in völliger Dunkelheit. Herrschaft und Gesinde schliefen im sicheren Bewusstsein, dass die Tore geschlossen waren und die Männer auf dem Wehrgang über den Palisadenmauern über sie wachten.

Die schmale Seitentür, die Lady Liliana des Nachts benutzte, wenn sie zu einem Kranken oder einer Gebärenden gerufen wurde, war nur mit einem einfachen Holzriegel verschlossen. Die sorgsam geölten Lederangeln gaben kein Geräusch von sich, als Arlana die Pforte öffnete und hinaustrat. Die Steinplatten fühlten sich kalt und feucht unter ihren bloßen Fußsohlen an. Sie hatte ihre Schuhe vergessen, dennoch kehrte sie nicht um. Das Schultertuch enger um sich ziehend huschte sie zwischen den Säulen hindurch, die das breite, überstehende Dach der großen Arkadenhalle trugen.

Auf dem Wehrgang leuchteten vereinzelte Laternen und Arlana hielt sich sorgsam im Schatten der Gebäude, damit sie keine Aufmerksamkeit erregte. Zwar behielten die Bewaffneten dort oben in erster Linie die Wege und das Land vor den Palisaden im Auge, aber falls sich einer von ihnen umdrehte, wollte sie keinen Alarm verursachen. Der Rosenturm zog sie magisch an. Wenn sie irgendwo Ruhe finden konnte, dann nur auf seiner höchsten Plattform.

Sie huschte in seine Richtung und verharrte erst beim Backhaus, dann an einem Holzfuhrwerk, das noch nicht ganz abgeladen worden war und zögerte schließlich, die Hand bereits gegen die niedrige Pforte des Turmes gestemmt. Erst jetzt kamen ihr Bedenken. Ohne Licht würde sie die Steinstufen des Turmes nur fühlen, aber nicht sehen können. Sie riskierte einen Fehltritt, möglicherweise einen verstauchten Knöchel. War die Freiheit dort oben ein solches Risiko wert?

Sie hatte noch keine Entscheidung getroffen, als die Tür von innen aufgerissen wurde. Arlana verlor den Halt, taumelte nach vorn und wurde von starken Armen aufgefangen. Die Selbstverständlichkeit, mit der sie sich um sie schlossen, sagte alles. Ohne einen anderen Laut als das Rascheln ihrer Kleider und das schnelle Atmen, mit dem jeder von ihnen seine Überraschung unterdrückte, wussten sie beide, wer den anderen in dieser Dunkelheit hielt.

Keiner sagte ein Wort oder machte sich los. Es schien als lauschten sie auf die Stimmen ihrer Herzen. Arlana beugte sich der reinen Wahrheit. Genau diesen Halt hatte sie gesucht. Ihre Sehnsucht nach Bryan de Cambremer war es, die sie um den Schlaf und die Ruhe brachte. Nur bei ihm konnte sie Frieden finden.

Sie hob den Kopf von seiner Schulter und begegnete seinem leidenschaftlichen Kuss, mit bedingungsloser Hingabe. Das Umschlagtuch rutschte zu Boden, aber sie achtete nicht darauf. Ihr war ohnehin nicht länger kalt. Sie brannte. Sie stand in Flammen und nur Bryan de Cambremer hatte die Macht dieses Feuer zu kontrollieren. Sie registrierte, dass er sie in das Innere des Turmes zog. Die Pforte schloss sich mit einem dumpfen Laut und sperrte Mondschein und Sternenlicht aus. Tiefe, samtschwarze ausschließliche Dunkelheit umgab sie.

Arlana erbebte unter den fordernden Händen, die über ihren Rücken strichen und sich in der Fülle ihres offenen Haars verloren. Es war unwichtig, ob der Impuls zu dieser Umarmung von ihr oder von ihm ausgegangen war. Sie verlor sich bereitwillig in der Fülle der sehnsüchtigen, fremden Wünsche, die in ihr aufbrachen. Es war wie brennender Durst oder unerträglicher Hunger, es verlangte danach auf der Stelle gestillt zu werden.

Die wenigen Küsse, die sie bisher getauscht hatten, hatten Arlana nicht auf den Ansturm purer Sinnlichkeit vorbereitet, der sie jetzt fortriss. Ihre Haut prickelte vor Hitze und Erwartung, als ihr klar wurde, dass nur ein Hauch von Leinen Bryans Hand von ihrer völligen Nacktheit trennte. Unter seiner Berührung vergaß sie zu denken, sie schmolz dahin. Die Heißblütigkeit, die bereits unter ihren ersten Zärtlichkeiten geglüht hatte, brach mit aller Macht auf und löschte Vernunft und Zurückhaltung aus.

Sie bemerkte dennoch, dass Bryan sie in eine Ecke des Turmes unter der Treppe drängte. Als er sie zu Boden zog, fand sie sich auf den weichen Decken eines provisorischen Lagers. Der durchdringende Geruch nach Pferden verriet, dass er sich in den Pferdeställen bedient hatte, um sich ein Bett nach seinem Geschmack zu richten.

»Ihr schlaft unter der Turmtreppe?«, rutschte es ihr überrascht heraus.

»Wenn mich Regen oder Sturm von der Plattform vertreiben«, erwiderte er zwischen zwei Küssen und streifte sicher das dünne Gewebe des Hemdes von ihren Schultern. »Ich ertrage es nicht mehr sehr gut, von Mauern umgehen zu sein.«

Arlana konnte seine Angst vor Enge und Eingesperrtsein nur zu gut nachfühlen. Umso mehr verwunderte sie sein Zufluchtsort bei schlechtem Wetter.

»Aber hier unten ist es lichtloser als im hintersten Keller von Hawkstone. Habt Ihr hier nicht das Gefühl, in den Tiefen der Erde begraben zu sein?«

»Empfindest du es so?«

Sie zog sich kurz von ihm zurück und horchte dem eigenen Herzschlag nach.

»Wie seltsam«, sagte sie. »Es fühlt sich an, als wäre ich eins mit der Nacht, und es macht mir keine Angst.«

»Das liegt am Rosenturm«, raunte Bryan dicht an ihrem Ohr und zog eine zärtliche Spur von Küssen über ihren Hals und die Schultern. Arlana erbebte unter den nie erlebten Liebkosungen, die ihre Haut mit kleinen Schauern überzogen. »Der Rosenturm hütet die Geheimnisse aller seiner Kinder. Er kennt ihre Wünsche und wacht über ihren Träumen.«

»Und was sind Eure Träume, Seigneur?«

»Ich habe nach dir gerufen, mein Herz, obwohl ich wusste, dass ich kein Recht dazu habe.«

Arlana war seinen Worten ebenso machtlos ausgeliefert wie seinen Händen. Sie mochte mehr Schrecken erlebt haben, als in ein Menschenleben passten, als Liebende war sie ohne Erfahrung. Aber die Unschuld ihres Herzens und die Wünsche ihres Körpers verbanden sich zu reiner Verführung. Was immer sie in den Turm geführt hatte, jetzt war sie hier und sie wollte nicht einen einzigen Augenblick dieser wunderbaren Nacht damit verschwenden, sich zu widersetzen oder eine einzige Zärtlichkeit zu versäumen.

Ihre Hände suchten das kantige, magere Gesicht und umfingen es voller Liebe. Sie ertastete die unverwechselbaren Konturen dieses Gesichtes und verlangte immer wieder nach seinen Küssen. Sie wollte so eng mit ihm verbunden sein, dass sie in dieser Welt ohne Schatten nicht einmal mehr fühlen konnte, wo ihr Körper aufhörte und der seine begann.

Der Rosenturm umfing das Paar mit beschützender, ausschließlicher Schwärze. Arlana und Bryan waren ganz auf ihre Sinne angewiesen. In der samtigen Unterwelt gab es keine noch so vage Andeutung von Licht, keinen einzigen Fixpunkt für ihre Augen. Alle Äußerlichkeiten verloren völlig an Bedeutung und eben dieser Umstand schenkte Bryan de Cambremer das beglückende Gefühl, er sei wieder der junge, unversehrte Ritter, dem die Welt zu Füßen lag.

Seine Hände erahnten, was seine Augen nicht sehen konnten. Er fühlte ihre samtweiche, makellose Haut, ihre schlanken Glieder, die straffen Muskeln und dass die festen Brüste mit ihren harten Knospen genau in die Höhlung seiner Hände passten. Dass ihre Hüften in einem vollkommenen Schwung in eine schmale Taille übergingen, die er mit zwei Händen fest umspannen konnte.

Er spürte den Schauer, der sie durchrieselte, als er diesen hinreißenden Busen mit seinen Küssen erkundete. Ihre warmen Seufzer, als er die festen Spitzen sachte zwischen seine Lippen zog. Ein winziger kaum hörbarer Laut verriet ihm, dass ihr gefiel, was er tat. Und dann nestelten ihre Hände so ungeduldig an seinem Wams, dass er sich in der Hast, ihrer stummen Bitte nachzukommen und seine Kleider abzulegen, das Hemd zerriss.

Arlana hörte das Reißen und erschauerte. Sie hatte schon längst jedes Gefühl für die Wirklichkeit außerhalb der Mauern des Rosenturmes verloren. Aber die wenigen Momente ohne die Sicherheit und den Trost von Bryans Berührung beunruhigten sie erneut. Die Gespenster des Zweifels stürzten aus dem Dunkel. Was tat sie hier? Sie beging Ehebruch mit dem Mann einer anderen. Ehebruch war eine Todsünde! Ein Verbrechen, das sowohl Gott wie auch die guten Sitten verboten.

Hör auf zu denken! Diese Nacht ist ein Geschenk des Schicksals, genieße sie! Sie ist alles, was du jemals von Bryan de Cambremer erhalten wirst.

Die Stimme in ihrem Kopf vertrieb die Bedenken. Ihr Atem wurde wieder regelmäßiger und das Gefühl der Beklemmung verflog. Sie streckte im Dunkel suchend die Hände aus und traf jetzt auf warme Haut, von leichtem Haarflaum bedeckt. Auf ausgeprägte Muskeln und die flachen Warzen einer Männerbrust, die sich unter ihrer Berührung hob und senkte. Ein starkes, lebendiges Bollwerk, das Schutz und Wärme versprach. Ein scharfer Atemzug weitete seinen Brustkorb und sie erschrak.

»Habe ich Euch wehgetan?«

Sie konnte nicht unterscheiden, ob ihr ein Lachen oder ein Stöhnen antwortete. Sie spürte, wie sein Körper unter ihren Händen erbebte, wie die Wärme seiner Haut zur Hitze wurde. Die völlige Dunkelheit schuf eine völlig neue Art der gegenseitigen Wahrnehmung. Ohne die faszinierenden Augen, die körperliche Überlegenheit und die Narbe, die sein Bild im Hellen so verwirrend machte, schien er ein völlig anderer Mann zu sein. Vielschichtiger, sensibler, weniger einschüchternd und von unerwarteter Einfühlsamkeit ...

»Wenn du etwas verletzt hast, dann nur meinen Stolz«,

hörte sie ihn etwas außer Atem murmeln. »Ich hoffe, das Geheimnis meiner Schwäche bleibt unter uns. Ich hätte nie gedacht, dass mich so kleine Hände zum Zittern bringen könnten. Ich bin schwach, flüssiges Wachs in deinen wundervollen Händen.«

Arlana entkam ein Laut des Protestes.

»Ich hatte gehofft, Ihr würdet es Liebe nennen und nicht Schwäche, Bryan de Cambremer.«

»Du weißt, dass es Liebe ist. Aber sie kommt zur falschen Zeit. Ich sollte Manns genug sein, der Versuchung zu widerstehen. Ich bin es nicht. Ich muss mich schuldig bekennen.«

»Müsst Ihr wie ein Klosterbruder reden, nur weil Ihr im Heiligen Land gewesen seid?«, fragte sie aufbrausend. »Könnt Ihr ein Geschenk nicht einfach annehmen, wenn Ihr es erhaltet?«

Es fehlten nicht mehr viele Worte und sie würden sich streiten. Er hatte vergessen ,wie empfindlich Arlanas Stolz war. Sie brachte es sogar fertig mit einem Mann zu debattieren, der vor Verlangen halb wahnsinnig war, wenn sie sich falsch verstanden fühlte. Aber dieses Mal fand Bryan de Cambremer die einzig richtige Weise, die schwierige Wildkatze zu zähmen, nach der ihn so verlangte. Er verschloss ihre trotzigen, schönen Lippen mit seinen Küssen und barg sie in einer heftigen Umarmung, die ebenso nach Leidenschaft, wie nach Unterwerfung schmeckte.

Die überwältigende Wärme seiner nackten Haut trieb Arlana das Blut schneller durch die Adern. Sie vergaß, worüber sie so erbost war und was sie sagen wollte. Unter ihren Handflächen spürte sie den Schlag seines Herzens, schnell und unruhig, dem ihren genau gleich. Das war der letzte halbwegs logische Gedanke, der ihr durch den Kopf schoss, danach war sie nur noch Gefühl.

Bryans leidenschaftliche Zielstrebigkeit sandte Wellen aus Feuer und Lust durch ihren Körper, ehe sie sich tief in ihrem Schoß auf eine Weise ballten, die sie rau aufstöhnen ließ. Sie wusste nicht mehr, ob seine Finger, seine Lippen oder gar seine Zähne ihre Haut berührten und neckten. Sie wand sich in einem Verlangen, das sie noch nie empfunden hatte und das so fordernd nach Erlösung rief, dass sie ihm mit einem leisen Wimmern ihrer Unruhe eine Stimme verlieh.

Der unbewusste Laut endete in einem überraschten Ausruf, als sie Bryans Hand zwischen ihren Beinen spürte. Seine Berührung ließ sie erstarren, aber das sanfte Gleiten seiner Finger traf auf keinen Widerstand. Arlana glaubte sich aufzulösen unter der Berührung. Nie hatte sie so fremdartige und zugleich köstliche Wonnen verspürt. Als er die Hand zurückzog, schluchzte sie vor Enttäuschung, doch schon einen Atemzug später kehrte er zurück. Größer, härter und so überwältigend, dass Arlana den brennenden Schmerz, den er ihr dabei zufügte, sogar begrüßte. Er bewies ihr, dass sie nicht träumte. Dass sie lebte und fühlte.

Als Bryan das natürliche Hindernis ihrer Jungfernschaft durchstieß, verharrte er in jähem Schock. Er hatte sich keine Gedanken darüber gemacht, ob er der erste Mann für Arlana sein würde. Er hatte an die Befriedigung seiner eigenen Lust gedacht. Er hatte keine Erfahrung darin, eine Frau in die Liebe einzuführen. Die Schönen des Hofes und der Nacht, die er bisher besessen hatte, waren hingerissen von seiner Jugend gewesen. Sie hatten ihn verführt und nicht er sie. Arlana war die erste Frau, die er begehrte. Hatte er ihr Schmerzen zugefügt?

Seine Reglosigkeit entlockte Arlana einen ungeduldigen Laut. Sie bewegte ihre Hüften in so eindeutiger Aufforderung, dass seine Fragen sich in Luft auflösten.

»Hör nicht auf«, flüsterte sie.

»Ich wollte dir nicht wehtun.«

»Du tust mir weh, wenn du aufhörst ...«

»Mein Gott, Arlana!«

Bryan senkte sich in behutsamer Vorsicht tiefer. Arlana zuckte zusammen, als der Schmerz wiederkam, aber da war mehr als nur dieses Brennen. Da war ein Ziehen und Drängen, das sie in einer unendlichen, lustvollen Spirale immer weitertrieb und die lächerliche Pein des Anfangs einfach erstickte. Sie drängte sich ihm entgegen, fand instinktiv den natürlichen Rhythmus des Liebesspiels, der seinem Höhepunkt entgegenstrebte. Es war nicht länger dunkel in den Tiefen des Rosenturmes. Helle Sterne zerstoben vor ihren Augen und ein Beben reiner Wollust erschütterte sie, als Bryan sich in ihr verströmte.

*

»Die Sonne wird bald aufgehen. Du musst ins Haus zurück Arlana. Man wird dich vermissen.«

Die Stimme drängte sich sanft, aber lästig in Arlanas wundervolle Träume. Sie verweigerte sich eigensinnig der Mahnung. Sie wollte nicht aufwachen. Sie wollte nie wieder aufwachen.

»Komm zu dir, meine Liebste. Der Tag bricht bald an ...«

»Das stimmt nicht, es ist noch finster ...«

Arlana fiel es normalerweise schon schwer, des Morgens ihr Lager zu verlassen, aber an diesem Tag war sie noch viel weniger als sonst bereit, das himmlische Nest aufzugeben, das sie in nie gekannte Wärme und Geborgenheit hüllte. Sie schnurrte förmlich unter der streichelnden Hand, die ihre Schulter liebkoste.

»Hör nicht auf.«

»Die Nacht ist vorbei.«

Erst der seltsame Ernst in Bryans Stimme brachte sie zur Besinnung. Schlagartig begriff sie, dass sie an ihn geschmiegt geschlafen hatte, mit nichts anderem als ihrem Haar bekleidet. Sie fuhr hoch und sah in undurchdringliche Dunkelheit. Kälte biss in ihre bloßen Brüste und sie erschauerte, weil ihre Erinnerung gleichzeitig mit dem Frieren einsetzte. Obwohl es längst zu spät für Scham war und man ohnehin nicht die Hand vor den Augen erkennen konnte, kreuzte sie die Arme vor dem Busen.

»Die Nacht ist vorbei«, wiederholte sie erstickt.

Du lieber Himmel, was hatte sie getan?

Es kostete Bryan keine Mühe, ihre aufgescheuchten Gedanken zu lesen.

»Es tut mir Leid, dass du es bereust. Ich werde die Erinnerung an diese Nacht für immer in meinem Herzen bewahren. Du hast mir gezeigt, was Liebe ist. Ich wusste es nicht.«

Arlana schluckte so angestrengt, dass man das Geräusch hörte. Wenn sie etwas bereute, dann den Umstand, dass die Nacht vorbei war. Aber wenn er weitersprach, würde sie unweigerlich in Tränen ausbrechen und das durfte nicht geschehen.

Sie rettete sich ins Alltägliche, auch wenn ihr darüber das Herz brach. Sie tastete nach dem Unterkleid, das sie getragen hatte. Wo mochte es nur sein?

»Mein Gewand. Ich brauche mein Gewand. Wo ist nur mein Gewand?«

Sie fand es zwischen den Decken und Bryans verstreuten Kleidern. Sie suchte im Dunkeln nach Ärmeln und Halsausschnitt. Bryan half ihr nicht. Er schien zu ahnen, dass ihre mühsam aufrecht erhaltene Beherrschung in diesem Augenblick keine Berührung ertrug. Sie spürte lediglich seine Gegenwart, seine Atemzüge, seinen Duft, seine Wärme. Endlich halb im Gewand stieß sie versehentlich an seinen Oberschenkel und vernahm einen scharfen, hastigen Atemzug, der Schmerz verriet.

»Was ist?«

»Nichts ...«

Gegen jede Vernunft streckte sie die Hand nach ihm aus und ertappte ihn dabei, wie er sich eben jene Stelle rieb, die sie gerade gestoßen hatte. Mit angehaltenem Atem berührte sie seine Haut und entdeckte, was ihr im Dunkel entgangen war. Eine kaum verheilte Wunde, die sich wie ein Krater leicht nach innen zog und direkt am Ansatz des Oberschenkels lag.

»Was ist das?«

»Das Andenken an einen Schwerthieb. Ich komme aus einem Krieg, willst du eine genaue Liste meiner Wunden?«

Er versuchte zu scherzen, aber Arlana ließ sich nicht darauf ein.

»Erstens fühlt sich das Gewebe heiß an, das bedeutet, die Wunde ist noch nicht richtig verheilt. Zweitens frage ich mich, wie Ihr zu dieser Verletzung gekommen seid. Sagtet Ihr nicht Eurem Vater, dass der Dolchstoß in Eurem Gesicht ein Andenken an die letzte Schlacht um Jerusalem sei? Wie könnt Ihr danach noch verwundet worden sein? Diese Wunde hier ist nie und nimmer zwei Jahre alt?«

Bryan gab ein Stöhnen von sich, das sowohl ihrer Aufzählung galt, wie den Gefühlen die ihre vorsichtige Hand auf seiner Haut hervorrief.

»Auch wenn du Recht hättest, bliebe uns keine Zeit für Erklärungen«, schnitt er ihr kurz entschlossen das Wort ab. »Es ist alles in Ordnung. Kümmere dich nicht um meine Blessuren. Geh bitte ins Haus.«

»Ich muss mich wohl daran gewöhnen, von Euch fortgeschickt zu werden, Sir Bryan«, entgegnete Arlana hörbar gekränkt. Nur sie konnte seinen Titel wie eine Beleidigung klingen lassen.

Sie rettete sich in Empörung, um nicht vor Zuneigung und Mitgefühl weich zu werden. Sie stand auf und tastete sich zur Pforte. Sie öffnete sie und bildete einen schlanken Umriss gegen den helleren Nachthimmel, an dem die Sterne soeben verblassten. Sie wandte den Kopf um.

»Gott beschütze Euch, Bryan de Cambremer«, flüsterte sie, dann war ihr Schatten verschwunden und das Rechteck der Tür zeigte nur noch das Firmament.

Bryan richtete sich schwerfällig auf und legte Stück für Stück seine Kleider an. Danach schob er den Strohsack und die Pferdedecken tiefer unter die Treppe und verließ sein provisorisches Nachtquartier. Er starrte zum Herrenhaus hinüber. Er sah noch kein Licht, aber konnte bereits die Säulen des Vorbaus erkennen. Ein zaghafter Schimmer von hellem Grau mischte sich in das nächtliche Dunkel und drüben im Hühnerhof verkündete ein aufgeregter Hahn den Tagesanfang.

»Gott beschütze auch dich, meine Geliebte«, sagte er leise.

9

Hawkstone, 11. Juni 1101

»Das ist bestimmt für Lady Benigna, Kenneth. Ich brauche keine Reisetruhe. Du musst den Kasten ins Herrengemach bringen.«

Arlana rieb sich das Schienbein, mit dem sie gegen die riesige Reisetruhe gestoßen war, die Kenneth so unerwartet vor ihrer Kammertür abgeladen hatte. Wer rechnete schon damit, vor einem solchen Ungetüm zu stehen, wenn er sein Gemach verließ? Der Gehilfe des Schreiners von Hawkstone kratzte sich verlegen unter seiner Kappe und machte keine Anstalten dem Befehl zu folgen.

»Martyn hat's gesagt und die Lady auch. Ich soll die Truhe zu Euch bringen«, verkündete er schließlich.

Martyn war der Schreiner von Hawkstone und einer jener Männer, die sich zu gerne an Arlanas Fersen hefteten. Sie konnte sich dennoch nicht vorstellen, dass er eine so hübsch gearbeitete Reisetruhe für sie gezimmert haben sollte, um sie von seinen ehrlichen Absichten zu überzeugen. Zum einen hatte sie ihm klar gesagt, dass sie seine Aufmerksamkeiten nicht wünschte und zum anderen würde sie den Lord und seine Familie nicht begleiten, wenn diese in wenigen Tagen nach Winchester aufbrachen.

»Das hast du sicher falsch verstanden, Kenneth.«

Arlana bemühte sich, nicht allzu gereizt zu klingen. Dass Kenneth schwer von Begriff war, wussten alle, die mit ihm zu tun hatten. Es hatte keinen Sinn ihn zu drängen. Man musste ihm immer Zeit geben, alles zu bedenken. Dann jedoch war er gehorsam und zuverlässig.

Außerdem verbot sie sich, ihre schlechte Laune an andern auszulassen. Kenneth trug keine Schuld daran, dass sie nachts nicht schlafen und tags nicht vergessen konnte. Die Ereignisse im Rosenturm hatten sie auf eine Weise verändert und beunruhigt, dass sie sich selbst nicht mehr traute. Sie war sich fremd geworden.

Sie musste sich gewaltsam bezwingen, nicht ständig nach Bryan Ausschau zu halten und ihre Wege danach auszurichten, dass sie die seinen kreuzten. Wie brachte er es nur fertig, sie mit so gleichmütiger Miene anzusehen, wenn sie sich dennoch begegneten?

Manchmal kam es ihr so vor, als sei es ein ganz anderer Mann gewesen, der sie im Rosenturm so leidenschaftlich geliebt hatte. Ein Phantom und nicht der Ritter, der den größten Teil seiner Tage auf dem Rücken eines der Araberpferde verbrachte und erst mit sinkender Dunkelheit ins Herrenhaus kam.

»... das ist nun so und nicht anders.«

Kenneth sah sie herausfordernd an.

Heilige Bridget, sie hatte ihm nicht länger zugehört. Das passierte ihr in letzter Zeit immer häufiger. Ratlos sah sie sich um und entdeckte Lady Liliana, die mit eiligen Schritten näher kam. Sie grüßte Kenneth und besah die Truhe, den Stein des Anstoßes, von allen Seiten, ehe sie zufrieden nickte.

»Sehr schön habt ihr das gemacht, sag das Meister Martyn«, lobte sie den Gehilfen. »Aber du solltest die Truhe nicht auf den Gang stellen, sondern in Arlanas Kammer schaffen.«

»Ab ...«

Arlana brach ab, während Kenneth breit grinsend den

Kasten aufhob und durch ihre Tür trug, als wöge er nicht mehr als ein Korb voller Gänsedaunen.

»Sagt ich's doch«, beschied er Arlana zufrieden.

»Stell die Truhe dort vor das Fenster«, kommandierte Lady Liliana. »Und du, Arlana, mach den Mund wieder zu und schließ die Tür hinter Kenneth. Wir beide müssen reden.«

Welch bedeutungsschwere Ankündigung. Arlana spürte, wie sich ihr Magen verkrampfte. Was hatte sie getan? Hatte Lady Liliana von den Ereignissen im Rosenturm erfahren? Es würde ihr nicht gefallen, dass ihr Sohn seine Gemahlin betrogen hatte. Noch dazu mit einem Niemand. Mit einer Magd. Es war ihre Pflicht als Herrin von Hawkstone darauf zu achten, dass unter ihrem Dach die Gebote der Kirche und die Gesetze des Königs befolgt wurden. Ihre Liebe zu Bryan war ein Verstoß gegen beides und verdiente Strafe.

Arlana sank mit zitternden Knien auf die Bank, als Lady Liliana auffordernd auf den Platz neben sich klopfte. Sie wagte nicht, der Herrin ins Gesicht zu sehen.

»Kopf hoch, Arlana. So schlimm ist es nun auch wieder nicht, dass du mit uns nach Winchester reisen wirst«, hörte sie ihre Stimme leicht belustigt sagen.

»Ich soll Euch nach Winchester begleiten?« Arlanas Angst wich fassungslosem Erstaunen. »Aber Ihr habt die Mägde doch längst bestimmt, die Euch begleiten sollen.«

»Du bist keine Magd, wie oft muss ich dir das noch sagen? Ich will dich an meiner Seite wissen, Arlana. Als meine Begleiterin, meine Gefährtin.«

»Das ist die Aufgabe Eurer Damen.«

»Und du wirst eine von ihnen sein.«

»Aber ich bin keine Edeldame und ...«

Unter dem eindringlichen Blick Lady Lilianas brach sie

betroffen ab und senkte die Augen. Sie brachte es nicht fertig, ihrer Herrin ins Gesicht zu lügen. Sie sah das feine Lächeln nicht, das über die Züge der Älteren huschte.

»Es ist an der Zeit für die Wahrheit Arlana. Ich habe dich nicht bedrängt, weil ich annahm, du würdest mir eines Tages aus freien Stücken alles erzählen. Nun kann ich nicht länger warten. Welcher Teil deiner Geschichte ist wahr?«

Arlana zerrte nervös an den Falten ihres Rockes und vermied es aufzusehen. »Jeder. Ich habe Euch nie belogen, höchstens etwas verschwiegen. Ich will auch den Kontrakt erfüllen, für den Padraig von Euch bezahlt worden ist. Es liegt nicht in meiner Absicht, Euch zu betrügen. Ich schulde Euch Dank.«

»So heißt du wirklich Arlana?«

»Ja.« Sie hob den Kopf, ohne zu ahnen, welcher Stolz und welche Anmut in dieser Geste lagen. »Als die Burg meines Vaters noch stand, war ich Arlana von Cashel. Aber mehrere Wikingerüberfälle in Folge haben sie bis auf die Grundmauern zerstört. Die Menschen wurden getötet, sind geflohen oder sie haben sich dem neuen Herren gebeugt. Was Padraig für mich erhalten hat, sollte dazu dienen, ihm und seiner Familie das Überleben zu sichern. Er ist der einzige Gefolgsmann meines Vaters, der das Massaker der Wikinger überlebt hat.«

»Was hat dich dazu getrieben, Irland zu verlassen? Du hättest bleiben und ...«

»Nein.« Arlana unterbrach sie. »Ich war der Grund für all das Leid. Weil ich mich geweigert habe, Thorssons Frau zu werden, hat er meinen Vater getötet und meine Heimat zerstört. Ich bin schuld an dem Elend, das über Cashel und seine Menschen gekommen ist. Ich konnte dort nicht mehr bleiben. Ich habe das Wohl meiner eigenen Person über das

Leben anderer Menschen gestellt. Ich konnte dort niemandem mehr in die Augen sehen.«

Lady Liliana legte eine beruhigende Hand auf Arlanas nervöse Finger und hielt sie fest.

»Es ist mit Sicherheit nicht deine Schuld, wenn ein gewissenloser Schurke sich nimmt, was er auf ehrlichem Wege nicht bekommen kann. Hör auf, dich mit einer solchen Last herumzuplagen, Kind.«

»Ich kann es nicht vergessen.«

»Du sollst es auch nicht vergessen, aber gib den Ereignissen den Platz, den sie verdienen, den Platz in der Vergangenheit. Jetzt musst du in die Zukunft blicken. Ich habe deine Trauer respektiert und dir so viel Arbeit aufgeladen, dass du kaum Zeit für überflüssige Grübeleien gefunden haben kannst, aber nun müssen wir den Tatsachen ins Auge sehen.«

Erschreckt zuckte Arlana zusammen. Tatsachen? Also doch Bryan? Himmel, die Lady sprach längst weiter. Sie musste sich sammeln. Dies war nicht Kenneth, den man mit einer beiläufigen Bemerkung abspeisen konnte.

»Ich hatte gehofft, dass du, wenn deine Seele wieder gesundet ist, Gefallen an Hawkstone und seinen Bewohnern finden wirst. Aber vieles ist anders gekommen. Es gehört sich nicht länger, dass du die Magd spielst und deinen Rang verbirgst. Du wirst mit uns an den Hof nach Winchester reisen. Unter Heinrichs Rittern findet sich bestimmt ein ansprechender junger Mann, der dein Herz gewinnt und mit dem du an eine gemeinsame Zukunft denken kannst. Um eine Mitgift musst du dich nicht sorgen, mein Gemahl und ich nehmen dich als unser Mündel an und statten dich aus.«

Arlana hatte bereits mehrmals versucht, Lady Liliana zu unterbrechen, aber sie brachte am Ende keinen Ton über die halb geöffneten Lippen. In ihr war so viel Widerspruch, dass sie nicht wusste, wo sie beginnen sollte. Ihre Gönnerin lächelte zufrieden, weil sie das Schweigen für Zustimmung hielt.

»Agnes und ihre Näherinnen haben sich um eine angemessene Ausstattung für dich gekümmert. Dafür ist auch die Reisetruhe bestimmt.«

»Das will ich nicht«, platzte Arlana schließlich schroff heraus.

Sie meinte mit ihrer Ablehnung viel mehr, als nur die Truhe und die Kleider. Lady Liliana verstand es offensichtlich, denn für ein paar Atemzüge herrschte absolute Stille in der Kammer. Durch das offene Fenster drangen Kindergeschrei und Hundebellen, der ferne Klang des Schmiedehammers und das Ächzen eines Ochsenfuhrwerks. Nach geraumer Zeit hob sich ein schwerer Atemzug über all diese vertrauten Geräusche.

»Ich weiß, dass dir diese Pläne nicht gefallen«, sagte die Herrin des Rosenturmes kaum hörbar. »Aber was du wirklich willst, kann ich dir nicht geben.«

Was wollte sie damit sagen?

»Es ist mein Fehler.« Die Lady schien die stumme Frage vernommen zu haben. »Ich habe die Dinge in Bewegung gesetzt und die Kontrolle darüber verloren. Ich habe dich nach Hawkstone gebracht. Ich glaubte zu wissen, dass du für ihn bestimmt bist.« Sie hob die Hand, um Arlanas Einspruch abzuwehren. »Frag mich nicht woher, aber ... Konnte ich denn zu diesem Zeitpunkt ahnen, dass in Jerusalem unser aller Schicksal auf den Kopf gestellt wird? Dass nichts mehr gilt, was ich für richtig gehalten habe?«

Arlana verspürte ein eigenartiges Frösteln zwischen den Schulternblättern. Noch nie hatte Lady Liliana in ihrer Gegenwart über ihre rätselhaften Fähigkeiten gesprochen oder gar zugegeben, dass sie manchmal mehr wusste als andere Menschen. Dass sie es jetzt tat, war ein weiterer Vertrauensbeweis. Einer, der sie besonders tief beschämte, denn sie glaubte ihn nicht zu verdienen.

»Auch Ihr könnt Euch täuschen«, sträubte sie sich widerspenstig.

Die Lady beachtete den Einwurf gar nicht. Sie sah hinaus auf den Hof, aber sie schien dabei andere Bilder vor Augen zu haben, als das ländliche Treiben. Ein melancholisches Lächeln vertiefte das Netz feiner Fältchen um ihre Augen und in den Mundwinkeln.

»Denkst du, ich sehe nicht, dass dich weder seine Narbe schrecken noch die Rüstung des Spotts und der Einsamkeit, die er so gerne trägt? Du könntest ihn heilen. Allein, es ist Benigna, die er gewählt hat und er muss mit ihr leben. Sie haben ein Kind und sie werden weitere bekommen. Du hingegen musst lernen, einen anderen Mann zu schätzen. Welch ein Glück, dass sein stacheliges, neues Naturell wenigstens verhindert hat, dass ihr euch näher gekommen seid.«

Arlana errötete im Gedanken an die Nacht, die sie nicht vergessen konnte. Wie erstaunlich, dass Bryans Mutter davon nichts wusste. Die mächtigen Mauern des Turmes schienen tatsächlich jene zu schützen, die sich ihnen anvertrauten. Sogar vor der Herrin des Rosenturmes.

Alles in ihr drängte danach, diese Sünde zu beichten. Es würde sie erleichtern, aber es würde auch ihren Kummer auf Lady Lilianas Schultern laden. Aus diesem Grund war es ein egoistisches, sinnloses Geständnis. Sie musste ihre Gewissensbisse mit sich selbst ausmachen.

»Wie kommt Ihr auf all das ...«, fragte sie stattdessen vage.

»Ach Kind«, seufzte Lady Liliana bedrückt und umging

die direkte Antwort. »Du kannst nicht bleiben und mit ihm unter demselben Dach wohnen. Es würde dich und ihn nur noch unglücklicher machen. Deswegen wirst du mit uns reisen und wir werden dir einen Gemahl suchen. Deine Schönheit und die Tatsache, dass du das Mündel des Herrn von Hawkstone bist, machen dich zu einer begehrten Partie. Du wirst sehen, es wartet ein anderes Glück auf dich.«

»Ein anderes Glück«, platzte Arlana bitter heraus. »Dazu müsste ich erst einmal das eine gehabt haben. Müht Euch nicht um mich, lasst mich einfach hier und reist ohne mich. Ich will keinen Gemahl.«

»Unsinn!«

Lady Liliana erhob sich mit einer Energie, die ihr Alter und ihre Zerbrechlichkeit Lügen strafte. Sie war eine freundliche Herrin, aber sie verstand es ihren Willen durchzusetzen, wenn sie es für nötig hielt. Arlana hielt mit klopfendem Herzen dem strengen Blick der Lady stand.

»Kummer überwindet sich am leichtesten, wenn man zu tun hat«, sagte sie mütterlich überlegen. »Wenn du zurückblickst, musst du zugeben, dass es im vergangenen Jahr die richtige Medizin für dich war. Du hast dich besser gefühlt, bis Bryan nach Hause kam. Vertrau darauf, dass ich auch dieses Mal gut für dich sorge. Du bist mir lieb geworden, wie eine meiner Töchter, ich möchte dich glücklich sehen.«

Sie küsste Arlana auf die Stirn und ging im Bewusstsein, alles geklärt zu haben.

»Heilige Bridget!« stieß Arlana heraus, sobald sie sicher war, dass man sie nicht mehr hörte.

Sie starrte die nagelneue Reisetruhe an. Der unwiderlegbare Beweis für Lady Lilianas Pläne stand, mit eisernen

Bändern versehen und aus glänzend gehobelten Eichenplanken zusammengefügt, neu und provozierend mitten in ihrer Kammer.

Kein Zweifel, die Herrin meinte jedes Wort ernst.

*

Das kleine Fohlen stakste auf ungeschickten Beinen zu seiner Mutter und Arlana sah zu, wie die Stute liebevoll mit der Zunge über den Kopf ihres Kindes fuhr. Mutterliebe. Ein Gefühl, das sie vielleicht nie kennen lernen würde. Moira war eine praktische, nüchterne Frau gewesen, die mehr Wert darauf gelegt hatte, dass Arlana ihr zur Hand ging, als dass sie sie in den Arm genommen hätte. An ihre eigene Mutter fehlte ihr jede Erinnerung. Sie war nicht älter als zwanzig geworden und am Kindbettfieber verstorben. Ein Schicksal, das sie mit vielen jungen Müttern teilte und das Lady Liliana auf Hawkstone mit allen ihren Fähigkeiten als Heilerin bekämpfte.

Wer würde sie ersetzen, wenn es sie einmal nicht mehr gab? Was würde aus Hawkstone werden, wenn es Lady Liliana und ihren Gemahl nicht mehr gab?

Benigna von Eloro würde sich weder um die jungen Mütter des Lehens, noch um das Schicksal der Dorfbewohner kümmern. Sie gab sich ja nicht einmal die Mühe, nach der eigenen Tochter zu sehen. Denisa war dem kleinen Mädchen mehr Mutter, als sie.

Das Donnern von Hufen riss Arlana aus ihren Gedanken. Sie sah auf und entdeckte Bryan de Cambremer, der über den Weg von der Zugbrücke zum Stall preschte. Von seinem blonden Haar umweht, saß er wie ein nordischer Kriegsgott im Sattel und erst als er vor dem Stall zu Boden glitt, trübte sich das heldische Bild. Er verharrte kurz, ehe er das Ross in den Stall führte, und rieb sich den Oberschenkel. Sein Gang war mehr ein Hinken.

»Ich möchte wetten, dass es eine Verletzung ist, die ihn dermaßen behindert.«

Arlana fuhr herum und sah den Lord von Hawkstone, der wie sie den Ritter beobachtete. Sorgenvolle Falten furchten seine Stirn.

»Der schlecht verheilte Hieb eines Schwertes«, antwortete sie, ohne nachzudenken. »Eine Wunde, größer als meine Hand und anfangs unzureichend versorgt, würde ich meinen, weil sie noch immer entzündet ist.«

»Woher ...« Der Lord brach ab und räusperte sich.

Arlana stieg brennende Röte ins Gesicht. Sie wusste, was er dachte. Es gab nur zwei Möglichkeiten, entweder Bryan hatte es ihr gesagt oder sie hatte ihn unbekleidet gesehen. Beide Alternativen führten unweigerlich zu der Frage, wie es möglich sein konnte, dass sie so vertraut miteinander standen. Es zu leugnen machte die Angelegenheit nur noch peinlicher, also schwieg sie und wandte das Gesicht ab.

»Kannst du mir auch sagen, wie ihm die Wunde zugefügt wurde, wenn du schon so viel weißt?«

Der Lord überging diplomatisch die peinlicheren Fragen und kam direkt zum Wichtigsten.

»Er will nicht darüber sprechen.«

Sie schaute wieder auf und begegnete dem nachdenklichen grünen Blick des Lords mit Zurückhaltung.

»Er will über vieles nicht sprechen.«

»Da habt Ihr wohl Recht.«

Arlana hatte den knappen Satz dermaßen grimmig durch zusammengebissene Zähne hervorgebracht, dass der Lord bei seiner Antwort ein Schmunzeln nicht unterdrücken konnte.

»Mir scheint, du bist meinem Sohn ebenbürtig in dem komplizierten Spiel des Verschweigens, Arlana von Cashel.«

Er war das erste Mal, dass der Lord sie auf ihre Herkunft ansprach. Arlana fragte sich, ob er mit den Entscheidungen seiner Gemahlin einverstanden war.

»Ich weiß nicht«, erwiderte sie ausweichend. »Ich muss nicht Euer Mündel sein, wenn Ihr es für unpassend erachtet,« sagte sie abrupt.

»Ich wäre stolz darauf, dich mein Mündel nennen zu dürfen, Arlana von Cashel«, antwortete der Lord ernst. »Du hast keinen Grund, dich gering zu schätzen. Du bist sowohl unserer Zuneigung wie des Schutzes von Hawkstone wert.«

Arlana fand keine Worte. Die Gestalt des weißhaarigen Patriarchen verschwamm vor ihren Augen. Sie schwankte, bis ein starker Arm sich stützend um sie legte. Es war die einfachste Sache der Welt, die Stirn an die Schulter des Lords zu legen, aber weshalb sie dabei in Tränen ausbrach, vermochte Arlana sich nicht zu erklären. Als sie jedoch einmal damit begonnen hatte, konnte sie den Sturzbach nicht mehr aufhalten. So viele Tränen des Kummers, des Schmerzes und der Einsamkeit hatte sie sich verboten, nun rannen sie alle auf einmal in das dunkle Wams und befleckten den in feine Falten gelegten Wollsamt.

»Verzeiht«, schluchzte Arlana hilflos. »Es ist nicht meine Art …«

Der Lord streifte ihr beruhigend über den Rücken und seine breiten, ein wenig gebeugten Schultern, schirmten sie vor neugierigen Blicken aus dem Haus ab.

»Lass es gut sein, Kind. Wein deine Tränen. Sie reinigen deine Seele und helfen dir neu zu beginnen. Meine Gemahlin und meine Töchter haben mich den Respekt vor Frauentränen gelehrt.«

Weder Arlana, noch der Lord ahnten, dass sie beobachtet wurden.

Bryan stand an der Stallpforte, die zu den Weiden hinausführte. Er hielt Sirius, das mächtige Streitross mit der Stirnblesse, am kurzen Zügel und blickte erstarrt über die Kruppe des Hengstes zur Fohlenkoppel hinüber. Seinen Vater eine andere Frau, als seine Mutter oder seine Schwestern im Arm halten zu sehen, war ein Schock für ihn. Aber besonders traf ihn der Anblick des geflochtenen Zopfes, der über den schmalen Rücken der Frau fiel und in herausforderndem Rot leuchtete. Er schwang sacht von einer Seite zur anderen, als der Lord ihre Wangen umfasste, um sie zu küssen.

Bryan knirschte mit den Zähnen und verbot es sich falsche Schlüsse zu ziehen. Eines stand jedoch unverrückbar fest, wenn der Lord von Hawkstone das Mädchen auf diese Weise in den Arm nahm, war sie ihm mehr als nur die Magd seiner Gemahlin. Was konnte Arlana für seinen Vater sein? Ein zweiter Frühling?

Er unterdrückte einen lästerlichen Fluch und senkte die Stirn auf Sirius Hals. Er hatte kein Recht, Fragen zu stellen und sich in Spekulationen zu ergehen. Der Hengst hielt still, als könne er die Verzweiflung und die Ratlosigkeit seines Herrn spüren. Beide bemerkten sie die Frau nicht, die bei ihrem Anblick stutzte und dann eilig weiterging.

Nahe den Pferdeställen befanden sich, vom Herrenhaus entfernt, die Ziegen- und Hühnerverschläge des Gutes. Ein Revier, das die kleine Riccarda magisch anzog, seit sie das erste Mal auf einem ihrer Ausflüge so weit gelangt war. Denisa entdeckte die Ausreißerin zwischen einer ganzen Schar von Küken. Sie schritt gerade zielstrebig zwischen die gelben Flaumbällchen, als eine Bewegung neben der Fohlenweide ihre Aufmerksamkeit von Riccarda ablenkte.

Sie verengte die Augen und sah, wie der Lord Arlana liebevoll auf Stirn und Wangen küsste. Es machte nicht den Anschein von Leidenschaft, eher von väterlicher Beruhigung, aber Lady Benigna würde die Nachricht dennoch mit Interesse aufnehmen. Arlana kam also in den Genuss des Wohlwollens und des Verständnisses, das Benigna von ihren neuen Eltern so vermisste.

»Verzeiht.« Arlana befreite sich leicht verlegen aus der tröstenden Umarmung. »Ich weiß, es ist eine seltsame Art, meine Dankbarkeit auszudrücken. Ihr schenkt mir ein neues Leben und ich weine Euch das Wams nass. Wie schrecklich.«

»Es ist unserer neuen Verbindung angemessen, mein Mündel«, scherzte der Lord, damit endlich die Traurigkeit aus ihren Türkisaugen verschwand. »Als Nachfolger deines Vaters bin ich nun einmal in erste Linie für deine Tränen zuständig. Wobei ich nicht verhehlen will, dass mir dein Lächeln besser gefallen würde.«

»Ich weiß nicht mehr, wie man lächelt.«

Der Lord betrachtete sie eindringlich und wischte mit dem Fingerknöchel eine Tränenspur von ihrer Wange.

»Du wirst es wieder lernen. Du musst es nur versuchen.«

Die Aufforderung war so unwiderstehlich, dass sich Arlana zu dem Lächeln zwang, um das er bat. Im selben Augenblick spürte sie ein Zerren am Rock und sah verblüfft nach unten in ein paar dunkle Kirschaugen und ein strahlendes Kindergesicht. Riccarda genoss die Unaufmerksamkeit ihrer Kinderfrau in vollen Zügen.

»Ja, wen haben wir denn da?« Der Lord nahm das kleine Mädchen mit geübtem Griff auf den Arm. »Kaum drei Handbreit hoch und schon unterwegs zu den Pferden? Du bist mir eine wahre Cambremer, mein schönes Fräulein!« scherzte er gutgelaunt.

Vor Arlanas Augen verschwammen Großvater und Enkeltochter. Sie mochte sein Mündel geworden sein, aber sie würde nie die Mutter seiner Enkelkinder sein. Sie konnte das kleine Mädchen nicht ansehen, ohne dass es ihr von neuem das Wasser in die Augen trieb.

Sie wandte den beiden den Rücken zu und umklammerte das Geländer der Koppel. Was sollte sie anfangen mit diesem neuen Leben, das ihr geschenkt worden war? Es verlockte sie nicht.

10

Winchester, 5. Juli 1101

Die Wachen am Westtor von Winchester hatten den Reisezug des Lords von Hawkstone anstandslos passieren lassen und nun bog er in die High Street, an deren Ende das Schloss des Königs aufragte, das die Stadt und den Fluss weithin sichtbar überragte. Neugierig hob Arlana den Ledervorhang vor dem Seitenfenster des Reisewagens.

Die alte Hauptstadt des westsächsischen Königreiches, die auch dem Eroberer neben London als Hauptstadt gedient hatte, zeigte eine Größe und Betriebsamkeit, die ihr die Sprache verschlug. Sie wusste, dass oben im Schloss das Domesday Book verwahrt wurde, das Wilhelm der Eroberer hatte anlegen lassen, und das dem ganzen Königreich als Grundlage für die Wirtschafts- und Steuerpolitik diente. Ob es dort lag, weil Winchester der quirlige Mittelpunkt des Handels war, ein Zentrum der Macht und seine riesige Kathedrale ein Hort der Frömmigkeit oder ob das Domesday Book Winchester erst zu dieser Wichtigkeit verholfen hatte, vermochte Arlana nicht zu sagen. Sie wusste nur, dass es sie überwältigte.

Am liebsten hätte sie den Reisewagen verlassen und wäre zu Fuß durch die Stadt gelaufen, um ja nichts zu übersehen, aber das kam leider nicht infrage. Sie beneidete den Lord, seinen Sohn und all die anderen Bewaffneten, die sie begleiteten, schon seit Tagen auf das Heftigste. Sie erlebten die Reise vom Rücken ihrer Pferde aus und waren nicht in diesem Käfig durchgerüttelter und übellauniger Frauen eingesperrt, die sie an die Grenzen ihrer Beherrschung brachten.

Sie hätte viel darum gegeben, dem Gejammer von Lady Lilianas ausgesuchten Ehrendamen zu entkommen und noch mehr dafür, Lady Benigna nicht Stunde um Stunde und Tag um Tag ggegenüberzusitzen. Sah sie ihr nicht an, dass sie sie mit ihrem Mann betrogen hatte? Was verbarg sich hinter dem blassen, wunderschönen Antlitz und ihrem anhaltenden Schweigen? Wie Lady Liliana, die mit stoischer Haltung die Unbequemlichkeiten der Reise ertrug, gab sie kaum ein Wort von sich und je länger ihr Schweigen dauerte, umso schuldbewusster wurde Arlana.

»Macht doch endlich den Vorhang zu, Mädchen«, reklamierte Dame Madlon. »Es gehört sich nicht, dass uns jeder Gassenjunge anstarren kann.«

Arlana gehorchte stumm. Die Standarte des Herrn von Hawkstone sorgte dafür, dass man ihnen schneller Platz machte als anderen, aber sie regte auch die Neugier der Menschen an. Sie wichen zur Seite und bemühten sich gleichzeitig voller Neugier, in den kostbar geschnitzten, bunt bemalten Reisewagen zu schauen, wo die Frauen auf gepolsterten Bänken saßen. Sie konnten ja nicht wissen, dass all diese Kissen auf die Dauer nichts nutzten. Sogar die Pflastersteine der High Street ließen ihre Zähne aufeinander klappern.

Die Mägde und Kammerfrauen, die Amme und die kleine Riccarda, auf deren Anwesenheit Bryans Frau bestanden hatte, reisten in einfacheren Wagen, lediglich von starken Leinenplanen gegen Staub, Sonne oder Regen geschützt. Arlana hätte diese Gesellschaft bevorzugt, die wenigstens nicht hinter Ledervorhängen eingesperrt war, die kaum einen Luftzug hindurchließen. Aber seit sie das offizielle Mündel des Lords und der Lady geworden war, hatte sie nichts mehr beim Gesinde zu suchen. Sie saß zwischen allen Stühlen, denn Lady Lilianas Ehrendamen nahmen sie ebenfalls nicht in ihrem Kreis auf.

Sie hatte ihre gereizten Betrachtungen eben beendet, als der Wagen von der High Street in eine engere Gasse abbog und nach kurzer Zeit einen weiteren Torbogen passierte. Der Ruf des Kutschers brachte das kräftige Gespann zum Stehen. Pferdegetrappel, Stimmengewirr, knirschende Sättel und aufregte Rufe vereinten sich zu der ersehnten Botschaft: Sie waren angekommen!

»Dem Himmel sei Dank«, seufzte Lady Liliana, als sich die Tür des Wagens von außen öffnete.

Ein Diener tauchte auf und legte eine kleine Treppe an, über die sie eilig hinauskletterte. Die anderen drängten ihr nach. Arlana verließ das Gefährt als Letzte. Nach tagelanger Reise kannte sie das merkwürdige Gefühl, plötzlich wieder festen Boden unter den Füßen zu haben. Sie bewegte vorsichtig ihre verspannten Schultern und sah sich um.

Sie befanden sich in einem rechteckigen Hof, der auf allen vier Seiten von Gebäuden umgeben war. Nur eines davon schien ein Wohnhaus zu sein, die anderen sahen nach Lagerhäusern und Ställen aus. Es handelte sich um massive Gebäude aus grauen Sandsteinblöcken, mit hohen Kaminen und spitzen Dächern. Im Getümmel bemerkte sie zu spät, dass sie neben Bryan zu stehen gekommen war, der sein Pferd eben einem Stallknecht übergeben hatte und nun seine ledernen Reithandschuhe abstreifte.

»Das ist das alte Herrenhaus der sächsischen Fürsten von Hawkstone«, beantwortete er die Frage, die er auf ihrem Gesicht las. »Cenwulf, der Vater meiner Mutter war der Letzte dieser Linie. Er starb in der Schlacht von Hastings und sie war seine einzige Erbin.«

Arlana lauschte der geliebten Stimme, ohne darauf zu achten, was sie sagte. Es war ihr unwichtig, wer diese Gebäude errichtet hatte, sie wollte wissen, wie es ihm ging. Der Ritt hatte die scharfen Linien in seinem Gesicht vertieft, aber es kam ihr vor, als sei wenigstens die auffällige Narbe heller und schmaler geworden. Offensichtlich verwendete er Lady Liliana zuliebe den Balsam, den sie ihm aufgedrängt hatte. Seine vorsichtigen Bewegungen verrieten ihr indes, dass die Wunde an seinem Bein nicht besser geworden war.

»Ihr solltet Eurer Mutter auch die Sorge um die Wunde an Eurem Bein anvertrauen«, riet sie ihm eindringlich, ehe er sich wieder abwandte. »Ihr habt Schmerzen.«

»Was kümmert es dich?«

Arlana ließ sich von seiner rüden Abwehr nicht täuschen. Sie durchschaute ihn. Er ärgerte sich, dass er dem Impuls nachgegeben hatte, mit ihr zu sprechen. Er verzieh sich keinen Fehler. Schon gar nicht die Nacht im Rosenturm.

»Ihr könnt mich fortschicken, aber Ihr könnt mir nicht verbieten, mich um Euch zu sorgen«, erwiderte sie gefasst.

Es war eine gespielte Ruhe, die sie ihre ganze Selbstbeherrschung kostete. Jedes zufällige Gespräch ließ sie unglücklicher und verwirrter zurück. Ihre Blicke trafen sich, konnten einander nicht loslassen und Bryan entdeckte schließlich, was er gar nicht wissen sollte. Dass sie bekümmert war und es nur mühsam verbarg.

Der Lärm und das Chaos der Reisegruppe versanken um sie herum. Er hob gedankenverloren die Hand und strich sanft über ihr eigensinniges Kinn. Arlana erschauerte und senkte die Lider über ihrem Blick.

»Ah, da seid Ihr ja.«

Lady Benigna tauchte so unverhofft zwischen ihnen auf,

dass sie zusammenzuckten, als hätten sie ein Verbrechen begangen. Sie sah strahlend von einem zum anderen. Was hatte sie gesehen? Offensichtlich nichts, das ihren Verdacht erregte, denn ihre Stimme klang sanft und lieblich wie immer.

»Welch ein Segen, dass wir endlich angekommen sind, findet Ihr nicht auch? Noch dazu, wenn man bedenkt, was Euch hier erwartet, meine Liebe. Ein neues Leben, sicher auch ein Gemahl.«

Arlana schmeckte Galle. Benigna von Eloro hätte keinen sichereren Weg finden können, sie aus ihren Träumen zu reißen. Auch Bryan trat zurück. Die Haut um seinen Mund war weiß und gespannt, sie verriet, wie heftig er die Lippen zusammenpresste.

»Ich bin mit meinem alten Leben zufrieden«, sagte sie schnell. »Mir fehlt nur etwas zu trinken und eine Bank, die nicht schwankt.«

Benigna lachte so hell auf, dass sich die Köpfe aller Männer nach ihr umwandten. »Was für eine bescheidene neue Schwester Ihr doch habt, mein Gemahl.«

»Sie ist nicht meine Schwester«, knurrte Bryan gereizt. »Redet keinen solchen Unsinn.«

Arlana zuckte zusammen. Sie sah wie sich Benignas Augen verengten, obwohl ihr schönes Antlitz heiter blieb. Nach so langer Zeit auf engstem Raum mit ihr, glaubte sie die Gefahrenzeichen ihres Zorns zu erkennen. Bryan schien es egal zu sein. Er lächelte seine Gemahlin kalt an und erhielt ein strahlendes Lächeln zurück. Ein Lächeln, das nur um Lady Benignas Mund stand, nicht um ihre Augen.

»Arlana?«

Lady Lilianas Stimme rettete sie aus ihrer peinlichen Lage. Sie ließ das Paar und seine Konflikte stehen, raffte die Röcke und eilte an die Seite ihrer Herrin. Sie hatte plötzlich das dumpfe Gefühl, Lady Benigna verberge hinter ihrer lieblichen Fassade ein ganz anderes Gesicht.

Der Trubel der Ankunft ermöglichte es, ihr auch weiterhin aus dem Wege zu gehen. Sie sah sie erst an der abendlichen Tafel wieder. Es war nur ein schlichtes Abendessen ohne angeregte Gespräche, denn allen steckte die Reise in den Knochen und vielen fehlte der Appetit.

Lediglich der Lord unterhielt sich angeregt mit dem Haushofmeister des Anwesens, der seine Handelsgeschäfte tätigte und die Wege der Boten koordinierte, die der Herr von Hawkstone für diese Geschäfte in alle Herren Länder schickte. Es war gegen alle guten Sitten, dass ein Edelmann Handel trieb, aber der Lady Lilianas Gatte ließ sich weder den Verkauf seiner Streitrösser noch jenen der Wollballen von Hawkstone aus der Hand nehmen. Erst in diesem Hause wurde Arlana bewusst, wie Gewinn bringend und weit verzweigt seine Interessen sein mussten.

Die Ankunft eines königlichen Boten belebte die Tafel. Lady Lilianas Damen begannen zu tuscheln, der Lord bot dem Boten einen Trunk an und Lady Benigna wischte sorgfältig ihr silbernes Essmesserchen sauber, ehe sie es in der Scheide an ihrem Gürtel verstaute. Spannungsgeladene Stille senkte sich jedoch über das große Gemach mit den geschnitzten Holzbalken, den Kassettenwänden und den kostbaren Bildteppichen, als der Lord das königliche Siegel brach und zu lesen begann. Dann sah er auf.

»Seine Majestät befiehlt mich und die Meinen zum Beginn der neuen Woche zu einer Audienz.«

»Er befiehlt?«

Lady Liliana hob fragend die Brauen und erhielt von ihrem Gemahl ein unbestimmtes Heben der Schultern als Antwort.

»Er ist nicht Rufus, der uns freundschaftlich verbunden

war. Er ist Heinrich Beauclerc. Er macht vieles anders als sein Bruder und sein Vater. Wir werden sehen.«

Arlana versuchte das Ungesagte herauszuhören und den Blick zu enträtseln, den sich der Lord und die Lady zuwarfen. Im Grund war es nicht schwer. Nachdem sie beide kannte, ahnte sie, dass auch der Lord von Hawkstone seinem König erst Auge in Auge gegenüberstehen wollte, ehe er ihm den Treueschwur anbot.

Hinzu kam, dass es allenthalben Gerüchte darüber gab, dass Herzog Robert in der Normandie zu einem weiteren Feldzug gegen den eigenen Bruder rüstete. Er schien es immer noch nicht aufgegeben zu haben, um die Krone zu kämpfen, von der er glaubte, dass sie ihm nicht nur als Ältestem, sondern auch aufgrund seiner Absprache mit Rufus zustand. Oberflächlich gesehen war Herzog Robert Kurzhose, wie man ihn allgemein nannte, im Recht, aber der Lord von Hawkstone war kein oberflächlicher Edelmann. Arlana ahnte, dass er für einen Fürsten, der sein Herzogtum verpfändet hatte, um einen Kreuzzug zu finanzieren, keine Hochachtung empfand. Die andere Alternative war indes ein Königssohn, der sich im Handstreichverfahren die Macht verschafft hatte.

»Im Gegensatz zu seinen Brüdern hat Heinrich eine hervorragende Ausbildung erhalten«, erinnerte Lady Liliana in diesem Augenblick. »Da er für den Kirchendienst bestimmt war, verbrachte er mehr Zeit hinter den Büchern als auf dem Trainingsplatz. Zudem ist er der erste Regent dieses Königreiches, der die Sprache des Volkes spricht, über das er herrscht und nicht nur normannisch. Wir sollten ihn keinesfalls unterschätzen.«

»Wie könnte ich das, wenn er eine so beredte Vertreterin seiner Interessen in unserer Familie hat, wie es die Tochter Cenwulfs von Hawkstone ist.«

Jetzt schwang nicht länger Vorsicht, sondern Wärme in den Worten des Lords. Das Lächeln, das er mit seiner Lady tauschte, berührte Arlana noch mehr als die Worte. Sie kannte die Geschichten, die sich um die Ehe des normannischen Ritters und der sächsischen Fürstentochter rankten, die nach der Schlacht von Hawkstone seine Feindin gewesen war. Ihre Liebe hatte alle Hindernisse überwunden. Aber im Gegensatz zu seinem Sohn war Raynal de Cambremer nicht mit einer ungeliebten Ehefrau belastet.

»Was wisst Ihr über seine Königin?«, fragte Lady Benigna in diesem Augenblick und Arlana zuckte zusammen, als sie so unverhofft das Wort ergriff. Es kam selten vor, dass sie sich in ein Gespräch mischte.

»Nun, sie ist die Tochter des Königs von Schottland, dem dritten Malcolm seiner Linie«, antwortete der Lord bedächtig und lächelte seine schöne Schwiegertochter an.

Er reagierte als Mann auf sie und Arlana hatte während der Reise in den verschiedensten Herbergen und Burgen die Erfahrung gemacht, dass Benigna eine ungeheure Ausstrahlung auf dieses Geschlecht ausübte. Frauen gingen auf Distanz zu ihr, halb eingeschüchtert, halb neidvoll, aber Männer – egal ob Pferdeknecht oder Lord – überschlugen sich förmlich, um ihr zu Diensten zu sein. Bryan bildete die einzige Ausnahme.

»Die Königin steht in ihrem fünfundzwanzigsten Lebensjahr und ist zusätzlich eine Nichte von Edgar Atheling«, sprach der Lord inzwischen weiter. »Heinrich hat sie im vergangenen November geheiratet, nur drei Monate nach seiner hastigen Krönung. Diese Heirat ist ein besonders kluger Schachzug von ihm, denn er hat zum ersten Male die normannische Königslinie mit der alten sächsischen Königslinie verbunden. Der erste Sohn der Königin wird sowohl von Normannen wie von Sachsen als rechtmäßiger König anerkannt werden MÜSSEN. Bislang ist jedoch noch nichts darüber bekannt, ob die Königin in der Hoffnung ist. Heinrich ist immer noch damit beschäftigt, die Empörung der normannischen Barone über diese Heirat zu besänftigen. Auch der Schachzug, dass die schottische Braut den Namen seiner verstorbenen Mutter angenommen hat, deren Andenken auf beiden Seiten des Kanals hochgehalten wird, hat bislang wenig dazu beigetragen, die Wogen zu glätten.«

»Eine Schottin?« Lady Benigna riss ihre himmelblauen Augen erschrocken auf. »Dann ist sie ja eine Barbarin.«

»Ich bin sicher, dass die Zivilisation inzwischen bis an den Hof von Schottland gedrungen ist, meine Liebe«, erwiderte Lady Liliana ungewohnt gereizt.

»Ich nehme an, dieses Sommerturnier hat auch den Zweck, Adel und Untertanen zu beweisen, dass neue Zeiten am Hofe des Königs angebrochen sind. Dieses Land hatte schon viele Jahre keine Königin mehr, die geliebt und bewundert werden konnte. Sie wird ihrem Gemahl den Jubel der einfachen Leute sichern«, vermutete der Lord und versuchte erkennbar die Verstimmung zu besänftigen, die Lady Liliana heraufbeschworen hatte.

»Hoffen wir, dass Ihr Recht behaltet«, sagte die Herrin des Rosenturmes knapp und erhob sich.

Arlana war so in Gedanken vertieft, dass sie als Letzte den Saal verließ und entdecken musste, dass Bryan an der Treppe zum oberen Stockwerk auf sie wartete. Erschrocken sah sie sich um. Er hatte den Zeitpunkt und den Ort gut gewählt. Niemand kam mehr vorbei und die Mägde, die in der Halle aufräumten, konnten sie ebenfalls weder sehen noch hören.

»Seigneur«, grüßte sie mit niedergeschlagenen Augen in zeremonieller Höflichkeit.

Sie wollte an ihm vorbeigehen. Sie traute ihrer eigenen Beherrschung nicht über den Weg, aber sein Arm hielt sie auf. Entrüstet sah sie auf und erschrak vor dem düsteren Blick seiner Augen.

»Nimm das Leben wahr, dass dir meine Mutter bietet«, riet er eindringlich. »Such dir einen Gemahl und vergiss den Rosenturm.«

»Habt Dank für Euren Rat«, sagte sie mit bebenden Lippen, ebenso wütend wie betroffen. »Aber ich wüsste nicht, was Ihr mit meiner Zukunft zu schaffen habt.«

Jetzt hatte sie ihn ebenfalls gekränkt. Sie fühlte es, obwohl sich kein Muskel in seinem gezeichneten Gesicht regte. Ihre Fingerspitzen brannten vor Sehnsucht ihn zu berühren und sie kämpfte mit dem unsinnigen Wunsch, ganz andere Dinge zu sagen. Aber ehe sie diesen Kampf gegen sich selbst verlor, machte er auf dem Absatz kehrt und ging zurück in die Halle.

Arlana gab den Atem frei, den sie angehalten hatte, und schloss die Augen. Ob er auch in Winchester lieber in den Ställen als im Haus schlief? Faruk war mit seinen vierbeinigen Schützlingen in Hawkstone geblieben, aber Sirius würde seinen Herrn dort erwarten. Er verbrachte ohnehin mehr Zeit mit ihm als mit Menschen.

Du weißt nicht, was er mit deiner Zukunft zu schaffen hat? Er IST deine Zukunft!

»Hör auf!«

Arlana hielt sich die Ohren zu und floh vor sich selbst.

11

Schloss von Winchester, 11. Juli 1101

Die große Halle des Schlosses war so voller Menschen, dass Arlana nicht wusste, wohin sie zuerst schauen sollte. Das halbe Königreich schien hier darauf zu warten, dass seine Majestät den einen oder anderen zu sich bitten ließ. Nach welchem System er dabei vorging, erschloss sich ihr freilich nicht. Die Aufforderungen trafen willkürlich mal eine Gruppe in vorderster Reihe, dann wieder jemanden von hinten oder einen anderen, der eben erst eingetreten war. Weder den Lord, noch seine Gemahlin oder ihren Sohn brachte das Warten aus der Ruhe.

Arlana fühlte sich ausnahmsweise Benigna näher, die mit mühsam verborgener Ungeduld immer wieder ihr Gewand ordnete oder ihren Standplatz wechselte. Sie trug eines ihrer neuen Gewänder, eine elegante Robe mit einem Überkleid aus schwerer rosa Seide. Ein goldener Stirnreif hielt einen Schleier im gleichen Farbton auf den kunstvoll geflochtenen, hellen Haaren. Sogar in einem Raum voller elegant gekleideter Menschen fiel sie auf. Immer wieder wurde sie das Ziel neugieriger Blicke.

Was kümmert es dich? Schalt sie sich selbst und versuchte ihre Aufmerksamkeit auf andere Dinge zu richten. So beispielsweise auf die eigenartige Stimmung, die in diesem Vorzimmer seiner Majestät herrschte. Nervosität, gepaart mit Vorsicht, betonte Unbeschwertheit, hinter der sich bange Unsicherheit verbarg, zur Schau getragene Wichtigkeit, Neugier und Sensationsgier fanden sich ebenso, wie unterschwellige Angst und tapfere Versuche, Unbefangenheit vorzutäuschen.

Der silberhaarige Lord von Hawkstone kam ihr wie ein Fels in der Brandung vor. Er hatte die Arme vor dem dunkeln Samtwams verschränkt, lehnte an einer Säule und schien mit den Gedanken weit fort zu sein. Bryan, halb hinter der Säule verborgen, war sein lebendiger Schatten. Was er wohl dachte?

Sie konnte nicht ahnen, dass allein sie seine Gedanken beherrschte. Zum ersten Male sah er sie in einem hoffähigen Gewand, mit offenen Haaren, wie es einer unverheirateten Jungfer geziemte. Auf der Haselnussfarbe des feinen Samtes schimmerten die roten Haare wie Flammen, nur von einem sittsamen schneeweißen Schleier verhüllt. Statt eines geschnürten Surkots wie Benigna, trug sie einen offenen, ärmellosen Mantel aus dem gleichen Stoff mit goldfarbener Seidenpaspelierung über der Robe. Ein schmaler Gürtel aus ineinander verflochtenen Goldringen war der einzige Schmuck, den er an ihr entdecken konnte.

Die betonte Schlichtheit ihrer Erscheinung hob sie ebenso wie die ungewöhnliche Farbnuance von Benigna und allen anderen wartenden Edeldamen ab. Die Mädchen und Frauen ihres Alters trugen helle und leuchtende Blumenfarben. Sie glitzerten vor Schmuck und bunte Bänder flatterten bei jeder Bewegung. Arlana hingegen leuchtete. Das raffinierte Gewand betonte nicht nur ihr Haar, sondern auch ihre auffällig hellen Augen und die Anmut ihrer biegsamen Figur. Sie schien nicht zu bemerken, dass ihr mindestens ebenso viel Aufmerksamkeit zuteil wurde wie seiner Gemahlin oder seiner Mutter, auf der seine Blicke am Ende zu liegen kamen.

Lady Liliana begegnete als Einzige der drei Frauen seiner

Familie seinem Blick, aber er konnte kein anderes Gefühl außer tiefem Ernst bei ihr entdecken. Ihr Gewand erinnerte an das Kleid einer Nonne und sie trug eine jener engen Hauben, die auch Königin Matilda, die Frau des verstorbenen Eroberers am Ende ihres Lebens bevorzugt hatte. Wollte sie König Heinrich auf subtile Weise daran erinnern, dass der Lord und die Lady von Hawkstone mit seinen Eltern auf bestem Fuße gestanden hatten? Bryan zweifelte keinen Augenblick daran. Er schenkte seiner Mutter ein anerkennendes Lächeln und eine leichte Verneigung, die sie zu ihrer Raffinesse beglückwünschen sollte.

Arlana sah das Lächeln und vergaß zu atmen. Ihre Gefühle für Bryan de Cambremer ließen sich leider nicht zur Seite stellen, wie ein Weinkrug, dessen Inhalt zu berauschend war, um zu trinken. Sie hatte schon zu viel davon gekostet. Ihr Blut war in Wallung und ihr Herz für immer besetzt. Es gab keinen anderen Mann für sie.

»Bryan de Cambremer? Ich wage kaum, meinen Augen zu trauen. Seid Ihr es wirklich?«

Die ungläubige Stimme brach den Bann. Arlana rang nach Luft und wandte den Blick von Bryan ab, dem Sprecher zu, der auf seine Weise eine faszinierende Ausstrahlung besaß, die das Interesse einer Frau fesseln konnte. Dennoch verspürte sie bei seinem Anblick gleichzeitig auch ein Gefühl von Unbehagen.

Eine halbe Handbreit kleiner als Bryan, war er von sehr viel breiterer, kompakterer Statur mit einschüchternden Muskeln. Es ging die einschüchternde Kraft eines versierten Kämpfers von ihm aus. Sein Lächeln zeigte kräftige, ein wenig schief stehende Zähne, sein dunkles Haar war auf Kinnlänge gekürzt, und unter buschigen Brauen glitzerten die Augen wie zwei polierte Kohlestücke. Das weiße Kreuz der Jerusalemfahrer leuchtete auf seinem schwarzen

Umhang. Sein Versuch, Bryan zu umarmen, scheiterte daran, dass Bryan einen großen Schritt zurücktrat, sodass seine erhobenen Arme ins Leere fassten, ehe sie langsam nach unten sanken.

»Ihr seid es«, sagte er mit einem seltsamen Unterton in der Stimme. »Und noch immer so stachelig, wie die merkwürdigen Wüstengewächse des Heiligen Landes. Erlaubt mir, meiner Freude über Eure Genesung Ausdruck zu verleihen. Das Letzte was ich von Euch hörte, besagte, Ihr würdet auf den Tod darniederliegen...«

»Verwundet vom Schwert eines Ritters, dessen Kameradschaft und Ehre, vom Glanz der sagenhaften Juwelen Al-Afdals geblendet worden war. Ihr habt recht gehört, aber die Wege Allahs sind seltsam ...«

Noch nie hatte Arlana solche Ausdruckslosigkeit in Bryans Stimme gehört. Er erwiderte den Blick des anderen Kreuzfahrers mit der Kälte eine Statue. Ein kaum vernehmbarer Laut aus Benignas Richtung veranlasste sie, zu ihr zu sehen. Auch sie kannte den Fremden offensichtlich. Zwei hektische rote Flecken standen auf ihren Wangen, ihre feinen Hände hatten sich in der Seide des Übergewandes verkrallt.

»So habt Ihr immer noch die seltsame Angewohnheit, Heidensprüche unter Eure Bemerkungen zu mischen.« Der fremde Ritter verschränkte die Arme vor dem Brustkorb und gab es auf, weiterhin eine Freundschaft vorzuspielen, die keiner von beiden empfand. »Und was die Juwelen Al-Afdals betrifft, um von ihnen geblendet zu werden, müsste man sie erst einmal besitzen.«

Arlana entdeckte mit scharfen Augen, dass sich die Sehnen an Bryans Hals unter diesen Worten noch mehr anspannten. Aber ehe er den Mund öffnen konnte, trat Lady Liliana dazwischen.

»Seid Ihr ebenfalls erst kürzlich aus dem Heiligen Land zurückgekommen, Seigneur?«, fragte sie. Erst jetzt schien der Ritter zu bemerken, dass Bryan in Begleitung war.

»Mylady!« Er senkte den Kopf und bedachte sie mit einer höchst eleganten Reverenz. »Verzeiht meine Unhöflichkeit. Ich war so überrascht de Cambremer hier zu sehen, dass ich mit dem ersten Blick nur ihn wahrnahm. Eustache de Breteuil zu Euren Diensten, meine Dame. Ritter des großen Balduin von Boulogne, dem er in das Heilige Land gefolgt ist, um das Grab unseres Herrn Jesu zu befreien.«

Lady Liliana gönnte dem Ritter ein kühles Lächeln. Noch mehr als Arlana spürte sie die Feindschaft, die zwischen diesen beiden Männern vibrierte.

»Ein frommes Vorhaben, das Ihr unversehrter überstanden zu haben scheint als mein Sohn, Seigneur. Der Himmel muss Euch wohl gesonnen sein. Kennt Ihr meinen Gemahl? Raynal de Cambremer, Lord von Hawkstone. Unser Mündel Arlana von Cashel. Die Gemahlin meines Sohnes muss ich Euch wohl nicht vorstellen, wenn Ihr aus Jerusalem kommt. Ihr kennt Lady Benigna vermutlich länger, als wir selbst.«

Benigna hatte die Zeit genutzt, sich zu fassen, aber Arlana hätte ihr neues Gewand darauf gewettet, dass hinter ihren unschuldig weit aufgerissenen Augen Panik lauerte. Der Ruck indes, mit dem Eustache de Breteuil zu ihr herumfuhr, hatte es ebenfalls in sich. Erst jetzt fiel Arlana auf, wie betont sich Bryans Frau seit dem Auftauchen des fremden Kreuzfahrers im Hintergrund gehalten hatte. Das war ein Mann, dem sie nicht begegnen wollte und dass sie nun dazu gezwungen wurde, gefiel ihr gar nicht.

»Es gab niemanden im ganzen Kreuzfahrerheer, der nicht von ihrer Schönheit und ihrer Tugend gehört hätte,

Mylady«, sagte er langsam mit träger, seltsam gefährlicher Stimme.

Er erinnerte Arlana an ein dunkles Raubtier, das sich die Pfoten putzte, ehe es die Krallen in seine Beute schlug. Sie beneidete Benigna nicht darum, im Zentrum seiner Aufmerksamkeit zu stehen.

»Ihr seht mich entzückt, Lady Benigna«, säuselte er in seidenweicher, falscher Höflichkeit weiter. »Euch hier zu begegnen habe ich noch weniger erwartet, als de Cambremer über den Weg zu laufen. Welch seltsame Wege das Schicksal doch manchmal für uns geht.«

Eine flüchtige Röte lief über Lady Benignas Stirn, dann lächelte sie auf ihre scheue, äußerst liebenswürdige Weise.

»Ihr kommt aus Jerusalem, Herr Ritter?«, fragte sie, als hätte es nie den Augenblick der Panik gegeben, dessen Zeuge Arlana gerade geworden war. »Was führt Euch den weiten Weg bis nach Winchester?«

»Jerusalem ist nicht mehr dieselbe Stadt, seit Ihr es verlassen habt, Mylady«, erwiderte der Ritter.

Obwohl es ein artiges Kompliment zu sein schien, zuckte Benigna zusammen und ihre Wangen röteten sich. Sie schlug sittsam die Augen nieder und hüllte sich in Schweigen. Der Ritter sah auf sie herab. Er lächelte so sonderbar, dass Arlana fröstelte. Sie trat näher zu Lady Liliana und erregte damit seine Aufmerksamkeit.

»Wie ich sehe, müsst Ihr die Krone der Schönheit in Eurer neuen Heimat mit dieser jungen Dame teilen«, sagte er mit hörbarer Schadenfreude in Benignas Richtung, ehe er sich vor Arlana verneigte. »Wenn Ihr das Feuer nicht nur auf dem Kopf, sondern auch in Eurem Herzen tragt, Demoiselle, dann ist der Mann zu beneiden, dem Ihr einmal Eure Hand schenken werdet.«

Arlana mochte seine Art immer weniger. Weder die zweideutigen Komplimente, noch die Augen, die so dunkel waren, dass man zwischen Pupille und Iris keinen Unterschied entdecken konnte, gefielen ihr. Dennoch weigerte sich etwas in ihr, wie Lady Benigna zu schweigen und die Lider zu senken. Sie hielt seinem Blick stand. Er benahm sich unmöglich und ihre Miene teilte es ihm auf unnachahmliche Weise mit. Zum ersten Male seit langer Zeit wurde sie wieder wirklich zu Arlana von Cashel. Zu einer Edeldame, die sich ihres Wertes und ihres Stolzes bewusst war und die jeden Mann in seine Schranken weisen konnte.

»Ihr seid zweifellos der König aller Schmeichler, Seigneur«, widerstand sie ihm auch mit Worten so trocken, dass Lady Liliana hinter vorgehaltener Hand hüstelte, um das Lächeln zu verbergen, das sie nicht unterdrücken konnte. »In meiner Heimat, in Irland, warnen die Mütter ihre Töchter vor Männern wie Euch.«

Ehe Eustache de Breteuil diese Abfuhr verdaut hatte, trat ein Sekretär des Königs zu ihnen.

»Seine Majestät wünscht den Lord von Hawkstone und seinen Sohn zu sprechen.«

Im selben Augenblick knickste auch eine junge Edeldame vor der Herrin des Rosenturmes und bat sie zur Königin. Eine Aufforderung, der ebenso unverzüglich Folge geleistet werden musste, wie jener des Königs. Sie folgten der Hofdame und Arlana spürte, dass ihnen die Blicke des kraftstrotzenden Kreuzritters folgten. Unter halb gesenkten Wimpern sah sie zu Lady Benigna. Sie trug eine überraschend steile Falte auf der makellosen Stirn.

Eustache, der Name weckte eine schwer fassbare Erinnerung bei Arlana. Hatte sie ihn nicht schon einmal gehört? Und wenn ja, bei welcher Gelegenheit? Sie musste in Ruhe darüber nachdenken, aber genau dazu bekam sie keine Gelegenheit.

Ihre Führerin öffnete die Doppelflügeltür zu einem großen, hellen Gemach, dessen weiße Wände mit Blütenranken bemalt waren und durch dessen weit offene Fenster die Sonne schien, sodass die Illusion eines Gartens im Haus geradezu perfekt war. Eine Schar Frauen war in diesem Raum mit Stick- und Näharbeiten beschäftigt, während ein Lautenspieler sie mit Musik und Liedern unterhielt. Er brach ab, als die drei Damen hereingeführt wurden.

Lady Liliana ging ohne zu zögern auf die Unscheinbarste und Reizloseste der Stickerinnen zu und versank in eine anmutige Reverenz. Erst bei genauerem Hinsehen begriff Arlana, dass ihr die breite Perlenstickerei des Gewandes und der juwelengeschmückte Goldreif um den Schleier verraten haben mussten, dass es die Königin war. Die ehemalige Prinzessin Edith war aus politischen Gründen geheiratet worden und nicht wegen ihrer Schönheit. Das hauchzarte Gewebe des Schleiers bedeckte stumpfbraune Flechten und das Vorderteil ihres Kleides blieb über dem kaum vorhandenen Busen beklagenswert flach.

Aber sie hatte wunderschöne taubengraue, freundliche Augen stellte Arlana fest, als sie an der Reihe war, der Königin vorgestellt zu werden. Klug und interessiert erwiderten sie ihren Blick und hießen sie voller Herzlichkeit willkommen.

»So seid Ihr auch eine Fremde in Winchester«, sagte sie sanft und fasste nach Arlanas Hand. »Ich weiß, wie es ist, wenn man seine Heimat verlassen muss. Bleibt an meiner Seite Arlana von Cashel, dann können wir gemeinsam unser Bestes tun, heimisch zu werden.«

Arlana hätte sich im Kreise der Hofdamen, die aus den ersten Familien des Landes stammten, gerne mehr im Hintergrund gehalten, aber die Königin ließ es nicht zu. Sie musste neben ihr Platz nehmen, während sie Lady Liliana und Benigna in eine Plauderei verwickelte, die sich oberflächlich mit Frauenthemen beschäftigte, aber im Untergrund erkennbar dazu diente, die Meinung ihrer Ehemänner über den neuen König zu erfahren.

»Seine Majestät hat Einladungen in alle Himmelsrichtungen verschickt«, ging sie schließlich auf das bevorstehende Turnier ein. »Die besten Ritter des Abendlandes werden sich im Lanzenstechen und im Schwertkampf messen. Wer nimmt aus Cambremer daran teil?«

»Mein Gemahl ist zu alt für Kampfspiele«, erwiderte Lady Liliana ruhig. »Und mein Sohn kuriert noch die schweren Wunden aus, die er im Heiligen Land erlitten hat. Ich würde es lieber sehen, wenn er seine Gesundheit nicht von neuem riskiert.«

»Das klingt, als rechnet Ihr nicht fest damit, dass er dem mütterlichen Gebot gehorcht.«

»Er ist kein Kind mehr, dem seine Mutter Befehle erteilen kann, meine Königin.«

»Vielleicht hört er auf eine liebende Gemahlin. Habt Ihr es schon versucht, Lady Benigna?«

»Mein Gatte schätzt es nicht, wenn ich mich um Dinge kümmere, die über die Belange unseres Kindes und des Haushaltes hinausgehen, Königliche Hoheit.«

In Arlanas Nacken sträubten sich die feinen Härchen vor Empörung. Benigna stellte Bryan als Tyrannen dar. Was bezweckte sie damit?

»Ihr habt ein Kind?«

Die Königin beugte sich interessiert vor. Sie war sich ihrer Pflicht den Erben des Königreiches zu gebären nur zu bewusst. Sie erhoffte sich von jeder verheirateten Frau, mit der sie sprach, einen nützlichen Ratschlag, der sie diesem Ziel schnell näher brachte.

»Ein Mädchen, Majestät«, nickte Lady Benigna. »Es ist im Heiligen Land geboren.«

»Wie glücklich müsst Ihr sein ...«

Ein Hauch von Melancholie flog über das Gesicht der Monarchin. Seit mehr als einem halben Jahr verheiratet, war sie noch immer nicht schwanger. Sie wusste, dass der Hof bereits darüber tuschelte, ob es klug von Heinrich gewesen war, eine Frau aus dem Stamm der alten Sachsenkönige zu heiraten. Edward, der letzte König der Angelsachsen, hatte sein Reich ohne leiblichen Erben zurückgelassen, als er 1066 starb und damit der normannischen Invasion den Boden bereitete.

»Es ist aber eben leider nur ein Mädchen, Majestät«, sagte Benigna bescheiden und Arlana hatte das Gefühl, Riccarda verteidigen zu müssen.

»Ein besonders lebhaftes und liebenswertes Mädchen«, warf sie ein und fügte, als die Königin lachte die Geschichte von Riccardas Freiheitsdrang an. »Sie ist wie ein kleiner Blitz. Unmöglich sie festzuhalten.«

»Ihr müsst sie mir vorstellen«, bat die Königin, von der lebhaften Schilderung bezaubert.

»Ich fürchte, sie ist noch zu klein um höfisches Benehmen an den Tag zu legen«, widersprach Benigna unerwartet heftig. »Dame Arlana kann nicht ganz beurteilen, was für ein Kind nötig ist.«

Königin Matilda blinzelte kurz. Sie erkannte einen Konflikt, auch wenn er noch so geschickt vertuscht wurde. Schnell wechselte sie das Thema und das Gespräch wandte sich der höfischen Mode und dem neuesten Klatsch zu.

Arlana wusste zu wenig darüber, um sich daran zu beteiligen. Benigna schwieg ebenfalls. Sie glättete mechanisch die Knitterfalten in der Seide ihres Gewandes und sah entrückt zum Fenster hinaus, über die Dächer der Stadt. Worüber sie wohl nachdachte?

Unwillkürlich drängte sich das Bild des einschüchternden Ritters vor Arlanas Augen. Zwischen der Lady und ihm gab es zweifellos eine unbeglichene Rechnung. Was war in Jerusalem geschehen? Waren die beiden Kreuzritter Rivalen um Benignas Gunst gewesen? Hatte sie Bryan nicht richtig verstanden? Hatte er sie nicht nur zur Frau genommen um der Ehre willen?

Der Lautenspieler nahm sein Instrument wieder auf und riss Arlana aus ihren Grübeleien. Er konnte sie nicht auf Dauer ablenken.

12

Schloss von Winchester, 15. Juli 1101

»Wer ist der glückliche Ritter, nach dem Ihr Ausschau haltet, Arlana von Cashel?«

Arlana wandte sich erschrocken rum und sah in höllenschwarze Augen.

»Ihr amüsiert Euch auf Kosten anderer, Seigneur«, sagte sie scharf und versuchte zu verbergen, wie sehr Eustache de Breuteil sie erschreckt hatte. Je näher sie ihm kam, umso abstoßender fand sie ihn.

»Wie bezaubernd Ihr seid, wenn Eure Augen funkeln.« Er presste die Hand in Höhe des Herzens auf sein Wams und trat zu einer schwungvollen Verneigung zurück. »Ich hatte nicht zu hoffen gewagt, Euch beim Empfang des Königs zu treffen. Es macht diesen Abend zum doppelten Fest.«

Arlana warf unter halb gesenkten Lidern einen Blick auf den Ritter. Auch in einem Samtwams, das ihm bis an die Knie reichte, sah er wie ein Krieger aus. Einer von vielen, die von den Reichtümern angelockt, die es beim Turnier zu gewinnen gab, im Schloss paradierten wie Kampfhähne.

Das Gedränge in der Halle vor dem Bankettsaal des Königs war dermaßen groß, dass Breteuils Schultern wie eine schwarze Wand vor ihr aufragten. Ringsum engten Hauben, Hüte, Schleier und Kappen ihr Blickfeld zusätzlich ein. Hinzu kam, dass jedermann seine besten Kleider trug, sodass die schwarz-weißen Steinquadrate des Bodens unter der Fülle der Schleppen und Rocksäume verschwanden. Wie sollte sie in diesem Meer von Samt, Seide, Schleiern und Schleppen das Festgewand der Herrin des Rosenturmes entdecken? Warum hatte sie nicht besser aufgepasst und sich von ihrer Seite abdrängen lassen?

»Kommt schon, schenkt mir ein Lächeln, Arlana von Cashel. Ihr habt ein so hinreißendes Lächeln.«

Seine Aufdringlichkeit verärgerte sie, aber während sie schon Luft holte, um ihn zurechtzuweisen, kam ihr ein anderer Gedanke. Warum nicht die Gelegenheit nützen mehr über ihn und Benigna zu erfahren? Über das Geheimnis, das sie beide verband? Sie zwang sich zu dem gewünschten Lächeln und sah ihn triumphierend zurückgrinsen.

»Ich glaube fast, Ihr verwechselt mich, Herr Ritter. War es nicht neulich Benigna von Floro, der Euer Interesse und Eure schönen Worte galten?«

Für einen Herzschlag lang trafen sich ihre Blicke. Arlana bemühte sich, möglichst geheimnisvoll zu wirken. Erst verwirrte sie ihn augenscheinlich damit, dann schoss ihm sichtbar ein Gedanke durch den Kopf.

»Habt Ihr etwa eine Nachricht von ihr für mich?«

Sie blinzelte und ergriff ihre Chance, auch wenn sie wie ein Blinder im Dunkeln stocherte.

»Und wenn dem so wäre, Seigneur?«

Sie benutzte ihre Stimme als Instrument und schlug tiefe, melodische und vielversprechende Töne an. Sie hatte Erfolg, aber nicht so, wie sie es sich vorgestellt hatte. Er packte unverhofft ihre Hand, griff und umfing das schmale Gelenk mit seiner Pranke. Er neigte sich zu ihrem Ohr und weidete sich dabei an dem Anblick ihrer seidenweichen Haut, die vom rechteckigen Dekolletee ihres goldbraunen Kleides eingefasst, wie blasses Gold schimmerte. Sein Atem strich darüber.

»Sagt mir, was Ihr wisst.«

Arlana kämpfte verbissen um Ihr Handgelenk. Seine unmittelbare Nähe beunruhigte sie. Zwar rochen seine Kleider nach Lavendel und nicht nach Schweiß wie bei so vielen anderen, auch sein Atem war frisch, aber sie mochte weder von ihm berührt werden, noch seine Blicke auf ihrer Haut spüren. Es fühlte sich klebrig und unangenehm an.

»Lasst mich auf der Stelle los«, forderte sie aufgebracht. »Ich weiß nicht, was Ihr von mir wollt.«

»Die Nachricht.«

»Welche Nachricht? Es gibt keine Nachricht.«

Heilige Bridget, worin hatte sie sich da verrannt? Sie spürte, wie sein Griff ihre Knochen zusammenpresste. Dieser Verrückte würde ihr im Festsaal des Königs die Hand brechen, wenn ihr nicht schnell etwas einfiel.

»Wehe, du hältst mich zu Narren, Mädchen. Die Nachricht! Mach schon.«

Bryan de Cambremer traute seinen Augen nicht, als er Arlana und Eustache de Breteuil in so vertrauter Nähe beieinander stehen sah. Sie schien wütend zu sein, aber in diesem Zustand war sie auch besonders schön. Breteuils Blicke klebten förmlich in ihrem Ausschnitt. Sie stritten sich. So weit waren die beiden schon?

Er pflügte, mit jedem Schritt zorniger werdend , durch das Gedränge der Festgäste, bis er die beiden erreicht hatte.

»Nehmt die Finger von ihr, Breteuil.«

Bryan achtete nicht auf Arlana. Er war ganz auf Eustache de Breteuil konzentriert, der nun wie unter Zwang Arlanas Handgelenk freigab. Die Spuren seiner Finger zeichneten sich als rote Striemen darauf ab.

»Haltet Euch von den Frauen meiner Familie fern«,

setzte Bryan eisig hinzu. »Verschwindet. Ihr habt es nur der Gastfreundschaft des Königs zu verdanken, dass Ihr heute davonkommt.«

»Bryan de Cambremer. Immer der heldenhafte Verteidiger schöner Frauen«, spottete Breteuil, trat aber schon einen Schritt zurück.

Arlana hielt ihr schmerzendes Handgelenk und sah in zunehmender Angst von einem zu anderen. Sie gab sich selbst die Schuld für diesen Auftritt, der mit jedem Wort hasserfüllter wurde. Wenn sie doch nur ihre Neugier im Zaum gehalten hätte.

»Ich bitte Euch. Es ist nichts passiert. Nur ein dummer Irrtum ...«

Keiner von beiden hörte ihr zu. Sie fixierten einander, als wären sie allein auf der Welt und der ganze betriebsame Hof um sie herum nicht existent. Schlagartig kam Arlana wieder in den Sinn, wo sie den Namen Eustache schon einmal gehört hatte. In jenem heimlich belauschten Streit zwischen Benigna und Bryan in Hawkstone. Breteuil gehörte zu Bryans Gespenstern der Vergangenheit.

»Was haltet Ihr davon, unsere Meinungsverschiedenheiten auf dem Turnierfeld auszutragen, Cambremer«, schlug er in diesem Augenblick kalt vor. »Bis zum endgültigen Ende. Ich lege keinen Wert darauf, Euch je wiederzusehen.«

»Ganz meinerseits.«

»Hört auf, ich bitte Euch.«

Arlana war sich der neugierigen Blicke um sie herum bewusst. Wer konnte diese beiden zur Vernunft bringen? Lady Liliana? Sie musste sie suchen. Sie raffte ihre Röcke und drängelte sich durch die widerwillig zurückweichenden Zuschauer, aber schon nach wenigen Schritten war Bryan an ihrer Seite.

»Ich begleite Euch. Ihr solltet bei einer solchen Gelegenheit nicht allein unterwegs sein.«

»Bin ich ja gar nicht«, erwiderte Arlana mit einer Spur von Trotz. Es war ein Unterschied, sich selbst die Schuld zu geben oder beschuldigt zu werden. »Ich war in Begleitung Eurer Mutter, aber die Menge hat uns getrennt.«

»Dann bringe ich Euch zu Ihr.«

Bryan hielt ihr die Faust hin, damit sie die Finger darauf legen konnte. Sie zögerte unmerklich, ehe sie ihn berührte. So sehr sie sich auch gegen diesen Augenblick zu wappnen versuchte, sie konnte nicht verhindern, dass sie ein heißer Strahl reiner Sehnsucht durchfuhr. Sie senkte hastig die Lider, weil sie Angst hatte, ihr Blick würde sie verraten. Bryan eilte so schnell davon, dass sie Mühe hatte, nicht auf die Säume ihres Gewandes zu treten.

Aber er führte sie nicht zu seiner Mutter. Mit dem Geschick eines Mannes, der viele Jahre bei Hofe verbracht hatte, manövrierte er sie hinter einen Gewölbebogen, wo sie miteinander sprechen konnten, ohne dass der halbe Hof dabei zuhörte.

»Fang gar nicht erst an, diesem Mann schöne Augen zu machen«, fuhr er sie ohne lange Vorrede an. »Er ist nicht auf der Suche nach einer Ehefrau. Für ihn bist du höchstens ein Abenteuer, das er am Wegrand mitnimmt. Ich kann nicht immer an deiner Seite sein und dich vor den Folgen deiner Unbesonnenheit schützen.«

Arlana schnappte empört nach Luft. Sie hasste ungerechte Vorwürfe, aber noch mehr brachte es sie auf, dass er sie mit Vorwürfen überhäufte, während sie ihre ganze Kraft darauf verschwenden musste, ihr dummes Herz zu beruhigen, das in seiner Gegenwart die üblichen Kapriolen schlug.

»Euer Vater ist mein Vormund nicht Ihr. Und hört gefälligst auf, von dieser albernen Ehe zu sprechen. Ich will nicht verheiratet werden.«

»Verlass dich darauf, dass meine Mutter diese Angelegenheit längst in ihre fähigen Hände genommen hat«, widersprach Bryan rau. »Du solltest ihre Bemühungen nicht sabotieren, indem du Breteuil ermutigst. An seinen Stiefeln klebt noch mehr Blut als an den meinen ...«

»Schscht!«

Arlana konnte es nicht ertragen, wenn er so verächtlich von sich selbst sprach. Auf der Stelle vergaß sie ihre eigene Entrüstung und versuchte ihn zu besänftigen. Sie legte die Fingerspitzen auf seinen Mund.

»Mich kümmern weder Breteuil noch das Blut an seinen Stiefeln. Versprecht mir lieber, dass Ihr nicht gegen ihn in die Schranken reitet. Er sieht aus, als habe er die Kräfte eines Bullen, und im Gegensatz zu Euch scheint er unverletzt zu sein. Müsst Ihr denn Eure alten Feindschaften aus dem Heiligen Land bis nach Britannien tragen?«

»Wer sagt dir, dass es sich um eine alte Feindschaft handelt?«

»Wer sagt mir, ob morgen die Sonne scheint?«, erwiderte sie gereizt. »Man kann förmlich die Waffen klirren hören, wenn ihr miteinander sprecht. Was hat Euch im Heiligen Land zu Feinden gemacht? Benigna von Eloro?«

Bryan starrte sie an und hatte Mühe, seine Beherrschung zu wahren.

»Wie kommst du auf sie?«

»Ich habe ihr Gesicht gesehen, als der Ritter unverhofft im Audienzsaal des Königs auftauchte. Eine Spukgestalt aus der Hölle hätte sie nicht mehr schrecken können.«

»DU siehst Geister!«

Arlana stieß verächtlich die Luft aus.

»Das hättet Ihr gerne, nicht wahr? Ich weiß, was ich gesehen habe.«

Woher nahm sie diesen untrüglichen Instinkt? Bryan rieb sich die schmerzende Stirn. Er musste verhindern, dass sie tiefer grub und am Ende noch Dinge herausfand, die besser für immer im Verborgenen blieben.

»Gott bewahre mich vor deiner blühenden Fantasie«, knurrte er mit vorsätzlicher Verächtlichkeit.

»Gott hat Wichtigeres zu tun«, entgegnete sie aufsässig.

Das Hornsignal, das die Ankunft des Herrscherpaares in der Halle ankündigte, beendete ihre Debatte. Es half ihm auch den Impuls zu beherrschen, Arlanas eigensinnig gekräuselte Lippen einfach mit einem Kuss zum Schweigen zu bringen. Im Gegensatz zu Benigna achtete sie bei keiner Bewegung und bei keinem Wort darauf, wie sie aussah oder wirkte und gerade das verstärkte ihren außergewöhnlichen Liebreiz. Kein Wunder, dass auch ein Schurke wie Breteuil von ihr angezogen wurde.

Arlana beobachtete seine steinerne Miene, während sie sich mit den anderen Gästen zu beiden Seiten des Weges aufreihten, den die Majestäten nehmen würden. Ihr Herz lag wie ein Fels in ihrer Brust. Tränen brannten ihr in den Augen.

Alle Welt schien nur im Kopf zu haben, sie so eilig wie möglich zu verheiraten. Lady Liliana wollte nichts davon hören, dass sie es vehement ablehnte.

»Es ist die einzige Möglichkeit, persönliches Glück und Zufriedenheit zu finden, Kind«, hatte sie erst vor diesem Fest zu ihr gesagt. »Vertrau mir, dass ich den richtigen Gatten für dich auswähle. Bis dahin genieße die Tage am Hofe des Königs. Es gibt nicht viele solcher Feste.«

Wie sollte sie ein Fest genießen, das ihr schon Kopfschmerzen bereitete, ehe es richtig begonnen hatte?

*

Arlana hatte sich den König größer vorgestellt, majestätischer, einschüchternder. Der Mann, der vor ihr stand, sah aus wie tausend andere auch. Kleiner als der Lord von Hawkstone und sein Sohn, untersetzt und mit dünnem braunem Haar, dass er auf knappe Kinnlänge gestutzt trug. Ein schmaler Oberlippenbart und eine große, scharfe Nase verliehen seinen Zügen Strenge, aber keine Besonderheit.

Erst als sie in seine Augen blickte, erkannte sie, dass man Heinrich Beauclerc nicht nach Äußerlichkeiten beurteilen sollte. Er hatte den scharfen Blick eines Falken und die wache Intelligenz eines Mannes, der es gewohnt war, seine Meinung und seine Position auch gegen Widerstände zu verteidigen. Mit dreiunddreißig Jahren herrschte er über das Königreich Britannien und bot sowohl dem normannischen Adel wie seinem ältesten Bruder erfolgreich die Stirn.

Jetzt sah er auf Arlanas geneigten Kopf und bewunderte sichtlich die Grazie, mit der sie vor ihm in die Knie gesunken war.

»Mein Mündel, Arlana von Cashel«, stellte Lord von Hawkstone sie vor.

»Das also ist das irische Edelfräulein, dessen Angelegenheiten Ihr so vehement vertretet und dessen Unbescholtenheit ihr beschwört«, fügte der König trocken hinzu. »Erhebt Euch und seid willkommen an meinem Hof Arlana von Cashel.«

Arlana sah erschrocken auf. Sie hatte nicht gewusst, dass der Lord sich zum Bürgen ihres Leumunds gemacht hatte. Besaß sie allein keine Glaubwürdigkeit?

»Ich danke Eurer Majestät«, erwiderte sie vorsichtig.

»Aber ich hoffe, dass Ihr meine möglichen Fehler nicht dem Lord anlastet.«

Der König schmunzelte.

»Ich sehe, warum Ihr die Zuneigung meiner Königin erobert habt, Arlana von Cashel. Ich hoffe, Ihr dankt ihr diese Freundschaft mit Treue und Gehorsam.«

»Habt Ihr Grund, dies in Zweifel zu ziehen, Sire?«, platzte Arlana heraus, ehe sie die Worte zurückhalten konnte. Sie spürte, wie der Lord von Hawkstone an ihrer Seite erschrak, obwohl man es ihm nicht ansah. Heinrich Beauclerc lächelte erneut.

»Den Iren geht der Ruf voraus, stolz und feurig zu sein, Ihr entsprecht dem Bild.«

»Wir sind auch bereit für jene, die wir lieben, durch dieses Feuer zu gehen, Sire.«

»Schätzt Ihr denn meine Königin so sehr?«

»Wisst Ihr nicht selbst, dass man ein Herz aus Stein haben müsste, ihr zu widerstehen?«, erwiderte Arlana mit klopfendem Herzen, aber sicherer Stimme.

Wenn der König um Matildas Sicherheit besorgt war, konnte sie ihm sein Misstrauen verzeihen. Aber sie sah auch keinen Sinn darin, sich einschüchtern zu lassen. Ihr Stolz war das Einzige, was ihr noch gehörte.

»Sie ist die Seele Eures Königreiches und Ihr müsst sehr glücklich sein, sie an Eurer Seite zu wissen.«

»Das bin ich in der Tat, Dame Arlana«, stimmte der König zu. »Ihr Wohlergehen liegt auch mir am Herzen, deswegen müsst Ihr mir verzeihen, dass ich die Menschen genau betrachte, die sie in ihrer Nähe haben möchte. Ich verstehe, was ihr an Euch gefallen hat.«

Arlana hatte weder mit einer Entschuldigung, noch mit solcher Anerkennung gerechnet. In den Augen eines englischen Königs zählte Cashel vermutlich nicht mehr als ein

Wassertropfen im Fluss. Mit Lady Benigna, die der König vor ihr begrüßt hatte, hatte er kaum ein Dutzend Worte gewechselt.

»Ich bin der Königin zutiefst dankbar für die Güte und die Freundschaft, die sie mir erweist«, erwiderte sie befangen.

»Sagt ihr das selbst«, riet König Heinrich und deutete zum Kamin wo Matilda im Kreise ihrer Damen nach dem Bankett Hof hielt. »Ich habe ihr versprochen, Euch zu ihr zu schicken, sobald ich Euch kennen gelernt habe. Ladies ...«

Sein knappes Kopfnicken verabschiedete nicht nur Arlana, sondern auch Benigna und Lady Liliana. Ehe er sich zum Gehen wandte, winkte er den Lord und Bryan an seine Seite.

»Kommt mit, ich würde gern Eure Meinung zu ...«

Ein Schubs von Lady Benigna machte Arlana darauf aufmerksam, dass es sich nicht schickte, stehen zu bleiben, dem Gespräch zu lauschen und den Männern nachzustarren. Sie spürte, wie sie dabei vor unterdrücktem Ärger bebte. Es gefiel ihr vermutlich nicht, dass Arlana die königliche Aufmerksamkeit länger gefesselt hatte, als sie. Auch Lady Liliana bemerkte es.

»Ihr werdet beide ein wenig an Eurer Charakterstärke arbeiten müssen, meine Lieben. Wer zum Hofstaat der Königin zählen will, nimmt weder zu Rempeleien Zuflucht, noch lässt er zu, dass seine Zunge mit ihm durchgeht«, sagte sie freundlich aber unmissverständlich.

Lady Benigna warf den Kopf in den Nacken, dass ihr Schleier aufflog. Arlana schämt sich für ihre Unbeherrschtheit.

»Es tut mir Leid«, murmelte sie.

Benigna brachte keine Entschuldigung über die Lippen, aber sie nahm in unverkennbarem Triumph ihren Platz unter den Damen der Königin ein. Arlana hielt sich im Hintergrund und Lady Liliana konnte beobachten, dass ihre Augen immer wieder suchend über die Festgäste flogen. Sie glaubte zu wissen, wen das Mädchen suchte und ihr Herz zog sich vor Mitleid zusammen.

13

Kathedrale von Winchester, 16. Juli 1101

Arlana misstraute den gekreuzten Bögen der neuen Kathedrale von Winchester, dem hohen Gewölbes das sich über ihren Köpfen spannte. Von den mächtigen Säulen aus, türmten sie sich in schwindelerregende Höhen und es fiel ihr schwer, ihr Unbehagen zu verbergen. Was geschah, wenn all diese Bögen ihr geheimnisvolles Gleichgewicht verloren und auf sie niederkrachten? Was hielt sie dort oben zwischen Himmel und Erde? Gottes Wille? Die Kunst eines Baumeisters? Noch nie hatte sie so gewaltige Gewölbe und so viel Pracht zu Ehren Gottes gesehen.

Mannshohe Leuchter mit armdicken, reinweißen Kerzen flankierten den Altar, kostbare Teppiche mit Szenen aus der Heiligen Schrift hingen von den Wänden und das Altargeschirr glänzte in reinem Gold. Auf dem Metalldeckel der Heiligen Schrift, die neben dem Tabernakel lag, schimmerten taubeneigroße Juwelen und das Licht der Kerzen reflektierte die goldenen Fäden in den Messgewändern des Erzbischofs von Winchester und an denen seiner Priester.

Sie musste sich zwingen ihren Blick abzuwenden und das Gesicht wieder auf die gefalteten Hände zu senken. Das feierliche Hochamt schien kein Ende zu nehmen. Der leutselige Priester, der in Hawkstone die Messen hielt, die Kinder taufte und die Beichten abnahm, hatte sich nie so viel Zeit genommen, Gottes Zorn und Gottes Barmherzigkeit auf seine Schäfchen herabzubeschwören.

Arlana verlagerte vorsichtig ihr Gewicht vom rechten auf das linke Knie, denn die fromme Königin wohnte der heiligen Zeremonie von Anfang bis Ende kniend bei. Schwaden von Weihrauch stiegen rund um den Altar aus schwingenden Kesseln. Statt Luft atmete sie Weihrauch und Frömmigkeit. Der Rauch kratzte in ihrer Kehle und ihr Magen hob sich unter dem Übermaß der Spezereien.

Heilige Bridget erbarme dich meiner. Wenn ich nicht bald an die frische Luft komme, werde ich mich übergeben müssen und einen scheußlichen Skandal verursachen.

Die Vorstellung war so grauenvoll, dass allein der Schreck dafür sorgte, dass sich ihr Magen halbwegs wieder beruhigte. Ohnehin hatte sie nur einen Becher warmer Milch getrunken und ein Stück ofenwarmes Brot gegessen, als sie, fast noch im Dunkeln, an diesem Morgen ihr Lager verlassen hatte. Das königliche Schloss war so voller Menschen, dass nur die wichtigsten Damen der Königin dort Wohnung genommen hatten. Für Arlana und Lady Benigna war kein Platz mehr gewesen, sodass sie schon vor Sonnenaufgang aufbrechen mussten, um ihren Dienst bei der Königin pünktlich antreten zu können.

Der Segen des Erzbischofs erlöste sie. Hastig folgte sie dem Beispiel der anderen Damen, die sich bekreuzigten und sich – je nach Alter – mehr oder weniger schwerfällig erhoben. Die Königin traf im Gang vor dem Altar wieder mit ihrem Gemahl zusammen, um in feierlichem Zug gemeinsam das Gotteshaus zu verlassen. Ebenfalls paarweise folgte der Hof. Arlana merkte erst, als sie ins helle Sonnenlicht trat, dass Eustache de Breteuil der Mann an ihrer Seite war. Sie hatte keine Möglichkeit ihn stehen zu lassen. Wohl oder übel musste sie die Reihe einhalten und sich den Anschein von Höflichkeit geben.

»Gott zum Gruße, meine Schöne«, sagte er in seiner üblichen Art.

»Im Gotteshaus hätte ich Euch zuletzt erwartet, Seigneur!«, gab sie zurück.

»Madame, Ihr sprecht mit einem Ritter, der das Grab Christi befreit hat.«

Arlana wusste, dass es besser gewesen wäre zu schweigen, aber seine scheinheilige Frömmigkeit erboste sie.

»Dann haltet Euch an die Gebote Gottes, die da sagen, du sollst nicht töten.«

»Ihr bezieht Euch auf mein Duell mit Cambremer? Das Los hat uns ohnehin erst für morgen eingeteilt und der König hat Kämpfe auf Leben und Tod untersagt«, entgegnete er friedfertig.

Arlana warf ihm einen misstrauischen Blick zu, den er mit einem schiefen Grinsen beantwortete. Ihre Gedanken eilten voraus. Morgen also. Bis Morgen konnte noch viel geschehen. Ob der Lord schon von dem Kampf wusste? Er würde doch wohl verhindern, dass sein Sohn und Erbe sein Leben in Gefahr brachte.

»Oh ... was ist?«

Breteuil wiederholte geduldig die Frage, die sie nicht verstanden hatte: »Wisst Ihr schon wie Ihr zum Festplatz kommt?«

»Ihre Majestät hat geschmückte Wagen bereitstellen lassen, die die Damen zu den Tribünen des Hofes bringen. Seht, dort vorne warten sie schon.«

»Wollt Ihr Euch wirklich durch die Stadt zum Fluss rütteln lassen, bis Ihr nicht mehr wisst, welcher Eurer entzückenden Knochen wohin gehört? Es ist nur ein Katzensprung. Erlaubt, dass ich Euch begleite und lasst uns zu

Fuß gehen. Ihr wärt die erste Frau, die der Markt nicht lockt. Es gibt so viele Dinge zu sehen und zu bestaunen.«

In Versuchung geführt, zögerte Arlana tatsächlich. Das königliche Turnier hatte Händler, Hausierer, Gaukler, Komödianten und Akrobaten aus dem ganzen Land in die alte Hauptstadt der sächsischen Könige gelockt. Bisher hatte sie noch keine Gelegenheit gefunden, all das Handeln und Treiben zu bewundern. Sie sah viele der Hofdamen in männlicher Begleitung davonschlendern und erkannte, dass nicht nur Breteuil die günstige Gelegenheit nutzte, dass das königliche Turnier die Anstandsregeln lockerte. Normalerweise war es undenkbar, dass sie ohne die Begleitung einer Magd oder einer Anstandsdame an der Seite eines Mannes gesehen wurde, mit dem sie weder verlobt noch verheiratet war.

Es würde Bryan nicht gefallen. Er hatte ihr ausdrücklich befohlen, Breteuil zu meiden.

»Worauf wartet Ihr?«, erklang im gleichen Augenblick Lady Benignas helle Stimme hinter ihrem Rücken. »Die Wagen sind dort vorne. Wir müssen uns sputen, wenn wir noch Plätze unter dem Sonnendach haben wollen.«

»Ich werde Dame Arlana zum Festplatz geleiten«, mischte sich Eustache so honigsüß ein, dass Arlana mit absoluter Sicherheit wusste, dass er von Anfang an im Sinn gehabt hatte, eine solche Szene heraufzubeschwören. »Die Ärmste hat noch keinen Schritt auf den Markt gesetzt.«

»Und das gedenkt ausgerechnet Ihr zu ändern?« Benigna beschattete ihre Augen mit einer schmalen, weißen Hand gegen die Sonne. »Ihr wart zu lange in heidnischen Ländern, Herr Ritter. Ihr wisst nicht mehr, was einer Dame erlaubt ist und was nicht. Nur ihr Vormund könnte Euch die Erlaubnis zu einem solchen Ausflug geben.«

»In der Tat, das seht Ihr richtig. Darf ich Euch übrigens

zu Eurer vollendet eleganten Erscheinung gratulieren, Mylady? Ihr seht bezaubernd aus. Die Wangen genau im Ton dieser fabelhaften Perlen an Eurem Hals. Habt Ihr sie aus dem Morgenland mitgebracht? Dort kursierten ja die unglaublichsten Gerüchte über solche Schätze. Sicher habt auch Ihr von den Juwelen Al-Afdals gehört, die Robert von der Normandie so gerne sein Eigen genannt hätte. Man sagt, sie seien der einzige Grund gewesen, weshalb er sich doch noch dazu entschied, an der Schlacht von Askalon teilzunehmen.«

Arlana sah Benignas Hand auf das kostbare Collier herabsinken. Ihre Lider unter den kaum sichtbaren, hellblonden Brauen zogen sich bis auf einen schmalen Spalt zusammen. Sie berührte die Perlen, die tatsächlich von seltener Schönheit waren. Makellos, im zartesten Ton der Morgenröte schimmerten sie auf ihrer alabasterfarbenen Haut.

»Die Perlen sind ein Geschenk meines Gemahls. Er weiß meine Schönheit zu würdigen«, sagte sie, dann rauschte sie hoheitsvoll davon.

Sie hatte gelogen. Arlana wusste es mit absoluter Sicherheit. Bryan würde ihr nie und nimmer Schmuck schenken, er bereute es ja schon, dass er ihr seinen Namen gegeben hatte.

Breteuil schien es ebenfalls zu wissen. Er lächelte so gefährlich, dass nicht einmal der aufregendste Markt sie an seine Seite zwingen konnte. Er hatte ihr schon einmal wehgetan und wenn sie die Hand falsch bewegte, spürte sie seine Grobheiten noch immer.

»Ihr habt mich schon wieder benützt, um Lady Benigna zu verärgern«, sagte sie ihm auf den Kopf zu und trat einen Schritt zurück. »Ich weiß nicht, was Ihr im Schilde führt. Aber ich wäre Euch dankbar, wenn Ihr mich in Frieden lasst.«

»Welch Feuer doch unter Eurer hübschen Oberfläche lodert.« Breteuil versuchte geschickt, ihre Empörung mit Komplimenten zu besänftigen. »Kommt, lassen wir uns von dieser Lady nicht den Tag verderben.«

Arlana missachtete seine ausgestreckte Hand ebenso wie seine Komplimente. Sie ließ ihn einfach stehen. Im flüchtigen Umwenden erhaschte sie einen Blick auf sein fassungsloses Gesicht und musste ein Lachen unterdrücken. Es war ihm offensichtlich noch nicht oft passiert, dass ihn eine Frau einfach stehen ließ. Sie eilte zu den Wagen und kletterte über die Trittstufen zu den anderen hinauf. Es würde sich eine andere Gelegenheit finden, den Markt zu sehen.

Sie hätte den Vorfall vermutlich vergessen, hätte Benigna nicht jede Gelegenheit genutzt, ihr Benehmen an diesem Turniertag zu rügen. Den anderen mochte es vorkommen, als habe sie eine jüngere, ungeschickte Verwandte unter ihre wohlwollenden Fittiche genommen, weil Lady Liliana und ihr Gemahl keinen Platz in der unmittelbaren Umgebung der Königlichen Hoheiten gefunden hatten. Arlana wusste es besser. Sie war das Opfer, an dem Benigna ihren Zorn mit tausend kleinlichen Nadelstichen ausließ und sie atmete erleichtert auf, als sie am Nachmittag zufällig bemerkte, dass ihr Plagegeist in aller Heimlichkeit die festliche Tribüne verließ.

In einer Mischung aus Ratlosigkeit und Zorn sah sie ihr nach. Warum hatte sich Benigna ausgerechnet heute entschlossen, die Krallen zu zeigen, die sie sonst so sorgfältig hinter überschwänglicher Liebenswürdigkeit verbarg? Und was hatte sie vor, dass sie sich so ohne jede Begleitung und in aller Heimlichkeit davonmachte?

Arlana hatte den Gedanken kaum zu Ende gedacht, als sie auch schon aufstand und ihr folgte. Das Lanzenstechen und die folgenden Zweikämpfe hatten ihr ohnehin nicht die gleiche Begeisterung abgerungen wie den anderen Zuschauern. Zwischen den Kämpfen gab es auch immer wieder längere Pausen, in denen man auf der Tribüne nichts anderes tun konnte, als zu plaudern. Der König empfing Gesandte und bevorzugte Edelmänner. Diener mit Getränken und Erfrischungen drängten sich zwischen den Menschen hindurch und es herrschte ein ständiges Kommen und Gehen.

Arlana wusste nur zu gut, warum ihr das ritterliche Kräftemessen im Grunde missfiel. Abgesehen davon, dass sie sich fragte, warum man sich in Friedenszeiten gegenseitig die Rüstungen zerbeulte oder sich gar so verletzte, dass man vom Platz getragen werden musste, sah sie bei jedem Ritter, der aus dem Sattel gehoben wurde oder trotz des Verbots scharfer Waffen eine Wunde davontrug, Bryan vor sich.

Es hatte sogar schon ein Todesopfer gegeben. Ein Ritter des Grafen von Norfolk, den die Lanze seines Gegners so unglücklich vom Pferd gestoßen hatte, dass er sich beim Sturz das Genick brach, hatte ihr den Geschmack an dieser Unterhaltung endgültig verdorben. Die Sensationsgier der Zuschauer, die sich an Blut und Schrecken ergötzten, bereitete ihr Übelkeit und der unerträgliche Lärm schmerzte ihr in den Ohren. Sie musste Benigna fast dankbar sein, dass sie sie von ihren Befürchtungen ablenkte.

Sie sah sich kein einziges Mal um, sodass Arlana ihr in sicherem Abstand folgen konnte. Sie ging zielstrebig auf die bunten Zelte der Ritter zu, die neben dem Turnierfeld eine Stadt für sich bildeten. Ein Heerlager voller Knappen, Knechte und Edelmänner, von denen die meisten jetzt rund um die hölzerne Absperrung versammelt waren, um dem Spektakel zu folgen, das für sie nicht nur sportliche, sondern auch kaufmännische Bedeutung besaß.

Dem Sieger eines Zweikampfes standen Waffen, Rüstung und Ross des Verlierers zu. Es gab genügend landlose Ritter, die ihren Lebensunterhalt damit verdienten, von einem Turnier des Abendlandes zum nächsten zu reisen. Immer in der Hoffnung, irgendwann neben einem Sieg auch die Aufmerksamkeit eines Fürsten zu erregen, der ihnen einen Platz bei Hofe oder gar die Möglichkeit gab, sich in seinen Diensten ein Lehen zu erkämpfen.

Was suchte Lady Benigna zwischen diesen augenblicklich leeren Zelten, den aufgepflanzten Standarten, Wappenschildern und Fahnen? Sie hatte ihren Schritt beschleunigt und als sie den Rand des Lagers erreichte, schlüpfte sie so schnell in ein unbewachtes Zelt, dass Arlana es fast nicht wahrgenommen hätte. Sie blieb stehen und betrachtete die Unterkunft aus sicherer Entfernung. Ein schlichter Pavillon aus gewachstem, ungefärbtem Leinen, mehr zweckmäßig als praktisch. Über dem Dach wehte eine schwarze Standarte mit dem Symbol eines weißen Rades. Sie hatte dieses Wappen schon einmal gesehen. Wo?

Auf einem Kreuzfahrerumhang! Genauer gesagt auf dem Wappenhemd von Eustache de Breteuil. Ihr Gefühl hatte sie also nicht getrogen. Der Zusammenstoß mit Lady Benigna war wesentlich mehr als ein zynischer Austausch falscher Freundlichkeiten gewesen. Er hatte die Edeldame zu ihm locken sollen. Was verband diese beiden außer der gemeinsamen Vergangenheit im Heiligen Land?

Eustache de Breteuil war augenscheinlich nur an Dreistigkeit und Körperkraft reich. Um seinen materiellen Wohlstand schien es – wie das Zelt bewies – eher mager bestellt. Dass Lady Benigna ihren Ruf aufs Spiel setzte, um einen Mann zu sehen, der weder mächtig noch reich war, wollte Arlana nicht in den Kopf gehen. Hielt er sich denn überhaupt in diesem Zelt auf oder zählte er zu den Rittern, die noch auf dem Turnierfeld kämpften? Arlana ärgerte sich, dass sie den Standarten, die dort für die Kämpfenden aufgepflanzt worden waren, im Vorbeigehen keine größere Aufmerksamkeit geschenkt hatte.

Sie warf einen schnellen Blick in die Runde. Die meisten Zelte waren verschlossen, die Gassen dazwischen leer. Dennoch war ihr klar, dass jederzeit jemand auftauchen und sich fragen konnte, was eine Ehrendame der Königin hier tat. Sie musste sich verbergen!

Das Klirren der Schwerter und Rüstungen, das Donnern der Lanzen und Pferdehufe, mischte sich mit dem Johlen der Menge zu einer fernen Geräuschkulisse, die mal bedrohlich anschwoll und dann wieder abebbte. Vorsichtig raffte sie die Säume ihres Gewandes und huschte hinter die letzte Reihe der Zelte, wo ihr eine Gruppe von Haselnussbüschen Schutz bot. Von hier konnte sie sich dem Zelt Breteuils von hinten nähern, sie schenkte ihr Deckung. Im rückwärtigen Teil eines jeden Pavillons befand sich der private Bereich des Ritters mit seiner Liegestatt. Ein Gespräch, das keine Zuhörer vertrug, würde mit Sicherheit hier geführt werden.

Als sie jedoch an Ort und Stelle war, vernahm sie weder Benignas Stimme, noch die des Ritters. Dafür drang eine ganze Reihe höchst befremdlicher Geräusche durch die Leinwand. Unterdrücktes Stöhnen, Rascheln, Keuchen, das Reißen von Stoff, der leise, kehlige Aufschrei einer Frau und das gutturale Ächzen eines Mannes.

Was hinter der Leinwand geschah, war offensichtlich. Hier fielen zwei Liebende übereinander her. Das lang gezogene Stöhnen Breteuils, gefolgt von einem Wimmern Benignas, sagte ihr, dass hier keine Zeit mit überflüssigen Zärtlichkeiten verloren wurde.

Heilige Bridget! Arlana spürte, dass ihr die Hitze in die Wangen stieg. Sie wollte das nicht hören. Sie musste fort! Und doch blieb sie stehen, als habe sie eine unbekannte Macht in der Erde verankert.

»Die Ehe bekommt dir gut, Liebchen«, vernahm sie jetzt Breteuils zynische Anerkennung. »Wer hätte gedacht, dass ich dich noch einmal in meinem Bett finde. Noch dazu so eifrig bemüht, mich zu erfreuen.«

Das unverkennbare Klatschen von Haut an Haut ließ Arlana schlucken.

»Hör auf«, keuchte Benigna erstickt. »Du tust mir weh, du ...«

Ihre Worte erstickten in einem gutturalen Aufschrei des Ritters, ehe ein leises Weinen von Benigna folgte, das von ihrem Zorn erstickt wurde, als sie fragte: »Was zum Teufel willst du in England, Eustache?«

»Musst du das fragen? Ich möchte meinen Anteil. Du magst harmlose Jungen betrügen können, wie Richard de Tréviers und seinen Freund, aber an mir wirst du dir deine hübschen weißen Zähne ausbeißen, Liebchen. Ich nehme mir, was mir gehört.«

»Lass mich!«

Benignas gequälter Aufschrei bewies, dass der Ritter nicht davor zurückschreckte, Gewalt anzuwenden. Arlana schwankte. Musste sie Hilfe holen?

»Tu das nicht noch einmal.« Benigna benötigte keine fremde Unterstützung, sie hatte sich bereits selbst befreit. Sie schäumte und ihre sonst so sanfte Stimme klang schrill. »Nimm deine Finger von mir.«

»Willst du das wirklich, Liebchen? Du magst es doch, wenn man dir zeigt, wer der Herr ist.«

Dieses Mal war das Klatschen ein heftiger Schlag auf nackte Haut, Benigna kreischte unterdrückt.

»Diese Perlen, die du trägst, hast du aus dem Schatz, gib es zu.«

Ein weiterer Schlag.

»Ich habe gedacht, du bist tot. Du kamst nicht zurück. Was hätte ich tun sollen? Auf dich warten? Verhungern? Du hast mich allein gelassen.«

Arlana konnte hören, wie sich Benigna in Eustaches Armen wand. Ihre Stimme hatte sich verändert. Hatte sie wirklich um den bulligen Ritter getrauert?

»Behaupte bloß nicht, du hättest um mich getrauert.« Breteuil verfolgten die gleichen Gedankengänge. »Du hast mir Cambremer nachgeschickt. Er sollte die Schmutzarbeit für dich tun. Es war ein übler Kampf. Wir trugen beide gefährliche Wunden davon. Frage mich nicht, wer gesiegt hat. Wer immer uns fand, hat ihn gerettet und mich den Aasfressern überlassen. Bis mich ein Ziegenhirte auf seinem Weg entdeckte, war kaum noch Leben in mir. Ohne Rüstung und in den Kleidern eines Einheimischen hielt er mich für Seinesgleichen und brachte mich in sein Dorf, wo viele Wochen unklar blieb, ob ich leben oder sterben würde.«

»Davon wusste ich nichts ...«

Breteuil überging den Einwurf kommentarlos.

»Als ich nach Jerusalem zurückkam, fand ich weder eine Spur von dir, noch von Denisa. Die Stadt ist zu einem Hort der Frömmigkeit geworden und wird von Gottfrieds Bruder Balduin regiert, der sich König von Jerusalem nennt. Es hat mich nicht danach verlangt, unter seiner Obhut ein Beschützer des Heiligen Grabes zu werden, also habe ich mich auf die Reise nach Hause gemacht. Natürlich auch in der Hoffnung, die Sirene wieder zu finden, die meine Zukunft in den Händen hält.«

Benigna überging die offensichtlich doppeldeutig gemeinte Feststellung.

»Was sollte ich tun? Mir lief die Zeit davon. Weiter auf dich zu warten, hätte bedeutet, mir die Chance entgegen zu lassen, den Erben von Hawkstone zum Gemahl zu nehmen. Du weißt, wie viel mir daran lag, dieses entsetzliche Land zu verlassen.«

»Ich weiß einiges über deine Wünsche und Pläne, Liebchen. Wir werden später darüber sprechen welche davon in die Tat ...«

»Was tust du hier? Bist du von Sinnen?«

Bryan riss Arlana an den Schultern zu sich herum und musterte ihr bleiches Gesicht. Seine leise gezischten Worte trugen der Tatsache Rechnung, dass man ihn ebenso gut wie Breteuil hören konnte, wenn er zu laut wurde.

»Schleichst du etwa diesem Schurken nach? Ich kann es nicht glauben. Was ist in dich gefahren?«

»Um Gottes willen, seid leise.« Arlana zog ihn hastig davon. »Sie sind dort drinnen.«

»Wenn du denkst, dass ich Angst vor Eustache de Breteuil habe, ...«

»Er ist nicht allein.«

»Und wenn schon.« Bryan fuhr sich mit allen zehn Fingern durch die Haare. »Bist du verrückt, allein durch die Quartiere der Ritter zu spazieren? Denkst du denn gar nicht an deinen Ruf?«

»Ich bin ...«

Benigna gefolgt, wollte sie sagen, aber sie brachte es nicht über die Lippen. Wenn sie ihren Gemahl betrog, musste er es nicht ausgerechnet von ihr erfahren. Was sie gehört hatte, erfüllte sie noch immer mit brennender Verlegenheit.

»Was bist du?«

»Einer anderen Hofdame gefolgt«, flüsterte sie mit hochroten Wangen und verriet damit mehr, als sie sagen wollte.

»Benigna?«

Sie nickte bestürzt.

»Es war der Impuls eines Augenblicks«, gestand sie beschämt, während ihre Gedanken sich überschlugen. »Ich sah sie in aller Heimlichkeit verschwinden und wollte wissen, was sie zu verbergen hat.«

»Sie kann nichts verbergen, was ich nicht ohnehin schon weiß. Komm mit. Wir müssen miteinander reden.«

Bryan führte Arlana in weitem Bogen an dem Gebüsch vorbei, bis zu einem prächtigen, weißgrün gestreiften Zelt. Erst als sie das Wappen von Hawkstone entdeckte, begriff sie, dass es sein eigenes war. Gleichzeitig wurde ihr in aller Deutlichkeit bewusst, dass er tatsächlich am Turnier teilnehmen und seine Gesundheit aufs Spiel setzen würde. Bleich wie die Spitze an ihrem Ausschnitt suchte sie seinen Blick.

Sie waren zum ersten Mal seit ewigen Zeiten wirklich allein. Sie konnten sich ohne die Befürchtung ansehen, dass sie Verdacht erregten oder Klatsch verursachten. Es wurde ein langer Blick, der Arlana in tiefe Verwirrung stürzte. Alles was sie sagen wollte, kam ihr falsch vor und alles was sie fühlte verboten.

»Ein Segen dass keiner den letzten Kampf versäumen will, sonst würden die Klatschmäuler deinen guten Ruf und deine Chancen auf eine vernünftige Ehe zu Schanden reden«, knurrte Bryan. Er goss einen Tonbecher voll Wein und reichte ihn an Arlana weiter. »Trink, du siehst erhitzt aus. Benigna und Breteuil passen hervorragend zusammen. Eine Hure und ein Glücksritter.«

Arlana hielt den Becher in der Hand, ohne ihn zu beachten. Sie traute ihren Ohren nicht.

»Ihr sprecht von Eurer Gemahlin.«

»Leider.« Bryan begann, unruhig im Zelt auf und ab zu

marschieren. »Trink den Wein auf meine Dummheit. Ich hielt sie für die trauernde Verlobte meines besten Freundes. Für eine unschuldig in Not geratene Edeldame, die aus Liebe zu meinem Freund gegen alle Regeln des Anstands verstoßen hat. Wie sollte ich sie im Stich lassen? Richard hat sie mir mit seinem letzten Atemzug anvertraut. Es war der einzige Freundschaftsdienst, den ich ihm noch leisten konnte.«

»Richard?«

»Richard de Tréviers. Meine jüngste Schwester ist die Gemahlin seines Bruders. Uns verbindet eine lange und komplizierte Geschichte.«

Einen Teil davon kannte Arlana aus den Erzählungen seiner Mutter, alles Übrige glaubte sie zu erahnen. Bryan hatte sich von jeher für die ungewöhnlichen Abenteuer seines besten Freundes verantwortlich gefühlt. Sie nickte stumm.

»Wie auch immer«, fuhr er fort. »Vergiss was du gehört oder gesehen hast und kümmere dich um deine eigenen Angelegenheiten. Du solltest auf der Tribüne sitzen. Schön, heiter und begehrenswert. Eine Verlockung für jeden Ritter, der auf der Suche nach einer lohnenswerten Partie ist. Wie ich höre, erhebt mein Vater in deinem Namen bereits Anspruch auf dein irisches Erbe.«

Arlana setzte den immer noch unberührten Weinbecher mit solcher Wut auf einen kleinen Tisch, dass sein Inhalt in einer Fontäne auf die Platte und den Boden spritzte. Sie hasste es, wenn er jeden ihrer Versuche, ihm näher zu kommen oder gar zu helfen, abblockte und stattdessen von diesen vermaledeiten Heiratsplänen anfing, von denen sie nichts hören wollte.

»Möchtet Ihr, dass ich es noch einmal sage? Ich bin keine Zuchtstute auf dem Pferdemarkt.«

Sie wartete seine Antwort nicht ab. Sie war so wütend, dass sie Erziehung, Zurückhaltung und Anstand völlig vergaß. Jetzt war sie es, die erregt im Zelt auf und ab schritt, weil sie nicht wusste, wie sie ihre Gefühle im Zaum halten sollte. Es gelang ihr trotz allem nicht. Ihr Mund öffnete sich wie von selbst.

»Wenn ich Euch nicht haben kann, will ich auch keinen anderen!«

Sie lauschte der eigenen, viel zu dunklen Stimme nach und legte entsetzt die Hand auf den Mund. Was hatte sie gesagt? Keine Frau sollte so etwas aussprechen und eine Edeldame schon gar nicht. Sie konnte spüren, dass ihr die Röte über den Hals heiß bis in das Gesicht hinaufstieg.

Unter ihrem entsetzten Blick wandelte sich Bryans Mienenspiel von erster Verblüffung zu Verunsicherung und am Ende wieder zu jener strengen Abwehr, die sie fürchten gelernt hatte.

»Du wirst deine Wünsche und Gefühle vergessen«, sagte er so angestrengt, als kämpfe er mit den Schließen der eisernen Rüstung, die für ihn auf einer Truhe bereitlag. »Du musst sie überwinden.«

Arlana hatte die Rüstung eben erst entdeckt. Wie von einem Magneten angezogen, trat sie darauf zu und berührte den polierten Stahl mit bebenden Fingern. Dann suchte sie seinen Blick.

»Ihr wollt Eustache de Breteuil herausfordern, nicht wahr? Es kümmert Euch nicht, was in seinem Zelt geschieht, weil es morgen ohnehin belanglos ist. Warum setzt Ihr Euer Leben aufs Spiel?«

»Ich bin sicher, du weißt auch das.«

»Ich will es aber von Euch hören.«

Arlana umfasste den schweren Helm mit dem schmalen Sichtschlitz. Wie sollte man in einem so beengenden Gewicht über dem Kopf atmen oder gar kämpfen? Kein Wunder, dass die Ritter, die sie im Laufe der Kämpfe beobachtet hatte, wie schwere Käfer auf ihrem Rücken liegen geblieben waren, wenn sie stürzten. Sie ließ den Helm zurückfallen und das Dröhnen des Eisens legte sich wie eine Klammer um ihr Herz.

»Ihr wisst, was Ihr riskiert«, sagte sie angestrengt um Ruhe bemüht. »Mit dieser Wunde an Eurem Oberschenkel ist es ein Ding der Unmöglichkeit einem Muskelprotz wie de Breteuil Paroli zu bieten. Er wird Euch beim ersten Stechen aus dem Turniersattel heben. Habt Ihr nicht gesehen, was mit den Männern passiert, die eingesperrt in eine solche Rüstung, fallen?«

»Danke für dein Vertrauen in meine ritterlichen Fähigkeiten.«

»Ist das alles, was Euch dazu einfällt? Spott?« Arlana war sich nicht bewusst, dass sie die Hände flehend nach ihm ausstreckte. »Genügt es nicht, dass er Euch im Morgenland fast getötet hat? Wollt Ihr ihm eine zweite Gelegenheit dazu verschaffen?«

Bryan ergriff ihre zitternden Hände und hielt sie fest. Sie waren eiskalt.

»Es handelt sich um eine Sache der Ehre, Arlana von Cashel, begreif das doch endlich. Richard kämpfte in der Schlacht von Askalon. Ich lag zu jener Zeit mit Wundfieber in Jerusalem. Erst viel später erfuhr ich in Bruchstücken, was geschehen war. Die Kreuzritter erbeuteten das Feldlager der Fatimiden und dort fiel ihnen auch der Haushalt des Wesirs Al-Afdal in die Hände. Im allgemeinen Chaos lief Richard eine junge Frau in die Arme, die sich in Sicherheit zu bringen versuchte. Er war auf den ersten Blick von ihrer engelhaften Schönheit bezaubert und er hatte nichts Besseres zu tun, als für sie den Helden zu spielen. Er glaubte ihr jedes Wort. Dass sie aus reiner Anhänglichkeit und Armut, ihrem Vater auf den Kreuzzug gefolgt war und dass sie nach seinem frühen Tod in die Fänge eines Sklavenhändlers geraten war.«

»Benigna?«

»Wer sonst? Bis sie nach Jerusalem kam, war sie bereits Richards Verlobte und etablierte sich mit Dienerschaft und allem Drumherum. Der arme Tor stand völlig in ihrem Bann. Was um ihn herum geschah, nahm er kaum noch wahr. Zum Beispiel, dass unser Herzog Robert vor Wut schäumte, weil unter den Beutestücken zwar viele Kostbarkeiten waren, aber nicht die sagenhaften Juwelen des Wesirs. Aus den Reihen der wenigen Gefangenen hatte er jedoch erfahren, dass Al-Afdal seine Schatztruhe wie üblich bei sich gehabt hatte. Wo also waren sie geblieben? Seine Gnaden benötigten diesen Schatz dringend.«

»Erzählt mir nicht, dass er Rufus das Gold zurückgeben wollte, für das er die Normandie verpfändet hat«, unterbrach ihn Arlana ungläubig. »Der Herzog hat noch nie etwas zurückbezahlt.«

Bryan lächelte zum ersten Mal, ohne seine Heiterkeit zu verbergen. Arlanas Herz schlug höher.

»Wer hat dir soviel über Robert erzählt? Meine Mutter? Sie hat ihn nie besonders geschätzt. Sie fand ihn zu ehrgeizig und auch zu heimtückisch. Als er sich gegen seinen Vater wandte, hatte sie nur noch Verachtung für ihn übrig. Nun, ich nehme an, er wollte den Schatz um eine neue Armee zu finanzieren, mit der er nach seiner Rückkehr Rufus die Krone Englands streitig machen wollte. Er hat diesen gefährlichen Traum nie aufgegeben.«

»Und was geschah in Jerusalem?«

Bryans Lächeln verschwand.

»Robert hat eine Belohnung für die Auffindung der Juwelen ausgelobt, die noch immer steht. Wer immer sie ihm bringt, darf sich zwei Stücke davon auswählen. Dem Dieb jedoch droht der Tod des Hochverräters. Der Tod durch Vierteilen. Robert geht davon aus, dass dieser Schatz sein Eigentum ist, weil er zur Beute der Schlacht gehört, die er gewonnen hat.«

»Nicht er allein, soweit ich weiß ...«

»Der Herzog sieht das nicht so eng.«

Arlana stieß den Atem scharf aus.

»Und wann fand Richard heraus, dass Benigna den Schatz besaß?«

Bryan bedachte sie mit einem anerkennenden Blick. Ihr kluger Kopf zog schnelle Schlüsse, zu denen andere erst in mühseliger Kleinarbeit fanden.

»Ich nehme an, Richard platzte zufällig dazwischen, als Eustache Benigna mit dem Messer bedrohte, um sie zu zwingen die Juwelen herauszugeben. Beim Kampf mit Breteuil wurde er tödlich verletzt. Als ich an jenem Abend dazu kam, traf ich nur noch meinen sterbenden Freund und seine weinende Verlobte. Richard ließ mich mit seinem letzten Atemzug schwören, dass ich seine Liebste schützen würde. Benigna erzählte mir nach seinem Tod unter Tränen, was angeblich geschehen war.«

Arlana wagte eine kühne Vermutung.

»Sie hat wahrscheinlich behauptet, dass Richard die Schätze des Wesirs gestohlen hat. Habe ich Recht? Hat sie ihn gerade angefleht, das Diebesgut zurückzugeben, als Breteuil auftauchte? Sicher hat sie ihn auch mit ihren schwachen Kräften davon abhalten wollen, Richard zu töten, ehe er mit den Juwelen geflohen ist.«

»In der Tat«, nickte Bryan düster. »Ich war so außer mir, dass mir gewisse Ungereimtheiten dieser Geschichte gar nicht auffielen. Ich jagte Breteuil hinterher und stellte ihn, obwohl er sich als Einheimischer verkleidet hatte. Unser Kampf sah keinen Sieger. Meine letzte Erinnerung ist, dass ich in den Wüstensand stürzte und annahm, meine letzte Stunde habe geschlagen.«

»Damals hat Euch der Sarazene gefunden nicht wahr?«

»Du überraschst mich immer wieder.« Bryan runzelte die Stirn. »Faruk hat mit dir gesprochen?«

»Habt Ihr etwas dagegen?«

»Es ist ungewöhnlich. Er vertraut nur wenigen Menschen. Er findet, dass Pferde ehrlicher sind. Es war auch Sirius, der ihn zu mir geführt hat. Was mit Breteuil und den Juwelen geschah, konnte ich nie in Erfahrung bringen. Sie waren fort, ebenso wie meine Waffen und meine Kleider.«

»Die Juwelen kamen nie in Breteuils Hände, sie befinden sich in Lady Benignas Besitz«, behauptete Arlana. »Sie trägt heute einen Strang fabelhafter Perlen, von denen sie Breteuil gegenüber behauptet hat, sie seien ein Geschenk von Euch. Ich bezweifle das.«

»Mit Recht.«

»Warum habt ihr Benigna geheiratet?«

»Ich hatte Richard geschworen, sie zu schützen. Faruk brachte mich nach Jerusalem, nachdem ich wenigstens soviel Kraft aufbringen konnte, ihn darum zu bitten. Benigna war schwanger. Sollte ich zulassen, dass Richards Kind als namenloser Bastard aufwächst? Hinzu kam, dass meine Wunde sich nicht schließen wollte. Sogar die arabischen Ärzte waren sich nicht sicher, ob ich am Ende leben oder sterben würde. Eine Heirat schien mir das einzige Mittel zu sein, mein Versprechen zu halten und ihr eine gewisse Ehrbarkeit zu verschaffen. Die Witwe eines christlichen Ritters genießt mehr Respekt, als seine Konkubine.«

»Aber Ihr lebt!«, widersprach Arlana leidenschaftlich.

»Ein Wunder, darin waren sich meine Ärzte einig. Vielleicht ist es auch nur meiner Sturheit zu verdanken, die nicht zulassen wollte, dass ich so weit vom Rosenturm entfernt mein Ende finde.«

»Hört auf zu lästern.« Arlana räusperte sich, um sich die Kehle zu befreien. »Ich wollte, Ihr hättet Lady Benigna in Jerusalem gelassen.«

»Sie weinte Ströme von Tränen, als ich sie zu überzeugen versuchte. Mittlerweile hatte sie Riccarda zur Welt gebracht und verlangte, wir sollten Jerusalem verlassen, sobald das Kind groß genug sei für eine Reise. Als ich mich weigerte, griff sie zur Erpressung.«

»Wie das?«

»Sie wollte zum Herzog gehen und ihm ihre Version der Ereignisse anvertrauen. Sie wollte die Rolle der vom Gewissen geplagten Gemahlin spielen, die nicht länger für sich behalten kann, was ihre Seele belastete: Die Tatsache, dass ihr Gemahl und sein bester Freund den Schatz Al-Afdals gemeinsam gestohlen haben.«

»Hätte sie das beweisen können?«

Bryan zuckte mit den Schultern.

»Der Zorn des Herzogs und die Tatsache, dass Richard und ich schon einmal in einen Skandal verwickelt waren, hätten als Beweise genügt. Ich wäre auf jeden Fall verhört und angeklagt worden. Richard wäre noch über sein Grab hinaus verleumdet worden.«

»Aber Ihr hattet die Juwelen doch gar nicht.«

»Inzwischen war genügend Zeit vergangen, dass ich mich ihrer hätte entledigen können. Mit Gewinn natürlich, und diesen hätte der Herzog mit größtem Vergnügen von meinem Vater einzutreiben versucht.«

»Welch eine Schurkerei.« Arlana schüttelte hilflos den

Kopf. »Was wäre geschehen, wenn Ihr dem Herzog die Wahrheit gesagt hättet?«

»Das Gleiche. Ein vernarbter, verbitterter Kreuzritter, der für einen toten Freund eintritt, der mit dem fernen Ruch des versuchten Königsmordes gebrandmarkt ist, hat immer schlechte Karten gegen eine Lady, die aussieht wie ein Engel, und angeblich für alle nur das Beste will. Außerdem hätte es dem Herzog gefallen, den Reichtum Hawkstones zu plündern. Ganz zu schweigen von den Wogen des Skandals, die bis nach Britannien und in die Normandie geschwappt wären, wo er die Ehre meiner Eltern und den Ruf meiner Schwestern und ihrer Familien beschmutzt hätte.«

»Heilige Bridget.«

Arlana stand das Entsetzen ins Gesicht geschrieben. Sie musste ihm Recht geben. Wenn es Benigna darauf anlegte, würde sie jeden Mann um den Finger wickeln.

»Und dann ist da noch Richards Tochter«, erinnerte Bryan. »Das Mädchen ist die einzig wahrhaft unschuldige Seele in dieser abscheulichen Geschichte. Ihretwegen bin ich höflich zu ihrer Mutter und dulde sie als Gemahlin an meiner Seite, statt sie in das nächstbeste Kloster abzuschieben. Riccarda liebt ihre Mutter. Ich werde tun, was ich kann, damit die Kleine das Leben führt, das ihr zusteht. Sie ist Richards kostbarstes Vermächtnis. Ihr darf nichts geschehen.«

»Warum habt Ihr Euch nicht wenigstens Eurem Vater anvertraut?«

»Um ihm zu bestätigen, dass ich seinen hohen Ansprüchen nicht genüge? Um sein ohnehin angegriffenes Herz mit neuen Aufregungen zu belasten? Nein, überlassen wir dem Himmel das Urteil. Der Sieger des morgigen Zweikampfes kann hocherhobenen Hauptes vom Platz gehen. Bin ich es, ist Richard gerächt. Ist es Breteuil, so werden meine Eltern wenigstens dafür sorgen, dass Riccarda aufwächst, wie es einer Cambremer zusteht. Benigna wird sie ihnen zweifellos überlassen, wenn sie sich einen neuen Gemahl sucht. Vielleicht ist es dann sogar der Ritter des weißen Rades. Die beiden würden einander verdienen und sich zerfleischen.«

Arlana strich sich mit dem Handrücken über die Stirn und schwankte. Sie vermochte nicht zu sagen, warum das endgültige Wissen um alle Einzelheiten noch vernichtender war, als das bloße Wissen um die Unmöglichkeit ihres Glücks. Vielleicht weil es alle Illusionen erstickte und nicht den kleinsten Traum mehr zuließ.

»Trink!«

Sie spürte den Becher an ihren Lippen und trank gehorsam wie ein Kind. Nach einem tiefen Schluck hob sie den Blick und begegnete den klaren grünen Augen des Erben von Cambremer. Sie entdeckte die düsteren Schatten darin und las aus ihnen, dass er bereits bereute, mit ihr gesprochen zu haben.

»Nein, es war richtig, dass Ihr mir endlich alles gesagt habt«, widersprach sie, als hätte er sich ihr mit diesen Gedanken anvertraut. »Ich musste es wissen, um zu begreifen. Ihr habt richtig gehandelt, auch im Heiligen Land. Es ist nicht Eure Schuld, dass diese Frau Eure Ehre und Eure Freundschaft ausgenützt hat. Es muss eine Möglichkeit geben …«

»Du wirst mir schwören, dass kein einziges Wort dieser Geschichte jemals über deine Lippen kommt, Arlana von Cashel.«

»Aber …«

»Wissen bedeutet Kummer, ist dir das nicht endlich klar, du Dickkopf? Wäre es nach mir gegangen, ich hätte auch heute geschwiegen.«

Arlana wollte es nicht wahrhaben. Sollte sie ihm etwa noch dankbar dafür sein, dass er sie ausschloss?

»Schwöre!«

»Ich werde für mich behalten, was Ihr gesagt habt«, gehorchte sie zögernd, aber in ihren Augen stand Rebellion. »Was ist mit dem Schatz?«

Bryan runzelte die Stirn.

»Die Perlen, Ihr erinnert Euch«, sagte sie mit aufflammender Heftigkeit. »Wenn Eure Gemahlin die Juwelen des Wesirs besitzt, dann wäre dies doch der Beweis, den Ihr benötigt, um ...«

„Hör auf! Benigna ist mit nichts als ihrem Kind, seiner Amme und ein paar Kleidern auf diese Reise gegangen. Wenn sie ein merkbares Gewicht in Juwelen mit sich herumgeschleppt hätte, wäre es mir unter Garantie aufgefallen.«

»Ihr wollt sie demnach davonkommen lassen«, schnaubte Arlana und spürte einen unkontrollierten Stich der Eifersucht. »Sogar jetzt, nach allem, was geschehen ist, zieht Ihr nicht in Betracht, sie zu strafen. Vielleicht hatte sie sogar beim Tod Eures Freunde Ihre Hände im Spiel. Zuzutrauen wäre es ihr.«

»Sie ist Riccardas Mutter«, wiederholte er stur.

»Trotzdem muss sie zur Rechenschaft gezogen werden. Sie ist die Ursache allen Übels.«

»Überlass das der Gerechtigkeit des Himmels.«

»Der Herrgott hätte eine Menge zu tun, wenn er sich um jede Schurkerei auf der Erde persönlich kümmern wollte«, fauchte Arlana und konnte ihren brodelnden Zorn nicht länger unter Verschluss halten. »Ich wünschte, ich wäre Euch nie begegnet!«

Sie rannte blindlings aus dem Zelt, ohne sich darum zu kümmern, ob sie gesehen wurde oder nicht. Bryan unternahm nichts, sie aufzuhalten. Er stand mit geballten Fäusten im Zelt und stieß den angehaltenen Atem aus. Arlana würde nie erfahren, welche Kraft es ihn kostete, sie gehen zu lassen. Aber besser sie zürnte ihm, als dass sie ihn liebte. Es würde alles leichter für sie machen.

14

Schloss von Winchester, 16. Juli 1101

»Ich will den König bitten, einen passenden Gemahl für Euch zu wählen, Arlana. Beim Turnier sind schließlich die berühmtesten und tapfersten Edelleute des ganzen Landes auf einem Fleck versammelt. Oder habt Ihr gar schon einen der Ritter ins Auge gefasst, weil Ihr gar so verträumt vor Euch hinschweigt?«

Arlana konnte eben noch verhindern, dass ihr die Bürste aus der Hand fiel, mit der sie die Säume des königlichen Gewandes vom Staub des Turnierplatzes reinigte. Es blieb nicht mehr viel Zeit bis zum Festmahl, deswegen hatte Königin Matilda darauf verzichtet, ein neues Kleid anzulegen. Ein schneller Wechsel von Schmuck und Kopfputz musste genügen. Die Gäste in der großen Halle waren hungrig. Sie warteten auf das Hornsignal und den Beginn der Mahlzeit, deren Düfte bereits durch die Gewölbe zogen.

»Ich ... ich denke nicht ans Heiraten, Majestät«, stammelte Arlana hilflos. »Es ist ... ich will ... ich meine ...«

Ihre Königin brach in helles Gelächter aus und sah nach unten, wo die junge Frau völlig verwirrt nach Worten suchte.

»Ich hatte mir mehr Begeisterung von Euch erhofft, Arlana von Cashel.«

»Verzeiht.« Arlana zermarterte sich den Kopf und griff nach der erstbesten plausiblen Ausrede. »Es klingt in meinen Ohren, als wäre die Königin nicht mit meinen Diensten zufrieden und suchte mich auf schnellste Weise wieder loszuwerden. Das würde ich bedauern.«

»Was redet Ihr da. Kommt, erhebt Euch endlich. Niemand wird prüfen, ob meine Säume sauber sind.«

Ehe Arlana begriff wie ihr geschah, hatte die Königin sie zum Neid der anderen Damen, die ihr zur Hand gingen, schnell und spontan umarmt.

»Ich bin froh, Euch bei mir zu haben«, sagte sie leise an ihrem Ohr und dann lauter: »Und ich würde es ebenfalls bedauern, wenn Ihr mir schon in Kürze wieder entführt werden würdet. Aber in Anbetracht Eures Alters ist bei einer Eheschließung Eile geboten.«

Arlana wusste, dass sie nach allgemeiner Einschätzung mit fast zwanzig Jahren eine alte Braut sein würde. Sie war weit über die Zeit hinaus, in der eine Frau ihr erstes Kind gebären sollte. Ein Argument, das bei Heiratsverhandlungen zählte. Es interessierte sie nicht.

»Meinethalben kann es ruhig noch dauern, Majestät«, wagte sie ein weiteres Mal zu widersprechen. »Ich bin sicher, König Heinrich hat Wichtigeres zu tun, als sich um eine heimatlose Waise ohne Mitgift und Einfluss zu sorgen.«

»Unterschätzt Euch nicht. Immerhin seid Ihr das Mündel des Lords von Hawkstone.«

»Ein Zeichen seiner Großherzigkeit, Majestät und nicht meiner Bedeutung.«

»Nun gut, lassen wir es dabei«, beendete die Königin das Gespräch und wandte ihre Aufmerksamkeit der Schmuckschatulle zu, die ihr die Gräfin von Kent mit offenem Deckel präsentierte.

Nachdem sie mehrere Colliers verworfen hatte, wählte sie ein prächtiges Goldkreuz, dessen Balken mit Rubinen besetzt waren und einen passenden Ring dazu. Bewunderndes Raunen unter den Damen belohnte ihre Entscheidung.

»Es sind Geschenke meines königlichen Gemahls.« Sie zwinkerte Arlana zu. »Glaubt mir, es ist durchaus angenehm mit einem Mann verheiratet zu sein, der einen verehrt. Ich kann es Euch bestätigen. Ich hatte übrigens den Eindruck, dass Euer kleiner Flirt mit dem Seigneur de Breteuil, ein wenig Farbe in Eure Wangen gebracht hat.«

Unter Scherzen und Gelächter wurde die königliche Toilette beendet, während Arlana stumm nachdenken musste über die Bemerkung der Königin. Sie wirkte scheu und distanziert, aber sie hatte ihre Augen überall. Breteuils Aufmerksamkeiten nach dem Gottesdienst waren ihr also nicht entgangen. Wenn sie ihr nicht noch mehr Stoff zum Nachdenken geben wollte, musste sie ihm noch sorgfältiger als bisher aus dem Weg gehen.

Unwillkürlich suchten ihre Augen Lady Benigna und begegneten einem kühlen, beobachtenden Blick. Makellos, mit schimmernder Haut, jedes Haar unter dem Schleier an seinem Platz, verkörperte sie das Idealbild einer Edeldame. Ob ihr Breteuil geholfen hatte, die Kontenance wieder zu finden? Es war nichts zu sehen von gerissenem Stoff, keine Verwirrung nach heftiger Paarung war zu erkennen.

Es kam ihr undenkbar vor, dass es Lady Benigna gewesen sein sollte, die diese Laute dabei ausgestoßen hatte. Leidenschaft, Hast, Begierde all das passte so wenig zu ihr wie Schnee in den Sommer. Dennoch hatte Arlana beim zweiten Blick den Eindruck, dass die untadelige Fassade von Bryans Gemahlin winzige Sprünge bekommen hatte. Ihre Lider flatterten, ein heftiger Puls schlug an ihrem Hals und eine nervöse Fußspitze bewegte den Saum ihres Surkots.

Arlana senkte hastig die Lider. Sie wandte sich ab und

legte die Bürste in die Truhe zurück. Als sie sich ebenso schnell wieder aufrichtete, drehte sich der Raum unverhofft vor ihren Augen. Sie taumelte, streckte die Hand aus und konnte sich eben noch am Deckel der Truhe festhalten, um nicht zu stürzen.

»Ist Euch nicht gut, Liebste?«, vernahm sie durch den Nebel die sanfte Stimme Lady Benignas, die damit alle Aufmerksamkeit neuerlich auf sie lenkte. Vermutlich wählte sie aus diesem Grund auch die besonders herzliche Anrede. »Mir scheint, Ihr seid der Ohnmacht nahe. Der Tag war wohl zu lang und die Sonne zu stark für Euch.«

Arlana war in der Tat plötzlich so blass, dass sogar die Königin die Stirn runzelte. Sie versuchte sie zu beruhigen, aber sie brachte keinen Ton über die Lippen. Die tanzenden Wände waren zum Stillstand gekommen, doch ihr war so übel, dass sie ihren Mund für alle Fälle besser nicht öffnen wollte.

»Wenn Ihr krank seid, müsst Ihr die Nähe unserer allergnädigsten Königin leider meiden«, meldete sich Benigna in scheinheiligem Eifer. »Es könnte ja sein, dass Ihr ein ansteckendes Leiden habt. Es wäre fatal, wenn Ihr unserer geliebten Herrin schaden würdet.«

Das einhellige Nicken aller Hofdamen zeigte Arlana wie geschickt Benigna ihre Fäden spann. Ganz erfüllt von vermeintlicher Besorgnis und mitfühlender Anteilnahme sorgte sie dafür, dass sie weder am Festmahl teilnehmen, noch der Königin weiterhin aufwarten durfte. Die Monarchin musste sich der allgemeinen Sorge beugen. Ihre Gesundheit kam vor der Freundschaft, denn eine kranke Frau konnte keine Kinder empfangen.

»Wie bedauerlich, dass Ihr Euch ausgerechnet vor dem Festmahl unwohl fühlt«, entschied Matilda mit einem Seufzer. »Ich hoffe sehr, dass Euch eine Nacht der Ruhe wieder auf die Beine bringt. Schließlich steht Morgen der Höhepunkt der Turnierkämpfe auf dem Programm. Dieses Spektakel dürft Ihr auf keinen Fall versäumen. Ich werde Euch den Hofmedicus schicken.«

»Majestät sind zu gütig«, Arlana sank in eine wackelige Verneigung. »Es ist nur eine vorübergehende Schwäche. Lady Liliana wird mir helfen. Es wäre mir peinlich, den königlichen Medicus zu belästigen.«

Sie fragte sich zwar selbst, was die plötzliche Übelkeit und Schwäche bewirkt haben könnte, aber sie nahm an, je weniger Aufhebens darum gemacht wurde, umso schneller würde sie wieder verfliegen.

»Hoffentlich behaltet Ihr Recht und es ist nichts Ernstes.« Die Königin lächelte ihr zu, ehe sie sich zum Gehen wandte. »Meine Damen, wir müssen uns beeilen.«

Arlana knickste und als sie sich gerade wieder erhob, blieb Benigna vor ihr stehen.

»Eine baldige Genesung wünsch ich Euch, meine Liebste«, säuselte die Lady scheinheilig. »Wie bedauerlich es doch ist, dass Ihr uns nicht begleiten dürft.«

Arlana ersparte sich eine Antwort. Sie entdeckte den blanken Triumph hinter der übertriebenen, falschen Besorgnis. Benigna war eine Schlange. Besser sie fand nicht heraus, dass sie ihr in Wirklichkeit einen Gefallen getan hatte, indem sie sie vom Festmahl befreit hatte.

Bryans Gemahlin fühlte sich erkennbar als Siegerin in einem Duell, dass Arlana nie angestrebt hatte. Sie rauschte mit erhobenem Kopf hinter den Damen der Königin her. Vielleicht machte sie die Genugtuung ja leichtsinnig und veranlasste sie zu einem Fehler. Einem Fehler, der Bryan helfen konnte. Auch wenn Arlana ihr Wort gegeben hatte zu schweigen, über einen Ausweg nachzudenken, hatte ihr niemand verboten.

Sie fühlte sich mit einem Schlage besser und verließ die königlichen Gemächer mit eiligem Schritt. Obwohl in den Fluren und Hallen bereits Fackeln und Laternen entzündet worden waren, lag die Stadt noch im rötlichen Glühen eines sommerlichen Sonnenunterganges. Sie hielt sich weder damit auf, einen Pagen um seine Begleitung zu bitten, noch wollte sie die Dienste eines Laternenträgers. Der kurze Spaziergang durch die Stadt, die sich zum Abend rüstete und die noch von der Aufregung des Tages brodelte, würde ihre Stirn vom dumpfen Druck der Verzweiflung befreien.

Sie übersah die neugierigen Blicke, die einer Edeldame ohne Begleitung folgten. Sie eilte die High Street parallel zur Stadtmauer entlang, bis sie an die Steinbrücke über den Itchen kam. Für wenige Atemzüge blieb sie stehen und betrachtete die stolze Reihe der städtischen Mühlen, deren große Räder der Fluss in stetigem Gang hielt. Dann lief sie so eilig weiter, dass sie völlig außer Atem war, als sie am Türwächter vorbeistürmte und den Weg des Haushofmeisters kreuzte.

»Dame Arlana!«, rief er entsetzt. »Ist etwas passiert?«

Sie stutzte. »Aber nein. Wie kommt Ihr darauf?«

»Eure Erregung. Die Eile. Ihr seid allein und nicht beim Festmahl im Schloss ...«

Sie unterbrach die Aufzählung mit einer Geste und besänftigte den besorgten Mann mit einem Lächeln. Dass sie nichts als ein wenig Ruhe wollte, wollte ihm nicht in den Kopf.

»Wenn Ihr noch nicht gegessen habt ...«

»Nein, auch keine Mahlzeit«, schüttelte sie den Kopf über seine zahllosen Angebote zu ihrem Wohlergehen. »Wenn Ihr wirklich etwas für mich tun wollt, dann lasst die Kammermagd einen Badezuber für mich richten.«

Zufrieden, dass es doch noch etwas gab, das er für das Mündel seines Lords tun konnte, brachte der Haushofmeister Leben in das Gesinde. Schon kurze Zeit später klopfte es an Arlanas Zimmertür und zwei Hausknechte schleppten den mit Leinen ausgelegten Badezuber herein. In ihrem Schlepptau erschien eine Kammermagd mit Tüchern, Ölen und Salben, die in der Folge die Eimer warmen Wassers, die herbeigebracht wurden, selbst in den Zuber schüttete und ein Maß Rosenöl hinzufügte.

»Ich helfe Euch beim Auskleiden«, bot sie Arlana emsig an und griff nach ihrem Schleier.

»Danke, das ist nicht nötig. Ich mach es selbst. Du kannst gehen.«

Arlana fand es nach wie vor ungewohnt, andere für sich sorgen zu lassen. Auch in Cashel hatte sie keine eigene Kammermagd. Im Gegenteil, sie hatte ihrer Tante diese Dienste geleistet.

»Aber das Wasser, man muss es doch holen und ...«

»Das kannst du auch morgen veranlassen. Ich werde ohnehin gleich zu Bett gehen. Es stört mich nicht, in Gesellschaft eines Wasserzubers zu schlafen. Es ist in Ordnung. Gute Nacht.«

Als sich endlich die Tür hinter all den dienstbaren Geistern geschlossen hatte und Arlana mit dem dampfenden Zuber allein blieb, atmete sie erleichtert auf.

Sie legte die zahllosen Schichten ihres Gewandes, vom dunkelblauen Überkleid bis zum untersten Hemd ab, das sie seit dem frühen Morgen trug. Es war noch staubiger als das der Königin und sie rümpfte die Nase über ihren eigenen Körpergeruch. Dann streifte sie die Strümpfe über die Knie und Waden und schlenkerte sie mitsamt den Schuhen einfach von den Füßen. Sie würde sich später darum kümmern, alles aufzuheben und ordentlich zu falten. Jetzt wollte sie nur eines: Bis zum Kinn im warmen Wasser versinken und die Probleme wegspülen.

Der Rosenduft legte sich süß und beruhigend auf ihre Sinne, während sie in den Zuber stieg und die Knie anzog. Sie schloss die Augen und legte den Nacken auf die Kante des Zubers. Welch ein Luxus. Und ausgerechnet Benigna hatte ihr dazu verholfen.

*

Sie war im Haus!

Bryan de Cambremer hätte den Haushofmeister fast der Lüge bezichtigt, so unglaublich kam ihm diese Behauptung vor. Was tat Arlana hier? Warum war sie nicht im Palast bei der Königin? Warum überhaupt konnte sie nie da sein, wo sie hingehörte? Warum musste sie stets das Ungewöhnliche, das Unvorhergesehene tun?

Die Antwort war ebenso einfach, wie die Frage töricht. Sie war Arlana und sie war anders als alle anderen Frauen. Sie war eine köstliche Frucht mit vielen Häuten. Ein Apriltag mit wechselnden Wettern, ein Gewürz, das den Gaumen auf ständig neue Weise stimulierte. Man konnte sie vermutlich ein Leben lang kennen und sie würde immer noch Überraschungen bereithalten.

»Die Demoiselle hat jede Mahlzeit abgelehnt und sich alsbald in ihr Gemach zurückgezogen, Sir«, fügte der Haushofmeister jetzt hinzu und riss ihn damit aus seinen Gedanken.

»Dann will ich sie auch nicht stören. Es ist gut, John. Ich brauche Euch auch nicht. Ich wollte nur im Stall nach Sirius sehen und mich dann zur Ruhe begeben.«

»Er ist in prächtiger Verfassung, Sir. Er wird Euch morgen zum Sieg tragen.«

Bryan nickte stumm und ließ sich nicht auf ein Gespräch über das Turnier ein. Mit enger Kehle sah er sich um. Das Haus in Winchester war ebenso seine Heimat wie Hawkstone. Als Rufus noch regiert hatte, war Winchester ihm die liebste Residenz gewesen. In unmittelbarer Nähe großer Jagdreviere gelegen und von Mauern geschützt, die schon die Römer um die Stadt gezogen hatten, hatte er hier seinen Hof und seine Gefährten um sich versammelt.

Eine verschworene Gemeinschaft junger Edelmänner, die bereit gewesen waren, für ihren König durchs Feuer zu gehen. Jene, die seine schwierig zu erringende Freundschaft gewannen, wussten, dass hinter seinem mürrischen Wesen das Herz eines Mannes schlug, der wie sein Vater das Wohl des neuen Königreiches über das eigene Schicksal stellte. Er war beim Volk nicht besonders beliebt gewesen, denn er verstand es nicht, verbindlich und leutselig zu sein, aber er hatte seinen Untertanen Jahre des Friedens und des Wohlstandes ermöglicht. Es war ihm sogar gelungen, die meisten von Roberts machthungrigen Übergriffen bereits in der Normandie abzufangen, sodass Britannien von dem Bruderkrieg zum größten Teil verschont geblieben war.

Wie würde es unter Heinrichs Herrschaft weitergehen? Robert neidete ihm die Krone ebenso wie Rufus und sein Erfolg bei der Eroberung von Jerusalem hatte im Herzog der Normandie die Meinung gefestigt, er sei ein Feldherr, mit dem sein kleiner Bruder rechnen müsse. Bryan kannte Robert gut genug, um das Aufflackern eines neuen Krieges in naher Zukunft zu fürchten.

»Sir Bryan?«

Die vorsichtige Frage des Haushofmeisters machte ihm klar, dass er noch immer sinnend in der Halle stand und vor sich hin starrte.

»Gute Nacht, John.« Er gab sich einen Ruck und schritt zur Treppe. »Gott behüte Euch.«

»Euch auch, junger Herr!«

Der Gruß folgte ihm. Während er die Stufen erklomm, fragte er sich, ob er sie zum letzten Male hinaufschritt. Er rechnete sich keine große Siegeschance gegen Eustache de Breteuil aus. Die Wunde an seinem Bein behinderte ihn beim Lanzenstechen. Der Turniersattel, der im Gegensatz zum normalen Reitsattel höher war, bot ihm zwar eine zusätzliche Stütze, aber wenn es zum Kampf mit den Schwertern kam, war er allein auf die eigene Kraft angewiesen.

Mit Vernunft betrachtet hielt er es für ratsam, seine persönlichen Angelegenheiten zu ordnen, ehe er am Morgen das Turnierzelt bezog. Er schritt jetzt durch den langen Gang des Hauptflügels, an dem die Privatgemächer der Familie lagen. Ein vager Duft nach Rosen hing in der Luft.

Bryan blieb stehen und sog das vertraute Aroma ein. Früher hatte er den Duft stets mit dem Rosenturm in Verbindung gebracht, nun stand ausschließlich Arlana vor seinen Augen. Arlana in ihrem dunkelblauen Festgewand, das ihren schlanken Leib umspannt und ihre schönen Brüste betont hatte. Das stählerne Blau hatte ihre samtige Haut zum Leuchten gebracht und das flammende Rot der wilden Locken unter dem Schleier noch intensiver brennen lassen.

Sie dabei zu beobachten, wie sie heimlich zu Breteuils Zelt schlich, hatte ihn halb um den Verstand gebracht. Ausgerechnet Breteuil. Die Vorstellung, dass der schwarze Schurke die Frau begehrte, die er über alles liebte, war so unerträglich gewesen, dass er Arlana wider jede Einsicht nachgegangen war, um mit eigenen Augen zu sehen, was geschah. Noch jetzt spürte er die Erleichterung darüber, dass er sie nicht in Breteuils Zelt, sondern dahinter gefunden hatte.

Er hatte nie gewusst, dass er zur Eifersucht neigte. Schon in Hawkstone hatte ihn das Leiden unruhige Stunden gekostet, bis er erfahren hatte, dass seinen Vater und Arlana lediglich die Zuneigung von Vormund und Mündel verband. Aber irgendwann würde ein anderer Mann sie tatsächlich als Geliebte und Gemahlin besitzen. Er würde sie den Narren vergessen lassen, der sie so verzweifelt liebte.

Bryan verharrte mitten im Schritt und trat an eines der Fenster zum Hof. Inzwischen waren die Schatten so lang, dass er kaum noch die Umrisse des Brunnenhauses ausmachen konnte. Im Torbogen brannten zwei Fackeln und die mächtigen Pforten wurden soeben verschlossen. Wer jetzt kam, musste an der kleinen Pforte Einlass begehren. Auch seine Eltern und Benigna, die vermutlich im Schloss tafelten.

Der dumpfe Klang der zufallenden Holzflügel verursachte ein Echo in seinem Herzen. Sie schlossen die Welt aus. Er war allein mit Arlana im Haus. So allein mit ihr wie in seinem Zelt, wo er mit äußerster Mühe seine Hände bei sich behalten hatte. Weshalb? Um seine Charakterstärke zu beweisen? Um die Ehre seiner Gemahlin zu schonen? Um sich selbst für seine Dummheit zu strafen?

Hinter seinem Rücken vernahm er das leise Klicken eines Riegels. Mit angehaltenem Atem wandte er sich um. Arlana stand in der Tür, ein weißes Tuch um sich gewickelt, mit bloßen Schultern, feuchten Locken und nackten Füßen auf dem Holzboden. Seine Augen glitten hungrig über die helle Gestalt, im Dämmerschein des hereinbrechenden Abends.

»Seid Ihr aus eigenem Antrieb gekommen oder haben Euch meine Wünsche herbeigezaubert?« hörte er sie leise flüstern.

»Schick mich fort«, bat er heiser und ballte die Hände zu Fäusten. »Ich sollte nicht hier sein. Vergiss, dass du mich gesehen hast. Es ist unmöglich. Wir haben unseren Abschied heute Nachmittag genommen. Du hast völlig Recht, es wäre besser, wir wären uns nie begegnet.«

»Warum müsst Ihr Euch und mich so quälen?«

»Es ist besser, vernünftiger, ehrenhafter ...«

»... und einsamer.«

Sie trat einen Schritt zurück. Das Bad hatte sie entspannt und sie hatte die letzten Spuren ihrer Übelkeit und ihrer Schwäche abgelegt. Sie hob die Hand und lud ihn mit einem strahlenden Lächeln ein.

»Kommt.«

Bryan ächzte. Seine Beine setzten sich von allein in Bewegung, bis sie einander gegenüberstanden. Er empfand den verzweifelten Wunsch sie zu berühren und zu umarmen, wie einen quälenden, körperlichen Schmerz. Hinter ihr sah er den Badezuber stehen, entdeckte die verstreuten Kleidungsstücke, die Gefäße mit Öl und Seife. Die intime, private Szenerie einer Frau, gepaart mit dem Duft nach Rosen und jener unverwechselbaren Ausstrahlung, die allein Arlana auf ihn ausübte, trieb ihm den Schweiß auf die Stirn. Es bedrängte ihn mit unerträglichem Verlangen.

Einmal hatte er sie besessen, im dunklen Schutz des Rosenturmes. Seine Hände trugen die Erinnerung an sie, aber seine Augen waren damals auf seine Fantasie angewiesen gewesen.

Jetzt stand lediglich ein dünnes Tuch zwischen der Wirklichkeit und seiner Vorstellungskraft. Das Licht der Kerzen, die auf dem Tisch und neben dem Alkoven brannten, zeichnete jede Einzelheit ihrer Gestalt nach. Die langen, schlanken Beine, die hochangesetzten Brüste. Ehe er wusste, was er tat, überschritt er die sichtbare Trennlinie zwischen Wunsch und Realität.

Arlana schloss die Tür hinter ihm und lehnte sich mit dem Rücken gegen den halbrunden Bogen aus brauner Eiche. Vor dem Hintergrund leuchteten das Weiß des Handtuchs, die Blässe ihrer Haut und das Feuer der Augen.

»Ich habe darum gebetet, aber ich war mir nicht sicher, ob Ihr eintreten würdet«, sagte sie leise. »Manchmal weiß ich nicht, was in Eurem Kopf vorgeht.«

»Das beruht auf Gegenseitigkeit.«

»Nein. Ihr wisst, dass ich Euch liebe. Dass ich alles für Euch tun würde, wenn Ihr mich lasst.«

Bryan strich sich mit dem Handrücken über die Stirn. Ihre absolute Ehrlichkeit ließ keine Ausflüchte zu. Er trat an die Tür, stemmte eine Hand über ihrem Kopf gegen das Holz, mit der anderen umfing er die seidige Wölbung ihrer Wange und zeichnete mit der Kuppe des Daumens ihren bebenden Mundwinkel nach.

»Ich wollte es dir leicht machen, mich zu vergessen«, sagte er heiser. »Ich dachte, wenn du mir zürnst, ist es einfacher für dich.«

»Gebt Euch keine Mühe, es ist unmöglich«, seufzte Arlana. »Was treibt Euch, Euer Leben für die Fehler eines anderen zu opfern? Könnt Ihr nicht einmal nur an Euch denken? Nur an uns?«

»Das Recht ist nicht auf unserer Seite.«

»Schscht!«

Sie ließ ihn nicht weitersprechen. Sie reckte sich auf die Zehenspitzen und verschloss seinen Mund mit ihren weichen, fordernden Lippen. Sie war hungrig und verlangend, aggressiv und fast zornig in ihrer ungezügelten Leidenschaft. Sie attackierte ihn mit ihren Küssen, ihre Hände umklammerten seinen Nacken und die Hitze ihres duftenden Körpers drang durch Wams und Hemd, ehe sie auf seine Haut und seine Erregung traf.

Sie stieß einen erstickten Laut aus, rieb ihre Hüften an ihm und ließ nicht zu, dass er sich ihr entzog. Das Tuch hatte längst seinen Halt verloren. Es bedeckte sie nur noch dort, wo sich ihre Körper so eng aneinander rieben, dass es nicht herabfallen konnte. Es fiel erst zu den Kleidern auf den Boden, als sie ihn zum Bett zog, das mit aufgeschlagenen Decken in der Kammerecke wartete.

Sie kniete auf der Matratze und half ihm mit fliegenden Händen die Kleidung abzulegen. Auf dem Bord neben dem Alkoven standen Kerzen und warfen goldenen Schein über ihre Schultern, die prallen Spitzen ihres Busens und die verführerischen Linien ihres Leibes. Ihr Haar fiel schwer über ihren Rücken. Wo es zu trocknen begann, sprang es in eigenwilligen Locken auf, so unfassbar und schwer zu kontrollieren wie seine Besitzerin, die nun mit einer Mischung aus Kühnheit und Scheu die Schnüre seiner Beinkleider aufzog und sein pralles Glied umfasste. Mit einem atemlosen Laut, den er nur zu gerne für Bewunderung hielt, erkundete sie Länge und Gestalt.

»Hab Erbarmen«, stöhnte Bryan und zog sie auf das Lager hinunter. »Ich fürchte, ich bin nicht fähig, deine Folter länger zu ertragen.«

Seine Ungeduld glich der ihren, sie war ebenso begierig ihn zu berühren wie er sie. Auch sie wollte unter seine Haut kriechen und sich in den Zärtlichkeiten verlieren, die sie einander gaben. Es rührte und überwältigte ihn zugleich, dass sie keinen Versuch machte, sich vor ihm zu verbergen. Sie ließ zu, dass seine Augen über ihren nackten Körper glitten und seine Hände diesen Blicken folgten. Er sah, wie sich feine Härchen unter seinen Berührungen aufrichteten, wie sich die Spitzen ihrer Brüste zu Perlen verhärteten und ihre Zähne tiefe Male in die Unterlippe gruben, als er sich unaufhaltsam in sie schob. Sie war bereit und dennoch schloss sie sich so eng und seidig um ihn, dass er fürchtete ihr weh zu tun.

»Komm!«, vernahm er ihre heftige Aufforderung und die sonst so melodiöse Stimme brach. »Ich ertrag es nicht, wenn du mich noch länger warten lässt. Ich will dich ganz in mir spüren. Liebe mich.«

Bryan kapitulierte vor der Mischung aus Flehen und Befehl. Wozu sich länger selbst belügen? Er wollte Arlana so sehr wie sie ihn. Egal, was der Morgen brachte, die Nacht würde nur ihnen gehören.

Er ließ sich fallen und riss sie mit in einen wilden Akt der Vereinigung. Arlana warf sich ihm entgegen. Aus ihren Augen flossen Tränen, aber gleichzeitig strahlten sie so hell und klar, dass er ahnte, dass sie selbst von diesen Tränen nichts wusste. Sie umschlang ihn mit ihren langen schlanken Beinen und gemeinsam stürzten sie über die Klippe in die Sphäre reiner Lust.

15

Winchester, Haus Cambremer, 17. Juli 1101

Bryan richtete sich vorsichtig auf und stützte sich auf den Unterarm. Er wollte Arlana nicht wecken. Sie lag schlafend auf der Seite, das Gesicht ihm zugewandt, den Körper nur halb von einer verrutschten Decke verhüllt. Wirre Haarsträhnen flossen über Kissen und Schultern und umrahmten das zarte Profil mit dem eigensinnigen Kinn und der hübschen Nase. Hinter den leicht geöffneten Lippen konnte er den Schimmer weißer Zähne erahnen und die dichten, dunkelroten Wimpern warfen zarte Schatten auf die Wangen.

Er wollte aufstehen und gehen, ehe sie erwachte, aber er konnte die Blicke nicht von ihr lassen. Sie nahm ihn ganz und gar gefangen. Ihr leidenschaftliches Temperament, ihre grenzenlose Hingabe und ihre schonungslose Offenheit entzückten ihn ebenso, wie ihr Eigensinn, ihr Mut und ihre Fähigkeit, sich mit Haut und Haaren hinzugeben. Sähe sie eine Möglichkeit dazu, würde sie sogar in Erwägung ziehen, für ihn in die Schranken zu treten. Er zweifelte nicht daran.

Leb wohl, mein Herz, grüßte er stumm, hob eine Haarsträhne vom Kissen und führte sie an seine Lippen. Sie duftete nach Rosen und nach Arlana. Nach verbotenem Glück und der anderen Hälfte seiner Seele.

Er musste sich zwingen, das Bett zu verlassen. Ein Blick aus dem Fenster belehrte ihn, dass die Sonne in Kürze über die Stadtmauern steigen würde. Es war an der Zeit. Er sammelte seine Kleider vom Boden und schlüpfte lautlos hinein. Beim Griff nach seinem Waffengürtel zögerte er. Er lag achtlos hingeworfen neben einem dunkelblauen Samtberg, bei dem es sich um Arlanas Kleid vom gestrigen Tag handeln musste und um den Schleier, der ihre Haare bedeckte. Dabei das goldene Band, das den Schleier auf ihrem Scheitel gehalten hatte. Alles zusammen die Ausstattung der eleganten Hofdame, die ihn gestern so aus der Fassung gebracht hatte. Ein weiteres Steinchen im Mosaik von Arlanas vielschichtiger Persönlichkeit.

Er griff nach dem goldenen Band und wickelte es versonnen um einen Finger. Aber erst nachdem er sich mit einem Blick zum Bett vergewissert hatte, dass Arlana noch tief und fest schlummerte, ließ er das Beutestück unter seinem Hemd verschwinden. Sie hatte sicher Ersatz und ihm würde das Bewusstsein, ein Stück von ihr bei sich zu tragen, das Herz erwärmen.

Als sich die Tür hinter ihm schloss, wurde Arlanas regelmäßiger Atem zum stockenden Seufzen. Sie öffnete weder die Augen, noch änderte sie ihre Haltung, aber sie war wach, seit Bryan sich zum ersten Mal gerührt hatte. Sie hatte jeden seiner Blicke gespürt und nur sie wusste, was es sie gekostet hatte nicht die Augen zu öffnen, um ihn aufzuhalten.

Inzwischen wusste sie genug über seinen empfindlichen Stolz, um ihn an diesem Morgen nicht in eine sinnlose Diskussion zu verwickeln. Sie hätte nichts anderes damit erreicht, als die wundervollen Erinnerungen an die vergangene Nacht mit einem Streit zu belasten. Der stumme Abschied war ebenso in ihrem wie in seinem Sinne gewesen und doch – er schmerzte. Nur Bryan besaß die Macht, sie auf diese quälende Weise zu verletzen.

Am liebsten hätte sie die Augen nie wieder geöffnet. Warum konnte sie nicht einfach hier liegen bleiben? Eingehüllt in den Duft der gemeinsamen Nacht, auf ihrer Haut noch die Spuren seiner Zärtlichkeiten und in ihrem Herzen der zerbrechliche Traum eines unzulässigen Glücks.

Weil er gegangen ist, sein Leben für einen Freund aufs Spiel zu setzen, der ihn nicht mehr davon abhalten kann.

Heilige Bridget, mit diesen Stunden begann der letzte Tag des königlichen Turniers von Winchester. Der Tag an dem Bryan, Eustache de Breteuil zum Duell auf Leben und Tod fordern wollte. Arlana hätte freudig ihr eigenes Leben dahingegeben, diesen Wahnwitz zu verhindern. Da es ihr nicht möglich war, verharrte sie wie gelähmt auf ihrem Bett. Wenn all ihre Liebe und Leidenschaft Bryans Sinn nicht ändern konnten, was blieb?

Musste sie wirklich warten, bis man ihn geschlagen vom Turnierfeld trug oder durfte sie auf ein Wunder hoffen? Auf eine jener Launen des Zufalls, die alles durcheinander brachten?

Es gibt keine Wunder, meine Liebe. Streng deinen Kopf an. Was kannst du tun? Wer hat die Macht diesem Kampf Einhalt zu gebieten? Der König? Warum sollte er das tun? Heinrich Beauclerc ist zum Kirchenmann erzogen worden, aber seit er die Krone trägt, hat er das Wort Barmherzigkeit aus seinem Wortschatz gestrichen. Er wird dir nur helfen, wenn du ihm etwas dafür bietest.

Die Frage war nur: WAS?

Mit einem Mal hielt es Arlana nicht länger im Bett. Sie öffnete die Augen, richtete sich auf und rutschte vom Alkoven. Was war mit ihren Kleidern geschehen?

Sie entdeckte sie in größter Unordnung, rund um den Badezuber mit dem kalten schmutzigen Wasser verstreut. Eine Nachlässigkeit, für die sie in Cashel oder Hawkstone jede Magd gerügt hätte. Auf bloßen Füßen trat sie näher und entdeckte ein Glitzern auf dem dunkelblauen Samt des Übergewandes. Sie verengte die Augen und bückte sich nach dem Gegenstand. Ein goldener Ring. Genauer, Bryans Siegelring. Der Reif mit dem gehämmerten Wappen von Cambremer, den er stets an seiner Rechten trug. Konnte er ihn gestern Abend verloren haben? Seine exponierte Lage auf dem höchsten Punkt des Kleiderberges sagte etwas anderes: eine stumme Botschaft.

Arlana schob das Schmuckstück sinnend über ihren Daumen, dem einzigen Finger auf dem es Halt fand. Ein solcher Ring war gleichbedeutend mit einer Unterschrift, einem Ehrenwort, einem Vertrag. Man legte ihn nicht einfach ab und vergaß ihn irgendwo.

»Für mich?«, fragte sie sich bestürzt und schloss die andere Hand über dem Ring.

Ein solches Kleinod wurde vom Vater auf den Sohn vererbt und in Ehren gehalten. Nahm Bryan an, dass er niemals einen Sohn haben würde?

Arlana konnte sich nicht über dieses Geschenk freuen. Im Gegenteil, die Tatsache, dass Bryan de Cambremer seinen Ring abgelegt hatte, machte ihr Angst. Entschied er schon über seine Besitztümer? Rechnete er damit, diesen Tag nicht zu überleben?

Sie fröstelte in der frischen Morgenluft und musste sich dazu zwingen, eine so selbstverständliche Handlung wie das Ankleiden in Angriff zu nehmen. Sie holte ein ärmelloses Hemd aus ihrer Kleidertruhe und warf es über, ohne die Faust zu lösen, in der sie den Ring hielt. Mit der freien Hand zog sie ihre Haare unter dem Stoff hervor, während sie gleichzeitig nach ihren Schuhen suchte. Einer lag vor dem Fenster und als Arlana sich wieder aufrichtete, hielt sie inne, den Tag zu betrachten, der so unheilvoll anbrach.

Der rosige Himmel versprach Sonnenschein. Erste Schwalben segelten durch die Luft und über dem Itchen stiegen die Morgennebel in feinen Schwaden auf. In den Obstbäumen hinter dem Haus stritten sich die Stare um die ersten Kirschen und eine Katze strich durch das feuchte Gras darunter. Arlana sah nichts von allem. Sie spielte mit dem Ring in den Händen und dachte so angestrengt nach, dass sich feine Falten in der Mitte ihrer Stirn und in den Mundwinkeln eingruben. Was konnte sie tun?

Ein Ring. Schmuck. Juwelen. Gold. Ein Gedanke folgte dem anderen, gewann an Gestalt und fügte sich zu einem Plan. Die Idee kristallisierte sich so kühn und präzise aus dem Wirrwarr in ihrem Kopf heraus, dass sie sich fragte, warum sie so lange gebraucht hatte.

Mittelpunkt allen Übels und aller Begehrlichkeiten war der Schatz des Emirs Al-Afdal. Wenn Benignas Perlen ein Beispiel für Qualität der übrigen Juwelen waren, musste es sich um Kleinodien von unschätzbarem Wert handeln. Um ein Vermögen, um dessen Verbleib sich unter Kreuzrittern bereits Legenden gebildet hatten. Wer diesen Schatz besaß, verfügte auch über Macht. Über die Macht eine Armee zu bewaffnen, wie es Herzog Robert im Sinn gehabt hatte, über die Macht, einen König zu stärken, dessen Position noch nicht unanfechtbar war.

Arlanas Herz begann zu rasen und ihr flinker Verstand eilte weit voraus. Die Königin war ihr freundschaftlich zugetan, über sie konnte sie Heinrich Beauclerc direkt erreichen. Der König hatte sich bisher ebenso sehr als kluger Taktiker wie als schnell agierender Krieger bewiesen. In seiner Hand würden Al-Afdals Juwelen nicht nur die Lösung von Bryans Problemen, sondern auch den Frieden für Britannien bedeuten.

Das einziges Hindernis würde Benigna sein. Arlana hatte keinen Zweifel, dass sie ihre Beute nie aus den Augen ließ. Wo also konnte sie versteckt sein? Nahe genug, um die Beute immer erreichbar zu haben und doch vertrackt genug, dass niemand Verdacht schöpfte. Vielleicht sogar unter diesem Dach?

Die Zeit drängte. Wo sollte sie zu suchen beginnen? In Benignas Gemach?

Falsch. Sie würde nie riskieren, dass in ihrer Abwesenheit jemand den Raum durchsuchen und etwas finden könnte. Auch kann sie nicht den ganzen Tag dieses Versteck bewachen. Es sei denn, sie würde sich die Wachsamkeit mit einem Menschen teilen. Einem Menschen, dem sie bedingungslos vertraut. Denisa!

Arlana fuhr hoch. Das musste es sein. Sie musste auf der Stelle die Amme aufsuchen und ihre Loyalität auf die Probe stellen.

Sie sah an sich herab und schnalzte ungeduldig mit der Zunge. Sie war ja noch nicht einmal fertig angezogen. Sie hatte keine Geduld ein anderes Kleid auszuwählen, sie griff nach dem Samtgewand von gestern und warf es über. Niemand würde etwas daran finden, denn nur die Königin und besonders wohlhabende Damen besaßen so viele Gewänder, dass sie sie in regelmäßigen Abständen wechseln konnten.

Strümpfe und Schuhe folgten und ihre Finger eilten flink über die Häkchen, Bänder und Knebelverschlüsse ihrer Garderobe. Sie kämmte die Haare flüchtig und warf den Schleier darüber. Wo war das Band, das ihn hielt? Sie suchte den Boden ab. Leise vor sich hin schimpfend klappte sie ihre Truhe auf und suchte nach einem Ersatzband.

Fast hätte sie in aller Hektik den Ring verloren. Im letzten Moment verhinderte sie, dass er vom Daumen rutschte, auf den sie ihn wieder geschoben hatte. Sie konnte ihn unmöglich dort lassen, denn er würde mit Sicherheit Fragen herausfordern, aber sie wollte ihn auch nicht ablegen. Er war ihre Verbindung zu Bryan. Sie nahm ein zweites Seidenband aus ihrem Vorrat und hing ihn daran auf, damit sie ihn unter ihrem Gewand um den Hals tragen konnte.

Bis sie endlich ihr Gemach verließ, war das Haus voller Leben und nach dem Stand der Sonne zu urteilen, mussten sowohl Benigna wie Lady Liliana inzwischen schon wieder zur Königin aufgebrochen sein. Draußen knirschte das Rad am Ziehbrunnen in einem fort, in den Ställen rumorten die Pferde und die Holzpantinen der Milchmagd, die ihren Eimer in die Küche schleppte, klapperten über die Steine des Hofes. Auf der Straße vor dem Tor boten erste Wasserträger und Pastetenverkäufer ihre Waren so lautstark an, dass es bis in den abgeschiedenen Hof des großen Anwesens drang.

Wie sie vermutet hatte, fand Arlana Denisa und die kleine Riccarda in den Küchengewölben, wo die Amme das Frühstück für das kleine Mädchen bereitete. Schon in Hawkstone hatte sie darauf bestanden, das selbst zu tun. Die Küchenmägde hatten Arlana von der seltsamen Mischung aus Früchten, weißem Käse und den eigenartigen Brotfladen erzählt, die sie selbst buk, und dem Kind zu essen gab.

Riccarda baumelte vergnügt mit ihren kurzen Beinen und winkte mit Händen, die vom Saft roter Walderdbeeren gefärbt waren, als sie Arlana erblickte. Seit sie Riccarda in der Halle vor dem Feuer gerettet hatte, brach das Mädchen bei ihrem Anblick stets in begeisterte Rufe nach ihr aus.

Arlana gab ihr einen Kuss auf die Stirn.

»Es ist an der Zeit, dass du unsere Sprache lernst, junge Dame«, sagte sie sanft. »Man kann dich nicht einmal richtig begrüßen. Sag: Guten Morgen, Arlana. Komm schon: Guten Morgen, Arlana.«

Riccarda hielt es für ein Spiel und quietschte: »Lana«, dann wiederholte sie im Singsang. »Lana. Lana. Lana.«

»Schon gut, Liebes.« Arlana setzte sich zu ihr und zwang sich auch der Amme harmlos zuzulächeln. »Guten Morgen, Denisa. Ihr seid früh auf den Beinen mit der Kleinen. Raubt sie Euch den Schlaf?«

»Aber nein, sie ist ein Engel«, erwiderte Denisa halb barsch, halb unsicher. »Seid Ihr nicht krank? Die Herrin hat sich Sorgen um Euch gemacht, aber Befehl gegeben, dass man Euch schlafen lässt.«

»Es geht mir gut«, winkte Arlana ab.

»Seid Ihr sicher? Nicht dass Ihr das Kind ansteckt?«

»Ihr braucht Euch nicht zu sorgen. Mir war nur ein wenig übel, aber das ist längst vorbei«, versuchte Arlana das Gespräch in Gang zu halten. »Kein Wunder bei all diesen Aufregungen und Freuden, die Winchester uns bereitet. Was sagt Ihr zu den wunderbaren Neuigkeiten?«

»Ich weiß nicht, wovon Ihr redet …«

»Hat Lady Benigna nichts erzählt? Das verwundert mich. Sie schien so erfreut einen Menschen zu treffen, mit dem sie gemeinsame Erinnerungen an das Leben im Heiligen Land verbindet.«

Denisa murmelte etwas Unverständliches und Arlana fantasierte zügig weiter. Sie hatte das deutliche Empfinden, dass die Amme ebenso neugierig wie vorsichtig war. In ihren braunen Augen glänzte Misstrauen und ihre Finger kneteten die fremdartige Decke, in die das Kind eingewickelt war, wenn sie es auf dem Arm trug.

»Ihr müsst Euch doch ebenfalls an den Ritter erinnern. Ein wahrlich kräftiger Herr, der seinen Gegnern beim Lanzenstechen heute das Leben schwer machen wird. Wer weiß, vielleicht weht heute sogar die Standarte des weißen Rades siegreich neben der unseres Königs.«

Denisas Kopf ruckte jäh hoch. Arlana hatte Mühe ihre gleichmütig freundliche Miene beizubehalten. Treffer, gratulierte sie sich selbst.

»Wie ... wie heißt er?« Die Amme klang tonlos.

Arlana ließ geraume Zeit verstreichen, obwohl ihr die Eile unter den Nägeln brannte. Sie sah in die großen schwarzen Augen des kleinen Mädchens und nahm sich eine der Erdbeeren von ihrem Teller, die sie erst von allen Seiten betrachtete, ehe sie sie in den Mund steckte.

»Oh, er ist einer der zahllosen Ritter, die gekommen sind, beim Turnier Ruhm und Reichtum zu ernten. Allzu viel mehr als sein Wappen und sein Pferd scheint er ja nicht zu besitzen. Breteuil ist, glaube ich, ist sein Name.«

Sie hatte den Satz noch nicht zu Ende gebracht, als Denisa auffuhr, das kleine Mädchen packte und wortlos aus der Küche stürmte.

»Was tut Ihr, so wartet doch«, rief Arlana besorgt.

»Das Kind ist satt. Ich muss gehen.«

Riccardas schrilles Protestgeschrei sagte etwas ganz anderes, aber Denisa nahm keine Rücksicht darauf. Arlana raffte die Röcke und lief hinterher. Die Jagd ging über mehrere Gänge und um viele Ecken, bis die Amme einsah, dass es keinen Sinn hatte. Vor der Tür der Kinderkammer drehte sie sich um und hielt ihr wütend stand.

»Was wollt Ihr von mir?«

»Von Euch? Ihr nehmt Euch zu wichtig, meine Sorge gilt lediglich der Tochter des Seigneurs. Ich kann nicht zulassen, dass Ihr sie zum Weinen bringt. Komm zu mir, Herzchen, ich werde dich trösten.«

Arlana schnappte der Kinderfrau so geschickt das zappelnde Mädchen aus den Armen, dass Riccarda vor lauter

Staunen zu schreien aufhörte. Sie öffnete mit schöner Selbstverständlichkeit die Tür der Kammer und trug Riccarda hinein. Ein schneller Blick in die Runde bewies ihr, dass man das Mädchen auch in Winchester ihrem Rang gemäß als Tochter des Erben untergebracht hatte.

Das große Bett, in dem Nährmutter und Kleinkind gemeinsam schliefen, Tisch, Bank, Hocker und ein Lehnstuhl stammten von Meistern ihres Faches und waren mit blütenreichem Schnitzwerk verziert. Truhen für Kleider und Bettzeug standen an den Wänden und in einer Nische gab es sogar eine kleine Steinfigur der Jungfrau Maria mit einem Bethocker davor.

Auf dem Boden vor dem schützenden Kaminschirm stand der Kinderkorb, in dem Riccarda gereist war. Ein Sammelsurium aus Decken, Kissen und Stoffen quoll über seine Ränder, davor lagen eine geschnitzte Gliederpuppe und ein Gegenstand aus Holz, der ebenso ein Hund wie ein Schaf sein konnte. Riccarda strebe auf der Stelle ihrem Spielplatz zu und zappelte vor Ungeduld, bis Arlana sie vor dem Boden absetzte.

»Geht!«, forderte Denisa scharf. Sie war in der Tür stehen geblieben und hielt sie auf.

Ihr Verhalten bestätigte Arlanas Verdacht. Dies war wohl die beste Gelegenheit sie endgültig in die Enge zu treiben. Sie sah Denisas heimliches Aufatmen, als sie sich von Riccarda abwandte und vermeintlich gehorsam zur Tür ging. Sie griff nach dem Riegel und die Amme zog erleichtert die Hand zurück. Sie dachte jedoch nicht daran, hinauszugehen. Sie schloss die Tür von innen und wandte sich der Frau zu, die Hände angriffslustig in die Hüften gestemmt.

»Ihr habt eine seltsame Art die Tochter des jungen Herrn zu hüten, Denisa. Fast könnte man auf die Idee kommen,

Ihr versteckt sie vor fremden Blicken. Warum nur? Sie ist weder missgestaltet noch zurückgeblieben. Im Gegenteil, für ein so kleines Kind ist sie bemerkenswert flink auf den Beinen. Wann sagtet Ihr, beginnt sie das nächste Lebensjahr?«

»Das geht Euch nichts an.«

Arlana beschlich unerwartet das Gefühl, dass sie den Beginn des Fadens in den Händen hielt, der sie aus dem Labyrinth führen konnte. Bislang war sie so sehr mit sich selbst, mit Bryan und Benigna beschäftigt gewesen, dass sie sich nur am Rande um Riccarda gekümmert hatte. Sie wusste nicht besonders viel von kleinen Kindern, aber dass dieses für sein zartes Alter gut entwickelt und groß war, hatte sich schon bei seinen Ausreißerabenteuern gezeigt. Es gab keinen Grund dafür, dass Denisa das Mädchen ständig in Decken gehüllt wie ein Wickelkind herumtrug.

»Riccarda ist älter als ein gutes Jahr, nicht wahr? Ich weiß, dass sie nicht die Tochter Bryan de Cambremers ist, Denisa. Aber ich vermute, dass sie auch nicht das Kind von Richard de Tréviers ist.«

»Wie könnt Ihr so etwas sagen?« Denisa wankte und wurde unter ihrer bräunlichen Haut kalkig blass. »Geht! So geht doch endlich, ehe Ihr uns alle ins Unglück stürzt!«

»Wann ist die Wahrheit je ein Unglück gewesen, außer für Lügner, Schurken und Betrüger«, erwiderte Arlana aufgebracht. »Ihr müsst unter dem Berg Eurer Lügen doch langsam ersticken. Wer ist Riccardas Vater? Was erschreckt Euch zu Tode, wenn ich nur den Namen Breteuil nenne, was ... Himmel, welch eine Närrin ich doch bin.«

Arlana schlug sich mit der Hand vor die Stirn.

»Die dunklen Augen, die kräftige Gestalt, das launische Temperament. Riccarda ist die Tochter von Eustache de Breteuil, wieso fällt mir das erst jetzt auf?«

Denisa brach unter der Wucht des unverhofften Erkennens förmlich zusammen.

»Woher könnt Ihr das wissen? Von mir doch sicher nicht. Heilige Mutter Gottes, sie wird toben, wenn sie es erfährt. Ihr wisst nicht, was Ihr damit aufrührt...«

Arlana schüttelte den Kopf. Sie verspürte Mitleid mit der verstörten Frau, aber gleichzeitig ärgerte sie sich über die eigene Begriffsstutzigkeit. Sie hatte die Lösung die ganze Zeit vor Augen gehabt und nicht bemerkt. Wie hatte sie nur so dumm sein können? Sie hatte doch gehört, dass der Ritter Benigna mit der Lässigkeit eines alten Geliebten behandelt hatte.

»Beruhigt Euch«, fiel sie der lamentierenden Amme ins Wort. »Die arme Kleine weiß nicht, wie ihr geschieht, wenn Ihr so laut werdet. Sie ist das Opfer Eurer Intrigen.«

»Sie ist eine Cambremer!!«

»Hört auf zu lügen. Die Ähnlichkeit ist unverkennbar, der ganze Hof wird sie entdecken, und der Skandal wird öffentlich. Das sollte man um Riccardas Willen vermeiden. Es kann kein Problem sein, eine Ehe zu annullieren, die unter falschen Voraussetzungen geschlossen und ohnehin nie vollzogen wurde. Wenn Ihr mir jetzt noch sagt, wo die Juwelen sind, dann ...«

»Neiiin!«

Denisa stürzte auf das kleine Mädchen zu, hob es hoch und packte es mitsamt einer bunten Decke, die halb aus dem Korb hing, schwerfällig auf die Arme. Der Korb kippte gegen den Feuerschutz, Puppe und Hund-Schaf flogen in weitem Bogen davon. Riccarda schrie lauter als je zuvor.

Arlana vertrat ihr unbeirrt den Weg zur Tür.

»Hört auf mich, Denisa. Es ist vorbei. Lasst uns gemeinsam versuchen, die Angelegenheit in Ordnung zu bringen, ohne dass jemand zu Schaden kommt. Ich weiß einen Weg, mithilfe der Königin ...«

»Neiiin!«

Denisa stieß Arlana so heftig vor die Brust, dass sie taumelte und sich festhalten musste. Sie erwischte dabei ausgerechnet das schreiende kleine Mädchen, an dem die Amme jetzt von der anderen Seite zog. In der dicken Decke verheddert, kreischte Riccarda wie am Spieß. Denisa jammerte in einer unbekannten Sprache und Arlana konnte sich immer weniger Gehör verschaffen. Sie hatte ihren Schleier verloren und kämpfte zusätzlich gegen ihre offenen Haare, nach denen Riccarda gegriffen hatte. Das Kind zerrte dermaßen daran, dass Arlana die Tränen in die Augen traten. Um den Schmerz zu lindern, musste sie es gewaltsam an sich ziehen, gleichzeitig trat sie mit dem rechten Fuß auf das Holzspielzeug und knickte um. Im Stürzen versuchte sie Riccarda zu schützen, sodass sie mit dem Rücken schwer auf den Boden schlug, während das Kind weich auf ihr landete.

Der Schlag raubte ihr den Atem. Von Ferne hörte sie das Geräusch einer zuschlagenden Tür und einen Riegel. Denisa hatte sie eingesperrt.

Das unruhige Bündel in ihren Armen brachte sie schnell wieder zu sich. Es hatte ihnen beiden die Sprache verschlagen. Auch Riccarda, die jetzt mit erschrockenen Augen neben ihr auf dem Boden saß und Trost suchend an ihrem Daumen nuckelte. Arlana rappelte sich mühsam hoch und schloss sie in die Arme. Im Knöchel ihres umgeknickten Fußes pochte der Schmerz.

»Ach Herzchen, was ist das nur für ein Wirrwarr«, tröstete sie das kleine Mädchen und rieb ihm dabei murmelnd den Rücken. »Ich weiß ja, dass ich mich dumm benommen habe. Aber ich hätte mir nie träumen lassen, dass deine

Denisa handgreiflich werden könnte. Ich habe sie für eine verschrobene Person gehalten, die sich in einem fremden Land nicht wohl fühlt. Ein gefährlicher Irrtum. Was wird sie tun? Zu deiner Mutter eilen?«

Das sanfte Gemurmel beruhigte Riccarda. Sie wechselte einen Daumen gegen den anderen aus und schloss die Augen. Ihre grundlegenden Bedürfnisse nach Wärme, Trost und Nähe waren erfüllt.

Arlana beneidete das Kind um so viel Anspruchslosigkeit. Was sollte sie tun? Um Hilfe rufen? Die Kinderkammer war auf Denisas Wunsch weit abgelegen von allen anderen Gemächern eingerichtet worden. Niemand würde sie hören. Auch würde sie niemand suchen. Sie hatte die Kammermagd gestern gebeten sie nicht zu wecken und wenn sie später ihr Gemach leer fand, dann würde sie annehmen, sie habe das Haus bereits verlassen, um ihren Dienst bei der Königin anzutreten. Ob sie sah, dass ihr Bett von zwei Menschen benutzt worden war? Auch das würde eine Kammermagd nicht dazu veranlassen Alarm zu schlagen.

»Wir sind gefangen, Herzchen«, erklärte sie dem kleinen Mädchen resigniert und tätschelte sein molliges Hinterteil unter der weichen Decke. Es fühlte sich eigentümlich an. Stellenweise sehr weich und stellenweise so unpassend hart.

Sie runzelte die Stirn und besah sich den Stoffwust genauer, auf dem das Kind saß. Es handelte sich um die Decke, die Denisa aus dem Korb gerissen hatte. Warum ausgerechnet diese?

16

Turnierplatz von Winchester, 17. Juli 1101

»Fester!«

Bryan nickte dem Knappen aufmunternd zu, der ihm einen breiten Leinenstreifen so eng um den Oberschenkel wand, dass ihn der Druck auf die alte Wunde mit den Zähnen knirschen ließ.

»Ich kann mir nicht vorstellen, dass das angenehm für Euch ist, Seigneur«, widerstrebte es dem Jüngling, ihm Schmerzen zu bereiten.

»Das ist heute meine geringste Sorge, William. Zieh so fest du kannst. Ich brauche jeden zusätzlichen Halt, den ich mir verschaffen kann.«

Bryan fand es rührend und lästig zugleich, dass der Junge ihn zu seinem ganz persönlichen Helden erhoben hatte. Er brauchte einen Knappen, das stand fest, aber er hätte lieber einen gehabt, der seinen Dienst tat und nicht soviel redete. Andererseits ...

Er war einmal wie William gewesen. Jung, begeisterungsfähig und begierig darauf, der Welt seinen Mut und seine Fähigkeiten zu beweisen. Der Welt? Eigentlich in erster Linie seinem Vater, der ihm mit seiner Persönlichkeit, seiner Vergangenheit und seinen Fähigkeiten ein so schwer erreichbares Vorbild war. Ein Vorbild, das bis zum heutigen Tag seine Handlungen bestimmte, auch wenn er sich manchmal dagegen aufbäumte.

»Bist du fertig?«

Der Knappe schwieg und er belastete versuchsweise die verletzte Seite mit seinem vollen Gewicht. Erst als er aufsah, wurde ihm klar, dass Williams plötzliche Schweigsamkeit einen Grund hatte.

Raynal de Cambremer, der Lord von Hawkstone musste den Kopf einziehen, damit die Kappe auf seinen silbernen Haaren nicht am Zelteingang streifte. Ehe er sich wieder aufrichtete, griff Bryan hastig nach seinem langen Hemd und streifte es über. Er wollte nicht, dass sein Vater die stützende Bandage entdeckte und Fragen stellte.

»Geh und sieh nach, ob Sirius bereit ist, William«, schickte er den Knappen nach draußen. Erst dann wandte er sich mit einer respektvollen Verneigung an seinen Vater.

»Was kann ich für Euch tun, Mylord?«

»Es gab Zeiten, da hast du mich Vater genannt, Bryan.«

Es war die Art, in der er ein persönliches Gespräch ankündigte. Ein Gespräch, für das Bryan weder die Zeit noch die Beherrschung zu haben glaubte. Er rettete sich in verbindliche Höflichkeit.

»Ich wollte Euch nicht kränken, es sollte lediglich ein Zeichen meines Respekts sein.«

»Ein Zeichen deiner Zuneigung und deines Vertrauens würde mir mehr bedeuten.«

»Ihr besitzt beides, das wisst Ihr.«

Er bemerkte sowohl den tiefen Atemzug seines Vaters, wie die Besonnenheit mit der er jedes falsche Wort zu vermeiden trachtete.

»Dann sag mir, was es mit diesem Zweikampf auf sich hat, für den du dich rüstest. Was stimmt an den Gerüchten, dass es sich nicht um einen normalen Zweikampf, sondern um ein Duell auf Leben und Tod handeln soll?«

»Wer sagt das?«

»Soll ich dir jede einzelne Klatschbase des Hofes aufzählen?«

Bryan verzichtete auf eine Antwort. Nur Arlana wusste, dass er mehr im Sinn hatte, als das übliche Kräftemessen. Hatte sie seine Absicht verraten? Oder ahnte seine sensible Mutter, dass er sich wissend in Lebensgefahr begab?

Er beobachtete seinen Vater unter halb gesenkten Lidern und fand ihn unruhiger als sonst. Der Seigneur blieb nicht an einem Platz stehen, sondern er schritt durch das Zelt, als könne er auf diese Weise etwas kontrollieren, das sich seiner Macht entzog. Er besah sich die gepanzerten Handschuhe auf dem Tisch, die polierten Waffen, den Weinkrug und am Ende auch das kleine Häufchen zerknitterten Goldbandes, das sich dort neben einem Becher kringelte.

»Es ist so. Ich habe Eustache de Breteuil den Fehdehandschuh aus persönlichen Gründen hingeworfen.«

Nach einer langen Pause des Schweigens wollte Bryan ihm wenigstens einen Teil der Wahrheit sagen. Da er nicht wusste, wie der Tag enden würde, hielt er es für besser, wenn sein Vater wenigstens erfuhr, dass er triftige Gründe für sein Handeln hatte.

Der Lord sah auf das Goldband und schließlich in seine Augen.

»Weil er Arlana von Cashel umwirbt?«

Bryan gab einen unwilligen Laut von sich.

»Aber nein. Ich bin verheiratet, Vater. Selbst wenn ich es wollte, hätte ich gar nicht das Recht ihren Namen auf diese Weise öffentlich zu machen.«

»Aber du liebst sie.«

Ihre Blicke trafen sich. Bryan hatte Mühe der stummen Aufforderung standzuhalten, aber es gelang ihm. Sein Vater wandte als Erster den Blick ab und fixierte stattdessen von neuem das goldene Band.

»Bei Gott, ich wünschte, du würdest endlich den Mund aufmachen und mir sagen, was geschehen ist. Ich habe keinen Grund dir nicht zu vertrauen und du bist kein Knabe mehr, der väterliche Strafe fürchten muss. Was also hindert dich, mit deinen Eltern zu sprechen?«

»Das Bewusstsein, dass es Euch Kummer bereiten würde und der Schwur, den ich einem sterbenden Freund gegeben habe, Vater.«

»Tréviers«, traf der Lord von Hawkstone augenblicklich ins Schwarze. »In welche Katastrophe hat dich Richard dieses Mal verwickelt?«

Bryan lachte freudlos und begann seine Beinkleider anzulegen. Er achtete darauf, seinem Vater die unverletzte Seite zuzuwenden und zog den Stoff hastig über die Leinenbandage. Dann nahm er auf einem Scherenhocker Platz und verknotete die Bänder des Kleidungsstücks.

»Woher seid Ihr so sicher, dass die Schuld auf seiner Seite liegt? Ich bin auch nicht gerade ein reiner Tugendbold«, sagte er nebenbei.

»Du bist ihm ins Heilige Land gefolgt, weil du glaubtest, etwas an ihm gutmachen zu müssen. Das war die einzige deiner Dummheiten, die ich gerne ungeschehen machen würde.«

»Ihr wisst, dass das nicht alles war.«

Bryan versuchte die Anspannung zu kontrollieren, die ihn in diesen Tagen um Schlaf und Ruhe brachte. Er hatte nicht geplant, ein solches Gespräch mit seinem Vater zu führen, aber er konnte nicht abstreiten, dass es vielleicht die letzte Möglichkeit war, die Dinge mit ihm ins Reine zu bringen.

»Du wolltest aus eigener Kraft etwas erreichen«, sagte ihm der Lord auf den Kopf zu. »Du wolltest Wege gehen, die nicht dein Vater vor dir gegangen ist. Bei Gott, ich war bereit, das gutzuheißen. Aber ich kann nicht akzeptieren, dass du aus falsch verstandener Freundschaft alles zerstörst. Tust du es, weil du dir seinen Tod zum Vorwurf machst? Er hat sein Leben für Christus gelassen, das sollte dir Trost genug sein.«

»Wenn dem wirklich so wäre, müsste ich Euch Recht geben, Vater. Richard starb jedoch durch Mörderhand. Ich habe ihm geschworen, seinen Tod zu rächen. Selbst wenn es das Letzte wäre, was ich tue.«

Der Lord quittierte diese Auskunft mit einem tiefen Ächzen.

»Wenn du einen Fehler hast, dann den, dass du deine Schwüre hältst.«

»Das ist ein Charakterzug, den Ihr mir vererbt habt, Vater. Ebenso wie das Wissen darum wann es besser ist, den Mund zu halten.«

»Wenn Eustache de Breteuil der Mann ist, der Richard de Tréviers ermordet hat, wäre es dann nicht besser, die Sache dem Herzog der Normandie vorzutragen? Richard und sein Bruder sind seine Gefolgsmänner. Oder hast du es schon in Jerusalem getan und kein Gehör gefunden?«

Bryan hob die Hand und sein Vater verstand die Geste.

»Du willst mir nicht sagen, was im Heiligen Land geschehen ist«, nickte er nicht einmal sonderlich überrascht. »Bei Gott es fällt mir schwer, das zu akzeptieren. Aber du bist ein Mann und musst deine eigenen Entscheidungen treffen. Ich habe schon deiner Mutter gesagt, dass ich nicht das Recht habe, dich von etwas abzuhalten, das dir dein Gewissen und deine Ehre befehlen. Brauchst du Hilfe?«

»Nein. Es bedrückt mich lediglich, Euch und Lady Liliana Kummer zu machen«, gestand Bryan heiser.

»Die Menschen, die dich lieben, werden für dich beten,

mein Sohn. Dir ist klar, dass der König nur den Gebrauch von Turnierwaffen erlaubt hat? Sogar wenn du den Sieg davonträgst, steckst du in Schwierigkeiten.«

»Ich bin sicher, dass auch Breteuil diese Auflage ignoriert. Niemand kann von mir verlangen, dass ich einem solchen Mann mit stumpfem Schwert entgegentrete.«

Der Lord verzichtete auf weitere Einwände. Er schloss seinen überraschten Sohn in die Arme.

»Gott schütze dich, Bryan«, sagte er heiser und küsste ihn auf beide Wangen, ehe er zurücktrat. »Ich wünschte, ich könnte daran glauben, dass das Leben gleich gerecht zu Guten und Bösen ist.«

Die Plane, die den Eingang des Turnierzeltes verschloss, raschelte leise, als er ging. Die Geräusche des Zeltlagers umbrandeten gedämpft die Insel der Stille, in der sich Bryan mit beiden Händen durch die dichte Mähne seiner blonden Haare fuhr.

Schwerfällig trat er danach zum Tisch und griff nach dem Goldband. Er presste es an die Lippen und erlaubte sich einen letzten Augenblick der Schwäche.

*

Arlana setzte das Kind auf den Boden und besah sich die Decke genauer, die sie aus dem Wust von Stoff gezogen hatte, der Riccardas Korb füllte. Es war mehr eine dünne Matratze, als eine Decke. Sie bestand aus schwarzem, besticktem Samt und hatte eine Kantenlänge von etwa drei Ellen. Bunte Seidenfäden verbanden sich zu Vögeln mit langen Schweifen, Blütenranken, Schmetterlingen und grünen Blättern. Ein wahres Kunstwerk, eigentlich viel zu schade für den täglichen Gebrauch. Zwischen seiner prächtigen Oberseite und der schmucklosen Unterfütterung mit einfachem Leinen bildete weiches Füllmaterial ein warmes Polster. Als Arlana prüfend darüberstrich, konnte sie nicht eine Verhärtung finden. Hatte sie sich vorhin getäuscht oder lag es daran, dass sie die Decke an einer bestimmten Stelle geknickt hatte? Immerhin war sie erstaunlich schwer. Schwerer als das Material es erlaubte.

Riccarda hockte daneben und beobachtete mit ihren schwarzen Jettaugen, was Arlana tat. Nach kurzem Überlegen hielt sie es für ein Spiel und patschte ihrerseits in konzentriertem Ernst, mit den Händen auf dem Stoff herum. Arlana musste trotz ihrer beunruhigenden Lage lächeln. Es war schwer, dem Charme dieses Kindes zu widerstehen.

»Du kannst mir wohl nicht sagen, ob deine Amme hier irgendwo ein Messer oder gar eine Schere in den Truhen versteckt hat, was?«, fragte sie sie, obwohl sie wusste, dass das Kind ihr nicht antworten konnte. Die beiden Frauen hatten es wohl mit Vorsatz versäumt, Riccarda sprechen zu lehren. »Lass uns ein bisschen Suchen und Finden spielen, Herzchen, ehe wir hier nutzlos die Zeit vertun.«

Riccarda gurgelte vergnügt und tauchte mit ihrem Lockenkopf in jede Truhe, die Arlana öffnete und durchsuchte. Schon kurze Zeit später fanden sie Denisas Nähzeug und darin tatsächlich ein kleines Messer. Achtsam schlitzte Arlana einen Teil der Naht zwischen der bestickten Oberseite und dem Unterstoff der Decke auf. Sie zog straff gestopftes, klein gerissenes Lumpenzeug heraus. Die Reste alter Laken und Kleider, mürbe und weich vom vielen Waschen.

»Kann es sein, dass ich mich getäuscht habe?«, murmelte sie mit gerunzelter Stirn. »Vielleicht sind es Knebel und Hornknöpfe, die ich für ...«

Sie hatte noch nicht zu Ende gesprochen, da fiel mit

einem leisen »Klonk« ein Gegenstand zwischen all den Fusseln auf die Bodenplanken.

Arlanas Augen weiteten sich. Vor ihr lag eine rautenförmige Brosche, in deren Mitte ein riesiger ovaler Smaragd prangte. Zwei Reihen schneeweißer Perlen umgaben ihn. Ein fein ziselierter, breiter Goldrahmen, in dessen Rückseite eine Nadel eingearbeitet war, verriet ihren Gebrauch als Mantelfibel.

»Heilige Bridget«, rutschte es Arlana andächtig heraus. Wenn der Rest des Schatzes von ähnlicher Pracht sein sollte, dann war es kein Wunder, dass dafür gemordet und gestohlen wurde.

Jetzt nahm sie keine weitere Rücksicht mehr auf die Stickerei. Sie riss an den Seitennähten und löste die einzelnen Quadrate, die dafür gesorgt hatten, dass die Füllung an Ort und Stelle blieb. Schließlich hatte sie einen glitzernden Berg aus Edelsteinen, Ringen, Ketten und Broschen vor sich aufgehäuft. Ein Stück schöner als das andere.

Riccarda lutschte mit Hingabe am taubeneigroßen Rubin eines Ringes und Arlana fragte sich zum ersten Mal, was sie mit diesem Fund anfangen konnte. Eingesperrt in der Kinderkammer war sie darauf angewiesen, dass Denisa wiederkam und den Riegel öffnete. Die Amme würde sie kaum mit diesem Schatz davon spazieren lassen.

Wohin war sie gegangen? Suchte sie Benignas Rat? Vermutlich. Aber sogar wenn Denisa durch die halbe Stadt eilen musste, um sich mit ihrer Herrin zu besprechen, irgendwann würde sie zurückkommen.

»Es wäre wunderbar, wenn wir uns in Luft auflösen könnten, Riccarda. Und zwar mitsamt diesen fabelhaften Kleinodien«, sagte sie und schaute sich suchend um. »Es fragt sich nur wie.«

Sie trat an das spitzbogige Fenster, das mit einer fein kannelierten Säule in zwei schmale Hälften geteilt war. Der Raum dazwischen war so eng, dass vielleicht Riccarda hindurchschlüpfen konnte, aber keine erwachsene Frau. Es war nicht einmal von Nutzen, dass die Kammer im Erdgeschoss lag. Ein Hain von Obstbäumen breitete sich vor ihren Augen aus. Ein Hilferuf würde allein die Drosseln im Gras aufjagen.

Sie durchsuchte die Kammer systematischer, obwohl sie auf den ersten Blick die Aussichtslosigkeit des Unterfangens erkannte. Sie konnte weder die Wände einreißen, noch die Pforte durchbrechen. Sie saß in der Falle.

Riccarda hatte ihre Aktivitäten mit passiver Heiterkeit verfolgt. Erst als Arlana den Kopf in den Händen vergrub und mit schweren Atemzügen ein aufkommendes Schluchzen unterdrückte, sprang sie auf.

Arlana spürte ein Zupfen an ihrem Rock und hörte zwei dünne Silben, die wie »ana« klangen.

»Ach Kleines.«

Sie hob Riccarda auf die Arme und legte die schmerzende Stirn auf den Kopf mit den ungebärdigen Locken. Die lebendige Wärme des Kinderkörpers tröstete und alarmierte sie zugleich.

»Was soll aus uns beiden werden? Weder deiner Mutter noch Denisa wird es gefallen, dass ich den Schatz entdeckt habe. Am liebsten würde ich ausreißen, so wie du es immer tust.«

»Ausreißen?«, wiederholte Riccarda und kicherte übermütig.

Arlana musste wieder lächeln. Kein Wunder, dass Riccarda ausgerechnet dieses schwierige Wort ohne Stocken sagen konnte. Auch in Winchester war sie ihrer Amme bereits mehrmals entwischt. Aber das Gesinde hatte sie ebenso in sein Herz geschlossen wie Arlana. Nie drang auch nur der kleinste Laut ihrer Abenteuer an die Ohren der Ladys. Wer den Frechdachs entdeckte, schnappte ihn einfach und brachte ihn zu Denisa zurück. Sie brach jedes Mal in Zetern aus und machte jedem Vorwürfe, man würde ihr das Kind absichtlich entführen. Das Kind selbst lauschte dabei andächtig und genoss die Unterhaltung, die ihm viel besser gefiel, als seine einsamen Spiele.

»Ja, ausreißen«, wiederholte nun auch Arlana und küsste Riccardas glatte Stirn. »Ich kann verstehen, dass du soviel Spaß daran hast. Wer will schon in einer Kammer eingesperrt sein, nur mit Denisa zur Gesellschaft, während draußen die Sonne scheint.«

»Ausreißen. Ausreißen.«

Riccarda zappelte so sehr, dass Arlana sie wieder zu Boden lassen musste, wo sie sich wie ein Kreisel mehrmals um sich selbst drehte und durch die Kammer hüpfte. Dass sie zudem mit schriller Stimme immer wieder das eine Wort sang, zerrte an Arlanas Nerven. Sie versuchte, sie einzufangen und sie abzulenken. Das kleine Mädchen quietschte jedoch übermütig und schlüpfte kichernd hinter einen fadenscheinigen Wandbehang, der neben dem Kamin hing.

Bisher hatte Arlana dem Wandschmuck keine sonderliche Aufmerksamkeit geschenkt. Die blassen Heiligen waren nur noch in ihren Konturen zu erkennen. Da es sich um die Hinrichtung des heiligen Stephan handelte, war das vermutlich nicht ganz gut für Riccardas Kinderseele, dachte sie. Dabei starrte sie auf die glatte Fläche und schüttelte verwirrt den Kopf. Sie hatte doch eben gesehen, wie das Mädchen hinter dem Vorhang verschwand. Wieso konnte sie keine Konturen ihrer Gestalt entdecken?

Sie lief zur Wand und hob das Gewebe an.

»Ausreißen ...« wiederholte Riccarda begeistert und wirbelte durch ein schmales, kaum drei Fuß breites, Nebengelass.

Arlana sah sich mit großen Augen um. Sie begriff auf der Stelle, dass man Frau Denisa und das kleine Mädchen in einem Raum untergebracht hatte, zu dem normalerweise eine zweite Kammer gehörte, die man durch den gemauerten Bogen betrat, den der Teppich verborgen hatte. Gewöhnlich stand hier der Alkoven und schützte die Bewohner des Gemachs vor Luftzug und nächtlicher Kälte. Offensichtlich war dieser Nebenraum – aus welchem Grund auch immer – vor vielen Jahren mit einer Bretterwand abgeteilt worden. Der Wandbehang verbarg den nutzlos gewordenen Durchgang.

Riccarda winkte Arlana mit dem Zeigefinger in eine Ecke und schob zwei lose Bretter mühelos zur Seite. Durch den Spalt fiel trübes Licht, was bedeutete, dass sich dort ein Fenster oder ein weiterer Durchgang befinden musste.

»Heilige Bridget«, murmelte Arlana beeindruckt und hielt das Kind am Kittel fest, damit es nicht auf der Stelle auf und davon huschte. »Du bist wahrhaftig mein Schutzengel, kleine Riccarda.«

Sie ging in die Knie und suchte auf gleicher Höhe den Blick des Kindes.

»Warte! Wir reißen zusammen aus. Lana und du. Verstehst du das?«

Riccarda nickte zu ihrem Erstaunen und plumpste gehorsam wartend auf ihre Rückseite, während Arlana sich bemühte, ein paar weitere Bretter zu lockern, um den Durchgang zu vergrößern. Das morsche Holz, das dem Kind schon keine Probleme bereitet hatte, setzte auch ihr keine Hindernisse entgegen. Schon nach kurzer Zeit richtete sie sich wieder auf.

»Das genügt. Komm!«

Sie hielt Riccarda die Hand hin, aber sie war schon wieder fort. Arlana verdrehte die Augen und schob ungeduldig den Wandbehang zur Seite. Das kleine Mädchen saß inmitten der Juwelen und freute sich am Funkeln der bunten Steine zwischen ihren Fingern. Ihr Ärger wandelte sich in Anerkennung.

»Du hast völlig Recht. Fast hätte ich vergessen, dass mir das Schicksal heute trotz allem sehr wohl gesonnen ist. Es hat mir nicht nur die Prinzessin aller Ausreißerinnen zur Seite gestellt, sondern auch den sagenhaften Schatz Al-Adfals in den Schoß geworfen. Wir dürfen ihn nicht hier lassen.«

Sie häufte die Juwelen in ein dünneres Tuch aus Riccardas Korb, verknotete das Bündel und zog die seitlichen Schnürbänder ihres Kleides aus den Schlingen. Damit befestigte sie den provisorischen Beutel unter dem Obergewand um ihre Hüfte. Das lose herabhängende Gewand war nicht länger elegant, aber es verbarg die Konturen. Sie strich sich auch die Haare glatt, aber der Schleier hatte das Tauziehen mit Denisa nicht unbeschadet überstanden. Egal. Hauptsache sie verschwanden, ehe die Amme sie aufhalten konnte.

Sie richtete sich auf und eilte hinter Riccarda her, die längst durch den Spalt geschlüpft war und in einer düsteren, fensterlosen Kammer auf sie wartete. Ihr Knöchel schmerzte und das schwere Bündel zerrte und juckte bei jedem Schritt, aber zum ersten Mal an diesem Tag fühlte sie die Gewissheit, dass es ihr gelingen würde, alles zum Guten zu wenden.

Prüfend sah sie sich um. Die Kammer, deren Pforte nur angelehnt war, diente offensichtlich dazu, überzählige, alte Strohsäcke zu lagern. Es stank erbärmlich nach Schweiß und verrotteter Streu. Arlana nieste vor Abscheu und griff nach Riccardas Hand.

Das große Haus lag in ungewohnter Stille. Nachdem sich der Lord und seine Familie bereits kurz nach Sonnenaufgang ins Schloss begeben hatten, hatte der Haushofmeister auch dem Gesinde erlaubt, Markt, Turnier und Festlichkeiten zu besuchen. Bis auf die unverzichtbaren Wachen an Tor und im Stall schienen Arlana und das Kind die einzig übrig gebliebenen Bewohner zu sein.

»Was soll ich nur mit dir tun?«, fragte sie Riccarda ein wenig ratlos. Sie hatte wenigstens mit einer Magd gerechnet, der sie das Kind anvertrauen konnte. »Ich kann dich doch nicht mit zum König schleppen.«

»Ausreißen, Lana!«, erwiderte Riccarda fröhlich.

»Ich sehe keine andere Möglichkeit«, stimmte sie zu. »Ich kann dich schlecht dem Bewaffneten am Tor ans Bein binden oder dich im Stall lassen. Wer weiß, vielleicht ist dein Anblick auch ein Argument, wenn es darum gehen sollte, deinen Vater davon abzuhalten den Mann zu töten, der mir alles bedeutet.«

Ohne sich um die verblüfften Mienen der beiden Torwachen zu kümmern, eilte Arlana mit dem kleinen Mädchen auf die Straße. Ein Blick zum Himmel belehrte sie, dass die Sonne bereits hoch stand und der Vormittag weiter fortgeschritten war, als sie gedacht hatte.

Hatten die Kämpfe auf dem Turnierplatz schon begonnen?

17

Turnierplatz von Winchester, 17. Juli 1101

Es war ein himmelweiter Unterschied, ob man sich der Turnierwiese im Gefolge der Königin näherte oder ob man sich mit einem Kind auf dem Arm durch eine Menge schieben musste, in der jeder nur das eigene Vorwärtskommen suchte. Arlanas Schläfen waren feucht und das Untergewand klebte ihr zwischen den Schulterblättern. Die Sonne brannte auf dem roten Haar und dem staubigen Samt ihres losen Kleides. Inzwischen trug sie Riccarda wieder auf dem Arm, denn sie hatte Angst, die Menschen könnten sie an ihrer Seite einfach erdrücken.

Die strammen Ärmchen erstickend eng um ihren Hals geschlungen, betrachtete das kleine Mädchen die für sie völlig neue Welt. Immerhin war es so fasziniert, dass es ruhig blieb, aber es wog trotzdem mit jedem Schritt schwerer. Vereint mit dem fast ebenso schweren Bündel unter ihrem Rock kam sich die junge Frau vor, als trüge sie gleich dem heiligen Christophorus die ganze Welt auf ihren schmalen Schultern. Konnte sie unter diesen Umständen den Turnierplatz je rechtzeitig erreichen?

»Wohin so eilig des Wegs, Rotschopf?«

Arlana hatte längst die Erfahrung gemacht, dass sie derlei Fragen am besten überhörte und sich weiterdrängte. Sie wollte weder mit einem stämmigen Küfnergesellen zum Turnier gehen, noch die Aufmerksamkeit eines Bogenschützen auf sich ziehen. Ihr neuer Verehrer war allerdings hartnäckiger als alle anderen zuvor. Er packte sie am Arm und sie musste stehen bleiben, wenn sie Riccarda nicht in ein Gerangel verwickeltn wollte. Wütend starrte sie in ein bärtiges Männergesicht mit tiefer Stirn. die wulstigen Lippen des Mannes waren zu einem ansteckenden Grinsen verzogen. Obwohl an hoch gewachsene Männer in ihrer Umgebung gewöhnt, hatten seine athletischen Schultern auch für sie einschüchternde Maße.

»Nimm deine Hände fort!«, rief sie dennoch erbost.

Der Mann trat überrascht einen Schritt zurück. Vereint mit dem zwar staubigen, aber erkennbar vornehmen Gewand, tat ihr Ton seine Wirkung. Er blinzelte verwirrt.

»Warum trägst du das Haar offen und unbedeckt, wenn du nicht darauf aus bist, die Aufmerksamkeit eines Mannes zu erregen, Mädchen?«, brummte er eher verblüfft als verärgert.

»Mein Haar ist offen, weil es mir bequemer ist. Du Tölpel«, schnappte Arlana wütend zurück. Sie hatte Wichtigeres zu tun, als sich um ihr Erscheinungsbild zu kümmern. »Lass mich in Frieden.«

Vergeblich versuchte sie, an ihm vorbeizukommen. Er trug das Lederwams eines Handwerkers und hielt die Arme vom Umfang junger Baumstämme verschränkt vor seinem imponierenden Brustkorb.

»Brauchst keine Angst vor mir zu haben«, grinste er jetzt sonnig. »Ich bin Cedrick der Waffenschmied. Was bist du so eilig und gereizt, an diesem schönen Tag?«

»Weil's kein schöner Tag für mich ist«, seufzte Arlana und strich sich mit der freien Hand eine Haarsträhne aus der feuchten Stirn. »Ich muss zum Turnierfeld, Cedrick, aber ich fürchte, ich habe mich verlaufen. Könntest du mich hinbringen, statt mir die Zeit zu stehlen?«

Wenn sie ihn nicht loswerden konnte, dann konnte sie

ihn vielleicht benutzen. Ihre Frechheit imponierte dem Waffenschmied. Er lachte dröhnend.

»Das Befehlen beherrschst du so gut wie eine feine Dame, Rotschopf. Komm schon, hör auf zu schmollen, und schenk mir ein Lächeln, dann geleite ich dich, wohin du willst. Vielleicht werden wir ja doch noch Freunde, wenn du merkst wie nett ich sein kann.«

Arlana verengte die Augen. Der Mann hatte Ähnlichkeit mit einem gutmütigen Tanzbären. Die Menge teilte sich um ihn wie das Wasser um einen Fels im Fluss. Niemand wagte, ihn anzurempeln. In seinen tief liegenden blauen Augen bemerkte sie jetzt auch eine Aufrichtigkeit, die sie unwillkürlich leichter atmen ließ. In diesem Gewimmel konnte sie wahrhaftig einen Beschützer gebrauchen. Warum sollte sie sich ihm nicht anvertrauen?

»Und wenn du mir nicht nett genug bist?«, fragte sie trotzdem vorsichtig.

»Dann finde ich sicher eine andere Jungfer, die ich geleiten kann. Ich hab's nicht nötig, einer nachzulaufen. Ganz Winchester und die Grafschaft drum herum sind auf den Beinen.«

Die treuherzige Erklärung besiegte Arlanas Vorbehalte. Sie wollte es wagen. Auch Riccarda hatte ersichtlich Gefallen an dem Waffenschmied gefunden, sie strahlte den gutmütigen Herkules breit lachend an.

»Nun gut«, sagte sie kurz entschlossen. »Aber ich warne dich. Behalte deine Hände bei dir. Ich hab ein Messer im Gürtel und ich kann damit umgehen.«

Cedrick fand die Drohung eher komisch als gefährlich. Er lachte so dröhnend, dass sich die Vorübergehenden nach ihnen umsahen. Schließlich streckte er die Hände aus und griff sich das Kind. Beim nächsten Atemzug saß Riccarda sicher auf seinen Schultern, klammerte sich in seinen Haaren fest und quietschte in reinstem Vergnügen.

Arlana atmete auf und rückte heimlich das Gewicht der Juwelen um ihre Hüfte zurecht.

»Bring mich zur königlichen Tribüne«, sagte sie knapp.

»Sehr wohl Euer Gnaden«, spottete Cedrick gutmütig. »Willst wohl die feinen Damen und Herren aus der Nähe betrachten, was? Ich werde sehen, was ich für dich tun kann, aber ich fürchte, die Soldaten des Königs lassen uns nicht so einfach an die hohen Herrschaften heran. Nicht einmal, wenn du ein Kleid trägst, das vermutlich aus den Truhen deiner Herrin stammt.«

»Bring mich erst einmal hin, dann sehen wir weiter«, winkte Arlana ab, ohne den Irrtum richtig zu stellen.

»Unser König hat aus dem tödlichen Pfeil gelernt, der seinen Bruder getroffen hat«, erklärte Cedrick gönnerhaft. »Er hält lieber auf Abstand. Recht hat er. Es passt nicht jedem, dass er die Macht der normannischen Barone in unserer Heimat beschneiden will.«

»Du bist auf seiner Seite?«

»Wundert's dich? Es war an der Zeit, dass wir endlich einen Herrscher bekommen haben, der in diesem Land geboren wurde, der unsere Sprache spricht und unsere Art zu leben teilt und versteht. Meinetwegen kann das normannische Pack ruhig auf der anderen Seite des Meeres bleiben. Es hält einen ehrlichen Sachsen doch nur für einen Barbaren. So, da vorne beginnt die Turnierwiese, Rotschopf. Wir wollen sehen, ob wir noch irgendwo einen guten Platz für uns ergattern können. Die Kämpfe sind schon in vollem Gange.«

Arlana reckte sich auf die Zehenspitzen, um sich zu orientieren. Sie waren noch beklagenswert weit von der großen hölzernen Tribüne entfernt, wo der der König und seine Gäste unter einem hellen Leinendach saßen. Gestern war auch sie eine der nobel Gekleideten gewesen, die vom einfachen Volk bewundert und beobachtet wurden. Heute kam es ihr vor, als wäre der Abstand zwischen ihr und dem königlichen Hof über Nacht um Meilen gewachsen.

»Dort hinüber«, dirigierte sie ihren Begleiter trotzdem energisch in diese Richtung.

Cedrick tat ihr den Gefallen und schob sich mit der Unbeirrbarkeit einer Lawine zwischen den Menschen hindurch. Erst die königliche Garde bildete ein Hindernis, das nicht einmal er aus der Seite räumen konnte. Arlana verließ den breiten Schutz seines Rückens und trat vor einen Soldaten im königlichen Waffenrock.

»Ich bin Arlana von Cashel«, erklärte sie in dem Ton, der auf Hawkstone unwillige Milchmägde und faule Hausburschen zum Gehorsam zwang. »Ich gehöre zu den Ehrendamen ihrer Majestät, der Königin. Ich werde von Ihr erwartet, lasst mich passieren.«

Der Mann würdigte sie keines Blickes. Mit ungerührter Miene schaute er über sie hinweg, die Hellebarde mit der seines Kameraden auf der anderen Seite des Durchganges gekreuzt.

»Seid ihr taub? Ich muss zur Königin.«

»Pack dich, Mädchen«, ließ er sich erst zu einer Antwort herab. »Glaubst du, du bist die Erste, die sich mit einem geliehenen Kleid unter die Hofgesellschaft mischen will, um einen Edelmann zu übertölpeln? Eh' wir dich für eine Dame halten, fließt der Itchen wieder in seine Quelle zurück. Verschwinde, sonst kommst du zu den Unruhestiftern, die auf ihre Zeit am Pranger warten.«

Arlana wollte sich nicht einschüchtern lassen, aber Cedrick hatte keine Lust sich mit den Wachen des Königs anzulegen. Er zog sie gewaltsam außer Hörweite der Gardisten. Sie ließ ihre Enttäuschung in unmissverständlichen irischen Schimpfworten an ihm aus, die er zwar nicht verstand, aber deren Ton ihm durchaus klar machte, worum es ging. Erst als sie Luft holen musste, meldete er sich wieder zu Wort.

»Gib es auf, Rotschopf. Unseresgleichen kann eben nicht einfach zum König marschieren, um ihm guten Tag zu sagen. Was erhoffst du dir überhaupt davon? Er ist jung verheiratet und wenn er trotzdem nach einer Buhle sucht, wird er keine nehmen, die ein Kind mit sich herumschleppt.«

Arlana war zu enttäuscht, um das Missverständnis zu korrigieren. Es war ihr gleichgültig, was Cedrick von ihr dachte, ihr ging es allein um Bryan de Cambremer. Sie konnte ihm helfen, wenn man sie nur endlich lassen würde! Hinter dieser Mauer aus Menschen, die sich um das Rechteck des Turnierfeldes drängte, begab er sich in Lebensgefahr, wenn es ihr nicht zuvor gelang, den König zum Eingreifen zu bewegen.

Das Horn des Herolds und das beeindruckte Raunen der Menge, das die nächsten beiden Kämpfer begrüßte, mahnte sie zur Eile. In ihrer Verzweiflung hätte sie sich am liebsten gewaltsam einen Weg durch das Kreuz der Hellebarden gebahnt, aber ein Rest von Vernunft sagte ihr, dass Cedrick sie mit Recht vor den Folgen ihres Ungestüms warnte. Es musste einen anderen Weg geben, König Heinrichs Aufmerksamkeit zu erringen. Sie sah den Waffenschmied eindringlich an.

»Ich schwöre dir bei meiner ewigen Seligkeit, dass ich nicht lüge. Ich gehöre wirklich zum Hofstaat unserer Königin.«

»Hofdamen treiben sich nicht in den Gassen der Stadt herum, einen Fratz wie diesen auf dem Arm. Sie achten auf ihre schönen Kleider und verstecken ihr Haar unter kostbaren Schleiern. Unsere junge Königin mag aus dem wilden Schottland stammen, aber ich bin sicher, dass ihre Damen anders aussehen wie du, Rotschopf.«

Arlana prüfte ihr beschmutztes Kleid, das aufgrund gewisser gelöster Bänder und eines heimlich versteckten Bündels lose um sie herumschlotterte. Außer dem Stoff und der Farbe erinnerte tatsächlich nichts mehr an die elegante Robe vom Vortag. Irgendein Dummkopf hatte ihr, auf dem Weg hierher, auch noch Ale über den Rock gekippt. Woher der inzwischen eingerissene Saum stammte, vermochte sie nicht zu sagen.

Hilflos eingepfercht zwischen den Bürgern von Winchester war sie am Ende ihrer Weisheit. So wie sie aussah, bestand tatsächlich Gefahr, dass irgendein Büttel sie bis zum Ende des Turniers einfach einsperrte, weil er sie für eine leichtfertige Person hielt. Wer würde sie schon vermissen? Lady Liliana? Benigna hatte ihr sicher gesagt, sie läge im Alkoven und kuriere ihre Übelkeit aus.

Die Kehle wurde ihr eng vor Verzweiflung. Sie legte die Hand an den Hals, als könne ihr die Berührung Erleichterung verschaffen. Sie spürte das Band mit Bryans Ring. Ihre Augen weiteten sich. Noch war nicht alles verloren. Sie suchte den Blick ihres Begleiters, der geduldig abgewartet hatte, bis sie mit ihren Überlegungen zu Ende gekommen war.

»Du musst mir einen Gefallen, Cedrick.«

»Noch einen?«

Cedrick zog eine Grimasse. Er sah auf Riccarda hinab, die an dem Zuckerstück lutschte, das er ihr von einem fliegenden Händler gekauft hatte. Sie saß nun nicht mehr auf seinen Schultern, er hielt sie seitdem im Arm. Sie lächelte ihn klebrig und strahlend an.

»Wenigstens ein Mädchen, das freundlich zu mir ist«, scherzte der Waffenschmied, ehe er wieder Arlana ins Auge fasste. »So wie du das Befehlen beherrschst, möchte man wirklich meinen, dass du eine Hochwohlgeborene bist. Warum sollt ich dir ständig zu Diensten sein?«

Arlana ging nicht auf den Scherz ein. Ihr war nicht nach einem Lächeln oder Lachen. Sie presste die Hand auf den Ring und spürte, wie sich der harte, goldene Umriss kantig in ihre Handfläche grub.

»Du tust es, weil du ein ehrlicher Christenmensch bist und weil es darum geht, das Leben eines ehrenwerten Mannes zu retten. Hör zu, als Waffenschmied hast du bestimmt die Möglichkeit, dich irgendwie unter die Ritter und Edelmänner zu mischen, ohne Aufsehen zu erregen. Hier ...« Sie nestelte das Band um ihren Hals auf und hielt ihm den Siegelring der Cambremers hin. »Finde den alten Lord von Hawkstone für mich. Er ist der Einzige, der mir jetzt noch helfen kann. Weise ihm den Ring vor. Es ist der seines Sohnes. Sag ihm, dass Arlana dich schickt und dass sie seine Hilfe braucht. Ich warte mit dem Kind hier. Ich flehe dich an, beeil dich, es geht um Leben und Tod.«

Es lag etwas in ihren Augen, das den Waffenschmied ebenso bezwang wie der beschwörende Klang ihrer dunklen Stimme. Er setzte das protestierende Kind ab und nahm den Ring mit dem Wappen der Cambremers von Arlanas Hand.

»Wenn sie mich in den Turm werfen, weil du diesen Ring gestohlen hast, Mädchen, dann ...«

»Das wird nicht geschehen«, unterbrach ihn Arlana mit Nachdruck. »Ich schwöre es dir bei allem, was mir heilig ist! Du tust ein gutes Werk und der Lord von Hawkstone wird dich für deine Mühen reich entlohnen.«

Cedrick brummelte etwas Unverständliches und verschwand im Gewühl. Arlana drückte Riccarda mitsamt ihrer Zuckerstange an ihre Röcke. Sie bemerkte erst jetzt, dass die Menschenmenge, die sie umgab in atemloser Spannung einen Kampf verfolgte, den sie über all die Köpfe hinweg nicht sehen konnte. Wie die Brise eines Sturmes flog ein gemeinsamer, fieberhafter Atemzug über den Turnierplatz als an der Schranke die weiße Fahne fiel, die den nächsten Gang eines Stechens freigab.

Das gedämpfte Dröhnen trommelnder Pferdehufe auf Gras hob sich über das Raunen der Zuschauer, gefolgt vom ohrenbetäubenden Aufprall zweier Lanzen und dem Geräusch splitternden Holzes. Neuerliches Hufgetrommel bezeugte, dass beide Kämpfer auch diesen Waffengang im Sattel überstanden hatten. Lautstarkes Johlen und tosender Beifall belohnten ihre Kunstfertigkeit.

In der allgemeinen Aufregung ging die Stimme des Herolds unter, der das Aufeinandertreffen der beiden nächsten Ritter, zusammen mit ihrem Rang und ihrem Namen, verkündete. Die ellenlange Aufzählung ihrer Heldentaten bewies zusätzlich, dass es sich um Männer von Bedeutung handeln musste.

Arlana hätte sich am liebsten die Ohren und die Augen zugehalten. Alle ihre Sinne reagierten in heller Panik auf die fanatische Anspannung, die die Menschenmasse beherrschte, auf den Blutdurst, die Angst und die Bewunderung, die im nächsten Moment in Verachtung und Hohn umschlagen konnten. Das Volk, das der Willkür der Mächtigen sonst hilflos ausgeliefert war, berauschte sich daran, Zeuge zu werden, wie zwei dieser mächtigen Männer aus Gründen ritterlicher Ehre ihr Leben aufs Spiel setzten.

Und wenn es nun bereits Bryan de Cambremer und Eustache de Breteuil waren, die da kämpften? Der Gedanke schoss ihr so unmittelbar durch den Kopf, dass sie einen leisen Schrei ausstieß. Ihr Herz raste im dumpfen Stakkato der Hufschläge und ihre Hände wurden eiskalt.

Wieder splitterten krachend die Lanzen mit einem Laut, der alle feinen Härchen auf ihrem Körper sträubte. Dieses Mal jedoch folgte ein neues blechernes Geräusch, das der Menge einen einhelligen Schrei des Entsetzens entriss. Einer der Kämpfer oder gar alle beide waren aus dem Sattel gehoben und zu Boden geschleudert worden.

Arlana erzitterte. Übelkeit und Angst verklumpten sich in ihrem Magen zu schmerzendem Brechreiz. Sie umklammerte Riccardas Schultern, ohne zu bemerken, dass sie das Kind damit erschreckte. Ein Sturz aus der Höhe eines Turniersattels, belastet mit dem Gewicht einer eisernen Rüstung, war schon für einen gesunden Mann lebensgefährlich.

*

»Mylord, auf ein Wort.«

Der Lord von Hawkstone blieb stehen, aber man sah ihm an, dass es ihm schwer fiel, Höflichkeit zu zeigen. Trotz der sommerlichen Wärme trug er einen mit Pelz verbrämten Mantel. Sein Gesicht hatte die Farbe ungelöschten Kalks.

»Wer bist du?«

»Cedrick, der Waffenschmied. Herr, ich soll Euch ...«

Ein Waffenschmied. Ausgerechnet jetzt. Er bezähmte mühsam seinen Grimm. Der Schmied konnte schließlich nichts für die Ereignisse.

»Was immer dein Anliegen ist, Cedrick, komm später noch einmal. Ich habe wirklich keine Zeit für dich.«

»Das wird Ihr nicht gefallen, Herr.«

Die seltsame Antwort machte den Seigneur von Cambremer trotz seiner eigenen Sorgen misstrauisch. Er verengte die Augen.

»Wem wird es nicht gefallen?«

»Dem Rotschopf, Mylord. Die Frau nennt sich Arlana. Sie sagt, ich soll Euch das hier zeigen und Euch sagen, dass sie dringend Eurer Hilfe bedarf.«

Cedrick hielt ihm die Hand hin und die Sonne ließ das golden geprägte Wappen des Hauses Cambremer glänzen. Raynal de Cambremer hatte diesen Ring einst von seinem Vater erhalten. Er hatte ihn seinem Sohn am Tag seiner Ritterweihe weitergegeben. Gestern hatte Bryan diesen Reif noch getragen. Wie kam er in die Hand des Waffenschmieds? Was hatte Arlana mit diesem Mann zu schaffen? Hatte nicht Liliana erwähnt, dass sie sich nicht wohl fühle und zu Hause geblieben sei? Er packte den Ring und schloss die Finger zur Faust.

»Wie kommt Arlana zu diesem Ring?«

»Das kann ich Euch nicht sagen, Herr. Fragt sie selbst. Sie gab mir den Reif, damit Ihr von der Dringlichkeit ihrer Bitte überzeugt werdet. Sie wartet mit dem Kind auf uns, dort wo sich das Volk um das Turnierfeld drängt.«

»Sie hat kein Kind.«

Cedrick zuckte mit den Schultern. Er war die Widerreden leid und bedauerte bereits, sich auf diesen Gang eingelassen zu haben.

»Ich hab es selbst auf meinen Schultern getragen, Mylord. Ein hübsches kleines Ding mit kohleschwarzen Augen und fröhlichem Sinn.«

»Riccarda?«

Noch ein Rätsel. Warum befand sich seine Enkelin nicht zu Hause unter der sicheren Obhut ihrer Amme?

»Ihren Namen weiß ich nicht, Mylord«, entgegnete der Waffenschmied.

Der Lord zog den Umhang enger um die einstmals breiten, nun ein wenig gebückten Schultern und nickte Cedrick zu. Es wirkte, als habe er resigniert eine Entscheidung getroffen, die ihm zutiefst widerstrebte.

»Also gut, bring mich zu ihr. Ich hab ohnehin nicht die Macht, die Dinge hier zu ändern.«

Cedrick hätte gerne gefragt, wie der letzte Satz gemeint war, aber angesichts der düsteren Miene des Edelmannes verbot sich jedes vertrauliche Wort. Er verneigte sich knapp und führte den Lord zu Arlana. Es fiel ihm auf, dass man ihnen nachschaute, respektvoll vor seinem Begleiter zurückwich und hinter ihrem Rücken über sie tuschelte. Das Aufsehen war ihm unbehaglich und bis sie Arlana endlich wieder gefunden hatten, fasste er innerlich den Vorsatz, seiner Vorliebe für Rotschöpfe in Zukunft abzuschwören.

Der Lord von Hawkstone erkannte in der jungen Frau mit dem staubigen Kleid und der wirren Haarwolke sein Mündel kaum. Arlana nutzte den Schatten eines Planwagens für sich und Riccarda, in dessen aufgeschlagener Vorderseite ein geschäftstüchtiger Händler Wein und Ale an die Vorübergehenden verkaufte. Beim Anblick des Lords straffte sie sich und begegnete seinen Augen mit dem letzten Rest ihrer Beherrschung.

»Was ist geschehen, Arlana?«, fragte der Lord ohne Zeit für einen Gruß zu verlieren. »Wieso ist das Kind bei dir und warum schickst du mir den Ring meines Sohnes mit einem solchen Hilferuf? Wie siehst du überhaupt aus?«

Er sah sie um Haltung kämpfen, während ihm all die anderen Äußerlichkeiten auffielen, die das Bild des verzweifelten irischen Mädchens in ihm wachriefen, das im Hafen von Hastings in sein Leben getreten war. Irgendetwas musste sie völlig aus der Bahn geworfen haben.

»Sag mir, was ist los?«

»Ist Euer Sohn schon in die Schranken geritten?«

Sie stellte Fragen, statt die seinen zu beantworten.

»Habt Erbarmen, Mylord«, flehte sie, weil er noch immer zögerte.

Er suchte ihren Blick.

»Hast du es denn eben nicht gesehen? Er ist auf Sirius in das Stechen geritten und hat Breteuil beim dritten Aufeinandertreffen aus dem Sattel gehoben.«

»Dem Himmel sei Dank.«

Arlana schloss für einen Atemzug die Augen und richtete sich mit neuer Energie wieder auf. Es tat ihm weh, ihre Hoffnungen zu vernichten.

»Du freust dich zu früh, Kind. Nach den Regeln des Turniers von Winchester hätte dieser Sturz genügt, um Bryan zum Sieger zu erklären. Aber er wollte mehr als die Gewissheit, der bessere Lanzenstecher zu sein. Er hat sein Schwert gezogen, obwohl der König den Gebrauch geschliffener Waffen verboten hat.«

Er hatte dieses ungeheuerliche Sakrileg also begangen, hatte gegen die königlichen Regeln für das Turnier verstoßen, hatte das Schwert ergriffen und sich damit in offenen Widerspruch zu den Wünschen des Königs gesetzt.

»Hat er auch mit dem Schwert gesiegt?« fragte sie heiser.

»Dazu kam es nicht. Der König war so zornig, dass er selbst zwischen die Ritter trat. Er hat meinen Sohn von der Garde abführen lassen. Ich werde mich auf den Weg zum König machen, um für ihn zu sprechen, wenngleich ich fürchte, dass er mir die Audienz verweigern wird.«

»Und Breteuil ...« Arlana erstickte fast an den Worten.

»Wurde zum Sieger erklärt. Ihm gehören die Rüstung, die Waffen und das Pferd meines Sohnes.«

»Sirius ...«

Arlana verschlug es die Stimme. Sirius war mehr als ein Streitross für Bryan. Nicht nur, dass er ihm im Heiligen Land das Leben gerettet hatte, er war ein Freund, ein Stück Heimat für ihn gewesen. Sirius zu verlieren, war gleichbedeutend mit dem Verlust der Unversehrtheit.

»Wie ungerecht«, hauchte Arlana tonlos. »Wie kann Seine Majestät das tun?«

»Eustache de Breteuil hat nach Kenntnis des Königs nichts verbrochen, was das Verhalten meines Sohnes rechtfertigt. Zumindest nicht in Britannien ...«

Arlanas gesenkter Kopf flog hoch, als sie den Nachsatz hörte.

»Nehmt mich mit zum König.«

Der Lord von Hawkstone schüttelte in tiefem Bedauern den Kopf.

»Besser nicht, Arlana. Der König misstraut meiner Familie ohnehin, weil Bryan unter Herzog Roberts Fahne ins Heilige Land gezogen ist. Nachdem er nun endgültig in Ungnade gefallen ist, werden wir alle die Folgen seiner Tat tragen müssen.«

»Umso wichtiger ist es, dass ich mit dem König spreche«, entgegnete Arlana eigensinnig. »Oder wollt Ihr zulassen, dass ein Mörder triumphiert, während Euren Sohn der Bannstrahl des Königs trifft? Ich habe Beweise dafür, dass Bryan schon im Heiligen Land auf ungeheuerliche Weise von Breteuil und seinen Komplizen betrogen worden ist.«

Der Lord strich sich mit dem Zeigefinger über die Kante seines ausgeprägten Kinns, ehe er seine Entscheidung traf. Er war bereit jede noch so kleine Möglichkeit zu ergreifen, um eine Katastrophe zu verhindern.

»Bist du dir sicher?«

Arlana nickte und brachte die Stimme in ihrem Kopf

zum Schweigen, die sie darauf hinwies, dass auch Benigna untergehen würde, wenn es ihr gelang, den König zu überzeugen. Es war ihr egal, ob man sie später eifersüchtig und rachsüchtig nennen würde. Hauptsache es gelang ihr, Bryans Ehre zu retten.

»Dann komm mit«, nickte der Lord und sah sich um. »Was ist mit deinem Begleiter ... Er ist fort.«

Cedrick hatte ihr Gespräch genutzt, um spurlos in der Menge unterzutauchen. Er schätzte Edelleute als Kunden seines Handwerks, in ihre Machenschaften wollte er nicht verwickelt werden.

»Er ist nicht länger an meiner Gesellschaft interessiert«, sagte Arlana trocken.

Raynal de Cambremer verneigte sich, beeindruckt von ihrer kühlen Beherrschung. Diese junge Frau in einer schwierigen Lage zur Seite zu haben, war so viel wert wie eine ganze Armee. Sein Sohn hatte gewusst was er tat, als er ihr den Ring der Cambremers gab und nicht Benigna. Er öffnete seine Hand und hielt ihr das Schmuckstück hin.

»Willst du mir verraten, was der Grund dafür ist, dass er dir seinen Siegelring gegeben hat?«

Zarte Röte überflutete unerwartet Arlanas Wangen und verriet dem Lord mehr, als sie ahnte, während sie in einer Mischung aus Trotz und Widerstreben entgegnete: »Ich nehme an, er hat ihn lediglich dort vergessen, wo ich ihn gefunden habe. Verwahrt ihn. Ich habe kein Recht darauf.«

»Das sehe ich anders. Nur Bryan kann ihn von dir zurücknehmen. Wo trägst du ihn? Auf dem Daumen?«

»An einem Band ...« flüsterte sie tonlos.

»Dann nimm ihn an dich und gib mir das Kind. Es ist ohnehin zu schwer für dich.«

Arlana zögerte, aber dann ergriff sie den Ring und fädelte ihn geschickt wieder auf das Band, das sie von ihrem Handgelenk wickelte.

»Lana«, piepste Riccarda vergnügt in das Ohr des Lords und steckte den Daumen wieder in den Mund, weil die Reste ihrer Zuckerstange an Arlanas Rock kleben geblieben waren. »Lana lieb.«

»Hoffentlich denkt das der König auch, Kleines«, seufzte er aus tiefstem Herzen.

18

Winchester, 18. Juli 1101

Der Zorn in ihm erstickte jedes andere Gefühl. Bryan de Cambremer schalt sich selbst einen Narren, gegen seinen König zu wüten und das Schicksal zu verfluchen, das Gut und Böse verdreht und gegen ihn gekehrt hatte. Es hatte ihm das Schwert aus der Hand gerissen, ehe er seinen Schwur erfüllen konnte!

Er hatte noch in Sirius' Sattel gesessen, mit der Rechten die schwere Kriegslanze ausbalanciert und darauf vertraut, dass sein vierbeiniger Gefährte an Wucht ersetzte, was er selbst Breteuil an Körperkraft unterlegen war, noch den wilden Triumph des Sieges gefühlt, als Eustache de Breteuil ins Wanken kam, weil seine Waffe dank Sirius' Geschick abgelenkt wurde, während seine eigene Lanzenspitze das Schild des Kreuzritters genau in der Mitte des weißen Rades getroffen hatte. Das Splittern des Holzes stieg mit dem Aufschrei der Menge und dem Staub des Turnierplatzes in den Sommerhimmel.

Die Zeit blieb stehen. Er sah den schwarzen Ritter unendlich langsam aus dem Sattel fallen, spürte die geschmeidige Kraft des Destriers unter sich und ließ die nutzlosen Lanzenreste fallen, damit er das Schwert aus seiner Scheide reißen konnte. Er war schon schwankend kampfbereit gestanden, bevor sich Breteuil halb betäubt aufraffte und das Visier seines Helmes zurückschob.

»Steh auf und kämpfe! Ich stehe für Richard de Tréviers, den du ermordet hast!«

Seine eigene Aufforderung, der heisere Fluch Breteuils, das klirrende Aufeinanderprallen ihrer Schwerter, all dies geschah in einem. Er hatte eine schnelle Entscheidung erzwingen wollen. Er spürte bei jedem Schritt ein gefährliches Zittern in seinem verwundeten Oberschenkel. Sein Gegner hatte indes die anfängliche Benommenheit des Sturzes abgeschüttelt. Seine Hiebe wurden gefährlicher, methodischer.

Bryan war es dennoch gelungen, einen wohl gezielten Treffer auf Breteuils Schulter zu landen. Vom Scharnier der Rüstung sprangen Stahlteile ab, der Arm mit dem gegnerischen Schwert sank leblos nach unten. Der richtige Augenblick für einen tödlichen Schwertstreich. Doch just vor diesem letzten Ausholen, war der König, ungeachtet aller Gefahr, zwischen sie gesprungen, packte Bryans Schwertarm dermaßen gewaltsam, dass er auf seinem verletzten Bein in die Knie brach.

Vor dem schmalen Sichtspalt seines Helmes verschwamm das Turnierfeld, aber die Worte des Königs hatten ihren Weg an sein Ohr gefunden.

»Habt Ihr den Verstand verloren, Bryan de Cambremer? Ihr habt bei Eurer Ritterehre geschworen, die Turnierregeln zu achten! Wie könnt Ihr gegen einen Kreuzritter zum scharfen Schwert greifen? Er ist ein Krieger Gottes!«

Gefangen im dumpfen Käfig seines Helmes, gepeinigt von den Schmerzen in seinem Bein und besiegt von der Erkenntnis, dass der König in eigener Person seine Rache verhindert hatte, war ihm nur Schweigen geblieben. Ohnehin wäre es müßig gewesen mit dem erregten König zu argumentieren.

Der Zorn, der ihn erfüllte, galt freilich auch nicht dem Eingreifen des Königs. Dass er ihn erzürnen würde, hatte er gewusst und die Folgen in Kauf genommen. Es war das

Lächeln Breteuils, das ihn bis in den Kerker seiner Wut verfolgte. Dass diesem Mörder unter königlichem Schutz Sirius zugesprochen wurde, war mehr als ein Mann von Vernunft hinnehmen konnte. War er denn der einzige Mensch auf Gottes Erde, der diesen Schurken durchschaute?

Nach und nach besiegten Schwäche und Schmerzen sein Aufbegehren. Er vermochte nicht länger logisch zu denken. Er sank halb betäubt vor Qual auf dem aufgeschütteten, modrigen Stroh zusammen, das ihm als Lager diente.

Schon im ersten Durchgang des Lanzenstechens hatte Breteuils Waffe, beim Abrutschen von seinem Schild, die alte Wunde am Oberschenkel getroffen und den Beinschutz an der Naht aufgerissen. Jede weitere Bewegung hatte den scharfkantigen Stahl tiefer gegen die Leinenbandage und schließlich in die Haut gedrückt. Inzwischen blutete er wenigstens nicht mehr.

Die alten Bilder flackerten ungerufen durch seinen wehrlosen Verstand. Die Bilder von Strömen des Bluts, von Bergen abgehackter Gliedmaßen bei der Befreiung Jerusalems, die sich in sein Auge gegraben hatten. Er glaubte, die Schreie der verzweifelten Sterbenden zu hören. Das schmerzhafte Delirium vor Richards Tod in seinen Armen erstand vor seinem Auge. In der Dunkelheit des lichtlosen Kerkers, tief unter dem königlichen Schloss war er seinen eigenen Albträumen hilflos ausgeliefert.

Erholung fand er nur, wenn Arlanas Gesicht die Schreckgespenster vertrieb, wenn er sich an die flüchtige Berührung ihrer Haare auf seiner Haut erinnerte, an den Trost, den ihm ihr Kuss auf die Narbe an seiner Wange gegeben hatte. Er klammerte sich an diese Lichtblicke, aber er verlor mehr und mehr das Gefühl für Zeit und Raum. Er fühlte die Hitze des Wundfiebers in sich aufsteigen. Würde er in diesem Rattenloch zugrunde gehen?

Sein Zorn verwandelte sich mehr und mehr in Ergebenheit. Wozu noch kämpfen? Er hatte von Anfang an geahnt, dass es so enden würde. Er würde den ruhmlosen Tod eines Narren sterben, der die Ehre über Vernunft und Liebe gestellt hatte. Es war zu spät das Rad des Schicksals zu drehen.

*

»Seine Majestät wünscht Euch weder zu sehen noch zu sprechen, Mylord. Es tut mir Leid, gebt dem König Zeit, dass er seinen Ärger gegen die Cambremers überwindet.«

Der Lord von Hawkstone betrachte den spindelbeinigen kleinen Sekretär, der diese Botschaft überbrachte und erkannte, dass allein die Person des Überbringers eine Kränkung sein sollte. Der König hatte ihm einen untergeordneten Kanzlisten geschickt, um ihn seinen Unwillen wissen zu lassen. Er hatte nichts anderes von ihm erwartet. Heinrich fürchtete, dass er ihn seines Sohnes wegen bedrängen würde. Er wollte der Konfrontation mit einem Mann aus dem Wege gehen, der möglicherweise sogar im Namen seines verstorbenen Vaters an die königliche Gnade appellieren würde.

»Was soll das heißen?«

Arlana hatte mühsam ihr Temperament über eine Wartezeit gezähmt, die eine halbe Ewigkeit gedauert hatte. Jetzt wollte sie keine Ausflüchte mehr hören.

»Es heißt, dass der König uns die Audienz verweigert, mein Kind«, erklärte der Lord und seine gerunzelten Brauen verrieten den Ärger, den er empfand. »Es ist mir noch nie passiert.«

»Wohin hat man Sir Bryan gebracht?«, herrschte Arlana

den Sekretär an, der ob der Schroffheit an die Holzbegrenzung der königlichen Tribüne zurückwich.

»Das entzieht sich meiner Kenntnis, Demoiselle«, buckelte er. »Man wird es Euch beizeiten mitteilen, bestimmt.«

»Und morgen regnet es von unten nach oben«, spottete Arlana sarkastisch. »Sagt, befindet sich dort oben irgendwo auch Lady Liliana von Hawkstone, die Gattin meines Vormunds?«

»Ihre Majestät die Königin hat sich mit einem Teil ihrer Damen bereits ins Schloss begeben«, verriet der Sekretär eifrig, froh darüber, dass er wenigstens einmal eine Antwort geben durfte, die diese aufgebrachte Frau von ihm vielleicht sogar erwartete. »Der hohen Frau setzte die Hitze zu.« Und er ergänzte: »Ich glaube mich zu erinnern, dass die Lady Hawkstone in ihrer Begleitung war.«

Arlana stieß die Luft scharf durch die Nase aus. Was konnten sie noch tun, um die Mauer der Abwehr zu überwinden, die König Heinrich zwischen sich und jedem errichtet hatte, der zu den Cambremers gehörte?

»Es wird gemunkelt, dass Ihre Majestät schwanger ist«, fügte der Sekretär ungefragt hinzu, als könne er mit diesem Klatsch die Beleidigung ungeschehen machen, die dem Lehnsherrn von Hawkstone von seiner Majestät zugefügt wurde. Gleichzeitig sah er ein wenig gejagt über seine Schulter und dämpfte die Stimme. »Geht, ich bitte Euch Mylord. Wenn der König den Eindruck bekommt, dass auch Ihr seine Befehle missachtet, macht Ihr die Sache nur noch schlimmer.«

Der Lord folgte dem Rat. Arlana wohl oder übel auch.

»Dieser kleine Kanzlist hatte wohl Angst, die Seuche der königlichen Ungnade könnte ansteckend sein«, klagte sie bitter. »Lieber Himmel, was sollen wir tun?«

»Wir bringen das Kind zu seiner Amme nach Hause«, schlug der Lord knapp vor. »Es schläft schon fast und ich habe den Eindruck, dass es auch nicht mehr ganz trocken ist.«

Trotz ihrer beängstigenden Lage huschte ein Lächeln über Arlanas Züge, als sie die Fürsorge sah, mit der sich der Ritter um das kleine Mädchen bemühte. Riccarda hatte mittlerweile den Kopf an seine Schulter gelehnt und schlief mit halb offenem Mund. Ein Bild reiner kindlicher Unschuld. Aber auch eines, das sie an Dinge erinnerte, die sie in der Sorge um Bryan vorerst in den Hintergrund gedrängt hatte.

»Ehe wir das tun, lasst uns in irgendeiner Schänke Halt machen, ich muss Euch etwas erzählen.«

Sie erntete einen Blick, in dem noch immer der gebändigte Zorn des alten Lords schlummerte, aber auch die Lebenserfahrung eines Mannes, der nicht zum ersten Mal in Ungnade gefallen war. Wenn ihn etwas ernstlich bedrängte, dann nur die Sorge um seinen rebellischen Sohn. Ein Gefühl, das sie nur zu gut verstand.

»Wenn du etwas weißt, das uns helfen könnte, dann ist es höchste Zeit den Mund aufzumachen«, knurrte er ärgerlich. »Ich bin die Geheimnistuerei wahrlich leid, mit der sich jeder in dieser Familie umgibt.«

In einer einfachen Schänke am Fluss, in der sich die Fuhrknechte und die reisenden Händler trafen, wählte der Lord eine Bank, die dem Eingang gegenüber stand und von der aus er das Wirtshaus ebenso im Blick behalten konnte, wie dessen Gäste. Während Riccarda neben ihm auf der Bank schlief, den schwarzen Lockenkopf auf seinen mächtigen Oberschenkel gebettet, berichtete Arlana, was sie über die Geschehnisse im Heiligen Land von Bryan gehört hatte.

Er unterbrach sie nicht. Er lauschte konzentriert, während er das Ale trank, das ihnen der Wirt in Tonkrügen über den Tisch geschoben hatte.

»Seine Gnaden Herzog Robert ist mittlerweile der festen Überzeugung man habe ihm diesen Schatz gestohlen. Sobald er auch nur die geringste Spur der Juwelen entdeckt, wird er den Mann, der sie besitzt, als Dieb und Verräter anklagen. Damit hat Lady Benigna Euren Sohn bis zum heutigen Tage erpresst. Er sorgt sich um Euren Ruf und Eure Ehre und er liebt das Kind dieser Frau, das er für das Vermächtnis seines Freundes hält«, schloss Arlana letztendlich heiser.

Dem Lord blieb nur noch eine Frage zu stellen: »Und wo ist dieser sagenhafte Schatz?«

»Unter meinen Röcken«, antwortete Arlana schlicht. »Ich trage ihn bei mir.«

»Bei allen Heiligen, bist du verrückt? Warum ...«

»Ich wollte dem König einen Handel vorschlagen«, erwiderte sie, bevor er seine Frage ausformuliert hatte. »In seinen Händen sind diese Juwelen Frieden und Gerechtigkeit wert. Gerechtigkeit für Richard de Tréviers und seinen Mörder. Für Bryan de Cambremer, einen neuen Anfang in Ehren und Freiheit. Riccarda ist weder Richards Tochter noch die seine. Seht Euch das Kind an. Es trägt die dunklen Züge seines wahren Vaters wie einen Stempel. Schaut sie an und erkennt Eustache de Breteuil in ihren Zügen.«

»Armes Kleines.« Der Lord reagierte nicht so entsetzt, wie sie es erwartet hatte. Er sah auf den Kopf des schlafenden Kindes. »Das Mädchen dauert mich. Es hat nicht verdient, die Zeche für ihre Mutter zahlen zu müssen. Wenn es uns gelingt, Benigna von Eloros hinterhältige Tat nachzuweisen, wird sie sich in ein Kloster zurückziehen müssen und es besteht vielleicht Hoffnung, dass ihre Ehe mit Bryan annulliert werden kann.«

Arlana fuhr den feuchten Ring des Kruges auf der Tischplatte mit dem Zeigefinger nach. Sie versuchte, sich weder von dem Wort Hoffnung noch von dem Wort Annullierung zu unsinnigen Träumen verführen zu lassen.

Er wird dir nie verzeihen, dass du seinem Vater Dinge gestanden hast, von denen er nicht wollte, dass er sie weiß!

Sie presste kurz die Fingerspitzen auf die geschlossenen Lider, dann sah sie auf und konzentrierte sich auf die Gegenwart.

»Euer Haus ist bestimmt längst in hellem Aufruhr. Egal, ob Denisa ihre Herrin erreicht hat oder nicht, inzwischen ist sie wieder zurück und hat festgestellt, dass Riccarda und ich ebenso verschwunden sind, wie der Inhalt der kostbaren Spieldecke. Benigna und sie müssen außer sich vor Sorge und Zorn sein. Sie werden unter dem Deckmantel der Sorge um das Kind auch den Sheriff von Winchester und seine Männer alarmieren. Es kann mir durchaus passieren, dass man mich ergreift und als Diebin anklagt. Schließlich habe ich tatsächlich gestohlen.«

»Mach dir keine Sorgen. Du bist mein Mündel und ich bin für dich verantwortlich. Was immer dir diese Frau vorwirft, ich bin derjenige, der darüber entscheidet ob du schuldig bist oder nicht.«

Der Lord beugte sich vor und griff nach Arlanas eisigen Händen. Ihre Blicke trafen sich und er drückte die leblosen Hände tröstend.

»Noch besser wäre es allerdings, wenn du in der Versenkung verschwindest, bis ich mit dem König sprechen kann. Wir brauchen ein Versteck für dich. Ein sicheres Obdach, in dem dich weder Benigna noch Breteuil vermuten. Solange wir sie nicht in aller Öffentlichkeit ihrer Verbrechen anklagen können, bist du tatsächlich in Gefahr. Ich frage mich, an wen wir uns wenden können. Die Tatsache, dass wir beim König in Ungnade gefallen sind, reduziert auch die Zahl der Freunde, die bei Heinrich ein gutes Wort für mich einlegen können.«

Arlana schätzte ihre Lage ganz ähnlich ein.

»Aber ich bin sicher, die Königin würde mir helfen, wenn sie nur von meiner Notlage wüsste. Sie ist eine herzensgute Frau und mir in Freundschaft zugetan.«

»Kennst du sie gut genug, um ihr völlig zu vertrauen? Meine Gemahlin hat sie mir als ehrenhaft, aber scheu und zurückhaltend geschildert. Ich kann mir kaum vorstellen, dass sie den Zorn ihres königlichen Gemahls riskiert, um eine ihrer zahllosen Damen zu schützen. Und schon gar nicht, wenn es sich bei dieser Dame um das Mündel des Seigneurs von Hawkstone handelt.«

»Wenn sie erfährt, dass ich die Mittel besitze, die der König benötigt, seine Armeen zu bewaffnen und seine Grenzen zu schützen, wird sie ihre Meinung ändern. Dann wird sie einen Weg suchen, diesen Schatz für ihn zu sichern. Ihr Ziel ist allein, ihm nützlich zu sein und ihn zu unterstützen. Sie liebt Heinrich.«

»Wir müssen es versuchen, wir haben keine andere Wahl.« Der Lord warf ein paar Kupfermünzen auf den Tisch und stand auf. »Komm mit mir. Ganz in der Nähe wohnt ein Fernhandelskaufmann, der mir verpflichtet ist. Er wird dir eine Kammer zur Verfügung stellen. Versprich mir, dass du dort in aller Stille wartest, bis ich oder meine Gemahlin kommen, dich zu holen.«

»Und Riccarda?«

»Ich nehme sie mit nach Hause. Man wird mir wohl glauben müssen, dass ich die kleine Ausreißerin zu meinem allergrößten Erstaunen allein in der Stadt aufgelesen habe. Du darfst mir zutrauen, dass ich ihrer Amme und ihrer Mutter eine ordentliche Predigt in Sachen Vernachlässigung halten werde. Niemand wird es wagen, mir eine Lüge zu unterstellen.«

Arlana nickte zögernd.

»Wie wollt Ihr mein Verschwinden erklären?«

»Gar nicht. Ich werde besorgt sein, das Schlimmste vermuten und so tun, als unterstütze ich die Suche nach dir in jeder Hinsicht. Du hast Schlimmes erlebt in deiner Heimat, vielleicht ist ja dein armer Geist verwirrt und du weißt nicht mehr so ganz, was du tust?«

Arlana zog eine Grimasse. Der Plan war gut, aber es gefiel ihr nicht, als Närrin dazustehen.

»Und das Kind? Es spricht kaum normannisch, aber es wird sich seiner Amme verständlich machen können.«

»Was kann es schon erzählen? Riccarda ist noch klein, ihre Welt sieht anders aus und sie findet andere Dinge wichtig. Wenn sie etwas plappert, dann wird sich wohl kein Anhaltspunkt für die Wahrheit darin finden. Sogar wenn sie deinen Namen erwähnt, ist das normal, immerhin hat dich die Amme zusammen mit ihr eingesperrt und sie muss annehmen, dass ihr entweder gemeinsam oder nacheinander ausgerissen seid. Mach dir keine Sorgen. Die beiden haben größere Probleme.«

Sie erhob keinen weiteren Widerspruch. Erst als sie sich in der schmucklosen Kammer voneinander verabschiedeten, die der Kaufmann Arlana neben seinem Warenlager am Ende der High Street zur Verfügung stellte, wagte sie eine kühne Bitte, zu der sie eigentlich kein Recht hatte.

»Gebt Ihr mir Nachricht, wenn Ihr von Eurem Sohn erfahrt? Wenn ihn der König eingekerkert hat, so ist das doch zumindest ein gutes Zeichen, was seine körperliche Verfassung betrifft. Heinrich würde doch keinen verwundeten Mann in den Kerker werfen – oder?«

Ihre Stimme brach und der Lord wusste keinen anderen Rat, als sie in den Arm zu nehmen. Er strich ihr übers Haar und versuchte sie zu beruhigen.

»Meine Gemahlin wird nicht ruhen, bis sie alles erfahren hat, dessen kannst du gewiss sein. Mach dir keine Sorgen, Bryan ist ein zäher Bursche. Ein paar Nächte im Kerker haben dem Stolz eines Mannes noch nie geschadet.«

Er log, um sie zu beruhigen. Arlana wusste es, aber sie widersprach ihm nicht. Sie schloss die Augen und beneidete Riccarda. Sie hätte zu gerne ebenfalls tief und traumlos an dieser Vertrauen erweckenden Schulter geschlafen.

»Ruh dich aus, Kind«, brummte der Lord und küsste sie auf die Stirn. »Ich wünschte, ich könnte dir sagen, dass alles in Ordnung sein wird, wenn du wieder erwachst.«

»Es würde mir schon genügen zu wissen, dass alle die mir nahe stehen noch am Leben sind.«

»Dessen kannst du gewiss sein«, erwiderte der Lord mit einer Gelassenheit, die er in Wirklichkeit gar nicht empfand. »Verriegle die Tür hinter mir. Master Kent ist ein ehrlicher Mann, aber mir wäre dennoch wohler, wenn du auf mich hörtest und zusätzlich Vorsicht walten lässt.«

Arlana folgte seiner Bitte. Sie taumelte erschöpft auf das schmale Kastenbett, das gewöhnlich Boten oder reisenden Kaufleuten zur Verfügung gestellt wurde. Die frischen, wenn auch rauen Leinendecken dufteten nach den Wiesen am Itchen, wo sie getrocknet worden waren. Sie schloss die Augen und versuchte sich in ihrer Fantasie in diese Sommerwelt zu versetzen. Als sie sich zur Seite drehte, um den Kopf tiefer in das flache Kissen zu vergraben, hinderte sie das schwere Bündel unter ihrem Gewand daran.

Die Juwelen des Wesirs. Der Schatz Al-Afdals. Das Lösegeld für den Ritter, den sie liebte.

Arlana richtete sich auf, schlug den Rock zurück und

löste die zahllosen Bänder, die das Bündel an Ort und Stelle gehalten hatten. Sie schlug den Stoff zurück und betrachtete zum ersten Male in aller Ruhe, was sie verbotenerweise an sich gebracht hatte. Im schwindenden Licht des Sommertages glühten märchenhafte Rubine, geschliffene Smaragde, Diamanten, Perlen und Saphire. Jeder Stein für sich ein Wunder der Natur. Arlana fröstelte trotz allem bei diesem Anblick. Der Schatz war mit Blut erkauft worden. Sie würde froh sein, ihn nicht mehr sehen zu müssen.

19

Winchester, 19. Juli 1101

Das Goldstück landete mit einem leisen Klirren zwischen den Weinbechern, tanzte einige Male im Kreis und kam, als leuchtende Sonne, in einer Weinpfütze neben dem Holzbecher zum Stillliegen. Vier Augenpaare folgten dem kleinen Schauspiel und hoben sich dann in gemeinsamer Verblüffung zu der schmalen Gestalt, die neben ihrem Tisch stand und das Goldstück geworfen hatte. Wer war diese Frau, die in den Kerker des Königs spaziert kam und die Wachsoldaten des Königs aus so ruhigen blauen Augen musterte, als hielte sie sich alle Tage im Vorraum zu den übelsten Verließen seiner Majestät auf?

»Was führt Euch zu uns, Lady?«, fragte schließlich der Älteste in der Runde. Etwas in ihrer Haltung, zwang ihn dazu den Titel zu wählen.

»Ich muss den Ritter sehen, den der König nach dem Turnier einkerkern ließ.«

Die befehlsgewohnte Stimme der Herrin des Rosenturmes tat ihre Wirkung. Liliana de Cambremer blieb auch in den übelsten Kasematten des Schlosses eine Dame, die Respekt forderte.

»Tja, das ist schwierig ...«

Der Mann kratzte sich umständlich an den speckigen Haaren, ehe er die Beinkleider zurechtrückte, die nur von einem Strick um seinen Wanst gehalten wurden.

»Ich nehme an, es ist keine Frage der Schwierigkeit, sondern eine der Bezahlung«, erwiderte sie kühl. »Ihr bekommt noch ein Goldstück, wenn ich ihn gesehen und gesprochen habe, behebt das Eure Schwierigkeiten?«

»Geh schon, Walt«, knurrte einer der anderen. »Das macht ein halbes Goldstück für jeden von uns. Nicht viel für einen so bedeutenden Seigneur, aber ...«

Lady Liliana begriff.

»Für jeden von euch ein Goldstück.«

Die drei Männer tauschten Blicke, nickten einander zu und der vierschrötige Wortführer der Truppe, packte die Laterne, die auf einem Brett neben dem Eingang bereitstand.

»Dann kommt mit, Lady. Hebt Eure Röcke, dies hier ist nicht der Audienzsaal seiner Majestät.«

Sie folgte ihm, ohne auf die Bemerkung einzugehen, aber sie konnte ihr Erschauern nicht unterdrücken. Sie hatte nicht damit gerechnet, dass der König den Erben von Cambremer in ein so elendes Loch abschieben würde. Erst die Tatsache, dass absolut niemand, dem sie vertrauen konnte, auch nur den kleinsten Hinweis auf seinen Verbleib geben konnte, hatte sie dazu gebracht, auch in diese Verliese hinabzusteigen. Das Goldstück war reine Provokation gewesen. Es überraschte sie selbst am allermeisten, dass es auf Anhieb seine Wirkung nicht verfehlt hatte.

Erst jetzt fiel ihr ein, dass sie einer spontanen Eingebung gefolgt war und niemandem gesagt hatte, wohin sie gehen würde. Wenn diese Männer auf die Idee kamen, dass dort wo vier Goldstücke herkamen auch noch andere sein mussten, würde sie Probleme haben.

Sie war noch in diese Schreckensvision vertieft, als sie bemerkte, dass sie ihr Ziel bereits erreicht hatte. Erst als der Wachsoldat die eisernen Riegel einer tiefer gelegten Pforte zurückschob und mit der Laterne in die offene Höhlung leuchtete, schreckte sie auf. Eine Ratte flitzte in Höhe ihrer Rocksäume in das Dunkel des Ganges hinaus. Nicht einmal den Ratten gefiel dieses Quartier.

»Dort drinnen ist er«, brummte der Wachsoldat. »Wir rechnen auf Euer Schweigen, Lady. Wenn bekannt wird, dass wir Euch erlaubt haben, mit ihm zu sprechen, geratet auch Ihr in Schwierigkeiten.«

»Vertraut mir. Gebt mir das Licht.«

Ohne weitere Zeit mit überflüssigen Beteuerungen zu verlieren, bückte sich Lady Liliana und schlüpfte in das Verlies, in dem der König ihren einzigen Sohn gefangen hielt. Erst als sie die Laterne hochhob, damit der helle Schein das ungastliche Quartier ausleuchtete, entdeckte sie ihn.

Bryan lag auf einem Haufen alten Strohs, der in einer halbhohen Nische zumindest Schutz vor dem Sickerwasser bot, das den Boden mit Pfützen und Schlamm bedeckte. Das Licht tanzte über metallisch schimmernde Rüstungsteile, die um ihn herumlagen. Er hatte sich von den Resten der Rüstung befreit, die sein Gegner verschmäht hatte. Sein treues Streitross war Breteuil wichtiger gewesen, als eine angeschlagene Kampfrüstung. Er lag reglos mit geschlossenen Augen.

»Große Mutter sei mir gnädig«, murmelte Lady Liliana und sank eilig an seiner Seite in die Knie.

Sie prüfte mit der Handfläche die Stirn über den geschlossenen Augen, unterdrückte ein Aufschluchzen. Bryan murmelte etwas Unverständliches. Seine schweißbedeckte Haut alarmierte sie ebenso sehr, wie die Tatsache, dass das Stroh unter seinem Oberschenkel mit Blut getränkt war.

»Gütiger Himmel, will seine Majestät den Ritter umbringen? Er ist verwundet, er braucht Hilfe.«

Der Kerkerwärter, der sie misstrauisch beobachtete, humpelte blinzelnd näher.

»Ich weiß nichts von einer Wunde. Als ich ihm gestern Wasser und Brot gebracht hab, hat er sich mit keinem Wort beschwert.«

Lady Liliana sah den Krug neben dem Eingang stehen. Sie bezweifelte, dass ihr Sohn die Kraft hatte, ihn wahrzunehmen. Vermutlich hatten die Ratten das fehlende Brot unter sich aufgeteilt.

»Bringt mir frisches Wasser und frisches Leinenzeug«, befahl sie dem Mann und stellte die Laterne neben dem Strohlager ab.

»Lady, wir sind hier nicht im Almosenhaus der Nonnen von St. Mary. Dies ist der Kerker des Königs. Wer in diesen Mauern landet, muss sein Schicksal mit dem Herrn im Himmel abmachen.«

Lady Liliana wollte es nicht hören. Hier litt ihr Sohn und wenn es darum ging, ihm zu helfen, gab es nichts, was sie nicht dafür tun, versuchen oder erbitten würde.

»Was willst du? Noch mehr Gold?«

Die Verachtung in ihrer Stimme verärgerte den Wächter.

»Wenn Euer Besuch bekannt wird, verlieren wir unser Amt, Lady. Man jagt uns mit Schimpf und Schande aus dem Schloss.«

»Mein Gemahl wird euch alle so reich belohnen, dass ihr diesem Amt keine Träne nachweinen müsst.«

Ein Wort gab das andere und endlich ließ der Soldat mit sich handeln.

»Ich kann nur ein Auge zudrücken, wenn Ihr die Sachen selbst holt und wiederkommt, um ihn zu versorgen, Lady...«

»Ich kann ihn nicht alleine lassen. Ich muss mich sofort um ihn kümmern, siehst du das nicht? Wenn seine Wunde noch immer blutet, geht es um jede noch so kleine Spanne Zeit. Versteh' doch, er ist mein Sohn ...«

Ihre Stimme brach.

»Alle hier unten sind irgendeiner Mutter Sohn«, brummte der Mann und sowohl die Richtigkeit, wie auch der Sarkasmus dieser Bemerkung, rissen Lady Liliana aus ihrer Verzweiflung. Sie war noch immer die Frau, die vor vielen Jahren in der Kleidung eines Knappen Krieg geführt hatte und sie trug einen juwelenbesetzten, scharfen kleinen Dolch neben all dem weiblichen Tand an ihrem Gürtel.

»Dann gibt es nur eine Möglichkeit.« Sie streifte die Kapuze ihres Umhanges zurück und ihr weißes Haar leuchte unter dem Schleier ihres einfachen Kopfputzes. »Geh zu deinem Kerkermeister und sag ihm, dass die Lady von Hawkstone neben ihrem Sohn ausharren wird, bis man ihn in ein menschenwürdiges Bett legt, damit seine Wunden versorgt werden können. Wenn dies nicht der Fall sein darf, werde ich gemeinsam mit ihm in diesem Rattenloch sterben und alle die dafür verantwortlich sind, mit meinem letzten Atemzug verfluchen.«

»Ihr seid närrisch, Mylady.« Der Wachsoldat begann ersichtlich zu schwitzen. »Kommt hier raus. So kommt doch endlich ...«

Er packte sie am Arm und versuchte sie gewaltsam nach draußen zu ziehen, aber eine unmissverständliche Messerspitze an seinem Kehlkopf, ließ seine Hand wie von selbst wieder herabsinken.

»Das könnt Ihr nicht tun«, krächzte er.

»Wollt Ihr es herausfinden?« Sie drängte ihn mithilfe des Messerdrucks zur Pforte zurück. »Geht und tut, worum ich Euch gebeten habe.«

Der Wachsoldat stolperte rückwärts und schlug sich am niedrigen Türstock den Hinterkopf an. Fluchend rieb er sich die Beule, während Lady Liliana von innen die Tür vor ihm zuschlug.

Sie machte sich eilends daran Bryan von den Resten der Beinschienen zu befreien. Das blutdurchtränkte Leinen um seinen Oberschenkel bestätigte ihre schlimmsten Vermutungen. Als sich in ihrem Rücken die Tür wieder öffnete, machte sie sich nicht einmal die Mühe den Kopf zu wenden.

»Pack dich fort und tu, was ich gesagt habe, Mann. Wage nicht, mich anzufassen. Ich könnte dieses Messer auch gegen mich selbst richten und wie du seiner Majestät die Leiche einer Edelfrau in diesem Loch erklären willst, musst du dir am besten schon jetzt gleich zurechtlegen. Sogar wenn ihr mich in den tiefsten Kasematten werft, wird mein Gemahl mich finden. Ihr habt sicher von Lord von Hawkstone gehört.«

Sie hob ihren Rock und begann aus dem Saum des hellen Untergewandes schmale Stoffstreifen zu reißen.

Ein lästerlicher Fluch verkündete die Kapitulation des Wachsoldaten. Eine Frau, die mit Worten ebenso gut umgehen konnte wie mit einem Messer und zudem weit über seinem Stand war, jagte ihm Angst ein.

Als die Pforte zufiel und sie das Kreischen der Riegel vernahm, gestattete sich Lady Liliana das Schluchzen, das in ihrer Kehle steckte, seit sie dieses Höllenloch betreten hatte. Es war völlig wahnsinnig, was sie tat und sie würde ihren Gemahl in größte Schwierigkeiten und noch größere Sorgen stürzen, aber sie war nicht die Frau, die ihr Kind im Stich ließ. Für dessen Wohl würde sie auch gegen König Heinrich kämpfen. Sie hatte seinen Vater, den großen Eroberer nicht gefürchtet und sie würde bei seinem Sohn nicht damit beginnen.

Sie war die Tochter Cenwulfs von Hawkstone und eine

sächsische Prinzessin konnte es sehr wohl mit einem normannischen Prinzen aufnehmen.

*

Königin Matilda griff nach dem Halsschmuck und hob ihn gegen das Licht der Kerzen. Eine Männerhand breit, bestand er aus ineinander verflochtenen Goldsträngen, deren Enden jeweils mit einem Edelstein geschmückt waren, größer als jeder Kiesel. Um den Nacken getragen würde er eine Frau wie ein überbreiter Kragen aus Gold umschließen. Sie konnte sich nicht vorstellen, dass es in der königlichen Schatzkammer ein einziges Stück gab, das es an Pracht mit Kostbarkeit mit diesem Kleinod aufnahm.

»So etwas habe ich noch nie gesehen«, staunte sie, um fürs Erste ein wenig Zeit zu gewinnen.

»Ich denke das Geschmeide stammt aus den ruhmreichen Zeiten Ägyptens«, erläuterte der Lord von Hawkstone nüchtern. »Die Fatimiden, deren Wesir Al-Afdal Schahanschah, seine Soldaten gegen unsere Kreuzritter ins Feld führte, nehmen für sich in Anspruch von den alten Pharaonengeschlechtern abzustammen.«

»Und Ihr sagt, es gibt noch mehr davon?«

»Genügend um ein ganzes Königreich zu kaufen«, fiel Arlana ihrem Vormund ungestüm ins Wort. »Deswegen lag Herzog Robert ja so viel daran, Al-Afdals Schatz in seinen Besitz zu bringen. Zuerst wollte er sein Herzogtum von Rufus auslösen und dann mit neu ausgehobenen Truppen, seinen Anspruch auf die Krone Britanniens manifestieren. Er ahnte damals noch nicht, dass der König, der sie trägt, gar nicht mehr Rufus heißt.«

Matilda wog den schweren Halsschmuck nachdenklich und betrachtete ihre junge Hofdame. Sie kam ihr blass und schmal vor. Ihre so auffälligen Haare waren unter einem weißen Gebende verborgen, und ihr dunkles Kleid sah mehr dem einer Hausmagd ähnlich, als dem einer Hofdame. Nichts erinnerte an die wild gelockte Furie, die vor wenigen Tagen, am Fuße der königlichen Tribüne, für solchen Aufruhr gesorgt hatte, dass es nicht einmal der Königin entgehen konnte.

»Es ist kaum zu begreifen, dass es einen solchen Schatz überhaupt gibt«, sagte sie endlich vorsichtig. »Noch weniger vermag ich zu verstehen, warum Ihr ihn dem König übergeben wollt. Noch dazu, ohne Forderungen zu stellen.«

»Nicht ganz ohne Bedingungen«, warf Arlana ein.

Das ruhige diplomatische Verhalten des Lords, der nur anbot und keine Forderungen stellte, zerrte schon geraume Zeit an ihren Nerven. Bryan war seit Tagen verschwunden, wann wurde endlich über sein Schicksal gesprochen?

»Ich höre«, antwortete die Königin zurückhaltend und legte den Halsschmuck mit einer sehr beredten Geste auf den Tisch zurück. »Ihr wisst, dass ich nicht befugt bin, für meinen Gemahl zu sprechen. Ich habe Euch aus Zuneigung empfangen, die ich für Euch empfinde, Dame Arlana. Eure dringende Botschaft hat mich bewegt und wenn ich Euch helfen kann, so will ich es gerne tun, aber überschätzt nicht meinen Einfluss.«

»Ich überlasse es vertrauensvoll Eurer Majestät, zu entscheiden, ob Ihr unsere Bitte dem König überbringen wollt«, sagte Arlana und atmete tief durch.

Sie spürte, wie mit einem Male alle Aufregung von ihr abfiel. Jetzt galt es, zu überzeugen.

»Dieser Schatz, der mit so viel Blut und Gewalt erkämpft wurde, könnte zu Englands Segen werden. In der königlichen Schatzkammer bedeutet er Truppen, Macht und Sicherheit für Euren Gemahl, unseren Herrscher. Das

Einzige, was wir dafür erbitten, ist Gerechtigkeit. Strafe für die Mörder und Diebe, die sich daran vergriffen haben und anderen die Schuld geben.«

»Und Ihr meint, allein diese Juwelen sind Beweis genug für die Verbrechen, die Ihr diesen Leuten anlastet?«, erfasste die Königin den Plan. »Was ist, wenn die Beschuldigten alles leugnen? Wenn Sie gar Euch des Diebstahls anklagen? Wenn Aussage gegen Aussage steht, wie soll dann der König richten?«

Arlana hatte ähnliche Überlegungen hinter sich und sie zollte der Königin Hochachtung für ihre Klugheit. Aber im Gegensatz zu Matilda kannte sie Benigna und ihre Komplizen genau. Sie wusste, dass Gier und Misstrauen ihre Helfer sein würden.

»Die Überraschung wird auf unserer Seite sein«, sagte sie beherrscht. »Wenn den wahren Dieben im Angesicht des Hofes, die Tatsache mitgeteilt wird, dass der Schatz in den Händen der Krone ist, werden sie sich selbst verraten. Keiner von ihnen traut dem anderen.«

»Seid Ihr Euch dessen sicher?«

Arlana nickte. Es gab keine andere Möglichkeit. Sie musste auf die Begehrlichkeit und den schlechten Charakter einer Frau setzen, die trotz ihres engelhaften Aussehens über Leichen ging, um Reichtum zu raffen, auf die gekränkte Männlichkeit eines Ritters, der möglicherweise die Beherrschung verlor, wenn ihm klar wurde, dass seine Geliebte ihn für ihre eigenen Zwecke missbraucht und betrogen hatte. Nicht zuletzt hoffte sie auch auf die leidenschaftliche Liebe der Amme, die das Wohl des ihr anvertrauten Kindes sicher über alles andere stellen würde.

»Nun gut.« Die Königin traf ihre Entscheidung und erhob sich. »Ich gehe davon aus, dass es sich bei den Beschuldigten um Eustache de Breteuil und Lady Benigna handelt. Ich werde die Dame, bis zur Klärung der Vorwürfe gegen ihren Gemahl, vom Hofdienst befreien. Wenn Ihr sie, ebenso wie den Ritter Breteuil, im Schloss haben wollt, so wird man einen Vorwand finden müssen, der alle Beteiligten in völliger Ahnungslosigkeit versammelt.«

Arlana sah das verblüffte Gesicht des Lords. Obwohl er mit einer Lady verheiratet war, die ebenso schön wie klug war, obwohl er Töchter hatte, die ebenfalls ihren Kopf zu gebrauchen wussten, erstaunte es ihn anscheinend noch immer, wenn eine Frau aus den engen Grenzen ihrer höfischen Existenz ausbrach und einem Mann ebenbürtig dachte und handelte.

»Die Lady hat eine Tochter, die Bryan de Cambremer, als die seine anerkannt hat. Bittet sie, Euch das Kind zu präsentieren«, schlug sie der Königin vor. »Niemand wird bei einem solchen Wunsch Verdacht schöpfen. Er ist nur zu natürlich für eine hohe Frau, die auf das erste eigene Kind hofft. Zudem wird sie annehmen, dass eine solche Einladung bedeutet, in Gnaden wieder bei Hofe aufgenommen zu werden, was hinwieder Eustache de Breteuil sicher an ihre Seite locken wird. Er nimmt an, dass sie die Juwelen vor ihm verbirgt, also wird er sie nicht aus den Augen lassen wollen. Bei der Gelegenheit: Seht Euch das Mädchen genau an. Dann entscheidet selbst, ob Sir Bryan der Vater dieses Kindes sein kann.«

Königin Matilda runzelte die Stirn. »Wenn die Ähnlichkeit mit einem anderen Vater so offensichtlich ist, warum gibt sich Sir Bryan für diese Scharade her?«

»Weil das kleine Mädchen die einzig reine Seele in diesem gefährlichen Spiel ist. Er folgt den Gesetzen seiner ritterlichen Ehre. Er schützt die Unschuldigen und rächt die Toten. Dafür hat ihn der König unter Arrest gestellt. Seinen guten Ruf wieder herzustellen, ist alles, was wir wünschen.«

»Wie Ihr für ihn kämpft ...« Die Königin schwieg nachdenklich, ehe sie wieder das Wort ergriff. »Wenn ich Euch richtig verstehe, wünscht Ihr, dass auch der Erbe von Cambremer bei dieser Abrechung zugegen ist und vom König in Gnaden wieder aufgenommen wird.«

»Wäre das zu viel verlangt?«, fragte Arlana stolz.

Königin Matilda nahm ein leises Kratzen an der Tür zum Anlass, die Frage nicht zu beantworten. Da das Gespräch in ihrem Privatkabinett ohne Zeugen stattfand, ging sie selbst, um zu öffnen. Eine ältere Edeldame, die Arlana noch nie gesehen hatte, neigte sich an das Ohr der Königin und flüsterte eine längere Botschaft.

Arlana und der Lord von Hawkstone wechselten einen fragenden Blick. Die Herrscherin bat die Dame vollends herein, aber als sie die Tür erkennbar verärgert schloss, ehe sie sich umdrehte, wappneten sich beide unwillkürlich für das Kommende. Matildas bisher so sanfte Augen blitzten zornig.

»Ich hätte es zu schätzten gewusst, Mylord, wenn Ihr erst dieses Gespräch abgewartet hättet, ehe Ihr auf eigene Faust versucht, etwas für Euren Sohn zu tun«, sagte sie tadelnd. »Ihr bringt mich in des Teufels Küche mit den unbedachten Handlungen Eurer Gemahlin, so verständlich ihr Zorn auch sein mag.«

»Was ist vorgefallen, Königliche Hoheit?«

Der Lord sah so verblüfft aus, dass die Königin die Stirn runzelte.

»Sie hat es Euch nicht gesagt? Nun gut, wer bin ich, einer Frau denselben Fehler vorzuwerfen, den ich soeben begehe. Eure Gemahlin hat sich Zugang zum königlichen Kerker verschafft und die Wachen bestochen, um ihren Sohn zu sehen. Sie hat ihn verletzt und vom Wundfieber heimgesucht vorgefunden. Sie weigert sich, von seiner Seite zu weichen und verlangt, dass man ihr erlaubt, ihn zu versorgen. Als die Wärter ein wenig handgreiflich wurden, um sie zu entfernen, hat sie sich mit einem Dolch Respekt verschafft. Könnt Ihr Euch das vorstellen? Die Kerkerwärter seiner Majestät stehen dort unten und fragen sich, was sie tun sollen. Sie fühlen sich bedroht von einer Lady mit weißen Haaren.«

»Du lieber Himmel.«

Klügeres fiel in diesem Augenblick nicht einmal dem Lord von Hawkstone ein. Die Königin nickte. Sie fand es durchaus passend, den Himmel um Hilfe zu bitten.

»Wäre Lady Cecily nicht zufällig mitten in diese peinliche Szene geraten, wir hätten einen Aufstand, der früher oder später über den Kerkermeister bis zum König gedrungen wäre. Ist Euch das klar?«

»Wir sind Euch zu Dank verpflichtet«, wandte sich der Lord ein wenig steif an Lady Cecily.

Arlana sah die Anspannung seiner Kiefermuskeln und ahnte, dass er Mühe hatte, seinen Grimm unter Kontrolle zu halten. Sie hatte ohnehin schon den Verdacht gehabt, dass sich Lady Liliana und ihr Gemahl nicht ganz darin einig waren, wie sie zu Bryans Bestem vorgehen wollten. Sie hatte es bislang noch nie erlebt, dass sie so oft getrennte Wege gingen.

»Eines muss man Euch lassen, Mylord. Wenn Eure Familie für Aufruhr sorgt, dann tut sie es gründlich«, sagte die Königin mittlerweile trocken. »Wir müssen unser Bestes tun, damit mein Gemahl nicht den Eindruck erhält, die ungebärdigen Frauen seines Hofes zetteln eine Rebellion gegen ihn an.«

Sie überlegte kurz, dann wandte sie sich an Lady Cecily.

»Ich nehme an, es gibt auch im Schloss von Winchester Kammern, die für höhergestellte Gefangene bereitgehalten werden. Kammern, die ein Bett, einen Kamin und ein wenig Wohnlichkeit bieten. Sagt den Wachsoldaten, dass es mein Wunsch ist, den Verwundeten und die Lady auf der Stelle in eine solche Kammer zu bringen. Sorgt dafür, dass die Dame alles erhält, was zur Pflege des Kranken nötig ist. Er bleibt jedoch unter strenger Bewachung, bis der König eine Entscheidung über sein Schicksal getroffen hat.«

Was mochte Lady Liliana zu solch drastischer Vorgehensweise gebracht haben, schoss es Arlana während des Gespräches durch den Kopf. Offensichtlich hatte sie keinen anderen Weg gesehen hatte, Bryan so schnell wie möglich zu helfen. Demnach war er in Gefahr. Vielleicht sogar in Lebensgefahr! In einem ungesprochenen leidenschaftlichen Gebet suchte sie Trost.

Rette ihn, o Herr! Strafe mich, aber rette ihn!

»Erlaubt, dass ich mich meiner Gemahlin anschließe«, bat der Lord knapp.

»Damit sich alle Welt fragt, wo Ihr geblieben seid und weshalb Ihr nicht weiterhin hartnäckig versucht, beim König für Euren Sohn zu sprechen, so wie man es von einem besorgten Vater erwartet?«, erwiderte die Königin. »O nein, das brächte nur unseren Plan in Gefahr und würde Euch dem Verdacht aussetzen, dass ihr vielleicht auf der anderen Seite des Kanals Hilfe sucht. Arlana wird Eurer Gemahlin zur Hand gehen. Beschützt von den Wachsoldaten des Königs, ist sie dabei wenigstens in Sicherheit. Niemand wird auf die Idee kommen, die so rätselhaft verschwundene Irin ausgerechnet unter unserem Dach zu suchen.«

Die Königin wollte keinen Widerspruch hören. Arlana sah in den grimmigen Zügen des Lords, wie wenig ihm dieser Aufstand der Frauen gefiel. Sie legte ihm besänftigend eine Hand auf den Arm und suchte seinen Blick.

»Zürnt Lady Liliana nicht«, bat sie ihn mit einem Lächeln, das ihr selbst schwer fiel, weil die Sorge um Bryan ihr das Herz beschwerte. »Ihr liebt sie doch auch, weil sie die Mutter Eurer Kinder ist. Sie kann nicht über ihren Schatten springen. Wenn eines dieser Kinder in Not ist, drängt sie alles zum Handeln. Eine Mutter denkt in einem solchen Fall nicht an Politik.«

»Nur Besonnenheit kann uns weiterhelfen, Mylord“, ergänzte die Königin. »Ihr müsst auch meinen Gemahl verstehen. Der König kämpft in diesen Tagen an vielen Fronten. Der feige Mord an seinem Bruder hat in ihm tiefes Misstrauen gegen jedermann gesät. Er reagiert lieber zu heftig, als zu spät. Aber es gefährdet auch seine kaum stabilisierte Macht, wenn er jetzt öffentlich zugibt, dass er einen verdienten Edelmann zu schnell in den Kerker geworfen und einen Fehler gemacht hat. Überlasst es uns, diesen Knoten zu lösen, sodass alle mit erhobenem Kopf einen neuen Anfang machen können. Ihr legt dem König einen Staatsschatz zu Füßen, glaubt mir, er wird es Euch danken.«

»So glaubt Ihr an unsere Sache?«

Arlana konnte nicht anders, sie musste sich noch einmal versichern.

»Warum sonst hätte ich Lady Cecily gebeten, herauszufinden, was aus Sir Bryan geworden ist? Habe ich erwähnt, dass sie die Gemahlin des Schlossvogts von Windsor ist? Sie kennt diese Mauern besser als der König. Und nun geht mir ihr. Lady Liliana wird Eure Hilfe brauchen.«

Arlana sank erleichtert vor der Königin in die Knie und küsste ihre Hand. Sie wusste nicht, wie sie sonst ihre Dankbarkeit ausdrücken sollte. Aber Matilda zog sie hoch, schloss sie in die Arme und schob sie zu Lady Cecily.

»Schnell. Und legt Euren Umhang um, damit Euch niemand erkennt. Gott mit Euch, Arlana von Cashel.«

20

Schloss von Winchester, 23. Juli 1101

Die leisen Geräusche wiederholten sich hartnäckig in gleichmäßigem Abstand. Bryan de Cambremer konnte sie nicht enträtseln Als er die Augen aufschlug, war es ebenso aus Neugier wie aus gereizter Verärgerung. Warum ließ man ihn nicht in Ruhe? Warum zwang man ihn in die Wirklichkeit, in die er gar nicht wollte?

Arlanas Nadel verharrte über dem straff gespannten Leinen im Stickrahmen. Hatte sie da eine Bewegung, einen schnelleren Atemzug als sonst gehört? Nein. Der Kranke lag wie immer. Gerade ausgerichtet auf dem Rücken, die Hände reglos neben sich, die Züge eingefallen, die Augen geschlossen. Es fiel ihr schwer, diese Reglosigkeit hinzunehmen und zu warten. Deswegen hatte sie sich von Lady Liliana auch die Nadelarbeit erbeten. Sie stickte nicht besonders gerne, aber das Leinen konnte sie wenigstens mit all der Ungeduld attackieren, die sie bei anderen Tätigkeiten so gewaltsam zügeln musste.

Sie wandte sich wieder der simplen Borte zu, für die sie in eintöniger Regelmäßigkeit den grünen Faden durch den Stoff zog. Nur so gelang es ihr, die Angst unter Kontrolle zu halten, die seit Tagen an ihr nagte.

Jedes Mal wenn sie nur an die Wunde dachte, die Lady Liliana mit ruhiger Hand geöffnet und versorgt hatte, stülpte sich ihr der Magen erneut von innen nach außen. Das zerstörte, aufgerissene Fleisch, die blutigen Leinenfetzen hatten so gar nichts Menschliches mehr gehabt. Ihre Bewunderung für Bryans Mutter, die mit unendlicher Sorgfalt und ruhiger Hand auch noch den blassen, fast harmlosen Knochensplitter entdeckt hatte, der vermutlich der Grund dafür gewesen war, dass die ursprüngliche Wunde nie vollständig verheilen konnte, wurde nur noch von ihrer Besorgnis um Bryan übertroffen.

Sie hatte ihren leisen Erklärungen gelauscht, während sie für Licht sorgte, Schüsseln mit sauberem Wasser füllte, frische Leinenbinden bereitlegte und all die Handreichungen tat, um die Lady Liliana sie bat. Erst als der reglose Kranke mit seinem ordentlich verbundenen Bein vor ihr lag, hatte sie sich abwenden und sich mit zitternden Knien in eine der schmutzigen Schüsseln übergeben können. Noch heute fühlte sich ihr Körper verwundet und fremd an. Es kam ihr vor, als habe sie einen Teil von Bryans Schmerzen auf sich genommen, damit er schneller gesund wurde. Wieso hob er nicht endlich die Lider?

Was anfangs gnädige Bewusstlosigkeit gewesen war, die ihm unmenschliche Pein erspart hatte, war zu einem todesähnlichen Schlaf geworden, der sie zunehmend besorgte. Irgendwann musste er doch wieder erwachen?

Sie wünschte, Lady Liliana wäre noch bei ihr, aber die Königin hatte sie an die Seite ihres Gemahls zurückgerufen, nachdem es Bryan etwas besser gegangen war.

Es ging nicht an, dass eine der bekanntesten Edeldamen des Hofes einfach verschwand. Sie musste sich zeigen und wenn es nur beim täglichen Kirchgang war, wo sich die Familie des Verhafteten beim Gebet für ihn versammelte. Es galt das Bild einer Familie in Schwierigkeiten zu zeigen, wie sie es verabredet hatten, einer Familie, die sich um ein verschwundenes Mündel und einen verhafteten Erben sorgte, während sie gleichzeitig den König mit Gnadengesuchen bestürmte.

»Ich kann ohnehin nicht mehr für ihn tun«, hatte die Lady schweren Herzens eingestanden. »Ob sich die Wunde entzündet oder ob sie heilt, liegt in Gottes Hand. Sollte sich sein Zustand verschlechtern, gib mir Nachricht. Die Königin hat mir versichert, dass dir dies jederzeit ermöglicht wird.«

Schon Tage lag dieser Abschied zurück, aber im Befinden des Kranken hatte sich seitdem wenig verändert. Er reagierte auf nichts. Er schluckte mechanisch, wenn sie ihm Brühe auf die Lippen träufelte, die Fieberschauer waren seltener geworden, aber er lag reglos, ohne merkliches Lebenszeichen. Die einzig erkennbare Bewegung seines Körpers war das langsame Auf und Ab seiner Brust unter dem Leinenhemd.

Arlana stach die Nadel noch einmal mit solcher Heftigkeit in den Stoff, dass sie ihn dabei aus dem Spannrahmen riss. Mit einem leisen Schimpfen warf sie Rahmen und Garn in den Korb zurück. Sie erhob sich und trat an das schmale Turmfenster. Man hatte sie in eine Kammer im ersten Stock des Westturmes gebracht, die ihr bisschen Helligkeit durch schmale Mauerscharten erhielt. Sie presste die Hand auf ihre Brüste, bis sie den Umriss des Siegelringes dort spürte.

Der enge Lichtausschnitt ermöglichte ihr einen Blick über die Dächer der Stadt, auf die Steinbrücke über den Itchen. Die Römer, auf deren Besatzungszeit sich Winchesters Ruf als Handelsmittelpunkt gründete, hatten sie errichtet. In Irland hatte sie nicht geahnt, dass so große Städte überhaupt existierten. Zu Hause war vieles anders gewesen. Erst in diesen stillen Tagen an Bryans Lager hatte sie sich zu fragen begonnen, wie ihr Leben weitergehen sollte, wenn all ihre Pläne tatsächlich von Erfolg gekrönt sein würden.

Würde Bryan in seinem radikalen Ehrgefühl überhaupt einer Annullierung seiner Ehe zustimmen? Und wenn er es tat, was wandte sich für sie damit zum Guten? Nichts. Sie blieb trotz allem eine mitgiftlose, heimatlose Fremde. Beileibe keine Edeldame aus normannischem Blut die dafür geeignet war, die Mutter der Kinder des Erben von Hawkstone zu werden. Der kurze Aufenthalt bei Hofe hatte sie mehr über Stammbäume, Etikette und normannische Familienehre gelehrt, als ihr lieb war.

Arlana senkte die Stirn an das Mauerwerk und schloss die Augen. Ihre Gedanken drehten sich im Kreis. Kein Wunder, dass ihr ständig übel war.

Jetzt war es die Stille im Raum, die den Mann im Bett so sehr störte, dass er endlich blinzelnd nach oben schaute. Der Holzbaldachin über ihm zeigte ein schlichtes Kreuz aus hellerer Maserung in seiner Mitte. An dieser Form blieb sein Blick als Erstes hängen. Sein Gehirn speicherte die Einzelheiten. Er lag nicht länger auf Stroh, sondern in einem einfachen Alkoven. Die Wollvorhänge um das Bett waren auf einer Längsseite mit Bändern zurückgehalten. Wohin hatte man ihn gebracht?

Über der bescheidenen Anstrengung, den Kopf zu drehen, brach ihm der Schweiß aus und der Raum verschwamm vor seinen Augen. Zum ersten Male fühlte er seinen Körper wieder. Ein lächerlich schwaches Ding, das den Dienst verweigerte und in einem eigenartigen Zustand dumpfer Kraftlosigkeit verharrte. Kaum, dass er die Hand heben konnte. Irgendwo tief in ihm pochte ein nagender Schmerz, den er nicht lokalisieren konnte. Es war mehr eine Erinnerung an Schmerz als wirkliche Qual. Was war geschehen?

Sein keuchender Versuch, mehr Luft als bisher in die Lungen zu pumpen, ließ Arlana augenblicklich herumwirbeln. Sie eilte an den Alkoven und blickte in grüne Augen, die halb gerötet, halb verschwommen, erkennbare Mühe hatten, sich auf einen Gegenstand zu konzentrieren.

»Dem Himmel sei Dank, du bist wach«, stammelte sie erleichtert. Sie fasste nach seiner Hand, die über die Decke irrte und hielt sie fest.

»Was ist ...«

Seine Stimme krächzte und versagte.

Sie goss eilig mit Wasser verdünnten Wein in einen bereit stehenden Becher, stützte seinen Nacken und half ihm mit der anderen Hand zu trinken.

»Langsam«, mahnte sie leise. »Es ist genügend da.«

Es fühlte sich anders an, ihn zu berühren, wenn er bei Sinnen war. Der Kranke hatte sich wieder in einen Mann verwandelt. Sie entdeckte bestürzt seine eingefallenen Wangen, dunkle Höhlen, von blonden Bartstoppeln bedeckt. Das Zittern seiner Hände, die ohne ihren Beistand den Weinbecher kaum halten konnten, verengte ihr die Kehle.

Endlich sank er in die dicken Kissen zurück, die ihn halb aufrecht im Alkoven stützten, wie man es neuerdings schätzte. Erst jetzt blickte er sie an, als habe er sie noch nie gesehen. Unwillkürlich strich sie eine lose Haarsträhne hinter das Ohr und erinnerte sich zum ersten Mal wieder daran, dass sie noch immer das schlichte dunkle Kleid trug, das ihr Bryans Vater gebracht hatte, damit sie das ruinierte, staubige Festgewand der Königin ablegen konnte.

»Ich war im Kerker«, sagte er mitten in ihre Gedanken hinein. »Das kann ich nicht geträumt haben. Wie komme ich hierher?«

Arlana zuckte zusammen. Dass er gar nicht auf ihre Anwesenheit reagierte, kränkte sie und mobilisierte ihren empfindlichen Stolz. Sie zwang sich in ihm den Edelmann und Ritter zu respektieren und nicht an den zärtlichen Geliebten zu denken, um den sie sich so gesorgt hatte.

»Die Königin hat befohlen, Eure Wunde zu versorgen, damit Ihr vor dem König Eure Sache wie ein Edelmann vertreten könnt«, erwiderte sie so steif, als hätte es das vertraute Du von eben nicht gegeben.

»Meine Wunde? Welche Wunde?«

»Das Turnier, Ihr erinnert Euch? Ihr seid gegen Eustache de Breteuil geritten und er hat Euch erneut am Oberschenkel verwundet.«

»Er muss eine Vorliebe für diese Stelle haben.«

Arlana konnte den bitteren Scherz nicht würdigen. Sie sah, wie er unter der Decke nach dem Verband tastete und die Stirn in angestrengte Querfalten legte. Zweifellos hatte er Schmerzen, aber seine Augen glänzten nicht mehr vor Fieber. Seine Haut hatte sich warm, aber nicht länger heiß angefühlt.

»Lady Liliana hat Eure Wunde gesäubert und versorgt«, sagte sie spröde. »Sie wird erfreut sein, zu hören, dass es Euch endlich besser geht. Sie hat die Königin davon überzeugt, dass Ihr nicht länger im Verlies bleiben könnt. Es wäre Euer Tod gewesen.«

»Soll ich ihr dafür danken? Ich weiß es nicht ...«, murmelte der Verletzte mit schwächer werdender Stimme, während seine Lider unaufhaltsam nach unten sanken. Er fiel übergangslos wieder in einen erschöpften Schlummer.

Arlana trat von seinem Lager zurück und schlang die Hände um ihren Oberkörper. Sie war ihren widerstreitenden Gefühlen hilflos ausgeliefert. Der grenzenlosen Erleichterung, dass er wieder zu sich gekommen war. Der tiefen Enttäuschung, dass er sie wie eine Fremde behandelt hatte. Der hartnäckigen Sorge um seine Gesundheit und nicht zuletzt dem zunehmenden Ärger über sich selbst.

Was erwartete sie von einem Mann, der nach tagelanger Besinnungslosigkeit die Fäden seines Bewusstseins mühsam zu verknüpfen versuchte? Innige Liebesgeständnisse?

Dummes Ding!

Sie nahm den Hocker näher an die Lichtquelle des schmalen Fensters und fädelte neues Garn auf die Nadel.

Stick Borten Mädchen und hör auf zu träumen! Wenn er erst erfährt, dass du seine Geheimnisse an die große Glocke gehängt hast, wirst du dich noch nach den Zeiten sehnen, in denen er geschlafen hat.

*

»Wenn ich nur wüsste, weshalb du mir zürnst, Arlana von Cashel?«

»Ich zürne niemandem. Weder Euch, noch einem anderen.«

»Schwindlerin.«

Der liebevolle Unterton in Bryans Worten machte es Arlana schwer, gelassen und ungerührt zu scheinen. Immerhin war er inzwischen so weit, dass er selbst essen und trinken konnte. Sie musste ihn nur noch berühren, wenn sie den Verband wechselte und die Kräuterpaste aus Lady Lilianas Vorräten auftrug. Aber je mehr er zu Kräften kam, umso schwieriger wurde es gleichzeitig für sie, sich auf Distanz zu halten, so wie sie es sich vorgenommen hatte.

Das Leinenstück mit der Borte wuchs, wenngleich das Ergebnis ihrer Mühen keinen Anlass gab, auf ihre Fähigkeiten als Stickerin stolz zu sein. Auch jetzt fuhr sie mit der Nadel so erbost in den Stoff, dass es hörbar knackte. Das musste ihm Antwort genug sein.

»Du strafst mich vermutlich dafür, dass ich dir solche

Mühen mache«, versuchte er sie weiter zu provozieren. »Du zürnst mir, weil du mit mir in diesem Turmgelass eingesperrt bist. Aber ich verlange nicht von dir, dass du stickst, wenn es dir so wenig Vergnügen bereitet.«

»Seid nicht albern«, erwiderte sie und ihr entschlüpfte ein Seufzer, obwohl sie es gar nicht wollte. »Ihr bereitet mir keine Mühen. Eure Genesung macht Fortschritte und seit Ihr wieder ordentlich esst, schwindet auch Eure Schwäche. Wenn wir morgen die Krücken für Euch erhalten, werdet Ihr sogar jeden Tag ein paar Schritte gehen können.«

»Wozu?«

Bryan de Cambremer gab es auf, den Unbeschwerten zu spielen. Nicht nur Arlana machte sich um ihre Zukunft Sorgen. Auch er fragte sich, was sein würde, wenn er endlich diesen Alkoven verließ. Noch mehr aber fragte er sich, was er tun sollte, wenn ihm Eustache de Breteuil in die Quere kam. Eine zweite Kampfansage würde ihm der König noch übler nehmen als die erste, weil er keinen Grund dafür nennen durfte. Heinrich musste seine Versuche, Breteuil herauszufordern, für Geltungssucht oder Kraftmeierei halten. Die Wahrheit kannten nur Eustache, Benigna und ein wenig auch Arlana. Welche Argumente konnte er anführen, ohne Riccarda zum rechtlosen Bastard zu stempeln oder den Ruf seines toten Freundes für immer zu ruinieren?

»Wozu fragt Ihr«, wiederholte Arlana empört. »Ihr seid undankbar, Seigneur. Jene, die Euch lieben, haben mit ihrer ganzen Kraft darum gekämpft haben, Euch zu helfen. Wollt Ihr diese Anstrengung nicht besser würdigen?«

Er gab ein Geräusch von sich, das Gereiztheit verriet.

»Du verbirgst etwas vor mir, Arlana. Glaubst du, ich merke es nicht? Du lenkst mit Getöse und Vorwürfen davon ab, aber da ist irgendetwas, das dich belastet und dir

Angst macht. Sprich, was ist es? Weißt du, was der König plant?«

Er kannte sie zu gut. Arlana zog den Faden durch das Leinen und setzte wütend einen krummen Stich neben den anderen.

»Ich weiß nichts«, entgegnete sie widerspenstig.

»Du vertraust mir nicht länger.«

»Ich würde Euch mein Leben anvertrauen. Aber hier geht es nicht um mich.«

»Um was dann?«

Arlana presste die Lippen zusammen. Was sollte sie ihm sagen? Die Wahrheit war grausam und würde ihn mehr als nur erzürnen.

Ich habe dein Vertrauen missbraucht. Ich werde das Kind, von dem du denkst, es sei das einzige Vermächtnis deines Freundes, als den Bastard eines anderen entlarven. Ich stelle die Frau, die du zwar nicht liebst, die aber deinen ehrenwerten Namen trägt, an den Pranger. Ich habe den Schatz der Fatimiden im Besitz deiner Familie gefunden und ich muss ihn loswerden, ehe jemand dich oder deinem Vater des Diebstahls bezichtigt. Ich habe mich auf ein gefährliches Spiel eingelassen, von dem ich nicht weiß, ob es mit einem Triumph oder in einer Niederlage endet.

Nicht eine einzige dieser traurigen Tatsachen würde ihm gefallen.

»Du schweigst, das sagt genug«, zog Bryan de Cambremer seine eigenen Schlüsse.

Er klang tief gekränkt und Arlana erinnerte sich an einen Satz, den er gesagt hatte, als sie sich das letzte Mal geliebt hatten. »Ich wollte es dir leicht machen, mich zu vergessen.« Schon damals hatte er versucht, die Verbindung zu lösen, in die sie sich beide gegen jede Vernunft verstrickt hatten. Vielleicht gelang ihr dieser Versuch besser.

»Was soll ich schon sagen?«, fragte sie über das Sticktuch hinweg und mühte sich ihre Stimme kühl und emotionslos zu klingen zu lassen. »Es geht um Eure Person und die Ehre des Hauses Hawkstone. Ich schulde es Eurem Vater, alles dafür zu wagen. Er hat mich als Mündel angenommen und mir versprochen, einen Ehemann für mich zu suchen. Das ist mehr als ich in meiner Lage erwarten kann und dafür kann ich ihm gar nicht dankbar genug sein.«

Bryan schwieg. Sogar im diffusen Licht des Turmzimmers sah sie, dass die Linien an seiner Nasenwurzel tiefer geworden waren. Sie kannte sie als Zeichen seiner Verärgerung mittlerweile sehr gut.

»Ich wusste nicht, dass du dir mittlerweile so sehnlich einen Gemahl wünschst«, antwortete er zögernd.

»Wie sonst soll ich jemals zu einem eigenen Haushalt, zu Kindern und zu einem ehrbaren Leben kommen? Es macht kein Vergnügen allein zu sein.«

»Natürlich, du hast Recht ...«

Arlana hielt den Blick eisern auf die Stickerei gesenkt. Sie fürchtete um ihre Beherrschung. Egal, was sie in seinem Gesicht lesen würde, ob nun Erstaunen, Zustimmung oder Schmerz, das Ergebnis blieb dasselbe. Er stimmte ihr, wenn auch verärgert, zu.

Schweigen senkte sich wie Blei zwischen die beiden Menschen im Turmzimmer.

21

Winchester, Schloss des Königs, 26. Juli 1101

»Nein!«

Arlana trat einen Schritt zurück, damit Lady Liliana das Geschmeide nicht um ihren Hals legen konnte. Die Sonne brach sich auf Gold und Rubinen. Die barbarische Pracht des ungewöhnlichen Schmuckstücks blendete.

»Es würde fabelhaft zu dieser Robe aus tannengrünem Samt und zu deinem offenen Haar passen«, sagte die Herrin von Hawkstone und betrachtete Arlana mit einem eigenartigen Blick. »Gefällt es dir nicht?«

»Es ist aus dem Schatz, nicht wahr? Ich will nicht ein Stück davon jemals auf meiner Haut spüren. Weder eine Perle noch einen Rubin. Ich werde froh sein, wenn all diese Colliers und Broschen, diese Ketten und Ringe in der königlichen Schatzkammer verschwinden. Sie haben genug Unglück gebracht.«

Lady Liliana, prächtig in dunkelrote Seide gewandet, das silberne Haar unter einer Haube aus feinstem Seidenmusselin verborgen, hob die schmalen weißen Brauen über ihren intensiven blauen Augen.

Sowohl ihr Gemahl wie Arlana hatten Lady Liliana den Grund für die Einladung an den Hof genannt. Sie war allein auf ihre Intuition angewiesen und die sagte ihr, dass Arlana ihre Furcht vor dieser Einladung nur unter Schwierigkeiten im Zaum hielt und dass ihr Gemahl den Ereignissen nicht traute. Beide würden sie schweigen, weil sie sie nicht in ein gefährliches Geheimnis einweihen wollten, aber sie ahnte längst, dass an diesem so harmlosen Sommernachmittag Entscheidungen von großer Tragweite getroffen werden würden. Sie wollte Arlana dafür jede Unterstützung zukommen lassen, die in ihrer Macht lag.

»Der Halsschmuck stammt nicht aus dem Schatz. Er ist ein Familienerbstück des Hauses Hawkstone. Man nennt ihn den Reif des Rosenturmes.«

»Dann will ich ihn noch viel weniger tragen«, erwiderte Arlana erstickt. »Ich mag Euer Mündel sein, aber ich gehöre nicht zu Eurer Familie.«

Es kam ihr vor, als könne der Blick der Lady tief in sie eindringen und in ihrem Herzen lesen. Hastig trat sie noch weiter zurück, aber die sanfte Stimme folgte ihr.

»Bist du dir da ganz sicher, Arlana von Cashel?«

In schmerzlichem Trotz hob sie das Kinn und straffte die Schultern. Es hatte keinen Sinn davonzulaufen. Am besten begann sie gleich damit, Stärke zu demonstrieren.

»Sehr sicher, Mylady.«

Liliana de Cambremer gab nach und legte das spektakuläre Geschmeide wieder in die Schmuckschatulle zurück. Auf Arlanas Instinkt konnte man sich verlassen. Auch wenn sie nichts von der mystischen Bedeutung des Rosenreifs für Hawkstone wusste, wenn sie es ablehnte ihn zu tragen, hatte sie Gründe dafür.

Sie akzeptierte ihre Entscheidung mit einem stummen Nicken, obwohl sie sich gewünscht hätte, Bryan auf diese Weise ohne Worte zeigen zu können, dass sie auf Arlanas und nicht auf Benignas Seite stand.

»Dann lass uns gehen«, sagte sie und reichte die Schmuckschatulle ihrer Kammerfrau, damit sie die Kostbarkeiten hütete. »Die Majestäten befinden sich im Schlossgarten und wir sollen uns dem Hofstaat dort anschließen. Die Königin will ihrem Gemahl anscheinend im Rahmen eines heiteren Sommerfestes die Gelegenheit geben, unsere Familie in Gnaden wieder aufzunehmen.«

»Ist alles vorbereitet?«, fragte Arlana leise, denn die Anwesenheit der Kammerfrau erforderte Diskretion.

»Mein Gemahl trägt trotz des heißen Tages einen prächtig gefütterten Umhang. Er lobt dich für deinen Einfall und stöhnt im Geheimen über das Gewicht und die Wärme. Es hat mir keinerlei Schwierigkeiten gemacht, die nutzlose Decke an mich zu bringen und ich habe mein Möglichstes getan, alles wieder an seinen Platz zu tun.«

»Ist Denisa ebenfalls im Schloss?«

»Lady Benigna war nicht entzückt davon, dass sie der Königin ihre Tochter präsentieren soll, aber sie weiß, dass diese Bitte einem Befehl gleichkommt. Sie wird von der Amme begleitet. Niemand weigert sich die Wünsche Matildas zu erfüllen, besonders seitdem der Hof bekannt gegeben hat, dass sie tatsächlich in der Hoffnung ist.«

»Wie schön für sie.«

Arlana konnte sich die Erleichterung der Königin vorstellen. Welch ein Glück, dass der König seiner Gemahlin in diesem Zustand sicher jeden Wunsch erfüllen und nachsehen würde.

»Hoffen wir, dass die Freude des Königs auch auf uns abfärben wird«, erwiderte Lady Liliana als habe sie Arlanas Gedanken gelesen. »Und dass sich Benigna und Denisa nicht bereits in die Haare geraten sind. Seit Riccardas und deinem Verschwinden liegen die beiden in heftigem Streit. Benigna ist nur noch freundlich, wenn sie meinen Gemahl, unter dem Deckmantel der Sorge um dich bestürmt, noch mehr Männer auf die Suche nach dir zu schicken. Sie wird aus allen Wolken fallen, wenn sie dich bei bester Gesundheit und schöner denn je bei Hofe erblickt.«

Arlana verzichtete auf eine Antwort. Alles war gesagt. Die Bühne bereitet.

Lady Cecily hatte sie an diesem Morgen aus dem Turm geholt und in ein freundlich ausgestattetes Gemach gebracht, wo Lady Liliana und ihre Kammerfrau mit all der Garderobe und dem Tand auf sie warteten, die nötig waren, um sie wieder in eine Ehrendame zu verwandeln. Bis auf das Geschmeide hatte sie gehorsam alles über sich ergehen lassen. Wenn Benigna sie im Kreise der königlichen Damen sah, musste sie annehmen, dass sie nie fort gewesen war. Dass sie im Gegensatz zu ihr, all diese Tage in königlicher Gunst und Freundschaft verlebt hatte. Aber würde sie wirklich deswegen die Fassung verlieren?

*

Bryan de Cambremer strich mit seiner Daumenkante über das glatt rasierte Kinn. Er spürte seine Knochen unter der Haut. Ähnlich wie in den Tagen im Heiligen Land, wo es ihnen nur zu oft am Nötigsten gefehlt hatte, um Hunger und Durst zu stillen. Damals war Richard de Tréviers an seiner Seite gewesen. Leichtsinnig, leidenschaftlich in seiner Frömmigkeit und immer bereit das Unmögliche zu wagen, täglich aufs Neue darauf bedacht, seinem Herzog und Heerführer zu beweisen, dass es keine Schlacht und keine Tat gab, die er nicht für ihn vollbringen würde.

Bryan wusste nicht zu sagen, wie oft er Richards Rücken gedeckt oder ihn aus ausweglosen Situationen herausgeholt hatte. Der Normanne hatte sich stets darauf verlassen können, dass sein Freund für ihn zur Stelle war. Nur das eine Mal nicht, als Bryan verwundet unter den armen Teufeln lag, die vor Jerusalem mehr als nur eine makellose

Wange eingebüßt hatten. Richard war allein in die Schlacht von Askalon und damit in sein Unglück geritten.

Er war nur einer der rund zehntausend Krieger gewesen, die am Morgen des 12. August 1099 das Feldlager der Fatimiden überrannt und das kurze, aber schreckliche Gemetzel gewonnen hatten. Bryan kannte den Bericht über die folgende Plünderung des Feldlagers von Al-Afdal aus erster Hand. Richard hatte mit den anderen Männern auf der Suche nach Beute das Oberste zuunterst gekehrt, während der Herzog und die anderen Heerführer feierten und tafelten.

Bei dieser Gelegenheit war Richard in den Frauenzelten der engelhaft schönen Benigna von Eloro begegnet. Einer angeblich unschuldig verschleppten Edeldame, die sich in Al-Afdals Gewalt befunden hatte und nun die Gelegenheit zur Flucht nutzen wollte. In seinem reinen Glauben an das Gute war Richard gar nicht auf die Idee verfallen, dass sie ihn umgarnen und benutzen wollte. Bis er sie nach Jerusalem brachte, zappelte er in ihren Netzen und stellte sie seinem besten Freund als künftige Gemahlin vor.

Bryan musste noch heute zugeben, dass auch er die blonde, scheue junge Frau nie und nimmer für eine Diebin und Betrügerin gehalten hätte. Als sie ihm nach Richards Tod, Tränen überströmt eröffnet hatte, dass sein Freund jenen Schatz nur für sie in Sicherheit gebracht habe, hatte er lediglich über Richards Dummheit geflucht. Dass Eustache de Breteuil Richard getötet habe, um diese Juwelen an sich zu bringen, weil er Zeuge von Richards vermeintlichem Diebstahl gewesen sei, war ihm ebenfalls glaubhaft erschienen. Breteuil war ein großer Kämpfer vor dem Herrn, aber er hatte auch den Ruf eines Raufbolds und Verschwenders.

Inzwischen fand Bryan es nutzlos, die eigene Dummheit weiter zu beklagen. Er hatte nach besten Kräften versucht, den Schaden zu begrenzen. Das zu schützen, was ihm am Herzen lag. Richards makellosen Ruf. Riccardas unschuldige Kinderseele, aber auch den Stolz und die Gesundheit seines Vaters. Sie alle würden leiden, wenn bekannt wurde, dass Benigna ihn all die Zeit erpresst hatte. Aber blieb ihm ein anderer Ausweg als die ungeschminkte Wahrheit?

Jetzt, da Eustache de Breteuil seine Komplizin in Winchester wieder gefunden hatte, konnte er nicht tatenlos mit ansehen, dass diese beiden triumphierten. Es gab nur eine Möglichkeit sie zur Rechenschaft zu ziehen: Er musste dem König in aller Aufrichtigkeit sagen, welche Folgen die Schlacht von Askalon für Benignas und sein Leben gehabt hatte. Heinrich Beauclerc war mit Sicherheit derjenige der Söhne des großen Eroberers, der am besten verstehen konnte, welche Zwänge das Leben als Sohn eines machtvollen Vaters mit sich brachte. Zuvor musste er ihn jedoch von seiner bedingungslosen Ehrlichkeit und Loyalität überzeugen.

Er begriff den Zwiespalt des Herrschers besser als ihm lieb war. Heinrich Beauclerc hatte sich von den Herren von Hawkstone Unterstützung und keinen Ärger erhofft. Er war gezwungen über den Ritter Gericht zu sitzen, der die Turnierregeln gebrochen hatte. Wenn er nicht als Schwächling dastehen wollte, der vor Raynal de Cambremer, dem alten Waffengefährten seines Vaters, zu Kreuze kroch, musste er hart und gerecht handeln. Bryan nahm an, dass ihm Verbannung drohte. Vom Hofe ohnehin, aber er hoffte inständig, dass der König wenigstens davon absehen würde, ihn auch aus dem Königreich zu verbannen. Er war so lange fern gewesen, dass er den Gedanken an eine neuerliche Trennung von seiner Heimat kaum ertragen konnte.

Heimat?

Er lachte bitter über den eigenen Versuch, sich zu belügen. Er sagte Heimat und meinte Arlana von Cashel. Arlana, die sich nach Ehrbarkeit, Ehe und Kindern sehnte. Lauter Dinge, die er ihr nicht geben konnte. Und doch, er musste sie wenigstens auch weiterhin sehen können. Wenigstens wissen, dass es ihr gut ging und dass sie Frieden gefunden hatte. Er würde es auch ertragen, ja sogar miterleben wollen,wenn sie sich mit einem aufrechten Ritter vermählte. Er wünschte ihr alles Glück eines Menschenlebens. Sie hatte es verdient.

»Herr, wir müssen gehen.«

Sein Knappe William, den man ihm mit den frischen Kleidern geschickt hatte, als der Ruf des Königs an ihn erging, wies auf die geschnitzten Krücken. Wenn er sie unter seine Achseln stemmte, konnte er mittlerweile wieder aufrecht stehen und gehen. Sein verwundetes Bein war zwar noch längst nicht so stark wie früher, aber es ließ sich täglich mehr belasten. Hinzu kam, dass es ihm außer Wundschmerz und zunehmendem Juckreiz, der von Heilung sprach, keine anderen Schwierigkeiten bereitete. Die pochende Qual, die in der Vergangenheit bei jeder falschen Bewegung sein ständiger Begleiter gewesen war, schien wie durch ein Wunder verschwunden.

Er tat zwei Probeschritte und William zupfte das Wams mit dem Wappen des Rosenturmes glatt, ehe er ihm den Mantel darüberlegte, der über den Schultern zurückgeschlagen wurde. Von den geschmeidigen Lederstiefeln aus braunem Cordobaleder, bis zur goldenen Fibel, die den Umhang schloss, war er jeder Zoll der Erbe von Cambremer.

Lediglich sein Gesicht trug nicht mehr die Züge des sonnigen Jünglings, den die Damen bei Hofe umschwärmt hatten. Die Narbe auf seiner Wange spaltete seine Züge und verlieh ihm die Aura eines schlachtenerprobten Kriegers. Im Verein mit der kantigen Magerkeit, die er von seiner Krankheit zurückbehalten hatte, faszinierte er heute mehr durch die Erfahrung, als durch oberflächliche Attraktivität.

»Gehen wir.«

Er nickte William zu, der ihm sein Schwert in der prächtigen Scheide nachtrug. Es war ein schwerer Beidhänder, nicht geeignet als Turnierwaffe, deswegen besaß er es noch. Heinrich würde ihn auf dieses Schwert, mit dem er im Heiligen Land gekämpft hatte, seinen künftigen Gehorsam schwören lassen oder er würde ihm in ungebrochenem Zorn das Recht absprechen, weiterhin als Ritter ein Schwert zu führen. Für beide Fälle wollte er es zur Hand haben.

Das helle Sonnenlicht bereitete ihm nach den Tagen im Turm Schwierigkeiten, als er in den Garten des Schlosses trat. Er musste im Schatten einer Hecke stehen bleiben und blinzeln, bis er endlich Einzelheiten erkennen konnte. Das höfisch elegante Bild der flanierenden Paare, des Lautenspielers am Brunnen und der Damen und Herren, die sich um die Königin und ihren Gemahl geschart hatten, erinnerte ihn an einen prächtigen Wandteppich.

Rufus hatte nie besonderen Wert auf höfisches Leben gelegt. Heinrichs Bruder waren die Jagd, der Kampf und der sportliche Wettstreit lieber gewesen. Vielleicht auch, weil er keine solche Königin an seiner Seite gehabt hatte, die trotz ihres zurückhaltenden, scheuen Wesens die Menschen für sich einnahm. Matilda verströmte eine Wärme und eine Herzlichkeit, die dem Königshof bitter gefehlt hatten, seit die erste Matilda, die Gemahlin des Eroberers, beigesetzt worden war.

Bryan de Cambremer ließ seine Blicke über die Gruppe schweifen und fand sie wie magisch von einer Edeldame angezogen, die halb hinter der Königin, vor einer Wand von blühenden Heckenrosen stand. Arlana!

Das flammende Rot ihrer offenen Locken wetteiferte mit der Farbe der Rosenblüten und das dunkle Grün des Gewandes verschmolz mit den glänzenden Blättern. Beides betonte die dramatische Blässe ihres ruhigen, beherrschten Antlitzes und der schmalen weißen Hände, die sie locker gefaltet vor dem Schoß hielt. Im Gegensatz zu allen anderen Damen trug sie nicht ein einziges Schmückstück. Nicht einmal den Ring, den er ihr gegeben hatte. Sie stand einfach nur da. Stumm. Schön. Geheimnisvoll. Ein Fremdkörper in all der eleganten Heiterkeit.

Es verletzte ihn, sie so gelassen und ungerührt zu finden. In Hawkstone hatte sie es gespürt, wenn er sie ansah, über die Breite der Halle hinweg, über die grünen Matten einer Pferdewiese oder den Garten seiner Mutter. Immer war da diese Verbindung zwischen ihnen gewesen, die nun an der eleganten Fassade abprallte, als dränge er sich ungefragt in ihre Umgebung.

Unweit von ihr entdeckte er seine Mutter. In königlichem Rubinrot, das silberne Haar wie eine Krone unter dem Kopfputz aufgetürmt. Stolz, aber er erkannte dennoch, dass sie beunruhigt war, von Sorgen um ihre gewohnte Stärke gebracht. Als er sich ihren helfenden Händen unterworfen hatte, war sie ihm nicht so zerbrechlich und abgespannt vorgekommen, so – er wagte kaum das Wort zu denken – so alt.

Seinen Vater an Benignas Seite zu finden, versetzte ihm einen regelrechten Schock. Er musste sich mit Gewalt daran erinnern, dass der Lord nicht wissen konnte, welche Wölfin sich unter ihrem schönen Schafspelz verbarg.

Alle gemeinsam bemühten sie sich Gelassenheit zu verströmen und keinen Hinweis darauf zu geben, dass sich einer der Ihren mit Schande bedeckt hatte. Er würde sie enttäuschen, doch das war immer noch besser, als weiter zu lügen und zu vertuschen.

Er packte die Krücken fester und näherte sich gemeinsam mit William schwankend den Menschen, die nach und nach seine Gegenwart registrierten, sich umwandten und schließlich eine Gasse bildeten, die ihn direkt vor den König führte.

Die Gespräche verstummten. Das Knirschen der Schritte, und das trockene Aufsetzen der Krücken verursachten die einzigen Geräusche, neben dem Murmeln des Wassers und dem Gezwitscher der Vögel. Heinrich Beauclerc erwartete ihn am Brunnenrand. Er trat ihm keinem Schritt entgegen. Das finstere Gesicht eine Maske, die Arme vor der Brust verschränkt, betrachtete er ihn, als nehme er Maß.

Aus den Augenwinkeln sah Bryan Benigna vor ihm zurückweichen, als habe sie Angst, dass ihre Rocksäume ihn berührten. Sein Vater ließ jedoch nicht zu, dass sie ihren Platz in unmittelbarer Nähe des königlichen Paares verließ. Seine Hand lag fest auf ihrem Arm.

Jetzt stand er vor dem König, der ihn mit keiner Silbe willkommen hieß. Er wartete. Es war Bryans Pflicht mit einer entsprechenden Geste Gehorsam und Demut zu zeigen.

Er reichte seine Krücken an William weiter und ließ sich schwerfällig, mithilfe seines Knappen, auf die Knie sinken. Er beugte den blonden Scheitel und tat es dem König nach. Er blieb stumm.

Ehe die Stille unbehaglich wurde, griff die Königin in jener liebenswürdig leisen Art ein, die ihr immer mehr Herzen eroberte.

»Erlaubt dem Ritter sich zu setzen, mein Gemahl«, bat

sie sanft. »Ich weiß von seiner Mutter, dass er noch immer unter den Folgen einer Wunde leidet, die er sich beim Kampf gegen die Heiden im Heiligen Land zugezogen hat.«

»Das ist zuviel der Ehre und des unverdienten Ruhmes, gnädigste Königin«, antwortete zur allgemeinen Überraschung Bryan. »Lasst mich knien, denn es gibt manches für das ich Abbitte zu leisten habe. Die immer noch schmerzende Wunde habe ich mir nicht im Kampf gegen die Heiden, sondern bei der Verfolgung eines feigen, christlichen Mörders zugezogen. Eines Schurken, der es gewagt hat, sich unter Eure Männer zu mischen, mein König.« Sein Blick hob sich zu Heinrich. »Ich spreche von Eustache de Breteuil. Ich klage ihn an! Ich bezichtige ihn des heimtückischen Mordes an meinem Freund, Richard de Tréviers!«

Lady Benignas leiser Aufschrei mischte sich mit dem erregten Gemurmel des Hofes. Das Sommerfest hatte sich mit wenigen Worten in ein Tribunal verwandelt. Der König sah aus schmalen Augen auf den knienden Ritter, der seinem Blick erhobenen Hauptes standhielt.

»Einen solchen Vorwurf müsst Ihr begründen, Bryan de Cambremer?«

»Es gibt eine Zeugin, die diesen Mord mit eigenen Augen gesehen hat, Majestät.«

»Eine Zeugin? Eine Frau? Kann man sie herschaffen?«

»Sie ist bereits hier.« Bryans Stimme klang laut genug, um jeden Zweifel auszuschließen. »Es handelt sich um meine Gemahlin, Benigna de Cambremer, einst Benigna von Eloro. Zur Zeit des Mordes war sie Richard de Tréviers als Verlobte versprochen.«

Aus den Augenwinkeln sah er, dass seine sonst so kühle und gelassene Gemahlin mit hochroten Wangen gegen den Griff seines Vaters kämpfte. Gleichzeitig tauchte ein Trupp bewaffneter Gardisten zwischen den Bäumen und Büschen des königlichen Gartens auf und bezog Stellung.

»Ich wünsche alle, die mit dieser Sache zu tun haben, vor meinem Thron zu sehen«, verkündete der König knapp.

Bryans scharfe Ohren vernahmen jedoch auch die leisen Worte, die der Königin galten, als Heinrich ihr den Arm reichte, um sie ins Schloss zu führen.

»Ihr versteht wahrlich einen Mann zu überraschen, meine Liebe. Seid Ihr sicher, dass es sich lohnt, dieser unschönen Geschichte von Mord und Rache nachzugehen?«

»Ihr werdet es nicht bereuen, mein Herr und Gemahl.«

Bryan vermochte sich keinen Reim auf die belauschten Sätze zu machen. Er richtete sich mit Williams Hilfe auf seinen Krücken auf und fand sich wie alle übrigen Mitglieder seiner Familie von Bewaffneten umgeben, die ihn ins Schloss eskortierten.

König Heinrich ging, im Gegensatz zu seinem ermordeten Vorgänger und Bruder, kein überflüssiges Risiko ein.

22

Winchester, Schloss des Königs, 26. Juli 1101

Die enormen Ausmaße der Halle des Schlosses von Winchester verliehen der gedrungenen Gestalt des jungen Königs eine Würde, die sie im Garten nicht besessen hatte. Unter dem in Stein gehauenen Wappen seines Vaters, von den Standarten seines Hauses umgeben und die Hand lässig auf der Armlehne des Thrones, auf dem vor ihm nur sein Bruder und sein Vater gesessen hatten, wirkte er Respekt gebietend und unbeugsam.

Die königliche Garde hatte zu beiden Seiten des Thrones Aufstellung genommen und bewachte zusätzlich die Ein- und Ausgänge. Wie immer seine Majestät urteilte, jede Möglichkeit zur Flucht wurde von vorneherein ausgeschlossen.

Königin Matilda saß zur Rechten des Throns, auf einem gepolsterten Schemel und alle Frauen hatten sich auf dieser Seite, in ihrer unmittelbaren Nähe, versammelt. Nur Benigna de Cambremer und ihre Kinderfrau, die Riccarda auf dem Arm trug, hielten Abstand. Das kleine Mädchen zwinkerte mit seinen riesigen tiefschwarzen Augen. Das weiße Häubchen, das anfangs seine schwarzen Locken völlig verdeckt hatte, saß mittlerweile ein wenig schief. Denisa hatte Mühe, das lebhafte Kind ruhig zu halten. Wie üblich trug es ein weites, an Saum und Ärmeln liebevoll besticktes, Kittelchen. Bloße Füße sahen darunter heraus, was normalerweise bedeutete, dass es keine Schuhe benötigte, weil es noch nicht laufen konnte. Bei Riccarda de Cambremer war es einmal mehr der Versuch, über ihr wahres Alter hinwegzutäuschen.

Ein Versuch, den die kleine Dame energisch vereitelte. Sie zappelte so heftig, dass Denisa sie absetzen musste, wenn sie nicht dem gesamten Hof den nackten Po des Kindes präsentieren wollte. Der Einfachheit trug Riccarda, wie die meisten Kleinkinder, unter ihrem Kleid kein Höschen, sodass sie ihre kleinen und großen Geschäfte erledigen konnte, ohne dabei das Kleidungsstück zu beschmutzen. Ehe die Amme das lebhafte Mädchen jedoch anständiger auf den Arm nehmen konnte, war es ihr wie ein Aal entwischt.

Zielsicher schlüpfte Riccarda zwischen den Frauen hindurch in Richtung Thron. Das hübsche Glitzern des juwelenbesetzten Gürtels der Königin zog sie an und sie packte die lose herabhängenden Enden mit beiden Fäusten. Matilda lächelte, vom Charme des Kindes besiegt. Amüsiert zog sie den kleinen Ausreißer auf ihre Knie.

»Wen haben wir denn da?«, fragte sie sanft und erntete jenes vergnügte Gurgeln, mit dem Riccarda sowohl Freude wie Gesprächsbereitschaft verkündete. Erstaunt sah sie zu ihrer Mutter hinüber.

»Lady Benigna? Müsste das Kind nicht längst verständlich sprechen können? Wie alt ist es?«

»Es spricht, Majestät«, umging Lady Benigna die letzte Frage und trat verunsichert näher. »Aber leider nur das Arabisch seiner Amme. Das Mädchen ist erst seit Kurzem in Britannien, wie Ihr wisst.«

»Aber es müsste doch ebenso das Normannisch der eigenen Mutter beherrschen«, hakte Matilda hartnäckig nach. Sie rückte das Mützchen des Kindes gerade und strich über sein dunkles Lockengewirr.

»Nur wenig ...«, musste Benigna zugeben.

»Wie schade. Ihr müsst sehr stolz auf Eure hübsche Tochter sein, Lady. Es ist kaum zu glauben, dass zwei so hellhäutige, blonde Eltern, wie Sir Bryan und Ihr, eine so dunkelhaarige Tochter haben. Man ist versucht zu glauben, dass das Morgenland bei ihrer Geburt auf die kleine Dame abgefärbt hat.«

Lady Benigna zögerte, der Königin das Kind einfach abzunehmen. Gleichzeitig merkte man ihr deutlich an, dass sie genau das am liebsten getan hätte. Arlana beobachtete die Ereignisse unter halb gesenkten Lidern und ahnte, dass es weniger Mutterliebe als Vorsicht war, die sie dazu drängte, Riccarda und die Königin trennen zu wollen.

Erstaunlicherweise war es ausgerechnet Bryan, der sie aus dieser Notlage erlöste. Er wandte sich der Königin in allem Respekt zu.

»Wenn Eure Majestät erlauben, das Schicksal dieses Kindes ist auch Teil meines Lebens. Mein Bericht wird Eure Fragen beantworten.«

»Dann beginnt. Wir hören«, forderte der König knapp.

Er verschränkte die Arme vor der Brust und lehnte sich zurück. Obwohl er keine weitere Bewegung machte, kam es Arlana vor, als gingen wahre Wellen der Energie von ihm aus. Heinrich Beauclerc war es gewohnt, seine Zeit nicht zu verschwenden. Unwillkürlich strebte sie näher zum Thron und verließ den sicheren Schutz des Herrn und der Herrin von Hawkstone, die sie bisher flankiert hatten. Ihre Bewegung erregte Riccardas Aufmerksamkeit. Das Kind machte sich in seiner üblichen Sprunghaftigkeit von der Königin los, um die Freundin zu begrüßen, die ihm als Gefährtin faszinierender Abenteuer vertraut war.

»Lana!« rief sie und hopste wie ein übermütiges Hundejunges über die schwarz-weißen Steinquadrate der großen Halle, die sich unter ihren bloßen Sohlen vermutlich kalt und ungemütlich anfühlten.

»Haltet dieses Kind endlich ruhig oder bringt es hinaus«, tadelte Heinrich gereizt.

Arlana zog die Kleine in ihre Arme. Was immer Bryan dem König berichten mochte, Riccarda war ein Teil davon. Sie musste im Saal bleiben und gesehen werden. Sie sah sich Hilfe suchend nach dem Lord von Hawkstone um, der wie ein Magier die vertraute, dicke Samtdecke unter seinem weiten Mantel zum Vorschein brachte. Riccarda ließ sich mit einem zufriedenen Seufzer in ihre Decke hüllen und bettete ihr Köpfchen an Arlanas Schulter.

Das Gewicht von Kind und Decke ließ Arlana fast taumeln, aber sie biss die Zähne zusammen und hob das Kinn. Aufblickend sah sie auf der anderen Seite der Gasse, die sich vor dem Thron gebildet hatte, Eustache de Breteuil. Bisher hatte er erfolgreich eine Fassade aus betonter Selbstsicherheit und Unschuld aufrechterhalten. Nun indes starrte er Riccarda mit zunehmender Erregung an. Sah er sich selbst in diesem Kind?

Neugierig suchte sie Lady Benignas Gesicht und fand sie nervös an ihrer Unterlippe nagend.

»Sprecht endlich, Sir Bryan«, befahl währenddessen der König streng.

Obwohl Arlana Bruchstücke der Ereignisse kannte, schlug auch sie die Geschichte, die mit der Schlacht von Askalon begonnen hatte und in jenem Duell beim Turnier von Winchester ihr gerechtes Ende hätte finden sollen, in ihren Bann.

Sogar der König neigte sich interessiert nach vorne, den Arm auf das Knie gestützt, den Kopf auf der Hand und die Augen in zunehmender Verblüffung geweitet. Als Bryan schwieg, richtete er sich so heftig auf, dass alle zusammenzuckten.

Unter seinem abwägenden Blick fragte sich Arlana, welche Schuld auch sie auf sich geladen hatte. Lady Benigna hingegen war so bleich wie ihr lilienfarbener Schleier. Eustache de Breteuil machte den Eindruck, als wolle er im nächsten Moment sein Schwert zücken und Bryan de Cambremer wartete gefasst auf den Urteilsspruch seines Königs.

»Ihr beschuldigt Eustache de Breteuil nicht nur des versuchten Mordes, sondern auch des feigen Diebstahls«, fasste Heinrich schließlich zusammen. »Haltet Ihr es nicht selbst für unwahrscheinlich, dass ein Mann, der vermeintlich so fabelhafte Reichtümer an sich gebracht hat, in diesen Tagen von Turnier zu Turnier zieht, um sich seinen Lebensunterhalt zu verdienen?«

»Ihn müsst Ihr danach fragen, mein König, nicht mich!« Bryans Hand deutete in Breteuils Richtung. »Ich weiß nicht, wie weit er in den Diebstahl des Schatzes verwickelt ist. Aber er wusste, bei wem er in Jerusalem danach suchen musste. Er hat Richard vor den Augen von Lady Benigna getötet und sie gezwungen, ihm die Juwelen auszuhändigen.«

»Lüge!« schrie Breteuil in zunehmender Bedrängnis zum wiederholten Mal. »Ihr seid wahnsinnig. Ihr wisst nicht, wovon Ihr redet, Cambremer. Ich habe weder Euch noch Eure Gemahlin vor Winchester je gesehen.«

»Das finde ich erstaunlich«, antwortete ihm unerwartet die Königin. »Wenn ich die Züge dieses kleinen Mädchens mit den Euren vergleiche, Herr Ritter, dann scheint mir, dass Ihr ihre Mutter vor mehr als zwei Jahren nicht nur gekannt habt!«

Die unmissverständliche Bemerkung verursachte abrupte Stille. Einen Atemzug später begannen alle zugleich zu sprechen und zwar so laut, dass man nichts mehr richtig verstand. Lady Benigna schluchzte als sei ihr schreckliches Unrecht getan worden. Breteuil sah aus, als habe ihn aus heiterem Himmel der Schlag getroffen und Denisa schoss wie eine urzeitliche Rachegöttin auf Arlana zu. Sie versuchte ihr das kleine Mädchen gewaltsam aus den Armen zu reißen und schrie noch lauter als alle anderen.

»Gib sie mir. Sie gehört niemandem. Sie ist mein.«

»Ruhe!«, verschaffte sich der König mit donnernder Stimme Gehör, während der Lord von Hawkstone die erregte Amme von Arlana trennte. »Bei Gott, dies ist die Halle des Königs und nicht der Marktplatz von Winchester. Ich verlange Kontenance, Ladies, Lords. Halten wir uns an die erkennbaren Tatsachen und die sprechen augenscheinlich für Euer Vaterglück, Breteuil.«

»Das ist eine Lüge! Eine Beleidigung!«

Lady Benigna hatte ihren Schock überwunden und versuchte die zu Unrecht verdächtigte Edeldame zu spielen. Mit ihrem Tränen überströmten Gesicht glich sie erfolgreich einer gequälten, wunderschönen Madonna. Sie streckte flehend die Arme nach Riccarda aus, die so leidenschaftliche Kämpfe um ihre Person nicht gewöhnt war und lauthals aufheulte.

»Gebt mir mein Kind! Ihr habt kein Recht mir mein Kind zu verweigern!«

Der Konflikt artete zum unkontrollierten Tumult aus. Arlana sah, dass in den feuchten Augen Benignas tödlicher Hass loderte. Sie fürchtete ebenso um sich wie um Riccarda. Sie wich Schritt um Schritt vor Benigna in den freien Raum vor dem Thron zurück. Eine andere Richtung ließen die Garden des Königs nicht zu, aber Benigna nahm offensichtlich an, dass sie fliehen wollte. Sie stürzte sich blindlings auf die Verhasste, zerrte an Decke und Kind, an Arlanas offenen Haaren und an allem, was sie mit ihren Händen greifen konnte.

Arlana versuchte, Riccarda zu schützen. Das Mädchen umklammerte plärrend und mit aller Kraft ihren Hals. Seine Decke rutschte halb herab und geriet in Benignas Finger. Ihr Gesicht erstarrte, ihr Mund blieb offen stehen und ihre Züge verzerrten sich. Arlana ahnte, was sie empfand. Lady Liliana hatte sich verständlicherweise nicht die Mühe gemacht, die Juwelen wieder mit Stoff zu polstern.

Benigna wurde vor aller Augen von der Madonna zur Megäre. Sie zerrte dermaßen gewaltsam an Riccardas Decke, dass das Reißen des Stoffes trotz des allgemeinen Lärmes zu hören war. Benigna taumelte nach hinten, als sie jäh den Halt verlor und nur noch abgerissene Stücke der Decke in den Händen hielt. Arlana geriet ebenfalls ins Stolpern und hatte Mühe, Riccarda nicht fallen zu lassen.

Gleichzeitig brach zwischen den beiden Frauen und dem kleinen Mädchen ein funkelnder Regenbogen aus Juwelen, Gold und Perlen auf. Klirrend, klappernd und rollend kam er auf dem Steinboden des Saales zur Ruhe. Im Schein der Kerzen und Fackeln, die auch bei Tage brannten, tanzten glühende Sterne und bunte Funken über die fassungslosen Gesichter der umstehenden Menschen.

Totenstille legte sich über die königliche Halle.

»Was ist das?« flüsterte eine tonlose Stimme.

»Der Schatz der Fatimiden«, antwortete Arlana kühl, ohne sich nach dem Sprecher umzusehen. »Der Schatz, den Lady Benigna im Lager Al-Afdals gestohlen hat.«

»Woher weißt du das?« fauchte Lady Benigna, die sich mit der Schnelligkeit einer Viper wieder gefasst hatte und zum Angriff überging. »Du kannst es nicht wissen, du warst nicht dabei.«

»Aber es stimmt.« Ihre Reaktion sagte Arlana, dass auch

der Rest ihrer Vermutungen richtig sein musste. »Richard de Tréviers war Euer ahnungsloses Opfer. Ein schöner junger Mann, von bester Herkunft und leicht zu manipulieren. Breteuil hat Euch von ihm befreit, ehe er Euch durchschaut hat, nicht wahr? Danach musstet Ihr nur noch Breteuil loswerden, damit die Beute Euch allein gehörte.«

»Hure! Elende Dirne!«

Eustache de Breteuils Brüllen füllte die Halle. Er begriff erst jetzt den ganzen Umfang von Benignas Betrug. Ein Wink des Königs sorgte dafür, dass ihm die Garden so viel Freiraum ließen, dass er sie von Angesicht zu Angesicht vor dem König zur Rechenschaft ziehen konnte.

»Du hast mir geschworen, du würdest mit mir teilen, als ich Tréviers erstach. Du sagtest ...«

Benigna wich keine Handbreit vor ihm zurück. In ihrem hemmungslosen Zorn war sie sogar noch schöner. Unter ihrer blassen Haut loderte rosig das Blut, ihre Stimme war schneidend und so klar wie die Diamanten zu ihren Füßen.

»Du warst schon damals ein Narr, Eustache de Breteuil. Ich wusste, dass ich dir nur Bryan de Cambremer auf den Hals jagen musste, um dich loszuwerden.«

»Hexe!«

»Mörder!«

Arlana starrte wie gebannt auf die beiden Menschen, die einander in leidenschaftlichem Hass gegenüberstanden. Die Glut ihrer Gefühle tauchte die Halle in kaltes Feuer. Alle anderen schien eine Art kollektiver Lähmung befallen zu haben. Benigna und Breteuil standen im Mittelpunkt des Geschehens. Sogar Riccarda hing stumm wie eine Klette an ihr, kaum dass sie den leichten Atem des Kindes an ihrem Hals spürte.

»Luder! Du behauptest, Tréviers habe dich ertappt, hielte dich gefangen, zwinge dich, ihm zu Willen zu sein ...«

»Es hat gestimmt.«

»Du wolltest, dass ich dich von ihm befreie ...«

»Auch das ist die Wahrheit. Du hast keine Ahnung, wie sehr ich mich nach Freiheit sehne.«

»Du sollst sie haben!«

Eustache de Breteuil klang so eigenartig, dass es Arlana eiskalt über den Rücken rieselte. Hörte nur sie die Drohung? Wieso griff der König nicht endlich ein?

Heinrich Beauclerc verfolgte den Streit, als habe er einen sächsischen Hahnenkampf vor sich. Spannend, gefährlich, aber im Grunde doch eine harmlose Unterhaltung. Genau das bezweifelte sie und schon im nächsten Augenblick bestätigten sich ihre schlimmsten Ängste.

Der Ritter glitt mit einer so schnellen Bewegung auf Benigna zu, dass niemand den Dolch sah. Erst als sie jäh erzitterte und mit einem leisen Seufzen in die Knie brach, wurde sichtbar, was er getan hatte. Ihre weißen Hände umklammerten einen Dolch, dessen Heft mit einem Saphir geschmückt war, der genau den Farbton ihrer weit aufgerissenen, fassungslosen Augen trug. Die Waffe steckte bis zum Heft in ihrer Brust und war mit solcher Gewalt gestoßen worden, dass nicht der kleinste Blutstropfen auf die eisblaue Seide ihres Gewandes drang.

Das Erstaunen in Benignas Antlitz erstarrte für immer. Sie sank in einem flatternden Wirbel aus Seide und Schleierstoff, sogar im Tode noch anmutig, zwischen die Kleinodien der Fatimiden.

Eustache de Breteuil stand mit hängenden Schultern, hängenden Armen und seltsam unbeteiligtem Gesicht vor dem leblosen Körper der Frau, für die er zum Verbrecher geworden war. Ein Phantom seiner selbst, das sich willenlos in die Hände der königlichen Garde gab.

Ein ersticktes Aufschluchzen brach den Bann, der alle

umfangen hielt. Denisa stürzte zu ihrer Herrin und packte sie panisch an den Schultern. Sie wollte nicht glauben, was alle anderen längst wussten.

»So wach doch auf«, schluchzte sie heiser. »Die Wunde kann nicht so schlimm sein. Es ist nicht einmal Blut zu sehen. Warte, ich helfe dir ...«

Sie packte den fest sitzenden Dolch und zog ihn aus der Wunde. Eine unerwartete Fontäne hellroten Blutes brach sich Bahn. Die Schreie der Damen erfüllten den Raum für Minuten.

Arlana wandte sich hastig ab. Sie drückte Riccardas Gesicht an die Schulter. Sie schmeckte Galle in ihrem Mund und kämpfte, so gut es eben ging, gegen die aufbrechende Übelkeit an. Kalter Schweiß brach ihr zwischen den Schulterblättern aus und der Saal begann sich vor ihren Augen zu drehen.

»Legt den Mann in Ketten, bis das Urteil über ihn gefallen ist«, hörte sie den Befehl des Königs von Ferne.

Jemand nahm ihr das Kind ab. Der Lord von Hawkstone.

»Trink, ehe du in Ohmacht fällst.«

Woher Lady Liliana den Becher mit Wein hatte, wagte Arlana nicht zu fragen. Sie stürzte den schweren Malvasier hinunter und atmete tief durch. Der Himmel hatte ein Einsehen mit ihr. Sie konnte wieder atmen ohne das Gefühl, sich im nächsten Moment übergeben zu müssen.

Inzwischen war es ein paar Hofdamen gelungen, die vor Entsetzen fast wahnsinnige Denisa von ihrer toten Herrin zu trennen. Sie führten sie auf Befehl der Königin nach draußen, sichtlich unzufrieden, dass sie Teile des Dramas deswegen versäumen würden.

»Bei Gott.«

Der König bückte sich geistesabwesend nach einem riesigen Rubin, der, von cremefarbenen Perlen umgeben, einmal dazu gedacht gewesen war, den Turban eines morgenländischen Fürsten zu schmücken.

»Wem mag nun dieser Schatz tatsächlich mit vollem Recht gehören?«, brummte er, vom Studium der Gesetze geprägt, die er für seine ursprünglich geplante Zukunft als Kirchenoberhaupt besser kannte als viele der Anwesenden. »Zuletzt befand er sich im Besitz Eurer verstorbenen Gemahlin, Sir Bryan ...«

»Unrechtmäßig, mein König«, antwortete der Ritter knapp. »Sein rechtmäßiger Besitzer war bis zur verlorenen Schlacht von Askalon der Schahanschah der Fatimiden. Jetzt gehört er wohl dem Sieger der Schlacht.«

»Für den sich mein Herr Bruder im Verein mit Herrn Gottfried von Bouillon hält.« Heinrich Beauclerc wog den fabelhaften Rubin in seiner Hand. »Er würde Anspruch darauf erheben, wenn er wüsste, wo er sich befindet. Würde ich handeln wie ein frommer Christ, müsste ich ihm davon Kenntnis geben. Aber wenn auch nur der kleinste Edelstein in seinen Besitz gerät, wird er Waffen und Schiffe damit kaufen und gegen England in die Schlacht ziehen.«

»Ein Herrscher muss in erster Linie an das Wohl der Menschen denken, die in seinem Reich leben«, erwiderte Bryan bedeutungsvoll. »Diese Eure Pflicht müsst Ihr sogar über das Wohl Eures eigenen Seelenheils stellen, mein König. Auch ist der Schatz auf so ungewöhnliche Weise in Eure Hände geraten, dass dies eigentlich nur mit dem ausdrücklichen Willen Gottes zu erklären ist.«

Der König bedachte Bryan mit einem langen Blick, der sowohl Überraschung, wie einen Funken Humor und sehr viel Anerkennung enthielt.

»Ihr seid nicht nachtragend, Cambremer, das gefällt mir. Ich habe Euch bitter Unrecht getan.«

»Aus nachvollziehbaren Gründen, Majestät.«

»Genug der Schönrederei.« Die Hand des Königs schloss sich fester um den Rubin. »Ihr habt selbst ein, wenn auch moralisch anfechtbares, Recht auf diese Juwelen. Was schlagt ihr vor?«

Arlana hielt in neuerlichem Schreck den Atem an. Bryan wusste nichts von der Abmachung, die sie mit der Königin getroffen hatte. Sie hatte es aus den vielfältigsten Gründen nicht gewagt, ihn in den Plan einzuweihen. Wenn er nun das Falsche sagte ...

»Es ist blutiger Reichtum, mein König«, hörte sie ihn antworten. »In einem fürchterlichen Krieg mit Strömen von Blut erobert und sogar bis zum heutigen Tag mit Mord und Tod erkauft. Reinigt den Schatz, indem Ihr ihn für den Frieden verwendet. Britannien braucht nichts so sehr wie Frieden. Es muss ein Ende damit haben, dass Normannen gegen Normannen kämpfen, dass Sachsen unterdrückt werden und dieses Land seinen natürlichen Reichtum für Waffen und Söldner verschwenden muss, statt ihn für den Aufbau eines starken Gemeinwesens verwenden zu dürfen.«

»Dann helft Eurem König dabei diesen Frieden zu schaffen, Cambremer.«

Die Hände der beiden Männer fanden sich zu einem festen Bund ineinander und Arlana schwankte vor Erleichterung. Sie schloss die Augen und merkte nicht, dass sie ohnmächtig zu Boden sank.

23

Schloss von Winchester, 26. Juli 1101

Die Stimmen beunruhigten Arlana. Gedämpft, leise, besorgt und mit einem Unterton von Gereiztheit argumentierten sie gegeneinander. Nicht gerade ein Streit, aber doch eine unterdrückt geführte Auseinandersetzung. Eine Debatte, in der es offensichtlich um sie ging. Sie unterdrückte den ersten Impuls, die Augen aufzuschlagen und bemühte sich in den gehörten Bruchstücken einen Sinn zu entdecken.

»Weiß sie es?«

»Nein, ich glaube nicht ...«

»Du musst es ihr sagen!«

»Ich fürchte ihre Reaktion.«

»Solange sie sich hartnäckig weigert, die Wahrheit zur Kenntnis zu nehmen ...«

»Eine Frau, die den Schatz Al-Afdals entdeckt hat und dem König von England zuspielen konnte, ist nicht mit normalen Maßstäben zu messen. Wenn ich nur wüsste, was sie zu diesem Wahnsinn getrieben hat ...«

»Die Liebe, die sie für dich empfindet.«

»Sie hat kein Recht ...«

»Das sagst du ihr besser nicht ...«

»Hier geht es nicht um Liebe, hier geht es um Vernunft!«

»Das wird ihr nicht gefallen.«

Die Stimmen entfernten sich und Arlana blieb mit den unvollständigen Fragmenten allein. Sie hatte Lady Liliana erkannt, Bryan und den Lord von Hawkstone. Was war der Grund ihrer Meinungsverschiedenheiten?

Das fragst du?

Hast du nicht gehört, dass du kein Recht hast ihn zu lieben?

Der Kreis hatte sich geschlossen. Bryan konnte endlich die Last seiner Vergangenheit ablegen. Künftig würde er das Leben führen, das dem Erben von Cambremer zustand. Eustache de Breteuil hatte ihn durch seine Bluttat befreit, durch einen Mord, den niemand mit der Schlacht von Askalon in Verbindung bringen würde. Arlana ahnte, dass man Lady Benigna mitsamt ihren Geheimnissen zu Grabe tragen würde. Für alle, die nicht wussten, was wirklich geschehen war, war sie das bedauernswerte Opfer eines Ritters, dessen Geist sich aus unbekannten Gründen verwirrt hatte.

Eine eisige Klammer der Verzweiflung legte sich um Arlanas Herz, während sie sich die Bilder von Bryans neuem Leben ausmalte. Er würde heiraten. Sicher eine Edeldame aus den höchsten Kreisen, mit sanftem Gemüt, Vermögen und so viel Freundlichkeit und Wohlerzogenheit, dass er Arlana Cashel und ihre ungehobelten Manieren schnell vergessen würde. Sogar wenn ein Rest ihrer verbotenen Liebe irgendwo in seinem Herzen weiterlebte, er würde nicht mehr als eine ferne Erinnerung sein, das leise Lied eines Herzens, das einmal in vollkommenen Einklang mit dem seinen geschlagen hatte.

Arlana unterdrückte ein Schluchzen. Sie hatte von Anfang an gewusst, dass es so enden würde. Sie musste Entscheidungen treffen.

Vorsichtig blinzelte sie unter halb gesenkten Lidern in die Runde. Sie erkannte das Gemach, in dem sie sich unter Lady Lilianas Anleitung für die Audienz im Garten angekleidet hatte. Eine Kammermagd saß träumend am Fenster, offensichtlich damit beauftragt, ihr zu Diensten zu sein, wenn sie erwachte oder auch Nachricht an Lady Liliana zu geben, sobald es der Fall sein sollte. Das Mädchen nutzte die Gelegenheit zum Müßiggang und als Arlana genauer hinsah, konnte sie erkennen, dass die Kleine tief und fest schlief. Vermutlich war sie seit der ersten Morgendämmerung auf den Beinen, denn das Gesinde begann seine Arbeit üblicherweise noch vor Sonnenaufgang.

So lautlos wie möglich richtete sie sich auf und presste in einer längst vertrauten Bewegung die Hand zwischen die Brüste. Eine hilfreiche Hand hatte ihr die seitlichen Schnüre des Surkots gelockert und das enge Band mit dem Schleier abgestreift. Vorsichtig brachte sie alles wieder in Ordnung und zog das Band mit dem Ring über den Kopf, ehe sie den Schleier befestigte.

Die Geräusche störten die schlafende Magd nicht im Geringsten. Arlana nahm Lady Lilianas leichten Kapuzenumhang von der Truhe neben dem nicht beheizten Kamin und schlich sich auf Zehenspitzen zur Tür. Sie dankte dem Himmel dafür, dass im Sommer die Böden blank gefegt und nicht mit raschelndem Stroh bestreut waren. Auch die Angeln der Tür waren frisch gefettet worden, sie konnte lautlos wie ein Windhauch verschwinden.

Vor dem Schritt über die Schwelle hielt sie den Atem an. Würde sie eine Wache vor dieser Tür finden?

Nein. Der Gang lag leer und in tiefe Schatten gehüllt vor ihren Augen. Hastig warf sie den Mantel über ihr Kleid, bedeckte ihre verräterischen Haare mit der Kapuze und schritt eilig in Richtung des großen Hofes. Dort, im ständigen Kommen und Gehen von Rittern, Bewaffneten, Händlern, Gesinde und Handwerkern, hatte jeder genug mit sich selbst zu tun und keine Zeit, sich um andere zu kümmern.

Als sie jedoch neben der High Street in das Gewirr der Gassen, Torgänge und kleinen Straßen von Winchester eintauchte, stellte sich das nächste Problem. Wohin sollte sie sich wenden?

Wenn sie sich der Mildtätigkeit sowohl der Cambremers wie der Königin entziehen wollte, weil ihr Stolz es nicht zuließ, um Almosen zu betteln, stand sie vor denselben Problemen wie damals in Hastings. Sie brauchte ein Dach über den Kopf und einen Haushalt, dem sie angehörte, damit sie nicht als Dirne oder Landstreicherin in Verruf kam.

Schon wieder hatte sie erst gehandelt und zu spät über die Folgen nachgedacht. Wo konnte sie Zuflucht finden? Bei den Schwestern von Saint Marys? Die Gemahlin des Sachsenkönigs Alfred hatte das Kloster gegründet und der mildtätige Ruf der frommen Frauen drang weit über die Grenzen von Winchester hinaus. Würde man sie dort aufnehmen?

Arlana fühlte keinen Drang ihr Leben Gott zu weihen, aber inzwischen sah es so aus, als bliebe dies ihre einzige Möglichkeit. Als Magd, die sich ihre Existenz dort mit ihrer Hände Arbeit verdiente, würde man sie vielleicht akzeptieren. Kein besonders schönes Leben, aber auf jeden Fall eines das sie sich selbst gewählt hatte. Getrieben von der Angst, dass man sie suchen und zurückholen würde, traf sie einen überhasteten Entschluss. Sie wandte sich an den nächsten Bürger von Winchester, der ihr über den Weg lief.

»Verzeiht mir, Herr. Könnt Ihr mir sagen, wie ich zum Kloster von St. Marys komme?«

Der Mann stutzte, kratzte sich unter seiner Mütze und betrachtete das blasse Gesicht im Rahmen der gefütterten Seidenkapuze.

»Rotschopf?«

Sie runzelte die Stirn und erst die Lederschürze im Verein mit der vierschrötigen Gestalt löste das Rätsel.

»Cedrick, der Waffenschmied. Das ist doch unmöglich, dass ich Euch zum zweiten Male zufällig über den Weg laufe, oder?«

»Wenn dir der Zufall unangenehm ist, solltest du dir eine andere Straße aussuchen, Rotschopf. Wenn man von der Waffenkammer des Schlosses kommt und zu meiner Werkstatt geht, muss man eben durch diese Gasse. Aber was suchst du hier? Ich dachte, du bist jetzt in den Diensten eines mächtigen Lords?«

Arlana schüttelte stumm den Kopf. Sie warf Cedrick einen prüfenden Blick zu. Er hatte ihr schon einmal geholfen, ohne ihr zu nahe zu treten. Konnte sie es wagen, ihn ein zweites Mal um Hilfe zu bitten?

»Ich habe dem Lord nur einen Gefallen getan«, sagte sie nun so sanft wie möglich. »Ich bin auf der Suche nach Arbeit und einem Dach über dem Kopf. Brauchst du nicht eine Magd für dein Haus, Cedrick? Ich kann kochen, spinnen und ich bringe sogar ein anständiges Ale zustande. Deine Meisterin wird es dir danken, wenn du mich mitbringst.«

»Ich hab keine Meisterin«, knurrte Cedrick düster. Offensichtlich hatte sie einen wunden Punkt getroffen. »Ich leb allein mit zwei Gesellen, seit meine Anna vor drei Jahren mitsamt unserem ersten Kind gestorben ist.«

Arlana musste an sich halten, die traurige Nachricht nicht mit einem unpassenden Laut des Jubels zu quittieren. Sie sprach ein schnelles Gebet für die arme Anna, aber für sie war Cedricks Lage ein Geschenk des Himmels.

»Gib es zu, du brauchst eine Magd wie mich. Du kannst von Glück sagen, dass ich dir über den Weg gelaufen bin. Schlag ein, du wirst es nicht bereuen.«

»Ich weiß nicht, Rotschopf. Du siehst nicht aus wie eine Magd. Du trägst feine Kleider und gehst mit den Edelmännern um, wie ich mit den Sergeanten des Königs. Eine wie du würde nur zu Klatsch und Tratsch bei meinen Nachbarn und Zunftkollegen führen.«

Arlana zollte ihm heimlich Respekt. Cedrick war nicht so leicht zu beschwatzen, wie sie gedacht hatte. Sie versuchte, seinen Stolz zu beschwören.

»Schuldest du der Nachbarschaft Auskunft darüber, wie du dein Haus führst? Wenn sie sehen, dass ich meine Arbeit tu und von niemand etwas will, werden sie bald aufhören, sich das Maul zu zerreißen.«

»Mein Geschäft geht eben so um. Es reicht für die Männer und nicht für eine Magd.«

»Ein Dach über dem Kopf und etwas zu essen genügen mir erst einmal. Im Namen der Heiligen Jungfrau, tu ein gutes Werk an mir, Meister Cedrick.«

Arlana hielt ihm auffordernd die schmale Hand hin. Da sie zusätzlich ihr schönstes Lächeln aufbot und mit aller Überzeugungskraft strahlte, die sie besaß, schlug der Waffenschmied ein, obwohl er es eigentlich gar nicht tun wollte.

»Ich muss verrückt«, sein murmelte er. »Alle sind sie verrückt heute. Hast du schon gehört, dass im königlichen Schloss eine Edeldame von einem eifersüchtigen Ritter ermordet wurde? Wo kommen wir denn hin, wenn nicht einmal die hohen Frauen mehr vor Ihresgleichen sicher sind?«

Arlana beschränkte sich auf ein Schulterzucken als Antwort. Sie trat unruhig von einem Fuß auf den anderen und hätte ihn am liebsten geschubst, damit er sich wieder in Bewegung setzte. Je schneller sie sich aus dem Bannkreis des Schlosses entfernten, umso wohler würde sie sich fühlen.

»Sie schließen bereits Wetten darüber ab, wie die Strafe für den Mörder ausfallen wird. Köpfen, hängen oder vierteilen. Auf jeden Fall etwas Erbarmungsloses, das der Schwere des Verbrechens angemessen ist. Hast du schon einmal eine Hinrichtung in aller Öffentlichkeit gesehen, Rotschopf? Man braucht einen Magen dafür, sag ich dir.«

Arlana erinnerte sich an die unverhoffte Blutfontäne, die aus Lady Benignas Brust geschossen war und hatte Mühe, schon jetzt ihren Magen zu beruhigen.

»Ich versteh nicht, was so unterhaltsam dran sein soll, wenn jemand zu Tode gequält wird«, erwiderte sie und erschauerte sichtlich.

»Vermutlich, weil du ein Weib bist«, nickte Cedrick verständnisvoll, als würde das schon alles erklären. »Die Strafe für einen Verbrecher muss schwer sein und in der Öffentlichkeit ausgeführt werden. Sonst könnt ja ein jeder daherkommen und meinen, dass er mit Lumpereien besser dran ist, als mit ehrlicher Arbeit.«

Arlana nahm das Stichwort schnell auf. »Ich versuch es lieber mit ehrlicher Arbeit, wenn du mir endlich den Weg zu deiner Werkstatt zeigst«, sagte sie sanft.

»Je nun ...«

Cedrick legte die Stirn in Falten. Es war ihm noch immer nicht ganz klar, weshalb er sich auf Arlanas Bitten eingelassen hatte. Sie wirkte blass. Sie trug zwar feine Kleider, aber ihr Gesicht war schmal geworden. Sie konnte ein wenig Aufpäppeln vertragen und vielleicht war es zu Abwechslung auch ganz nett, auf der anderen Seite des Tisches ein freundliches Gesicht zu erblicken, statt der schiefen Hasenzähne seines ältesten Gesellen.

»... dann komm mal mit, Rotschopf.«

Arlana atmete tief durch. Dem Himmel sei Dank. Noch war der Kelch mit den Nonnen von Saint Marys an ihr vorübergegangen.

*

»Es ehrt dich, dass du so tief um deine Herrin trauerst, Denisa, aber ich bitte dich dennoch, dich zu fassen. Du bist die Einzige, die uns Antworten auf all die ungelösten Fragen geben kann.«

»Fragen?« Denisa sah mit verquollenen Augen auf und wich vor Lady Liliana zurück. »Was gibt es jetzt noch zu fragen?«

»Jede Menge.« Bryan de Cambremer schob seine Mutter sacht zur Seite und baute sich vor der Amme auf. »Wie ist Benigna wirklich in den Besitz der Juwelen Al-Afdals gekommen?«

»Wollt Ihr das absolut wissen?« Denisa klang heiser und ihr kehliger Akzent färbte die Worte. »Was bringt es Euch, die ganzen schmutzigen Einzelheiten zu hören? Sie ist tot. Ihr seid sie los. Nun könnt Ihr die Irin in Euer Bett nehmen und müsst sie nicht mehr im Rosenturm auf dem Boden nehmen.«

Ein erstickter Laut Lady Lilianas ließ Bryan kurz erröten, aber er reagierte nicht auf die Provokation.

»Ich will wissen, warum Benigna sterben musste«, entgegnete er schroff. »Und ich rate dir gut, endlich die Wahrheit zu sagen. Ich bin deine und Benignas Lügen endgültig leid.«

Denisa blickte den Ritter aus ihren dunkelbraunen Augen gleichmütig an. Sie war so in ihrem Leid erstarrt, dass seine Drohungen keine Wirkung auf sie ausübten.

»Wenn Ihr darauf besteht. Ihr wisst, dass Wesir Al-Afdal mit seiner Armee die Christen wieder aus Jerusalem vertreiben wollte. Er nahm an, dass es zu einer langwierigen Belagerung der Heiligen Stadt kommen würde und so zog er mit großem Gefolge nach Askalon, wo er sein Lager in der Ebene von Al Majdal aufschlug. Es war eine gewaltige Armee. Nicht nur Araber, auch Armenier, Perser, Kurden, Seldschuken und Äthiopier kämpften unter seinem Befehl. Das Lager war eine Stadt für sich und die Kaufleute von Askalon witterten eine Chance für gute Geschäfte. Ich war unter den Frauen, die ein Sklavenhändler dem Wesir anbot und die Verhandlungen kamen eben in Gang, als die christlichen Ritter über das Lager hereinbrachen. Niemand war auf eine Schlacht vorbereitet und das Durcheinander entsetzlich. Jeder floh, ohne zu wissen wohin. In dieser Hölle traf ich auf Benigna von Eloro.«

»Sie war ...« Bryan wagte nicht auszusprechen, was er dachte.

Denisa achtete nicht auf seinen Einwurf.

»Sie hatte ihren Vater, einen Kaufmann aus Narbonne, auf einer Handelsreise begleitet, war in die Hände von Piraten gefallen und auf dem Sklavenmarkt von Alexandria verkauft worden. Sie hatte nur ein Ziel: die Flucht. Aber sie wollte nicht mit leeren Händen fliehen. Sie wusste,wo der Wesir seine Schätze aufbewahrte und während die Wachen eilten, gegen die Christen zu kämpfen, rafften wir zusammen, was wir tragen konnten und verbargen uns unter einem umgestürzten Karren. Die Schlacht war nur kurz und die Christen schneller Herr der Lage, als wir fliehen konnten. Wir beschlossen die Dunkelheit abzuwarten, um uns dann davonzuschleichen. Wir wurden von einem Ritter entdeckt, doch Benignas Schönheit tat ihre Wirkung. Sie bat ihn um Hilfe und er überschlug sich fast im Bemühen die angebliche Edeldame, die als Geisel festgehalten wurde, mitsamt ihrer Dienerin und ihrem Gepäck in Sicherheit zu bringen. Den Rest kennt ihr.«

»Und wo kommt Breteuil ins Spiel?«

»Es war von Anfang an sein Spiel.« Denisa senkte den

Kopf und ihre Stimme wurde ausdruckslos. »Er wollte mich in den Harem des Wesirs einschmuggeln. Ich sollte für ihn auskundschaften, wo sich der sagenhafte Schatz der Fatimiden befand und er wollte …«

»Aber du hast lieber mit Benigna gemeinsame Sache gemacht als mit ihm«, vermutete Bryan. »Du vertrautest lieber einer Frau, als einem Mann der dich verkauft hat.«

Denisa nickte stumm.

»Ist er nach Jerusalem gekommen, weil er deine und Benignas Spur verfolgt hat?«

»Er tobte vor Wut. Er hätte mich getötet, hätte sich Benigna nicht dazwischengeworfen und um unser Leben gefleht. Ihr wisst, welche Wirkung ihre Tränen auf Männer haben. Für einen Moment muss Eustache geglaubt haben, er könnte alles haben. Benigna und den Schatz. In diesem Augenblick tauchte Richard de Tréviers auf. Für ihn sah es so aus, als wollte Eustache Benigna Gewalt antun. Es kam zum tödlichen Kampf. Benigna drängte Eustache zur Flucht, als wir Euch kommen hörten. Sie schwor ihm bei allen Heiligen, dass wir ihm mit dem Schatz folgen würden, sobald wir Euch erst losgeworden wären.«

»Und danach hatte sie nichts Besseres zu tun, als mich auf seine Spur zu hetzen, damit ich ihn töte. Wie habe ich diese Frau je für töricht halten können?«

»Männer sehen nur Äußerlichkeiten«, sagte Denisa bitter. »Kann ich nun gehen? Mein Kind braucht mich.«

»Dein Kind?«

Lady Liliana beugte sich vor, denn Denisas seltsame Betonung fiel ihr auf.

»Mein Kind, Mylady.« Denisa fasste sich in schlichtem Stolz. »Eustache de Breteuil ist sein Vater. Aber seine Mutter bin ich. Das Kleine wurde nicht in Liebe gezeugt. Er hat mich vergewaltigt und eingesperrt, bis ich verängstigt genug war alles zu tun, was er wollte. Mein Vater war nur ein einfacher Fuhrknecht, ich besaß nichts als ein angenehmes Gesicht und meine Unschuld. Beides hat er mir genommen.«

»Benigna hat dein Kind als Richards und ihr Kind ausgegeben?« Bryan fuhr sich mit allen zehn Fingern durch die Haare und schüttelte in fassungslosem Erstaunen den Kopf. »Wie ist das möglich?«

»Ihr wart krank, Ihr habt Euch nicht viel um Einzelheiten gekümmert. Es ist leicht eine Schwangerschaft vorzutäuschen, wenn Mann und Frau nicht miteinander leben. Und es war gut, für uns und für das Kind ...«

»Wie einfältig ich doch gewesen bin«, murmelte Bryan missmutig.

»Benigna hatte nur ihre Schönheit, die sie als Waffe benutzen konnte«, antwortete Denisa spröde. »Ich hoffe, man reißt ihren Mörder in vier Teile und wirft die Reste den Hunden vor. Er hat es verdient.«

»Er ist der Vater deines Kindes«, hielt ihr Bryan entgegen.

»Auch dafür wird er jetzt büßen«, sagte Denisa hart. »Kann ich nun zu der Kleinen?«

»Eine Frage noch«, warf Lady Liliana ein. »Dieser Schatz, den ihr nun seit Jahren in Riccardas Korb mit euch herumschleppt, was wolltet Ihr mit ihm tun?«

»Er war unsere Sicherheit. Er hätte uns gerettet, wenn auch ER das Gesicht der Bestie gezeigt hätte, die in jedem Manne steckt.«

Bryan unterdrückte einen Fluch, als Denisas Zeigefinger auf ihn deutete. Er verzichtete darauf, sich zu verteidigen. Nach allem was sie erlebt hatte, konnte er ihr diese Meinung über sein Geschlecht kaum nachtragen.

»Geh zu Riccarda«, befahl er ernst. »Um ihretwillen wirst du keine Angst mehr haben müssen. Egal, wer ihr Vater oder ihre Mutter ist.«

»Gott wird es Euch danken, wenn es stimmt«, entgegnete sie zweifelnd.

Sie ließ alle drei Cambremers mit gemischten Gefühlen zurück.

»Sie tut mir Leid«, sagte Lady Liliana schließlich. »Und doch kann ich nicht billigen, was diese beiden Frauen getan haben. Wie schwierig es doch manchmal ist, das Richtige zu tun. Lasst uns zu Arlana gehen, inzwischen ist sie sicher wieder zu sich gekommen.«

»Ich werde zu ihr gehen.«

Bryan richtete sich auf und packte die Krücken fester.

»Bist du sicher?«

»Du hast es gehört.« Der Lord von Hawkstone legte den Arm um seine Gemahlin. »Du wärest auch nicht begeistert gewesen, wenn ich an der Hand von Dame Elisabetta gekommen wäre, all die Missverständnisse auszuräumen, die uns zeitweilig voneinander getrennt haben.«

»Aber er ...«

»Er ist längst ein Mann, Liebste. Ein Ritter, der dem Namen Cambremer auf schwierigen Wegen alle Ehre gemacht hat. Willst du weniger Vertrauen in ihn setzen, als unser König?«

»Nein natürlich nicht. Aber sie ...«

»Siiiiie ...« wiederholte der silberhaarige Lord und zog eine vielsagende Grimasse. »Nun, Sie ist eine andere Sache. Diesen Kampf mit ihr muss er schon alleine ausfechten.«

Bryan humpelte lachend aus der Kammer. Er konnte sich nicht erinnern, wann er zum letzten Mal unbeschwert gelacht hatte. Aber das Gesicht seiner Mutter hatte ihm keine andere Wahl gelassen.

Das Lachen verging ihm auf der Stelle, als er Arlanas Alkoven leer und die Magd selig schlafend auf dem Fenstersitz fand. Mit einem Fluch weckte er sie auf.

»Wo ist Dame Arlana?«

Das Mädchen stammelte Unverständliches und rang erschrocken die Hände. Er öffnete eben den Mund, um ihr eine geharnischte Rüge zu erteilen, als ihm Denisas Einschätzung seines Geschlechts wieder einfiel.

»Schon gut, du kannst gehen«, brummt er wesentlich freundlicher als zuvor. »Du kannst nichts dafür. Ich hätte es wissen müssen.«

Er trat an das Bett, dessen Kissen noch den Umriss von Arlanas Körper nachzeichneten. In der Mulde des Kopfkissens glänzte es golden. Sein Siegelring. Sie wollte ihn nicht. Weder seinen Ring noch ihn selbst!

»Zu Hölle mit dir, Arlana von Cashel, wie kannst du mir das antun?«

Das Kissen gab keine Antwort. Ein leiser Hauch von Rosenduft berührte seine Sinne.

24

Winchester, 30. Juli 1101

»Sie hängen ihn auf.«

Arlana, die sich eben über das Mehlfass beugte, kam ohne Mehl wieder hoch.

»Wen hängt man auf?«

»Das fragst du? Den Ritter, der die Edeldame erstochen hat. Sie richten den Galgen draußen vor dem Stadttor auf. Er soll hängen bleiben, bis ihn die Raben fressen. Morgen, noch vor dem Mittagsläuten soll es geschehen. Das wird vielleicht ein Fest.«

Arlana klopfte sorgsam das Mehl über der Schüssel mit den Zutaten für den Brotteig von ihren Händen, damit auch nicht das kleinste Stäubchen verloren ging. Dann wandte sie sich zu Ben, Cedricks ältestem Gesellen, der schon wieder im Haus herumlungerte, statt in der Werkstatt zu sein.

»Heut wird es aber kein Fest, wenn der Meister dich erwischt. Noch ist nicht Feierabend. Was hast du in der Küche zu suchen?«

»Gehst du morgen mit mir zur Hinrichtung?«, fragte Ben und präsentierte seine vorstehenden Schneidezähne mit einem breiten Grinsen, das sein flaches Mondgesicht noch mehr in die Breite zog. »Die ganze Stadt wird auf den Beinen sein.«

»Um Gottes willen, nein!«

»Warum nicht?«

»Ich will nicht mit ansehen, wie ein Mensch gehängt wird. Nicht einmal wenn es sich dabei um einen Mörder handelt, der seine gerechte Strafe erhält.«

Ich habe zu viele Menschen sterben sehen!

Ben grunzte unzufrieden.

»Fort mit dir in die Werkstatt«, herrschte ihn Arlana entrüstet an. »Ich muss mich um das Brot kümmern und du wirst ebenfalls Arbeit haben, die dich beschäftigt.«

Ben schlurfte mit finsterer Miene davon und Arlana knirschte hilflos mit den Zähnen. Sie konnte sich den ungeschickten Annäherungsversuchen des Gesellen zwar erwehren, aber er wurde mit jedem Male aufdringlicher und zorniger. Früher oder später würde er handgreiflich werden und sie musste ihm eine Pfanne oder ein Holzscheit über den Kopf ziehen. Wie sie das dem gutmütigen Cedrick erklären sollte, machte ihr Sorgen.

Cedrick war ein ausgezeichneter Waffenschmied, aber er hatte keinerlei Menschenkenntnis. Seine Gesellen waren Faulpelze, seine Kunden nur allzu oft Halunken. Hätte sie das Recht dazu gehabt, sie hätte ihn überredet, seine Gesellen an die Luft zu setzen und dem Lord von Hawkstone seine Dienste anzutragen. Der Schmied von Hawkstone brauchte dringend einen jungen Nachfolger und unter den zahllosen Mägden des Lehens fände sich bestimmt eine junge Frau, die Cedricks Kummer um seine Anna vertreiben würde.

Es lenkte sie von ihrem eigenen Schicksal ab, über Cedrick und seine Zukunft nachzudenken. Es war so viel leichter, als Entscheidungen für sich selbst zu treffen. So sehr sie sich auch bemühte heiter zu scheinen, tief in ihr warteten Ströme von Tränen darauf, vergossen zu werden. Der Damm, der sie zurückhielt, wurde von Tag zu Tag brüchiger.

Sie hatte keine Ahnung, wie es weitergehen sollte. Die Arbeit erschöpfte sie. Sie schlief schlecht in der Kammer unter dem Dach und des Morgens wurde ihr jetzt mit schöner Regelmäßigkeit so schlecht, dass sie erst zur Mittagszeit etwas zu sich nehmen konnte. Meist nicht mehr als eine Scheibe Brot und einen Trunk verdünnten Apfelwein. Trotzdem arbeitete sie mit wilder Energie jeden Tag bis zur völligen Erschöpfung. Aber auch wenn sie noch so müde auf den Strohsack sank, die Träume kamen trotzdem.

Träume von Bryan.

Wie lange dauerte es, bis man sich eine vergebliche Liebe aus dem Herzen reißen konnte? Tage? Jahre? Ein ganzes Leben? Sie fürchtete das Letztere.

Wütend rieb sie sich mit dem Handrücken über die feuchten Augen und wandte sich neuerlich dem Mehl zu. Sie hatte Wichtigeres zu tun, als auch noch bei Tag von ihm zu träumen. Sie musste ihn endlich vergessen!

Bis sie den Brotteig in gleichmäßige Laibe teilen konnte, schmerzte ihr der Rücken und ihre Brüste spannten unter dem ungewohnt engen Leibchen der verstorbenen Waffenschmiedin. Nicht nur, dass ihr das Herz wie Eisen in der Brust lag, das Cedrick schmiedete, sie fühlte sich auch in ihrer Haut unwohl.

Wenn du jetzt auch noch krank wirst, kannst du dich gleich in den Itchen stürzen.

Sie schleppte die Laibe nach draußen, in das kleine Backhaus, das sie in der Hofecke schon vorgeheizt hatte. Fast wäre sie dabei zu allem Überfluss über Cedricks alten Hund gestolpert. Als sie die Eisentür hinter den Broten wieder zuwarf, war sie so wütend auf sich selbst, dass sie dem gemauerten Rund einen wütenden Fußtritt verpasste. Natürlich schlug sie sich dabei die Zehen an. Der Schmerz trieb ihr so viel Wasser in die Augen, das alles um sie herum verschwamm. Höhnisches Gelächter in ihrem Rücken zeigte an, dass Ben ihren Wutanfall und seine Folgen aus der offenen Werkstatttür beobachtet hatte. Auch das noch!

Arlana fuhr wütend herum und packte das nächste Holzscheit, vom Stapel neben dem Ofenhaus, um es ihm an den Kopf zu werfen. Gerade noch rechtzeitig meldete sich ihre Vernunft. Sie ließ eben die Hand sinken, als Lärm auf der Gasse sie zusätzlich von Bens albernem Gewieher ablenkte. Ein Kunde für Cedrick?

Ein Tragstuhl mit gepunzten Ledervorhängen wurde vor dem Eingang zur Schmiede abgesetzt. Ein eilfertiger Diener wieselte um das Gestell herum und klappte die Tür nach außen zurück. Die Tränen in Arlanas Augen ließen ihr das Wappen auf dem Wams des Dieners vor den Augen verschwimmen. Zweifellos handelte es sich um einen reichen Kunden. Einen von der Sorte, die Cedrick gebrauchen konnte.

Sie strich sich müde eine verschwitzte Haarsträhne unter die weiße Leinenhaube zurück, legte das Holzscheit wieder zu den anderen und klemmte stattdessen das Brotbrett unter den Arm, auf dem sie die Laibe nach draußen transportiert hatte. Mit hängendem Kopf und schleppenden Schritten wandte sie sich zur Küchentür. Auftraggeber waren Cedricks Angelegenheit.

»Warte, Mädchen! Ist das hier die Werkstatt von Cedrick dem Waffenschmied?«

Arlana erstarrte mitten in der Bewegung. Die Muskeln ihrer Schultern verkrampften sich. Ein Kribbeln begann in den obersten Haarspitzen, lief über den Rücken nach unten und brachte ihre Knie zum Beben. Mit allem hatte sie gerechnet, aber nicht mit dieser Stimme.

Sie brachte keinen Laut über die Lippen. Wenn sie einfach ging, ehe er sie erkannte? Eine dumme Magd, die nichts verstand? Ein tölpelhaftes Frauenzimmer, keinen zweiten Blick wert?

»Sie ist stumm, Seigneur«, antwortete eine gebrochene Jünglingsstimme.

William. Sie erinnerte sich nur zu gut an den Knappen.

»Ich geh hinein und frag für Euch.«

»Lass ...«

Die eine Silbe sagte Arlana bereits alles. Er hatte sie erkannt. Auch in geliehenen Kleidern, mit den Holzpantinen einer Magd und einer Haube, deren Hässlichkeit nur von ihrer Unbequemlichkeit übertroffen wurde. Was sollte sie tun? Davonlaufen? Er würde ihr nicht folgen können. Unglücklicherweise machten ihre Füße keine Anstalten, die Idee in die Tat umzusetzen. Sie waren wie mit Eisenstiften im Erdboden verankert.

Sie hörte seinen unregelmäßigen Schritt näher kommen, das monotone Tock-Tock der Krücken. Sie zuckte zusammen, als seine Hand auf ihre Schulter fiel, sie packte und herumdrehte, als wäre sie nicht mehr als eine Strohpuppe, an der man das Lanzenstechen übte.

»Bei Gott! Du bist die am wenigsten eitle Frau, die ich kenne. Wie siehst du aus? Wo hast du nur diese Lumpen aufgetrieben?«

»Was geht's Euch an«, schnappte sie unfreundlich zurück, obwohl ihr Herz raste.

Ihre brennenden Augen nahmen ihn nur undeutlich wahr. Dafür traf sie seine persönliche Ausstrahlung mit solcher Macht, dass sie das Brett wie einen Schild vor ihre Brust hielt. Er war entsetzlich wütend, aber nicht so überrascht, wie er es eigentlich hätte sein sollten. Sie fand nur eine Erklärung dafür. Er hatte gewusst, dass er sie hier finden würde.

»Woher habt Ihr gewusst, dass ich hier bin?«

»Ich hab's ihm gesagt.«

Cedrick trat aus der Werkstatt und wischte seine Pranken an dem Lederschurz ab, der sein Handwerk verriet.

»Wie konntest du ...«, murmelte Arlana müde.

Sie zwang sich, Bryan direkt in die Augen zu sehen. Augen, die im Zorn die Farbe von grünlich schimmerndem Wintereis angenommen hatten. Er war böse. Gut. Dann würden sie keine Zeit mit Höflichkeiten verlieren.

»Geht.«

»O nein, Liebchen, das werde ich nicht«, antwortete er trotz seiner fühlbaren Wut geradezu aufreizend gelassen. »Zumindest werde ich nicht ohne dich gehen.«

»Ihr habt kein Recht, mir Befehle zu erteilen. Ihr seid nicht Euer Vater.«

»Was hat mein Vater damit zu tun?«, fragte Bryan irritiert.

»Ich war seine Leibeigene und wurde dann sein Mündel. Er ist der Einzige, dem ich mich beugen müsste. Aber solange er nicht weiß, wo ich bin ...«

»Keine Sorge, er weiß es. Und nun leg dieses Brett weg und komm mit mir. Ich bin sicher, einer von Cedricks Gesellen wird die Brote rechtzeitig aus dem Ofen nehmen.«

Arlana krümmte die schmerzenden Zehen in ihren Holzpantinen. Sie kämpfte gegen das dringende Bedürfnis, den Kopf an seine Schulter zu legen. Jetzt fiel ihr auf, dass er noch immer hager und viel zu dünn war. Doch die Energie mit der er mühsam seinen Unmut zurückhielt, die flüssigen Bewegungen und die Kraft, mit der er die Krücken handhabte, sprachen von fortschreitender Genesung.

»Ich wünschte, Ihr würdet gehen«, flüsterte sie erschöpft. »Warum versteht Ihr denn nicht? Ich hab Euch den Ring dagelassen. Ich will ihn nicht.«

»Du magst wollen, was du willst, Arlana von Cashel, aber du hast kein Recht deine Wünsche an erste Stelle zu setzen. Du sprichst nicht mehr für dich allein.«

Arlana fühlte sich von der unerwarteten Zärtlichkeit in seiner Stimme ebenso bedrängt, wie von den Rätseln die sie irre machten.

»Ich bin allein, also sprech ich für mich allein«, widersprach sie, als wäre sie tatsächlich eine Magd, deren Verstand nicht über die Fertigung eines Brotteigs hinausreichte.

»Nein, meine Liebe. Du trägst unser Kind und du wirst endlich damit aufhören, es mit deinem Eigensinn in Gefahr zu bringen. Ich liebe dich über alles Arlana von Cashel, aber ich werde nicht zulassen, dass du den Sohn oder die Tochter, die du mir schenken wirst, mit deinem irischen Starrsinn gefährdest oder gar von mir fern hältst.«

Arlana staunte ihn an, als habe er vor ihren Augen zwei Köpfe bekommen. Seine Stimme hallte in ihren Ohren nach und die Erkenntnis, dass er Recht hatte, mischte sich mit der jähen Einsicht, dass sie die albernste Frau im ganzen Königreich sein musste. Sie musste sich von ihrem Liebsten sagen lassen, dass sie in der Hoffnung war! Sie ängstigte sich seit Tagen vor den schlimmsten Krankheiten und kam nicht auf die Idee, dass es Folgen haben könnte, bei einem Mann zu liegen.

Röte flog über ihre blassen Züge, wie eine Wolke bei Sonnenaufgang, das Brett rutschte aus ihren kraftlosen Händen. Das Poltern riss sie aus ihrer Versunkenheit und sie schlang die Arme um den Oberkörper, als müsse sie sich vor der Wahrheit schützen, die ihr aufgezwungen wurde.

»Woher wollt Ihr das wissen?«, murmelte sie trotzig, obwohl sie nicht verbergen konnte, wie aufgewühlt und verstört sie war.

»Meine Mutter ist die Lady des Rosenturmes, hast du das schon vergessen? Sie sagt, sie weiß es seit Wochen, aber sie wollte dir Zeit geben, deinen eigenen Weg zu finden. Ich bringe weniger Geduld auf.«

»Was wollt Ihr tun?«

Arlana hatte eine unbestimmte Ahnung, aber sie musste es von ihm selbst hören. Ihr Stolz wehrte sich dagegen, ein Blatt im Wind zu sein, das mal hier und mal dahin geweht wurde. Ihr Herz dagegen sehnte sich danach, ganz andere Worte zu hören.

»Das fragst du? Ich nehme dich mit. Auf der Stelle.«

Das waren genau die falschen Worte.

Arlana schwankte zwischen Trotz und Sehnsucht. Vor gar nicht langer Zeit, war sie sich absolut sicher gewesen, dass er sie liebte wie sie ihn. Aber nun? Es lag nicht nur an den Krücken, dass er ihr so anders vorkam. Er hatte sich verändert. Er war nicht mehr der grübelnde Zweifler, der sich selbst infrage stellte und sich anklagte, weil er den Anforderungen seines Vaters nicht entsprach. Der Mann vor ihr setzte sich über Zweifel hinweg. Sie hätte gerne gewusst, ob die Ereignisse ihn Rücksichtslosigkeit oder Einsicht gelehrt hatten. War es ratsam ihm zu folgen?

Er ist der Vater des Kindes, das du in dir nicht wahrhaben wolltest!

Er ist ein Fremder, der keinen Ton von Liebe spricht.

Aber DU liebst ihn. Willst du diese Liebe deinem Stolz opfern?

Sie lag mit sich selbst im Streit und ihre Züge verrieten es deutlich. Bryan de Cambremer jedoch wollte sich weder vor gaffenden Schmiedegesellen noch vor ihrem Meister rechtfertigen.

»Wage nicht zu widersprechen«, sagte er so leise, dass nur Arlana es verstand. »Ich bin nicht in sonderlich höflicher Stimmung. Wir haben nahezu jeden Stein in dieser Stadt umgedreht, um dich zu finden. Wir haben zwielichtige Händler und maulfaule Fuhrknechte zum Reden gebracht. Wir haben einen Trupp irischer Meuchelmörder gefangen gesetzt, die ein Wikinger namens Thorsson auf dich angesetzt hat und meine Mutter ist jedes Risiko eingegangen. Alles umsonst. Hätte nicht der Himmel ein Einsehen gehabt und Cedrick auf den Weg zu uns geschickt, wir wären immer noch halb wahnsinnig vor Sorge um dich. Du kommst mit und wenn ich die Männer, die dort draußen warten, darum bitten muss, dich gewaltsam in diese Sänfte dort zu verfrachten. Du hast die Wahl.«

»Meuchelmörder?«

Nur dieses eine Wort brachte Arlana heraus. Wie hatte Thorsson sie finden können? War sie noch immer in Gefahr? Himmel, das bedeutete ja auch Gefahr für ihr Kind. In diesem Fall blieb ihr tatsächlich keine Wahl.

»Ich komme mit«, sagte sie mit zitternden Lippen, aber trotzig erhobenem Kinn.

Ein hörbarer Seufzer der Erleichterung lief sowohl durch Bryan de Cambremer wie durch Cedrick den Waffenschmied. Beide hatten sie leidvolle Erfahrungen mit Arlanas Eigensinn gemacht.

»Dann lass uns gehen.«

Arlana folgte dem Ritter stumm. Unter dem Torbogen mit den weit geöffneten hölzernen Flügeln drehte sie sich nach Cedrick um, der ihr ein aufmunterndes Grinsen schenkte. Er hatte nicht den Hauch eines schlechten Gewissens, dass er sie gegen sein Versprechen verraten hatte. Für ihn stand außer Frage, dass Männer für Frauen denken mussten, besonders wenn sie streitsüchtig und starrköpfig waren.

»Viel Glück, Rotschopf!«

»Nehmt die Brote nach dem Vesperläuten aus dem Ofen«, rief sie. »Der Eintopf hängt über dem Feuer. Und vergiss nicht morgen nach der Frühmesse zum Beichten zu gehen, Cedrick. Du hast mich belogen.«

»Glücklicherweise hat er es getan«, hörte sie Bryan sagen. »Und ich gebe ihm gern ein Stück meiner Seligkeit ab, wenn ihn der Himmel dafür zur Rechenschaft ziehen sollte. Weißt du, was du denen angetan hast, die dich lieben? An erster Stelle mir?«

»Macht Euch nicht lächerlich. Ich habe gehört, was Ihr von meiner Liebe haltet, als Ihr dachtet, ich sei ohne Bewusstsein. Spart Euch die schönen Worte.«

»Was hast du gehört?«

»Dass ich kein Recht habe. Dass es nicht um Liebe, sondern um Vernunft geht. Dass Ihr Euch vermutlich fragt, wie Ihr mich in meine Schranken weisen könnt, wenn ich wieder bei Sinnen bin. Ich mag eine Bettlerin sein, aber ich besitze noch immer meinen Stolz. Spart Euch die Erklärungen, ich gehe nur wegen des Kindes mit Euch.«

»Bei Gott!« Bryan ließ die Krücken einfach in den Straßenstaub fallen und packte Arlana an beiden Oberarmen. »Hör auf, du starrsinnigstes aller widerspenstigen Geschöpfe! Du hast nicht das Recht dein Leben aufs Spiel zu setzen, deine Unversehrtheit und dein Kind. All das ist mir tausendmal teurer als Ehre und Ruhm. Das hab ich gesagt und nichts anderes, meine Eltern und der Himmel über uns sind meine Zeugen. Und wenn du gehört haben solltest, dass ich außer mir war, dann ist das die bittere Wahrheit. Was erwartest du von einem Mann, der zur selben Zeit erfährt, dass er Vater wird und dass sich die Mutter seines Kindes in eine lebensgefährliche Intrige verstrickt hat, um ihn mithilfe von Al-Afdals Schatz freizukaufen? Ich hätte nie geglaubt, dass ein Mensch die Überzeugungskraft besitzt ein so tollkühnes Abenteuer zu planen. Dass du von der Königin, über meine Mutter, bis hin zu meinem wahrhaft unbeugsamen Herrn Vater, alle darin verwickeln und nach deiner Pfeife tanzen lassen kannst.«

Arlana blieb der Mund offen stehen. Sie wusste nicht, was sie von dieser Rede halten sollte. Was war sie? Erklärung? Schelte? Lob? Liebesgeständnis? Oder gar von allem etwas?

»Du hättest nicht anderes tun müssen, als dich auszuruhen und zu bleiben.«

Bryans Griff wurde sanfter und gleichzeitig spürte Arlana, dass er ihren Halt brauchte, weil ihn sein verwundetes Bein noch nicht in voller Stärke trug. Es berührte sie auf besondere Weise, dass er seine Schwäche mit ihr teilte.

»Ich hätte dir all deine Fragen beantwortet. Wir sind nur gegangen, um nach Denisa zu sehen. Als ich zurückkam, fand ich nicht dich, sondern den Ring, den ich dir gegeben habe. Wie konntest du ihn mir vor die Füße werfen wie einen Bettel.«

»Nicht vor die Füße auf das Kissen«, protestierte Arlana dickköpfig.

Sie wich seinem Blick aus und bemerkte, dass sie eine wachsende Menge von Zuschauern um sich versammelt hatten. Neben den Sänftenträgern, den beiden Bewaffneten und Bryans Knappen, Cedrick und seinen Männern, nahm inzwischen auch die Nachbarschaft des Waffenschmieds regen Anteil an der Szene. Am liebsten wäre sie im Boden versunken. Dennoch war da ein hartnäckiger Rest von Widerstreben in ihr, den noch kein einziges Argument beseitigt hatte.

»Ich will keine Almosen«, sagte sie kaum hörbar. »Weder von Euch noch von Euren Eltern.«

»Ich biete dir mein Herz, meine Hand und mein Leben,

keines von all dem als Almosen. Es wäre mir lieb, wenn du das annimmst, damit ich dich nicht wie einen Mehlsack vor den Altar zerren muss, bloß um unserem Kind zum Namen seines Vaters zu verhelfen.«

Arlana überspielte ihre Unsicherheit, indem sie die Mehlflecke auf ihrem Rock abrieb. Ihr Herz jagte und ihr fehlten die richtigen Worte, die Gefühle zu benennen, die ihr mit einem Mal die Brust beengten und den Wunsch in ihr weckten, von ihm umarmt zu werden. Sie wagte nicht, ihre Gefühle näher zu prüfen.

»Wir ziehen das Volk an mit unserem Streit«, sagte sie stattdessen nüchtern.

»Dann hör einfach mal auf, zu trotzen und steig in diesen Tragstuhl, damit ich dich nach Hause bringen kann.«

Arlana sah, dass er lächelte.

Sein Lächeln bewirkte, was all die Worte nicht geschafft hatten. Sie streckte die Waffen.

»Haben wir denn beide Platz?«

»Es ist einen Versuch wert. Willst du es mit mir wagen, Arlana von Cashel?«

Sie wusste, was er meinte.

»Ja.«

Sie sah ihn an und wiederholte eine Spur fester, während sich helles, türkisfarbenes Leuchten in ihren Augen ausbreitete: »Ja, ich will es wagen ...«

Epilog

Hawkstone, 24. Februar 1102

Das kleine Mädchen flitzte wie ein Pfeil durch die Halle. Zwischen Hunden, Mägden, Bänken und Tischen hindurch kam es ohne jeden Zusammenstoß genau vor Bryan de Cambremer zu stehen, umklammerte seinen Oberschenkel und strahlte ihn an. Es hatte ihn als Erste entdeckt und es genoss diesen Triumph von ganzem Herzen.

»Ich weiß was!«, sagte es geheimnisvoll.

Denisa eilte hinter ihrer Tochter her, knickste flüchtig und sagte nach einem Gruß für den Seigneur tadelnd. »Rica, was tust du nur? Der Herr kann nicht einmal die Halle betreten, ohne dass du wie eine Klette an ihm hängst.«

»Lass sie nur«, lächelte Bryan und hob das Kind mit einem geübten Griff auf die Schultern. »Nun Kleines, verrate mir, was du weißt?«

»Du musst mitkommen«, quietschte Riccarda, die alle jetzt Rica nannten.

»Ihr verwöhnt sie, Seigneur.«

»Sie hat es verdient, Denisa.«

Bryan sah sich suchend in der Halle um und entdeckte, dass kein Mitglied seiner eigenen Familie erschienen war, ihn zu begrüßen. Mit Ausnahme dieser beiden und des Katers Hawk, der sich an seine Beine drückte, schien es keinen zu interessieren, dass er wieder zu Hause war.

»Mitkommen! Mitkommen!«

Rica sprach mittlerweile wie ein kleiner Wasserfall, aber wenn sie es besonders dringend machen wollte, dann neigte sie dazu, einzelne Worte in schrillem Auf und Ab zu singen.

»Wo sind denn alle?«, musste er die Stimme heben, um sich gegen sie Gehör zu verschaffen.

Er war enttäuscht, dass seine Heimkehr nur von Rica bemerkt wurde. Es war zwar nicht klar gewesen, wann er wiederkommen würde und wie lange die Feierlichkeiten zur Taufe des neuen Kronprinzen von England dauern würden, aber ein wenig mehr Willkommensfreude hätte er sich von den Seinen schon erwartet.

Er hatte sich allein auf den Weg machen müssen, als die Nachricht eintraf, dass fünf Tage nach Lichtmess der erste Sohn des Königs zur Welt gekommen war. Weder das Alter, noch die Gesundheit seines Vaters hatten eine Reise im nasskalten Februar ratsam erscheinen lassen und Lady Liliana hatte Arlana nicht von der Seite weichen wollen, deren Niederkunft in den nächsten Wochen ebenfalls bevorstand.

Die Taufe, des kleinen Prinzen, der nach seinem Großvater Wilhelm genannt wurde, war das größte Fest seit dem Friedensschluss von Alton gewesen. In Alton hatte Herzog Robert zugesagt, nie wieder die Waffen gegen seinen Bruder zu erheben.

Bryan hatte angenommen, dass seine Familie voller Ungeduld auf ihn wartet und die Wachen auf den Palisaden angewiesen waren, Nachricht ins Herrenhaus zu schicken, sobald er mit seinen Männern auftauchte. So wie es aussah, hatte er sich getäuscht.

Es entging ihm, dass Denisa seine Enttäuschung bemerkte und ein Lächeln unterdrückte. Er hörte nur, wie sie Rica mahnte: »Führe den Seigneur, Rica und sei nicht so laut, hörst du?«

»Gaaaanz leise«, sang Rica heiter. »Du musst zu Lana!«

Da Arlana für Rica inzwischen die absolute Hauptperson war, schöpfte Bryan keinen Verdacht, dass sie ihn ausgerechnet in das Gemach lotste, das er mit seiner Gemahlin teilte. Als er freilich die Tür öffnete, hielt er verblüfft auf der Schwelle inne. Nicht nur seine Eltern, sondern auch ein beträchtlicher Teil seiner eigenen Verwandtschaft drängelte sich um den großen Alkoven.

»Was zum ...«

»Bryan!«

Er merkte sofort, dass Arlanas Stimme anders klang. Er ließ Rica augenblicklich von seinen Schultern. Seine Gemahlin lag im Alkoven und hielt auf ungewohnte Weise Hof. Seine Eltern, zwei seiner Schwager und ihre Gemahlinnen, seine Schwestern Sophia-Rose und Roselynne, traten vom Bett zurück und bildeten eine Gasse, die es ihm erlaubte, seine Ehefrau zu begrüßen.

Arlana kam ihm blasser als sonst vor, aber sie lächelte ihn strahlend an. Sie trug warmes, gewirktes Umschlagtuch aus feinster Schafwolle um die Schultern, das sie mit den Armen von sich fern hielt. Erst als er näher trat, entdeckte Bryan, dass in der weichen Höhlung dieses Tuches in jedem ihrer Arme ein winziges Bündel lag.

»Gütiger Himmel«, rutschte es ihm heraus und er sank auf der ersten Stufe des Alkovens auf ein Knie, um das Wunder zu betrachten.

Mit geschlossenen Augen, die winzigen dunklen Wimpern ein feiner, perfekter Fächer auf rosiger Haut und der Mund kaum größer als eine kleine Rosenknospe, schlummerten beide Kinder tief und fest. Bryan schüttelte den Kopf, um die vermeintliche Vision zu vertreiben, aber es blieb dabei, es waren Zwillinge.

»Wie ist das möglich?«

»Eigentlich ist es eine ganz natürliche Sache.« Arlana lächelte zufrieden. »Es ging nur ein wenig zu schnell.«

»Sie sind so winzig. Sind sie ...«

Arlana beruhigte ihn augenblicklich.

»Sie mussten sich den Platz teilen, aber sie sind gesund und sie werden gewiss in Kürze groß und laut genug sein, dich wünschen zu lassen, sie wären wieder klein.«

Bryan hörte im Rücken, dass seine Mutter alle aus dem Gemach trieb und sogar die protestierende Rica mit sich nahm. Er brachte es nicht fertig, auch nur ein Wort zu sagen. Er konnte nur knien und schauen.

»Sie sind vor vier Tagen zur Welt gekommen«, berichtete Arlana sanft. »Die Hebamme bestand darauf, sie auf der Stelle zu taufen, obwohl deine Mutter meinte, man könne ohne Sorge auf dich warten. Sieh her, das ist der neue Junker von Hawkstone, Richard Raynal de Cambremer und das ist seine Schwester, die Demoiselle Blyana.«

Bryan küsste seine Kinder so vorsichtig, als habe er Angst sie zu zerbrechen. Als er seiner Gemahlin dieselbe Aufmerksamkeit zukommen ließ, erntete er ein kritisches Stirnrunzeln.

»Hast du das Küssen verlernt im fernen London, mein Gemahl?«, fragte sie in gespielter Sorge.«

»Wundert es dich? Du warst nicht bei mir«, lachte Bryan befreit.

»Ich hatte zu tun«, erwiderte sie stolz.

Die Zwillinge meldeten sich mit einem energischen Quäken, weil ihnen die Störungen zu viel wurden. Er lauschte mit großen Ohren dem ungewohnten Protest.

»Ich hätte nie gedacht, dass mir einmal so viel Glück beschieden sein würde«, sagte er andächtig.

»Hoffentlich sagst du das auch noch, wenn sie groß sind

und ihren eigenen Willen durchsetzen wollen«, wünschte sich Arlana.

»Dessen kannst du gewiss sein«, versicherte Bryan. »Ich halte meine Schwüre, wie du weißt.«

Der tiefe Ernst seiner Versicherung sank in Arlanas Herz. Sie suchte seinen Blick und fand ihn in besorgter Eindringlichkeit fragend auf sich gerichtet.

»Es geht mir gut, wirklich«, beruhigte sie ihn. »Es war nicht einfach, aber deine Mutter an meiner Seite zu wissen hat mir geholfen. Wie diese Kleinen, brauche ich nur ein wenig Zeit, um wieder zu Kräften zu kommen. Erzähl, wie geht es der Königin? Wie sieht unser Kronprinz aus?«

»Auch ihr geht es gut. Der Kronprinz ist rot und laut und kräftig, kein Vergleich zu diesem Sir hier, der weiß, wann er seinen Mund zu halten hat. Heinrich tobt seine überschüssige Energie im Streit mit dem Bischof von Canterbury aus. Nichts Aufregendes, Neues. Erzähl mir lieber, was sich in Hawkstone getan hat, neben dem bedeutenden Umstand, dass ich Vater geworden bin.«

Arlana lächelte geheimnisvoll.

»Ich vermute, es wird in Kürze eine Hochzeit geben. Denisa und Cedrick haben Gefallen aneinander gefunden und der Waffenschmied betet unsere Rica förmlich an. Sirius ist Vater eines wundervollen Hengstfohlens geworden und deine Mutter hat Faruk davon überzeugen können, dass ihn sein Allah nicht in die Hölle verbannen wird, wenn er die Medizin einer Christin gegen seinen Husten einnimmt …«

Sie brach die Aufzählung lächelnd ab. Die wundervollen Alltäglichkeiten des Lebens verloren für die Dauer von ein paar Herzschlägen ihre Dringlichkeit. Wichtig war nur, dass der Mann, den sie über alles liebte, seine Arme um sie und ihre Kinder schloss.

Bryan de Cambremer hielt sein Zuhause, sein Glück und die Zukunft des Rosenturmes fest, was mehr konnte ein Mann sich wünschen?

ENDE